彭玉冰 ◎ 著

QICUN ZHI TONG

七寸之痛

ARTIME
时代出版

时代出版传媒股份有限公司
安徽文艺出版社

图书在版编目(CIP)数据

七寸之痛/彭玉冰著. —合肥:安徽文艺出版社,2013.10
ISBN 978 - 7 - 5396 - 4683 - 1

Ⅰ. ①七… Ⅱ. ①彭… Ⅲ. ①长篇小说 – 中国 – 当代
Ⅳ. ①I247.5

中国版本图书馆 CIP 数据核字(2013)第 211831 号

出 版 人:朱寒冬　　　　责任编辑:朱寒冬　姜婧婧
封面题签:张　飙　　　　装帧设计:许含章

出版发行:时代出版传媒股份有限公司　www.press-mart.com
　　　　　安徽文艺出版社　www.awpub.com
地　　址:合肥市翡翠路1118号　邮政编码:230071
营 销 部:(0551) 63533889
印　　制:合肥创新印务有限公司　(0551)64456946

开本:710×1010　1/16　印张:20　字数:350千字
版次:2013年10月第1版　2013年10月第1次印刷
定价:29.80元

目 录
CONTENTS

第一章

情窦初开

1

听云姐说亲戚家隔壁的那个大男孩儿霖然懂事，长得又帅气的时候，少女小鹤刚刚满十三岁。

这年夏天，小鹤来到邮胜县亲戚家，给他家五岁的大女儿婷婷当免费小保姆。

对于十三岁的小鹤来讲，洗衣、做饭、带孩子，已经不成问题。只是这次，她本想借此机会认识一下霖然，不想霖然却在头一天被他老姨带着去了北方，说是走亲戚去了。

望着霖然弟弟霖欣一说话就笑的大圆眼睛，小鹤心中好不失望。

"快看——那个女的，又要自杀！"

这天中午，正值午睡时光。闷热的阳光加上湿热的暑气，把邮胜县医院家属院儿里几棵老桑树上的蝉虫给燥得"知了——知了——"不耐烦地扯着嗓门。

突然，几个淘气的小男孩儿、小女孩儿大呼小叫着，往家属院儿后门跑去。

一个喝农药寻死的女人，正被四个农村壮汉用担架抬着，脚步匆乱地从后门闯了进来。小鹤带着婷婷，跟着大志，也追随在一群孩子身后。

大志是霖然的发小，两人是同院儿长大最要好的朋友。大志个子比小鹤高出半个头，人沉稳，话不多，一双不大的眼睛，总是有意无意瞄向小鹤。在浑江时，他就和小鹤认识了。那次，大志到浑江他表姨家玩耍，小鹤那"一帮一对红"的女同学，正好是他表姨的邻居，所以大志知道，小鹤比自己小两岁，也正在念初中一年级。

大志家,在家属院紧西头那两棵老核桃树下。

小鹤平时听到大志家的动静,准是大志妈那拉长音儿的高昂喊声,响彻在县医院家属院子黄昏的上空:"大志——你屙不屙痢嘛?!"

每当听到这喊声,玩得猴头土脸、满脸汗渍的大志,就会像霜打的茄子,立马蔫儿下来,悻悻地往家走。这时,如果再触碰到小鹤那双清亮亮的大眼睛,正疑惑地看向他,大志准会刷地红了脸,恨不得把头藏到前胸的脏衣服里。

只是小鹤不明白,大志妈为何非要把吃饭说成是恶心的屙屎,所以常常很同情地目送着大志沮丧离去的背影儿。

这天,农村女人寻死的消息,就是大志跑来告诉小鹤的。小鹤觉得,大志的声音让她有种莫名的安心,所以大志说什么,她都听,也都信。

那个农村女人躺在地上的担架上,辗转反侧,口吐白沫,整个脸儿都绿了。小鹤害怕得皱起了眉头。大志一瞧,忙挤过来,拉起婷婷的手,顺带把牵着婷婷另一只手的小鹤,也带出了人群。

大志悄悄告诉小鹤,这个女人有一个花心的丈夫,因为丈夫不忠,跟街上一个"卖汤圆的妖精"好上了,每次吃完汤圆回到家,就毒打这个女人。女人想不通,一气之下已是第二次喝敌敌畏,寻短见了。

"你怎么知道的?"小鹤双瞳剪水,好奇地瞪大眼睛。

大志脸一红,用手摸摸自己的平头,有些不好意思地说:"上次,就是我妈给她洗的胃,听我妈说的呗。"

原来,天天黄昏时在院儿里高声叫喊儿子吃饭的大志妈,是县医院内科病房的大夫。不过小鹤瞧她那总是耷拉在脸上乱蓬蓬的短发,还是觉得她不大爱干净,不像个医生。不过院儿里的小孩儿们都说,大志妈的医术可高了。她家门口,也常有一些被她医治好的病人康复后送来的葱姜蒜苗什么的。要知道,在那个衣食短缺的困难年代,农村都设有免费的赤脚医生,能自己花钱到县医院来瞧病的人,多半都是身患重疾、赤脚医生医治不了的农民。那个年代农民能送得起的"贵重礼物",不外乎也就这些地里长出来的果实了。

大志说,这个寻死的女人,上次还给他家送过十个鸡蛋,说是谢谢他妈的救命之恩。

看着这曾死过一回的女人,又用同样痛苦的法子第二次寻死,小鹤稚嫩的心中猜想,这女人该有多么绝望和伤心啊。不由得在小小心灵上,恨死了花心的男人。

县医院家属院儿的暑期日子,时常在料想不到的突发热闹中度过。

邮雎县医院,分前后三进大院儿。最北端的大院儿,是医院的各个诊室;依次往南的两进,是县医院几十号医生们的宿舍区,跟小鹤同龄的孩子特别多。

由于家属院儿与医院没有明显的围墙隔断,医院前门后院抬进个什么病人,或者有点儿什么医患纠纷,马上就会传遍整个家属院区。所以,在亲戚家带孩子的大半个暑期,虽然没能见上慕名已久的霖然,但有大志陪伴,有时不时突发的热闹围观,小鹤觉得给亲戚带孩子当小保姆,也是蛮好玩的。

小鹤会出现在这里是因为,她家必须还亲戚的情。

当时的中国,还没有恢复高考制度,城里知识青年高中毕业后,必须下到农村,接受贫下中农再教育。姊妹多的家庭,父母身边只能留一个子女。小鹤家,就小鹤和小云两姐妹,姐姐小云比小鹤大六岁,高二毕业后,为了让妹妹留在家里继续读书,小云在这家亲戚的帮助下,就近下到邮雎县农村,当上了知青。而没有像她那些大拨轰的同学,因为没有关系留城当工人或者参军,不得不下到老远的内蒙古和云南,插队在草原和边寨。

由此,为了感谢邮雎县亲戚的帮忙,每逢节假日,只是普通工人的小鹤父母,就会搜罗出家中多少还值点儿钱的东西,像出口转内销的雕花高脚玻璃酒杯、折叠工艺纸扇,还有全家人省吃俭用攒下来的市、省、全国粮票,小心裹了,掖在贴身衣兜里,赶去送给邮雎县那家亲戚,既感谢他们对小云下乡时的关照安排,也希望维持这个人情关系,以便将来在小云有急困时,还能就近扶助帮一下忙。

这年六月,亲戚家二女儿妍妍诞生,五岁的大女儿婷婷便没了人带。亲戚旁敲侧击递来话儿说,小鹤也大了,想必应该会做一些家务事了吧?那意思当然再明白不过。虽然没有多少文化,但明眼的小鹤父母还是知道,承情人家照顾大女儿就近下乡,小女儿自然得有所付出。于是暑假里,小鹤便当上了婷婷的免费保姆。

亲戚家住的平房,是医院家属院里最向阳的一排房子。一溜儿十几户人家。每户人家的房子,都是前后两间,从前屋穿门而过,后屋或是饭厅,或是卧室,紧靠后屋的门外面,是半间搭在院子围墙根下的自建厨房。相互连接的厨房,是邻居们每天聊天交流的好地方。半人高的木栅栏,只是象征性地隔开彼此,大家做饭缺个葱,或借个酱油什么的,都非常方便。隔着厨房背后那道爬满绿色植物,开满粉色、紫色喇叭花的砖墙,是一条不宽的马路。马路虽不宽,却是邮雎县城正儿八经的省级公路干道。每天半夜和凌晨,轰隆隆开过的大货车特别多。好在小鹤年轻睡眠好,头一挨着枕头,立马就能睡着。

这天早上,睡梦中醒来的小鹤,突然听见厨房旁边的邻居家传来霖然妈的声音,像是在跟什么人说话:"……你把香皂拿给我一下。"

小鹤轻轻起床,踮起脚尖从后屋门边探出半个头,往右侧霖然家厨房一瞧,一个跟她差不多大的男孩子正背对着她,把手上的香皂递到厨房里伸出来的那只胖胖的手上。

小鹤到亲戚家带孩子,已经有些日子了。这天正好是星期天,亲戚一大早抱着刚出生不久的小女儿,到乡下走人户去了,家里只剩下她和婷婷。婷婷且还在床上睡哩,小鹤轻手轻脚洗漱完毕,就着泡菜、豆腐乳,草草喝了碗稀粥,就抱着大志借给她的长篇小说《渔岛之子》,坐到门外房檐下小椅子上,专心看了起来。

很快,小鹤便沉浸到书中描写的海生、铁蛋的海岛生活中去了。

"你是——小云姐的妹妹?"一个试探的询问声,把小鹤的注意力从书中拉了出来。小鹤扭头抬眼一瞧,刚才给霖然妈递香皂的那个大男孩,正右手拿着牙刷,左手端着杯子,站在霖然家门前。

"你是——霖然?! 你不是去亲戚家了吗?"小鹤猜想着站起来,有些欣喜地怯声问。

"是啊,我回来了。你是小鹤?!"霖然眼神中充满热情。

"咦,你怎么知道的?"小鹤有些奇怪,自己又没有告诉他,他怎么一猜就准?

"嘿嘿,你长得跟你姐真像。"大男孩得意地笑了,露出一口白净整齐的牙齿。

啊,他真是霖然! 不知为何,小鹤突然变得十分害羞。她想再看一眼霖然的笑容,又不好意思抬头,于是只好坐下,装着继续看书。

见小鹤突然低下头,不再搭理自己,霖然有些怅然若失。他想了想,抬脚走下门前台阶儿,向院子中间那口井走去。

小鹤见状,赶紧起身,快步跑进房间。这时小鹤的心,正莫名地突突跳着。小鹤不明白自己这是怎么了,只觉得心慌得就像是怀揣着一只活蹦乱跳的小兔子,有欢喜,也有不可名状的羞涩。小鹤觉得,霖然笑起来的样子太好看了。

霖然跟大志不仅年龄相仿,同校同班,两人的妈妈也都是邮雎县医院屈指可数的几个老牌医科大学毕业生,是正儿八经的专家医生,一个在内科,一个在妇科,这两个科是邮脽县医院最牛的两个科室,许多病人都是慕名而来。而在家属院儿里,霖然最要好的女孩儿,是住在中院的古大夫家的女儿古丽娅。

古丽娅一家是从新疆调过来的,据说当年是为了照顾她爸爸妈妈两地分居。古丽娅长得有些像外国女孩,高高的鼻梁,眍眍的眼眶,因为从小受南方辣椒的洗练,性格中,又多些了泼辣胆大。

昨天,霖然正在中院跟古丽娅商量,后半个暑期要怎么过,突然看见邻居吴嬢嬢家,跑出一个看上去陌生却又有些眼熟的女孩儿,手上拿着一个空碗,拐出院门上街去了。

这个院子里的小孩儿,没有霖然不认识的,只是这个清丽漂亮的少女是谁,霖然还真不知道。正疑惑间,那个女孩又端着碗跑了回来,这次碗中,已经盛了小半碗甜面酱。哦,原来她是上街打甜面酱去了。想着吴嬢嬢最爱炒加甜面酱的熬锅肉,霖然馋得口水都要流出来了。

晚上吃过饭在厨房里洗碗,弟弟霖欣告诉霖然,吴嬢嬢家亲戚云姐的妹妹小鹤来了。"她眼睛可大可亮了,她还问我,你上哪儿去了。"有些虎头虎脑、整天乐呵呵的霖欣,吸溜一下鼻涕又追问一句,"哎,哥,你认识她呀?"

"我?哦,认——识。"

原来是云姐的妹妹!难怪看上去有些眼熟。并不认识小鹤的霖然,突然觉得,自己像是早就认识了这个叫小鹤的女孩,反正看着她就觉得亲切,特别想跟她说话。所以,今天好不容易瞄着小鹤坐在门前看书,原本已经洗漱完毕的霖然,忙装出才起床的样子,拿起已经用过的还湿漉漉滴水的牙刷,端着空杯子,站在了自家门前。本想借机跟小鹤搭讪,没想到刚开头说了两句话,小鹤却突然埋下头,不再搭理他,自顾自地看起书来。霖然觉得好不尴尬,犹豫半晌,只好佯装去井边打水。等走到井边再回头,小鹤已经不见了踪影儿。

估计小鹤回屋里去了,霖然便坐在自家门前的小凳子上等着。等啊等,半晌,也不见小鹤再出来。

闲来无聊的霖然,一会儿翻看一下自己脚上已经快穿漏底了的篮球鞋,一会儿抬头望着太阳发呆。霖然觉得一天的时光突然变得那么漫长,漫长得看着太阳的影子,慢悠悠地从东边升到头顶,又从头顶斜落到西方。

从前屋到后屋再到厨房,霖然连着几天装着忙碌地拿这搬那的样子,眼睛却始终没再瞄见隔壁小鹤的身影。他想不明白,小鹤怎么只跟自己说了两句话,就从邻居吴嬢嬢家消失了。

小鹤的突然离去，并不是因为霖然。

那天，亲戚下班回来，气哼哼地说，小鹤父亲从邮局发来电报，说她堂兄来了，要她迅速回去一趟。

小鹤母亲当时正在下乡的大女儿小云那里帮忙。小云忙于秋收，连夜加班干活，为了挣够工分，累得连饭都做不上吃。小鹤妈听得心疼，为了日渐消瘦的大女儿，只得谎称生病，向工厂递了张病假条，悄没声儿赶去照料大女儿。而小鹤的父亲，这阵子正轮上单位在造走资派的反，要求职工必须轮岗值夜班。家里没人，只好让小鹤赶回去。

一听是堂兄远景来了，小鹤高兴坏了，也顾不得初见霖然时那份说不清道不明的心慌，第二天一大早，就坐头班长途汽车，回到了浑江。

堂兄远景是小鹤大伯的独生儿子。那时，中国家庭独生子女非常少。如果说谁是独生子女，大伙儿除了羡慕在有好吃东西时不会有人跟他争抢外，余下的多半便是同情。可不嘛，那个时候许多家庭，因为学习前苏联"英雄妈妈"多生孩子，无论在城市，还是农村，谁家没有四五个兄弟姊妹？小鹤大伯家人口少，堂兄远景没有兄弟姐妹，自然常到幺爸家来玩。远景几乎从小就在小鹤家长大。小鹤家没有男孩儿，远景便成了小鹤父母的半个儿子。

小鹤家房子不太宽裕，除了客厅，剩下的两间屋子，父母住一间，小鹤和姐姐住一间。远景来时，父母给他在客厅搭上一张小床，可远景不愿意自己睡，他喜欢挤到小鹤和云姐的床上。于是，两小无猜耳鬓厮磨的年龄，远景和小鹤就常常躲在蚊帐里放蜻蜓、追蚊子、抢扇子，争夺那个不大一点儿的半导体收音机。

当时收音机在中国家庭，还算是大件电器。年轻人结婚兴置办个"三转一响"。所谓"三转"，就是手表、自行车和缝纫机；那"一响"，便是指收音机。

小鹤家那台小收音机，是小鹤爸爸的宝贝。陪远景的那几天，小鹤常常跟远景为听评书还是听音乐，两人剪刀、石头、布地比画半天。无奈远景比小鹤狡猾，总是在瞄准小鹤即将伸出的拳头后，才猛地伸出右手，所以收音机便总是摆放在远景头边。

小鹤觉得远景虽然比自己大，可他爱较劲的个性，让她始终无法把他当哥哥看。有一次，远景抢了小鹤手上正叠着的纸鹤，小鹤生气了，去跟爸爸告状。爸爸怜爱地抚摸着小鹤的头说："远景是咱们家的客人，咱们应当让着他、善待他，你说是吧？"

"嗯。"懂事的小鹤心很软。至此,有远景在家的日子,小鹤便不再跟他争抢东西,久而久之,远景反倒像小鹤家的老三。

"嘿,小鹤,看,我给你带的啥!"远道赶来的远景,神秘地从衣兜里掏出一个金红的东西。

"啊,金鱼!真好看。"一个用塑料胶绳编织的大肚金鱼活灵活现地躺在远景的手心上。小鹤知道,金鱼的肚皮里,还裹着一个小乒乓球。那是几个月前的一天,小鹤他们学校组织同学去远景家乡的地主庄园接受阶级教育,这是学校每年一次的常规活动。小鹤发现,每年都来的地主庄园门前,突然变得热闹起来。许多小摊小贩就是在卖这种塑料编织的物件,只是价格太贵,只有小指头般大小粗细的塑料小虾,也要两毛钱一个。小鹤实在舍不得花掉自己攒了一整学期,好不容易才存下的三块钱,就什么也没买。

听到小鹤夸赞,远景脸上现出得意之色:"好看吧,这是我专门给你编的。"

"哈哈,你也会编了呀?"

"那当然。我还会编小虾、青蛙,还有杯套,反正好多好多东西哩。这次来浑江,就是用我自己挣来的钱买的汽车票。我在地主庄园门口卖这些东西,刚两个月,就挣了十几块钱哩。"

"真的?"望着又长高了,并且开始变声的远景,小鹤眼里充满佩服和担忧。计划经济年代,人们如果私自上街倒卖东西,是会被当作投机倒把分子抓起来游街的。说到游街,小鹤上小学时常常在大马路上看到,先是装有报警器的大卡车,一路上拉着警报驶过,人们一听到这动静,就知道有的看了,蜂拥到马路两旁,翘首观望。很快,押着一个个犯人的大卡车,便会缓缓驶来。这些犯人脖子上都挂着一个大白牌儿,白牌儿上有的写着"投机倒把分子",有的写着"走资派",牌儿上还打着大红叉;有的人头发被剃掉一半;还有一个女的,小鹤印象特别深,因为她披头散发,一路上都在哭,脖子上吊着的是一双破烂的布鞋……

"你不怕被抓啊?"

"抓?现在谁还抓人呀,连我们县公安局局长的女儿都在卖这些个东西哩。告诉你吧,我现在已经不上学了,这次过来,就是想买一些好看的塑料胶绳带回去,现在生意可好做啦。"

"啊,你真的不读书了?"

望着满腹生意经的远景,小鹤实在想不明白,远景为何不愿再念书。要知道远景的脑子特别聪明,两人玩脑筋急转弯时,小鹤从来都玩不过他。

"不读了,我妈也同意了。"远景坚决地摇摇头。远景告诉小鹤,他待几天,买齐了编织用的东西就得赶回去。

果然,在余下的时间里,远景白天出去,晚上回来,购买的塑料绳、玻璃球、乒乓球、小钩、小环儿什么的,摊在桌上五颜六色,煞是好看。只是一闲下来跟小鹤聊天,三言五语他就会拉扯到赚钱的事儿上去。听着远景绘声绘色地讲述他平时如何察言观色,与买东西的人们讲价钱,总能把货物卖出最高价时,小鹤困得都快睡着了。

见小鹤甚是无趣,远景在小鹤家也待不住了。买齐原材料的第二天,一大早,远景便打道回府了。

远景走后,小鹤抓紧时间,赶完了全部暑期作业。因为妈妈回来说,妍妍生病了,亲戚希望小鹤能再过去,帮忙带几天婷婷。妈妈说这话时,鼻子里有些不满的哼哼声儿。

就这样,一个星期后的某天黄昏,当小鹤又出现在霖然视线时,霖然感到意想不到的惊喜。

当时,霖然正端着饭碗跟弟弟霖欣站在门前桑树下,边聊天边吃饭,扭头猛地看见小鹤,霖然一愣神儿,饭碗差点掉在地上。好在霖欣眼疾手快,半空中捞住了碗和饭团,几片落地的腊肉和豆腐干被从斜刺里窜出的三只红公鸡争抢着叼跑了。虽然碗里只剩下了白米饭,可霖然觉得,白米饭竟也如此可口香甜。

有霖然陪伴的日子,小鹤的暑期生活变得丰富多彩起来。每天早上,当小鹤和婷婷吃完早饭时,霖然便会来找她们。霖然先教会小鹤玩"争上游"和"打升级"。玩争上游时,霖然会偷偷趁大家不注意,把自己手上摸到的最大的牌悄悄从桌子底下递给小鹤,再让小鹤把她手上最小最烂的牌换给他。刚开始,小鹤还有些不好意思,后来次数多了,只要霖然用脚悄悄碰一下小鹤的布鞋,小鹤就默契地把手伸到桌子底下,机灵地转动着黑如点漆的大眼睛,悄没声儿地完成与霖然的交换。自然,上游常常是小鹤得到,小鹤咯咯咯乐得不行,红扑扑的脸蛋儿,像盛开的花蕾。垫底的霖然看着小鹤欣然的样子,也是一脸开心的笑。后来玩升级,小鹤特别想跟霖然做对家,可小鹤不好意思说。事实上也根本用不着她开口,霖然就会有意无意,利用搬桌子、摆凳子的机会,把自己的位子对着小鹤。为此大志特别懊恼,因为他每次都想跟小鹤做对家,可每次等他跑回家,吭哧吭哧搬来沉重的板凳时,小鹤的对面,已经坐下了霖然。

古丽娅知道是霖然捣的鬼。小鹤没来时,从来都是她跟霖然打对家,院子里的小孩儿玩任何游戏,也都把他俩看作是一对儿。小鹤来后,一切都变了。古丽娅心中嫉妒小鹤,发誓下次再不跟小鹤玩了。可每当霖然站在树下召集大伙儿玩牌时,古丽娅又扛不住霖然的叫声诱惑,小桌子前,总是她第一个坐下。

小鹤跟着霖然玩游戏,有一种被时刻关心呵护着的感觉,小鹤说不清自己为什么这么着迷霖然,反正跟霖然在一起,她就是觉得特别高兴,特别舒心。

一天下午,霖然和大志他们一群男孩子,在大志家门前的核桃树下用竹竿打核桃,小鹤带着婷婷,站在一边看。

啪,一个青色的核桃,被大志打了下来,不偏不倚,正好滚落到小鹤面前。大志刚要伸手去捡,霖然已经冲过来,弯腰拾起,递给小鹤:

"你尝尝,新鲜核桃特别好吃。"

小鹤只见过那种小小的、被木色硬壳包裹着的核桃,从来不知道,核桃刚从树上摘下来时,上面还有这么大一个青皮儿包着。小鹤用手去剥,剥不动,就想用牙咬,霖然啊的一声,伸手挡住了:"别咬,核桃外面这层壳上有油,粘在嘴上,黑乎乎的洗不掉。"

"啊,真的?"小鹤吓得将核桃还给了霖然。霖然抓过青核桃,高高举起,往地上使劲儿拍去。啪! 青壳儿破了,一个油亮的木色核桃滚了出来,霖然笑着捡起,用手擦擦,再递给小鹤。

握着这颗散发着植物清香的新鲜核桃,小鹤觉得心中暖暖的,刚想对霖然说声谢谢,一扭头,看见身旁的大志,眼里正闪过一丝惆怅。

"小鹤姐,我要尿尿。"跟在小鹤身边的婷婷,突然叫起来。小鹤一听,慌忙把手上的核桃顺手塞到大志手里,牵着婷婷,急急忙忙往院子里的公共厕所跑去。

2

这天晚上,小鹤做了一个梦。

小鹤梦见的,是她有了一个特别疼爱她的哥哥。

小鹤一直盼望生活中真有这么一个亲哥哥。她常常跟云姐念叨:"姐,你要是个哥哥,该多好呀。"

要知道小鹤在上五年级时,班上转来一个"降班头儿",名叫张兵。张兵已经不知道留过多少级了,年龄比小鹤班上的所有同学都大了许多,个头也高出不少。

小鹤班上的同学座位，都是按成绩好坏、一男一女搭配着坐的。老师说只有这样，才能"一帮一对红"。不幸，张兵一来，就被安排坐在了身为学习委员的小鹤身旁。

坐在小鹤左侧的张兵，上课时根本听不进老师讲课。他偷眼看着小鹤，趁她不注意，就把她的长辫子，悄悄系在身后的椅背儿上，结果，小鹤一起身，总是被辫子拉扯得龇牙咧嘴直喊痛，乐得一旁的张兵大张着嘴巴，嘎嘎狂笑。张兵还经常强行抢去小鹤的圆珠笔，或者漂亮的年历卡片。张兵用粗笔在桌子中间三七开的地方，画了一道"三八线"。张兵说，自己身强体壮，块头儿大，理应占大半个桌子。于是，剩下的小半桌面，便时常桎梏着小鹤的右胳膊。稍不注意，手肘越过三八线，就会被一旁斜瞄多时的张兵忽地一下给推回来，好几次，手中的笔尖把书都划破了。看着破掉的书页，小鹤心疼得直掉眼泪。

无可奈何的小鹤，抱着惹不起躲得起的念头，在上学放学路上，尽可能躲着同道的张兵走。可无奈，还是经常被张兵堵在半道上。好在有同校读高二的云姐途中解救，才算躲过张兵的纠缠。

事后张兵对小鹤说："我不怕你姐，反正你没哥哥，你姐也打不赢我。"

于是，绝望的小鹤特别盼望有一个哥哥，能时刻保护自己。可云姐也变不成哥哥呀，小鹤悲哀地生出转学的念头。可理由呢？妈妈要是问起来，总得有个说得过去的正当理由吧？说张兵欺负自己？那肯定不行。从不吃亏的妈妈肯定会跑到学校去找老师大闹，张兵恐怕也会觉得跌份儿伤面子，更会欺负自己。想到张兵的样子，小鹤有时又觉得，张兵这人其实并不坏，只不过是在没人跟他玩的时候，或者在他要抄她卷子时，她又交得太早的时候，他才会生气。可这也怪不得小鹤啊，小鹤跟班上女同学一样，也非常害怕张兵的坏脾气，不知他什么时候会发火，什么时候会打人，大家躲他还来不及呢，谁还敢硬着头皮，往他跟前儿凑？

好在随着年龄慢慢长大，张兵因为多多少少能抄上小鹤的答卷，各门功课也都基本维持在了50多分、60分上下，再加上老师怜惜，高抬贵手，也就没再降班留级，同学们背地里喊他"降班头儿"的声音，自然也少了许多。

有一天小鹤发现，不知何时，张兵悄悄擦掉了桌上的三八线，似乎也不再为难小鹤。甚至有一次，当高年级男生欺负小鹤班上的女生，要挤占老师分配给她们的篮球架时，张兵冲上来，指着正抱着篮球发愁的小鹤，对那帮男生说："她是我同桌，不许你们欺负她。"弄得小鹤特别地惊讶和害羞。只是小鹤一时还是扭转不了对张兵的恐怖印象，所以，常常看见张兵扫过来的目光，便赶紧低下头，匆匆跑开了。

"要是我有个哥哥该多好呀,就像张兵一样,呃,不,只是像他一样高、一样壮,但从不欺负我,也不许张兵欺负我。"

这就是十三岁的小鹤内心的最大梦想。

日有所思,夜有所梦。这天,小鹤便在梦中见到了"哥哥"。梦中的哥哥什么样,小鹤醒来已经完全记不得了,只是依稀记起,他有一双特别温暖的大手,就这么一直握着小鹤的手不放。

"嗯,将来长大了,我一定要嫁给梦中的哥哥。"

想到"嫁"字,小鹤的脸蓦地红了,慌乱的心,就像半年前她第一次来月经时的情形。好在四周看看,蚊帐里除了自己,只有熟睡的婷婷,小鹤害羞紧张的心,才渐渐地恢复了平静。

那天,正在上体育课的小鹤肚子突然一阵绞痛,"丁零零——"正好,下课铃声响起。小鹤飞快跑向厕所。

小鹤拉下裤子,赫然看见自己白裤衩上,染着猩红一摊血迹。

啊? 我流血了? 我是不是快要死了?

看见流血就以为自己快要死掉,是那个无性年代、毫无性发育知识女孩儿的通病。本来学校也设有生理卫生一课,还给大家发了课本,可小鹤一看到新书上那男女生殖系统的图片,就吓得噗的一声,直接把课本扔进了家中靠墙立着的近两米高的大立柜背后。

"啊? 咳咳——呜呜——"小鹤无助地擦着眼泪,蹲在茅坑上,吓得边咳边哭起来。

"怎么啦?"

"怎么啦?"

一大堆女同学围拢过来,关切地看向还蹲在茅坑上的小鹤。

"啊? 血?"

"你流血了!"

"哦,没事儿的,我也有过。"

"我知道,你来月经了。"

"土老帽,还月经呢,人家都叫例假。"

"还大姨妈哩。"

"嘻嘻嘻嘻——"

"哈哈哈哈——"

懵懂未知的青春少女们,或亲历过的,或道听途说的,大家互相斗着嘴,开心打闹起来,个个都摆出一副假老练的成熟样儿。

"走,我们陪你回家,帮你跟你妈说去。"

小鹤羞涩地点点头。

于是,二十多个同龄少女簇拥着刚刚"诞生"的成熟小女人,向小鹤家走去。

一下子看见女儿被一大群女同学簇拥着回家,小鹤妈着实吓了一大跳。

有几个十一二岁就来例假的女同学争先恐后地告诉小鹤妈,小鹤来月经了。听闻此言,小鹤妈拍拍胸口,长出一口气,放心地笑了。

谢过并送走女儿热情的同学,小鹤妈把小鹤拉进卧室床边坐下,表情近似严肃地告诉女儿:"现在你已经是大人了。古人说得好,男大避母,女大避父。来了月经的女孩,就要学会洁身自好、爱干净,不能再在男孩子面前不知收敛地瞎玩儿……来,妈妈教你怎么用月经带。"

上个世纪的中国女人,说也可怜,根本没有什么现成的卫生巾。那时的女人们,只能自己动手,缝制一个两头各钉有两根长带子的小布条,布条两端固定两根细松紧带,把黄不拉叽的草纸折叠成长条固定在布带上,就权当是卫生巾。

小鹤过去常见云姐晾在厕所里的这东西,但从来不知道是做什么用的,现在才恍然大悟。

用上自制卫生巾的小鹤,总觉得浑身不自在。厚厚的草纸垫在两腿之间,就像夹着一本厚书,磨得两条细嫩的大腿内侧皮肤发红,再被浸出的血液黏上,硬得像刀子割肉一般生疼。小鹤总忍不住想扭头去看自己的裤子后面,因为她觉得用上这么厚的纸,从裤子后边,一定能被人一眼看出秘密,如果是那样,就太臊人了。

晚上,小鹤爸下班回家,小鹤一反常态,没有像以往那样扑上去,扎进爸爸怀里撒娇。她羞涩得手脚都不知道该往哪里放,更不敢去直视爸爸的目光。

妈妈在厨房里炒菜,让小鹤递个盘子给她。小鹤拿起饭桌上的盘子,面向爸爸,装出哼歌的样子,倒退着蹭进厨房。

"瞧你,走路连个正经样儿都没有,小心摔了盘子。"不明就里的爸爸笑着提醒女儿。

吃过晚饭,照例该小鹤收拾碗筷去厨房涮洗,却被妈妈一把拉住。小鹤妈命令小鹤爸:"这星期的碗都归你洗了,小鹤不能沾冷水。"

小鹤偷偷窥见,爸爸好像愣了一下,把眼睛看向妈妈,但很快,爸爸就笑着点点头,端着空碗进了厨房。

听妈妈对爸爸讲这些话时,小鹤紧张坏了。小鹤怕爸爸万一问起,今天为什么突然不洗碗了,她该怎么回答呀? 好在爸爸像是忙忘了,一直没有问。于是,小鹤每月,便有了七天不用沾冷水干活儿的空闲日子。

"呃,女孩来例假还真是不错。"受到异常关照的小鹤,开心地摇晃着满头浓密黑发的小脑袋,傻傻地这样想。

后来到亲戚家带孩子,在医院中药房工作的婷婷妈不屑地说,女人来个月经,哪儿有那么多讲究。婷婷妈告诉小鹤:"你妈就是迷信,不懂科学。"

得,小鹤再来例假的日子,依然得到井边去提水,洗衣做饭。无论冬夏的井水,始终透着浸人的寒凉。小鹤从此便开始痛经。例假来前一周开始痛,一直痛到来完例假。每月十几天的疼痛,便这样跟定小鹤,直至影响到她的高考。

小鹤十四岁那年,升入了初中二年级。在这一年,她入了团,还被大家推选为班上的团支部书记。

当了团支书的小鹤,告诫自己要时刻严于律己、宽以待人,学习上争第一,思想品德上更要过得硬。因为这些都是那个年代,要求好学生必须做到的道德标准。不过,学习过硬的小鹤,心肠还是太软,每当同桌张兵要抄她卷子时,她还是不忍心让他交白卷。小鹤怕张兵再留级,怕张兵超强的自尊心被同学笑话。可即便这样,张兵还是自毁了前程。因为老师从张兵的书包里,搜出了黄色手抄本《少女×心》。这是流传在那个年代,影响最大、版本最多、祸害青少年最深的一本黄色手抄本。用语文老师的话说,"白字大王"张兵,竟然敢把黄色手抄本带到"毛泽东思想先进典型"的学校来,这还了得。

于是,一个周六的下午,全体同学被分班集合在操场上。

主席台上坐着校长、教导主任,还有各班的班主任。一个冬天被老师用在办公室烤火的铁火盆,也被搬到了主席台中央的水泥地上。

年过五旬的老校长,双眉紧蹙地站起身,走到主席台右前方立着的话筒前,她用手扶了扶深度近视眼镜,突然用高八度的嗓音,冲眼前一人高的麦克风大喊一声:

"把张兵带上来!"

坐在台下的全体同学,顿时鸦雀无声。大家紧张地伸长脖子,四处张望着。

只见已是大高个儿的张兵，蔫头耷脑地被体育陈老师从主席台左侧的台阶下押了上来。

看着眼前黑压压一片的同学，张兵大概觉得这样太尿，太失面子，就猛地挺直腰杆，两眼直视前方，一副学校经常组织大家观看的革命现代京剧样板戏中英雄人物就义前的造型，一下子把原本雄赳赳走上台、想光辉亮相一把的陈老师，给比矮了一大截儿下去。

"哈哈哈——"台下的同学发出哄堂大笑。

"肃静！肃静！笑？笑?! 有什么好笑的！流氓有什么值得同情的！张兵！你站好！一会有得你哭的！"老校长气急败坏，面目表情竟有些恶煞样，训话的语气，更是一个连着一个惊叹号。

从老校长接下来铿锵有力的痛批声中，大家总算弄明白，原来张兵私藏私看这本又叫《××的回忆》的黄色手抄本，已经被学校开除，而且开除后的张兵，将交由浑江市公安局处理。

一看事情闹得这么大，还扯进了公安机关，同学们再也不敢乱笑了。一个个青葱的脑袋，端端正正地对着操场前方的主席台。大家看着老校长掏出一盒火柴，咬牙哆嗦着，双手咔嚓了好几下，就在大伙儿跟着撮牙使劲儿的时候，总算划着了手上的火柴棍儿，那本吸引全校同学好奇目光的手抄本被点燃扔进了火盆。摇曳的火苗，在火盆里逐渐变大，金红的火光，燃烧了好一会儿，才渐渐变小，直至熄灭成灰烬。

从那时起，张兵彻底从学校里消失了。

小鹤那一阵儿的心情，是既解脱又沉重。因为小鹤实在无法把平日里淘气霸道的张兵和批斗会上的"流氓"张兵，重叠成一个人。

在小鹤似懂非懂的少年时光，中国大地发生了许多重大事情。先是1976年1月的一天，早上六点半左右，小鹤还依稀记得，这天浑江的天空是黑黢黢的，空气阴嗖嗖地寒冷。小鹤恋恋不舍地离开热被窝爬起来，看见饭桌上刚做好的一锅稀饭正在昏黄的灯光下，冒着腾腾热气。爸爸站在窗户边，拉长天线收听中央人民广播电台《新闻和报纸摘要》节目。突然，爸爸嘘的一声，伸手拧大收音机声儿，一阵肃穆低沉的哀乐，便从收音机里传了出来。

"谁去世了？谁又去世了？"小鹤妈听见哀乐，丢下正洗的锅盖从厨房里冲出来，一边往围裙上擦着湿漉漉的凉手，一边紧张地瞪大眼睛看着小鹤爸。小鹤爸的表情,凝重而悲痛,他指指收音机,没有说话。小鹤听见播音员正在播报:"……敬爱的周恩来总理,在北京逝世,享年七十七岁。"

这天,小鹤像往常一样,背起书包去上学。一路上见许多大人手臂上或胸前衣襟上,已经自发地别上了一朵小白花。小鹤进到学校一瞧,许多老师的眼圈儿都是红红的,像是悄悄哭过。

这年七月,浑江的天空像是被捅漏了,倾盆大雨仿佛直接从天上倾倒下来,哗啦啦下个不停。小鹤穿着塑料凉鞋的脚板上,被雨水和阴沟里溢出路面的污水泡出了许多针眼般大小的白蜂眼儿,麻麻匝匝的,看着都让人害怕。

一段时间以来,浑江大地也时不时摇晃一下,有大地震的消息更是在浑江悄悄传开。小鹤爸的单位,打开了院子里的防空洞,小鹤跟着爸爸妈妈,和爸爸单位的许多同事及家属,都被动员进了防空洞,大家晚上都睡在洞里临时搭建起的床铺上。

这天凌晨,小鹤在睡梦中被剧烈的地动山摇震醒,迷蒙中听见防空洞门口有好多大人在激动地议论着什么,声音中还时不时夹杂着蓝光闪过之后的劈天大雷和发疯般狂吹的急风暴雨。被大自然巨大能量吓得目瞪口呆的人们,纷纷惊叫着折身跑回自家的床铺,他们打开收音机,调整着天线,想听听广播里有没有消息说震中在哪里。于是,防空洞里,又响起此起彼伏、吱哇乱叫的交流电杂音。

事后小鹤才知道,这一天正是 1976 年 7 月 28 日。只是当时小鹤并不知道,在中国北方,有一个叫唐山的城市,发生了里氏 7.8 级大地震,造成 24 万多生命的毁灭。

唐山大地震的余波,吓得人们不敢回家住。大伙儿顶多壮着胆儿跑回家,生火把饭煮熟吃完,又赶紧离开楼房,回到防空洞里。

这天,大约 8 月中旬,时间指向下午五点多钟,小鹤跟父母正提心吊胆在家吃饭,面对窗户坐着的小鹤不经意间抬起头,不由吓得两眼发直,惊叫起来。原来窗外的天空上,不知何时已醒目地孤悬上一大块儿蘑菇形状的金红色彩云。那时浑江学校、单位都在给人们普及地震常识,许多彩色图片和顺口溜都讲到了地震前的蘑菇云预兆。小鹤一家见状,慌紧丢下饭碗,关好门窗,三步并作两步跑下了楼。楼下,已经聚集着不少邻居,大家呼亲唤友,纷纷又逃回了防空洞。

这天半夜,离浑江市不太远的一个县级市,果真发生了 7.2 级地震。好在地震前早有预报,人员都撤离了,所以只有 800 多人伤亡,其中 600 多人还是属于被震后的泥石流、山崩和滚石等次生灾害所致的轻伤。这次地震余波未除,9 月 9 日,中华人民共和国国家主席毛泽东,又在北京逝世了。

小鹤从老师和大人们的目光中感到,天,仿佛真的要塌下来了。

这是一个举国哀痛的日子。学校在批斗过张兵的操场主席台上,搭建起一个用白花、白帷幔布置的灵堂。小鹤和小雯,还有各班级的学生干部,一起跟着老师通宵达旦地守候在灵堂毛主席画像前。小鹤他们这些高呼着"毛主席万岁"长大的少年,第一次朦胧地意识到,心愿和现实是有距离的。

不安的日子,很快被躁动替代。

1977 年春季,中国恢复了高考。许多下到农村和插队边疆的知青,开始不服从命运的安排。没有门路调回浑江的年轻人,开始把目标瞄准大学。一股不屈不挠自学复习考试的热潮,在全国掀起。上大学,一下子成了没有门路调回城里的万众青年走向成功大道的独木桥。那时的大学录取,对学生年龄没有太严格的限制,只要你没有结婚,考试成绩合格就行。所以,小鹤时常听到大人们议论,一些知青因在农村已经结婚生子,最终被挡在大学校门外的事情。于是,知青的婚变就成了那个时期人们热议的话题。像后来小说、电视剧中描写塑造的"小芳"们,多半都是出在那个年代。

"重知识"、"学文化",重新成为家家户户大人为孩子定制的奋斗目标。因为高考分文理科,小鹤所在学校的六个班级,也试着把学生按文理科分开。学校让学生自愿填报,喜欢外语和法律的小鹤就去了文科班,并担任文科班团支部书记。剩下的五个班,一水儿的理科班。很多人的心里都认为,"学好数理化,走遍天下都不怕",而文科班,就是个"瘟科班"。小鹤的班上,全部同学加起来,也不到三十人,男生更是少得可怜。

在小鹤班的男生中,有个性格腼腆的同学,叫李健。李健个子中等,长相秀气,平时除了参加市里的业余射击训练,还喜欢琢磨电子元件什么的。这天,李健在放学路上,红着脸送给小鹤一个巴掌大的小收音机,说是他自己做的。

这是一个用细铜丝等原材料自制拼装出来的收音机。小鹤试着拨动开关,"中央人民广播电台……"一阵标准的普通话从小匣子里传出,还真是清晰明亮。小鹤乐坏了。那些日子,中央人民广播电台正在热播长篇小说《金光大道》,讲述的是农村发生的事情,小鹤全家人都爱听。现在,有了自己的小收音机,晚上就可以躲在被窝里,美美地听小说、欣赏音乐了。

小鹤拿着小收音机,兴致勃勃地跑回家。没想到,妈妈看见,劈头盖脸就是一通审问：

"这是谁给你的？"

"他为什么要送你东西啊？"

"你怎么能随便收一个男同学的礼物？"

"吃人嘴短，拿人手软。你明天必须把它退还给人家去。"

得，一次也没听成的小收音机，就这样被小鹤妈一通吓唬，又退还回到李健手上。李健的脸，顿时窘成了猪肝色。

看着李健的窘样，小鹤好不惭愧。小鹤觉得，妈妈过于小题大做，让她平白无故伤害了李健。小鹤事后对自己同班好友小雯说："大人的思想太复杂了。"小鹤觉得，妈妈玷污了她和李健之间纯洁的同学情谊。

好在少年不识愁滋味儿。不出一周，小鹤和李健的同学关系，又恢复到正常。

这天，身为团支部组织委员的小雯，把小鹤悄悄拉到学校操场女厕所旁。

小雯是小鹤在文科班里最要好的女同学。热情好动的小雯，虽然与小鹤同龄，个子却比小鹤高出了一大截儿。只见小雯压低声音，神秘地说，班上的男生李健和理科班的男生谢峰差点儿打起来了。

"打起来了？为什么呀？"小鹤一脸茫然。

"为什么？还不是因为你呗。"

"为我？我怎么啦？"一听是自己惹了祸，小鹤急得腔调都有些变了。像小鹤这么大的女生，在学校里最害怕的就是跟男同学有什么厘不清的关系。

"得了，得了，不怨你，是他们俩因为都喜欢上了你。上次李健不是送给你个收音机吗？谢峰不知怎么知道了，今天早上上学的路上，谢峰用自行车把李健堵在了道上，让李健离你远点儿……"

小雯带来的消息，把小鹤惊傻在原地。小鹤想起妈妈说的那些话，突然觉得，原来大人真能神机妙算，先知先觉。小鹤在心中暗自庆幸，当初幸好听了妈妈的话，已经把收音机还给了李健，要不这下，还真解释不清楚了。

对于李健和谢峰，少女小鹤的心中，从来没有产生过一丝涟漪。他俩都是她的同学，小鹤能感觉出他们对她的友善，不过小鹤待他们也不错，仅此而已，小鹤从没有往别处想过。要说在小鹤这个年龄，有没有喜欢的男孩子，说没有肯定是假的，小鹤不用仔细去想，脑海中就会浮现出霖然的身影。每当想起霖然，小鹤心中就会有一种特别温暖的感觉，有时候，还会一个人呆呆地傻笑。

3

刚想起霖然,霖然就来了。

而且是直接来到浑江市小鹤的家。

这是一个周末的早晨,小鹤刚起床不久,就听见楼下有人在喊。探头一看,是婷婷的爸爸。婷婷爸带着一个人,飞快爬上楼来。看着已经迎在门前的小鹤,婷婷爸指指自己身后的人说:

"小鹤,看,我把谁带来了!"

小鹤探头看去,哈,是霖然!

小鹤一看见霖然,心就怦怦怦跳得又急又快。她欣喜地跟在他们身后,进到屋里,看着爸爸妈妈热情地为他们倒水泡茶,小鹤就坐在一旁,用手绕自己的发辫,低头浅浅地微笑。突然,小鹤瞅见自己的脚上,正穿着两天前自己刚学着做完的布鞋,那是小鹤自己一针一线纳出鞋底,妈妈帮着上好鞋帮,然后爸爸拿到街上,找钉鞋师傅钉了一层胶皮掌的黑棉布鞋。小鹤悄悄地、一点一点地往后缩着脚,生怕给霖然看见她脚上穿的是自家做的鞋。小鹤不用看也知道,霖然脚上穿的,一定是那双象牙白塑胶底、黑色灯芯绒面的漂亮的北京布鞋。

霖然安静地坐在婷婷爸爸身边,身上透着超出自己年龄的沉稳。他礼貌地回答着小鹤父母的问题,眼睛并没有望向小鹤,仿佛怕那轻轻的一撇,便会透露了他此行的目的。小鹤的发辫还缠绕在她的手指上,仿佛那是一根救命稻草,她很怕父母会看出她的不安和慌乱,却又期待能与霖然的目光相遇。她想从他的眼睛里看到答案——霖然是为了见她而来。

坐了一会儿,婷婷爸就揣着小鹤父母送的厚厚一沓粮票,带着霖然离开了。霖然的成熟稳重,很受小鹤父母的喜欢,他走后小鹤妈嘴里就开始不停地夸赞起霖然来,说霖然懂事,性格阳光,顺带批评小鹤表兄远景,不爱读书,贪图钱财。

表扬霖然,小鹤爸没有意见,甚至也有同感,但批评远景,小鹤爸面子上就有些挂不住,毕竟那是自家兄弟的孩子。虽然小鹤爸也不赞成远景丢了学习去经商赚钱,但毕竟,这年头有的钱赚总是好事。小鹤家这些年花销也大起来,两个女儿,一个下乡在农村,少不了要经常打点邮脽县那家亲戚;而小鹤学习成绩好,学校让买的课外书籍也越来越多,这些都需要花钱。时常夜深人静时,小鹤都睡醒一觉了,还听见爸爸妈妈在昏暗的八瓦灯光下,打着算盘计算着那少得可怜的工资。

对于爸爸妈妈讨好邮脽县亲戚,总是给他们粮票的事,小鹤心里很有意见。那天,亲戚让小鹤帮忙翻箱倒柜,找婷婷小时候的衣服出来给妍妍穿,结果,在亲戚家箱子底下,小鹤发现有上千斤的全国粮票。小鹤看着这些花花绿绿的粮票直想哭,因为她知道,这里面有许多是爸爸妈妈这些年节衣缩食节省下来的。妈妈上次回来说,云姐被查出贫血,小鹤就想,家里要是有多余的全国粮票,就可以给姐姐换些个鸡蛋吃了。一边是亲戚家的粮票用不完,一边是爸爸妈妈姐姐挨着饿,小鹤觉得这世道很不公平。

对于亲戚家箱子底下的秘密,小鹤谁也没有告诉。小鹤发誓,等长大了,一定要做个有本事的人,要让爸爸妈妈和云姐过上富足的日子。

说到有本事,小鹤脑中闪过的,是霖然妈和大志妈的影子。小鹤曾经在霖然家门背后,见过霖然妈的书架。比她还高的满满一架子医学书,有中文的,也有英文的,小鹤心里敬佩极了。

从邮脽县回来,小鹤开始发奋读书,每次考试都保持在前三名,眼睛熬得都有些近视了。小鹤怕丑,不愿戴眼镜,也不愿让爸爸妈妈花钱,就让老师把自己的座位从倒数第二排调到了正数第二排。

小鹤调座位,受影响最大的要数视力好得不能再好,个子又在女生中最高的小鹤的闺蜜小雯。小雯最近学习成绩下滑得厉害。小雯说,反正她是家里的独生女,她妈告诉她,毕业后可以直接顶替父母到单位上班。是去爸爸单位,还是去妈妈单位,任由她挑。所以,考不考大学,对小雯来讲,没有丝毫压力。小雯甚至觉得,像张兵一样,每次抄抄小鹤的卷子,来得最简捷有效,这样起码可以混个高中毕业。可小鹤不赞成,她坚持自己的观点,要小雯跟她一起考大学。

小雯说:"我哪儿能跟你比?我就不是个读书的料,我只想当个女警察,或者顶替进我爸妈单位,当个工人得了。""当警察也得有文化呀。"小鹤可不愿小雯像表兄远景一样,放弃学业。

现在小鹤座位调前了,小雯坐在最后一排,视力再好,相隔太远,也看不见小鹤的答卷。脑筋好使的小雯,于是装出视力出现了问题的样子,在课堂上眯缝起那双晶亮亮如烤漆的丹凤眼,直嚷嚷看不清黑板。烦得老师没办法,就让她自个儿找个合适的位置坐下,反正文科班学生不多,空座位有的是。于是,笑盈盈的小雯二话不说,拿起书包一屁股便坐到小鹤身后,嘴上还不忘甜甜地回应一声"谢谢老师",弄得年迈的班主任哭笑不得地摇摇头。

在高考刚恢复的那些年,能考上大学的学生非常少,特别是文科班,许多学习吃力的学生,后来干脆不来上学了,要么在家待业,混迹社会,要么直接参加了工作。一个学校,能考上几个或者十几个学生,已经是件很了不起的大事了。所以小鹤所在的文科班,最后剩下不到十五人,各科老师都急得像哄宝贝一样,拼命哄着这些"少而精"的学生们继续奋发读书,生怕高考前再流失一个两个。

自上次离开浑江市小鹤家,回到邮膸县的霖然开始分心、走神、发呆……小鹤的影子,三天两头出现在他脑海里,以至于县一中头几名的学习成绩,都开始有些往下滑。

霖然想小鹤了。

他想再见到小鹤,想跟小鹤说说话,想看见小鹤清纯明亮的眼眸和她那羞涩楚楚的神情……他便有事没事就往吴孃孃家跑,帮吴孃孃提桶水或者搬趟煤,尽可能帮没有儿子的吴孃孃多干一些体力重活。他希望用自己的勤快,换来吴孃孃跟他聊聊小鹤。

这天霖然注意到,吴孃孃家卧室的三抽桌玻璃板下,压着许多小照片。霖然灵机一动,装着跟婷婷玩耍,偷偷溜过去。他想乘人不注意,悄悄抽走一张小鹤的照片。可趴在昏暗房间的桌子上看了半天,也没找到一张小鹤的照片,倒是有一张照片,是云姐站在田间,手握锄头照的。

霖然无比遗憾。

越是不见,越是思念。再过几天,学校就要放暑假了,不知道这个假期,小鹤会不会来。霖然悄悄地去问婷婷:

"你最喜欢谁啊?"

显然是明知故问,只为引出他想要问的话题。因为婷婷的答案,一年来,他已经听过了上百遍。

"喜欢小鹤姐姐。"

满意地回答。

"那,小鹤姐姐会来吗?"

"不知道。"

霖然的心凉了一半:

"其实,只要婷婷跟妈妈说,婷婷要小鹤姐姐来……"

霖然觉得自己像个教唆犯。

"那要是妈妈不答应呢?"

稚气的眼神,充满希冀。

霖然想了想,有些不好意思地压低声音说:

"妈妈不答应,你就哭呗,那样,妈妈就会让小鹤姐姐来了。"

"真的?!"

"真的!"

受到启发的婷婷,扭身跑回家去了。

第二天,吴嬢嬢的训斥声儿从隔壁传来:

"哭哭哭,你这个孩子,怎么变得这么不听话……就算让小鹤姐姐来,也得等过两天,她放了假才行啊,我的小姑奶奶……"

吴嬢嬢无可奈何的声音,此时在霖然听来,不啻天籁之音。

"霖然哥哥,妈妈说了,小鹤姐姐明天就到我家来。"

婷婷的话,引出霖然欢欣的笑容。霖然的心驿动起来,仿佛要飞出胸膛,他想跟人分享这份喜悦。

霖然跑去找大志,大志正好蹲在他家门口,擦他那辆永久牌男式 28 自行车。霖然便对大志说:"小鹤明天要来。"

大志疑惑地抬头看霖然,双眸里也慢慢溢出喜悦的光芒,但再一看霖然那忘我的神情,一丝说不清的忧郁便爬上大志的眉梢。

4

这年暑期,刚一放假,应邮脽县亲戚的强烈邀请,快十五岁的小鹤又从浑江市来到亲戚家帮忙。亲戚的邀请,可以说正中小鹤下怀。

只是这天,小鹤在亲戚家进进出出好几趟,竟没有看见隔壁霖然的影子。小鹤悄悄问婷婷,婷婷说:"霖然哥哥说了,他们今天下午要三点才放假哩。"

一看时间,刚下午两点半。心慌的小鹤突然冒出去霖然学校附近转转的念头,便蹲在婷婷面前:"婷婷,想去看电影吗?"

小鹤知道县城的电影院正好在霖然学校的斜对面。再说,五分钱一张的电影票,她还是出得起的。这次她身上,整整有三块钱,那是她这几年攒下的全部家当。

"看电影?好呀,好呀,我最喜欢看电影了,小鹤姐姐,咱们快走吧。"性急的婷婷拉起小鹤的手,就往大门外跑。

说起来,邮脽县医院离邮脽县一中,或者说离邮脽县电影院,也就一条街的距离。小鹤牵着婷婷的手,一路上按捺不住有些激动的心情。

道路两旁,有不少新开的小面馆儿、小饭馆儿、小杂货店什么的琳琅满目,货物丰富,让小鹤感到又新鲜又有点陌生。

"丁零零——"一群骑在自行车上的中学男生欢叫着,冲了过来。

"放学啦!"

"放假咯!"

声音和身姿,都洋溢着青春的激情和终于从课本中解放出来的由衷欢畅。

眼前车身人影一晃,好像是霖然和大志,闪电一般从小鹤身边骑了过去。小鹤很懊恼,刚才只顾带婷婷躲避车辆,没有注意看人,现在想要再回头去核实,又怕撞见霖然他们的目光。如果被察觉自己专门跑出来迎接他们,那该多丢人啊。

火急火燎来到街上的小鹤,只好硬着头皮继续往电影院方向走。只是步伐已经没有了出来时的动力和激情。

婷婷不知道小鹤姐姐为何突然不高兴了。她乖巧地拉着小鹤的手,一边走一边扭脸偷看小鹤的脸。突然,婷婷停下来,伸手插进口袋,摸出一枚五分钢镚,讨巧地伸向小鹤:"小鹤姐姐你看,我有钱。咱们买冰棍吃,不看电影了,好吗?"

小鹤回过神来,弯腰宽慰婷婷说:"哦,不用,姐姐有钱,我们还是去看有什么电影,好吗?回来我请你吃冰——"

"棍"字还没出口,一辆自行车,突然从身后蹿过来,一拐弯儿,急刹在两人面前:

"小鹤!"

"霖然哥哥!霖然哥哥!"

小鹤错愕惊喜之际,婷婷已经挣脱小鹤的手,欢快地叫着,钻到霖然和自行车之间,熟练地背对霖然抬起双臂,等着他抱。

"好哩。"霖然粲然一笑,左手扶车把,右手往婷婷胳膊下一抄,就把婷婷抱坐在自行车前杠上。

"丁零零——"淘气的婷婷按响了车铃。

"走吧,咱们回去。"明显笑得合不拢嘴的霖然,好像认定小鹤是在等他,问也不问就掉转车头,推着婷婷往回走。小鹤满心欢喜,低着头,顺从地跟在霖然身后。

婷婷坐在车上,开心得时不时按一下车上的铃。看着婷婷和霖然一路无拘无束地说笑,小鹤心中划过一袭蕴热。她从背后偷偷打量霖然,觉得霖然又长高了许多,不仅声音变粗了些,唇上好像还长出了一层茸茸的胡须。

"霖然哥哥,刚才我和小鹤姐姐想去看电影哩。"婷婷告密般地把手放在霖然耳边,凑上嘴小声说。

"看电影?"霖然疑惑地回头看了两眼小鹤。

小鹤的脸,蓦地又变得火烧火燎。她把头埋得更低了,盯着自己的鞋子,机械地往前迈步。

看着小鹤手足无措、满脸红晕的羞涩样,霖然强忍住笑,转回头哄着车身前的婷婷:"好,明天霖然哥哥去电影院先把票买好,然后咱们带上小鹤姐姐一起去看电影,好吗?"

"好。"婷婷开心地笑了。

"带上小鹤姐姐"——霖然的话让小鹤两眼发潮,两腿发软。"霖然多像我梦中的哥哥呀"——这一联想,又让小鹤狂跳的心再次乱了节奏。

这个假期,邮脽县电影院开始播放抗战经典老片《小兵张嘎》。虽然小鹤一直很想看这部片子,可意乱心慌的她,始终无法集中注意力。因为她被安排在了霖然身旁。

这一切,当然都是霖然捣的鬼。

这天,霖然准备召集院子里十几个孩子集体去看这场电影。大志、古丽娅,还有霖欣、婷婷他们,都特别高兴。于是,霖然买回了十几张第二天的电影票。

小鹤看得出,古丽娅希望跟霖然挨在一起,当然古丽娅也有这个自信。往年院儿里小孩集体看电影,古丽娅从来都是跟霖然挨着坐的。如此联想,小鹤心中便有些失落,对看电影也不再抱什么热情。

电影票发下来了,是霖然亲自给大家发的。小鹤一看,自己和婷婷挨着,就有些想落泪。大志凑过来看婷婷的票,见婷婷的一边是小鹤,另一边是自己,大志满意极了,他开心地挥舞着票跑走了。

古丽娅没有看自己的票,她把票顺手塞在裙子兜里,她深信,自己的左边,或者右边,必定是霖然。

"小鹤姐,走吧,看电影去。"

第二天,招呼小鹤一道走的,是霖欣。

霖欣跟霖然一样，也遗传了他爸爸北方人的体型，宽阔、挺拔。

霖欣脾气好，性子慢，跟小鹤说话，总是笑嘻嘻的，很随性的样子。路上婷婷说走不动了，要霖欣哥哥背。霖欣便蹲下身来，让婷婷从背后爬上来。

小鹤跟霖欣走在一起，神情特别自然，小鹤觉得，霖欣就像是自己的亲弟弟。

等他们到了电影院，门外已经聚集了许多等退票的年轻人。好在正片还没有开始放，正在放一部纪录片，好像是毛主席接见非洲某个国家领导人的内容。小鹤他们赶紧摸黑进去，找到位置坐下。

"你们怎么才到呀？"一个声音从紧挨着小鹤的右侧座位上传来，悄声而急切，竟像是霖然的声音，小鹤吓了一跳。等眼睛适应了黑暗，小鹤才发现，原来她的左边是婷婷，右边是霖然。霖然的右边，依次是霖欣、古丽娅。看见古丽娅，小鹤连忙把目光收回，因为她发现，正目不斜视看着荧屏的古丽娅，神情有些不对劲，好像在生谁的气。

整个电影演了什么，小鹤已经记不太清了，反正婷婷是从头紧张到尾，而霖然根本就不是来看电影的。

一开始小鹤感到霖然的肩膀悄悄挨上她胳膊的肌肤时，她吓得一哆嗦，想躲开。可电影院的座位本来就窄小，根本没有地方躲闪。小鹤僵直着，感到霖然身上传过来的热浪，铺天盖地向她袭来，她紧张得浑身起了一层又一层鸡皮疙瘩，脑子几乎处于眩晕状态。特别是电影演到八路军侦察连连长老钟叔被鬼子抓走那一段，紧张的电影音效让婷婷小声惊叫起来，大志赶紧伸手搂住婷婷。小鹤突然发现，黑暗中，她的右手不知何时已被霖然握在了手心里。一刹那，一种特别异样的感觉传遍全身。小鹤紧张得一动不敢动地紧盯着电影屏幕，以至于影片中张嘎子如何在战斗中缴获敌人一支手枪，如何偷偷把枪藏进老鸹窝里，等等，在小鹤眼前，只是毫无意义地播放着，小鹤的注意力，全都在霖然那只蕴热汗湿的大手上。

电影怎么散的场，大伙儿对电影有什么评价，小鹤全没注意到。拉着婷婷从电影院出来的小鹤，一抬眼就瞥见前面先出来的霖然正站在电影院门外高高的水泥台阶上，亮亮的眼睛注视着她，她不由得低下头，脸颊火烫火烫的。

小鹤牵着婷婷的手，跟在大伙儿身后，一路上再不敢抬头去看霖然的眼睛，不过看电影前那种茫然失落的感觉，早已经荡然无存。

回家的路变得很短，大家伙儿到了院门便一哄而散了。

这天黄昏，霖然提着一个铝制空水桶，把小鹤堵在井台边。霖然悄悄问小鹤，晚饭后能不能溜到医院后门外等他？小鹤羞涩了半天，才悄悄点点头。

晚饭后，婷婷找院子里同龄的小孩儿一起看小人书去了。小鹤收拾完厨房，偷偷溜到医院后门围墙外。一分钟不到，霂然就骑着他那辆崭新的飞鸽牌自行车出现在小鹤视线里。

"快，跳上来。"霂然话音未落，小鹤已经稳稳坐在了霂然自行车的后架上。

这是小鹤第一次坐霂然的自行车。自行车在两人的屁股下摇晃几下，照着公路前面的下坡，直直冲了下去。小鹤看着路两边飞快闪过的大杨树，有些害怕会从自行车上摔下来，就紧紧抓住屁股下的后座铁架，恐惧地闭上了眼睛。

昏黄的天空已经完全黑了下来，空气中孕育着氤氲之气。霂然把小鹤带到了一处全是水稻的农田地里。霂然架好车，拉着小鹤在一处相对干燥的田埂上并肩坐下来。两人就这样，开始仰天数星星。

那天，天上的星星特别多，一颗一颗，不停歇地眨着晶亮亮的眼睛。四周全是此起彼伏的蛙叫虫鸣，声音大得像是蛙虫们在举行合唱比赛。

心猿意马地望着天空数星星，是两个少年男女当时唯一能掩饰彼此紧张心理的做法。不远处，出现两个打着手电筒抓黄鳝、泥鳅的男子，瞬间打断蛙虫的鸣叫。也难怪，在当年的肉票、钞票都匮乏的中国乡镇家庭，晚上出来照黄鳝、抓泥鳅的，大有人在。当然，得躲着公社大队干部，不然被揪住了，就会挨批评，甚至挨揍，因为大家都知道，河沟里的东西，都是公家的。

霂然比小鹤胆大，对眼前的景象见惯不惊："没事儿，他们一会儿就会走的。"说完，霂然故意压粗嗓音，冲着远处的人影咳嗽一声，正专注抓黄鳝、泥鳅的两个人，听到动静抬起头，发现田埂这边好像有人，可能误以为是巡查稻田的，吓得赶快提起竹篓跑掉了。

夜，渐渐地安静了下来。

璀璨的星空下，徐徐凉风吹来，两个情窦初开的少男少女心中，也慢慢升腾起炙热燃烧的爱情火焰。霂然扭头斜睨一眼正仰头看着星星出神的小鹤，突然一扭身，猛地把小鹤搂进怀里。小鹤脑子蒙地一下，条件反射地想推开霂然，可无奈霂然的劲儿比她大，她越推，霂然抱得越紧，小鹤吓得心儿狂跳不已。她战栗地偎缩在霂然怀里，无声喘息着，全身僵硬得，再也不敢乱动。

第一次被男孩子拥在胸膛上的小鹤，心如急鼓般狂跳，她羞得不敢去看霂然那烈焰般燃烧的眸子。小鹤觉得，霂然的胸膛在夏夜凉风中，依然很热很热，即使隔着两层衣服，她也能清晰感受到霂然有力的心跳，是那么的急促。

小鹤幸福得有些窒息,她想哭,浑身起了一层又一层鸡皮疙瘩。

此时与霖然并肩坐在田埂上的少女小鹤,已经深深爱上了这个把她紧紧搂在怀中的少年郎。小鹤迷蒙的眼角间,一颗清亮的泪珠顺颊流下,她开心地感叹,自己终于有了一个渴盼已久的梦中哥哥。

抱着全身发抖的小鹤,霖然觉得小鹤的楚楚纤腰,不盈一握。小鹤云鬓间传来一股淡淡的茉莉花清香,气息熟悉而亲昵。霖然心中甜甜的,似有清泉无声滑过……

两人就这样,一动不动地彼此依偎着,在他们情窦初开的心灵深处,大概认为,这就是青年恋人间与众不同的感情表达方式吧。

跟霖然有了秘密之约以后,小鹤当晚便做了一个梦。只是这个梦令她想起来,就羞愧难当。

小鹤记得梦境是灰暗的。梦中的她,赤裸着上身,坐在一截儿一人多高的墙头上,霖然在墙那边伸出手来,想拉她,她特别特别害羞,想转身藏起来,结果梦醒了。

醒来后的小鹤,心还在扑通扑通直跳,为自己梦境中赤裸着的还未发育成熟的上身。小鹤实在想不明白,自己怎么会做这么荒唐的梦。人们常说,日有所思,才会夜有所梦,可小鹤发誓,这个梦大大超出了她稚嫩思维空间所能触及的范畴。这个梦对小鹤预示着什么,小鹤不知道。只是第二天,再见到霖然时,小鹤从霖然流光溢彩的眼神中突然领悟到,她和霖然之间,已经有了一种令彼此心领神会的感觉。这种感觉专属于他俩,是那样的甜蜜,那样的怦然心动。

心中有了秘密的小鹤特别想照一张照片送给霖然。于是,她悄悄穿上邻居陬陬妈因孕后长胖不能再穿而送给她的那件淡绿格子棉布西装外套,到街上县里最大的照相馆照了一张一寸的黑白照片。这是小鹤平生以来,照的第一张标准单人头像。当时连浑江市最好的照相馆,都还不能照彩色照片,更别说县城里的小照相馆了。那个年代,爱美的女孩儿想要把照片变成彩色的,只能请相馆照相师傅给照片染色。现代年轻人看着父母年轻时染红脸蛋、涂红嘴唇,白色纱巾用紫药水染色的照片,或许觉得好笑。可在当年,给照片上色也是要花钱的。小鹤舍不得花钱给照片上色,就照了一张一寸黑白小照。

这天,霖然请小鹤到他家玩儿。这是小鹤第一次跨进霖然家门,所以,她很紧张。

霖然家跟小鹤亲戚家的房间布局几乎一模一样。

霖然家,只有霖然一人在。

自从跟霖然有了那层特殊关系后,小鹤再见到霖然,浑身上下就变得有些手足无措。霖然看出她的尴尬,哧地一笑,然后转身抱出一大堆家里的照片,放到床上让她看。小鹤就蹲在霖然爸爸妈妈的床前,把照片摊开来,一张一张地欣赏。

这些照片,除了在照相馆里中规中矩照的全家福,剩下的,基本上都是那个年代用 120 型照相机,或者 135 型照相机拍的黑白小照片。霖然和弟弟霖欣的照片最多。

照片上,哥儿俩笑得特别灿烂。有霖欣抱着小猫咪照的,有霖然爬在树杈上照的,还有许多是兄弟俩在北方公园、湖泊和雪地上照的。

小鹤也是在那个时候,向往上北方的。

凡是霖然到过的地方,小鹤就想亲自去体验一下,期待着能跟霖然有共同的感受和话题。仿佛霖然待过的地方,空气中也会留存下霖然温暖的气息。

古人说得好,痴情女子往往在恋情一开始,就奠定下悲剧的影子。只是小鹤那时还小,还意识不到这些。

霖然抓起一蓝一绿两沓明信片递给小鹤,霖然说,这是他上次到北方时买的,送给她。小鹤一看,两沓明信片各有十张,一沓是北京十大建筑图片,另一沓是八大样板戏剧照。二十张明信片都非常精美漂亮。小鹤便把这两样东西理所当然地看成是霖然送给她的定情之物,一直珍藏在身边。

不过此时小鹤最想要的,还是霖然的单人照。于是,霖然又挑了一张自己穿海魂衫的两寸大头照片,递给小鹤。

"那你,也送一张照片给我吧?"霖然热切地看着小鹤。小鹤忽地又红了脸,手塞进衣服兜里,好半天才低头取出,是自己刚照的那张一寸小照片。

霖然终于得到了小鹤的照片。想想自己上次去吴嬢嬢家偷照片的情形,霖然忍俊不禁,又扑哧乐了。小鹤误以为霖然是在笑她照得太呆板,更加羞涩紧张,不敢抬头,她嘴里嗫嚅道:"我真的不会照相,我不会笑的。"

的确,那天小鹤梳着两个短辫子照相时,分明想咧着嘴笑来着,可没想到等取回照片一瞧,脸上那表情,怎么看怎么像是在哭,仿佛还能依稀看见嘴角的颤抖和脸部肌肉的哆嗦。

见小鹤误解,霖然连忙解释原因,这才逗得小鹤释然开怀。

小鹤顽皮地冲霖然做了个鬼脸,顺手悄悄摸起霖然一张全身照片,偷偷藏在了身后。

十几岁的少年,轻轻触碰一下手指,都可以幸福好久。有了爱情陪伴的小鹤,脸上时不时就会微微一红,神色如醉。

那些日子里,霖然经常在家人不在时在家里练习拉小提琴,静静坐在一旁的小鹤,是他唯一的听众。

和着霖然拉出的《新疆之春》的旋律,小鹤常常能感受到天空小鸟的欢唱,地上骏马的奔腾。她好不羡慕霖然的聪明和才学。这也是后来在大学里,小鹤刻苦学习吹箫的动力。她太想与霖然琴箫共鸣了。

霖然见小鹤听得那么专心,就把手上的小提琴递给小鹤,让她也拉拉试试。小鹤高兴地在霖然手把手地教导下摆出一副拉琴的架势,没想到一开弓,琴弦竟发出杀猪般的杂音,惊得小鹤一愣,旋即咯咯直乐。霖然说,可能是琴弦松了,就教小鹤如何调试。小鹤依葫芦画瓢,一使劲,嘣的一声,琴弦断了。小鹤吓得连声道对不起,声音里已夹杂进丝丝不安和恐慌。

这也难怪,或许受母亲影响,有些迷信命运昭示的小鹤,才刚刚开始恋爱,就拧断了琴弦,她觉得很不吉利。

霖然温柔地咧嘴一笑说:"没事儿的,你看我这儿,还有好多崩断了的琴弦呢,断弦是很正常的事情。"

话是这么说,可小鹤依然觉得晦气。好在断弦的事儿,很快就过去了。

第二章

青涩初恋

1

霖然对小鹤的爱恋日渐浓郁。他天天都想着怎么找理由跟小鹤待在一起，哪怕不说话，只看着她也行。从小跟弟弟长大的霖然，全然不懂女孩子的小心思，只要看见小鹤有一丝不开心的样子，他就会很慌乱，可又不知道该如何去化解。

其实，小鹤是一个很知趣懂事的女孩儿，她之所以有时表现出不开心，是因为她搞不懂自己现在这是怎么啦，看不见霖然时，像丢了魂儿，而面对霖然，她又紧张得直想躲避，心里像揣着一只活蹦乱跳的小鹿，时常踢得她心慌意乱、心神不宁。

这天中午，小鹤告诉霖然，妈妈让她去一趟乡下，帮云姐做几天饭，因为又到了农忙收割时节，云姐一边要复习考大学，一边又要加班打麦子，回到家累得都快瘫了。

霖然一听，自告奋勇地说："我骑自行车送你去，你在街口等我一下。"然后飞快地跑进屋子。

小鹤坐在霖然偷偷骑出来的自行车后架上，一路欢快地向乡下奔去。这次，霖然把小鹤的手直接拉来抱在了自己腰上。为了怕小鹤害羞再缩回手去，霖然故意不停地晃动着车把，唬得小鹤咯咯直乐，自然不敢再松开。于是，飞一样的自行车，就行驶在金色滚滚的麦浪田间。

云姐所在的公社大队在邮脽县什么地方，小鹤只知地名，却不识道。好在霖然门儿清,说还能抄近道走。

虽然烈日当头,无遮无拦,可两人一点儿也不在乎这些,反倒觉得,迎车拂来的丝丝热风,撩得人心情超级爽快。

然而,骑着骑着,霖然后悔了。

后悔的心思是一周后那天中午,霖然再次骑车,顶着更毒的太阳,去约定地点接小鹤时,在路上告诉她的。霖然说,自己那天真是傻呀,去乡下云姐大队的路那么短,自己干吗要骑得那么快? 还要走什么近道! 结果白白浪费掉跟小鹤多待一会儿的大好时光。

与推车的霖然并肩走着的小鹤听了,睫毛颤动着,突然一扭脸看着霖然说:"那你为什么那天把我一个人扔在乡道上? 我还差点被狗咬了呢!"

霖然吃惊地放慢步子,诧异回过头来,看着身侧的小鹤:"不是你不让我送的吗? 你说怕云姐看见告诉你妈。我还说等你走了我再走,你偏要我先走,我怕你生气,只好骑上车走了。"

小鹤一咬嘴唇,咯咯乐着说:"让你走,你真走呀?"

"你走后我自己向前走,走着走着,突然冲出那么大一条大黑狗来。"小鹤伸直手臂比划着,"冲着我汪汪直叫,吓得我赶紧蹲下身,装着捡石头,又是喊,又是叫。可那狗,一点也不害怕。幸好云姐她们生产队队长扛着锄头赶过来,才打跑了那条狗。队长跟我说,那是条疯狗,已经咬过好多人了,就是逮不着它。"

"啊? 我悔过,我悔过,真对不起。"霖然心中直替小鹤后怕。

此时,正好走到一处全是高粱地的田边,骄阳烈日下,四处静悄悄的。霖然索性架住自行车,转身心疼地拉起小鹤的双臂。一阵风儿吹过,一股熟悉的幽香从清迥动人的小鹤身上传来,触动着霖然心里那片最柔软的地方。他望着眼前娇俏的小鹤,长长睫毛蝶翼般轻颤,双颊飞升起两朵红云,不由得心生柔情:"那,这几天,你过得怎样?"

小鹤像突然想起了什么,顽皮地扑哧一笑,露出整齐雪白的小碎牙:"哎,你见过蛇蜕皮吗?"

"蛇蜕皮?"霖然不解地看着小鹤的大眼睛。小鹤眸子里瞳仁清亮,阳光下黑得几乎能照见他的影子。

"咯咯咯,告诉你吧,我看见了。这次在我姐那儿天天帮她挑水、喂狗、烧火做饭,还给她蒸馒头。那天我姐的大黄狗冲厨房灶台边放柴火的地方猛叫,我当时正背对着站在灶台前和面哩,就没管它。晚上我姐从打麦场回来吃饭,发现柴火边柱子上,竟然盘着好长一条大蛇刚蜕下来的青皮。姐姐喊来队长,队长说幸好我当时没有去惊动它,要不然它就咬我了。"

"哇,那太危险了。"有些被吓着的霖然,嘴里抽着丝丝凉气。他没想到,眼前这个孱弱的女孩子,真是又勇敢又能干,胆子还不小。

青梅竹马相伴的岁月,就这样缓缓地流逝着。

几天后,暑假结束,小鹤该开学了。这天,县医院要到浑江市去采购一批针剂药品,小鹤正好搭上便车。霖然心中恋恋不舍,他想送小鹤点儿什么。可送什么呢? 霖然闷头想了想,匆匆从县医院中药房里找出个空药盒,向后院儿老桑树下跑去。

"等等我。"就在救护车将要启动的那一刻,霖然满头大汗地叫喊着冲上车来。

一屁股坐在小鹤身边的霖然,用衣袖擦了擦额头上滚落的汗珠,然后把抱在怀里的药盒往小鹤面前一推:

"给,送你的。"

"什么呀?"

满心欢喜的小鹤双手接过盒子,听着里面窸窸窣窣的动静,满怀好奇地打开:

"啊——"

满脸恐惧的小鹤,双手猛地往前一推,若不是霖然眼疾手快接住,这一盒子黑乎乎的东西,就滚落到车厢地板上去了。

原来,这是一盒新鲜的蝉虫,一个个刚钻进地下准备猫冬,就被霖然挖开洞穴,提前解除了休眠。

小鹤天生最怕的就是虫子。看见这一大盒蝉虫,全身鸡皮疙瘩一层盖着一层,恐惧的泪花早已盈满眼眶。

"对不起呀,对不起! 你不是胆子挺大的吗? 哦,我真不知道,你这么怕虫。"

一脸歉疚的霖然,压根儿料想不到,不怕蛇的小鹤,竟然对虫子怕得要死:

"其实这不是虫子,它是蝉,可以做药的,咱们医院中药房里的干蝉可多了。"赔着笑脸的霖然,心中甚是懊恼,他觉得自己真傻,做了这么笨的一件事儿。

嚼着泪花的小鹤,强忍住对虫子天生的恐惧和恶心,她歉意地咧咧嘴唇,似笑非笑地告诉霖然,爸爸曾经为练她不怕虫子的胆量,试着把一只米粒长的小虫放到她手心上。爸爸说,只要小鹤能坚持到他数到五,就算小鹤勇敢。可小鹤恐怖地看着小肉虫在自己手心上蠕动,只觉得头皮在一点点乍起。刚开始她还咬牙坚持着,当爸爸数到"三"时,再也忍不住的小鹤,哇的一声大叫,把手心在爸爸衣服上、手上使劲摩擦着,泪水早已经流得稀里哗啦。

"哈哈哈哈……"霖然被小鹤讲述的神情逗乐了。看着这个既胆大又胆小的女孩儿,霖然笑颜温存地晃晃手中的盒子说:"没事儿,你害怕就别拿了。等我回家送给霖欣去,他可喜欢这个了。"

想着霖欣见到这么多蝉时的高兴样儿,小鹤和霖然都释然地笑了。

进入高中后的小鹤和霖然,学习变得紧张而忙碌起来。

这时候,高考已经成为一条人人盼望踏上,又人人渴望通过的独木桥。

小鹤班上的班主任王老师,是英语教师。王老师平时特别喜欢小鹤,所以小鹤的英语成绩也是她所有科目中最好的。每天早上课前五分钟,王老师都要测验大家的英语单词默写速度和正确率,小鹤总是保持着全班第一。小鹤的数学老师也是"文革"前的大学毕业生。虽然当年文科高考,数学和英语成绩只是各占总分的30分,可多一分总比少一分好,因为少一分而与大学失之交臂的事情,往届高考已有先例。所以,学校为了力保小鹤她们几个文科尖子生,专门为她们请回了几位已退休多年的老牌大学生老师。

想想小鹤她们这一代,因为"文化大革命"的影响,从一进小学起,就整天看着学校高年级大哥哥大姐姐们,不是上街游行、批斗老师、写大字报、比赛背诵毛主席诗词语录,就是大跳"忠"字舞,然后便是铺天盖地的上山下乡运动。几乎没有几个学生认为学习文化课会有什么用处,也没有几个老师在认真教书。

小鹤记得在上小学时,她家正好住在一所中学对面。小鹤每次放学回家都会看见校门口在批斗被称为"牛鬼蛇神"的老师。老师被穿着草绿军装的中学生们五花大绑着,押在由桌椅板凳高高架起的批斗台上,晃晃悠悠地低着头,任由台下红卫兵小将指着鼻子,历数他们如何逼迫学生学习数理化,如何灌输学生走"白专"道路……

看着被批斗的老师脸上被涂得乌七八糟的样子,小鹤总是吓得赶紧往家跑。

现在,打倒了"四人帮",老师的社会地位又被重新提升起来。小鹤看着学校里这些鸡皮鹤发的老教师们,脸上涌现出的,全是过年般的喜庆神情。

这天,教小鹤她们班语文、数学、历史和地理的四位女老师,在班主任英语王老师的带领下,一起来到小鹤家。令正用两个倒扣着的板凳腿儿帮妈妈缠双色棉线的小鹤和正在厨房里做饭的小鹤妈吃惊不小。

班主任王老师连忙握住小鹤妈的手,微笑着解释说,小鹤是学校文科班的尖子学生,学校希望学生父母能配合学校,多给孩子一点学习时间,帮助学生在最后关头加紧学习,以便将来考上一所好点儿的大学。小鹤妈一听,激动地当场表示,从此再不让小鹤干家务,全力保障女儿的学习时间。

五位老师见目的已经达到,喝了几口滚烫的花茶,坐了一小会儿,就满意地起身告辞了。

望着老师们老态龙钟的背影,小鹤潸然泪下。因为她知道,自己再也没有机会去邮脽县带婷婷、见霖然了。

妈妈以为小鹤被老师和父母的关怀感动坏了,就乘机语重心长地为小鹤加油:

"我就不相信,养一笼鸡,就没有一个会叫的。一笼鸡,总得有一个能叫的嘛。"

妈妈之所以这么说,是因为小鹤的姐姐这年高考落了榜,只进了一所专科学校,学习烹饪。现在小鹤妈便把全部的希望都押在了小女儿小鹤身上。

为了做妈妈期望的这只"会叫的鸡",小鹤每天早上四点半就打铃儿起床。从家里到学校,两点一线,一直埋头书本,每天学习到深夜。她像海绵一样,拼命吸收着迟到的文化知识。

可每当夜深人静时,放下笔和书的小鹤,揉着疲惫的双眼,脑海里便会浮现出霖然的影子。

小鹤非常思念霖然。

也许恋人之间,真的是心有灵犀一点通。

在小鹤咬笔苦思霖然的时候,霖然也躲在学校操场篮球架下,辛苦地想着小鹤。

霖然的学校,也是省重点。霖然是重点班级的尖子学生。学习对霖然来讲,毫不费力。费力的是,霖然想念小鹤,却又见不着她。

想念一个人是痛苦的,痛苦往往能激发人的胆量和勇气。

这天周末,已经十六岁的霖然,拿着五块钱,偷偷坐上长途汽车,来到了浑江市。他知道,周末小鹤父母都在家,为了不被小鹤爸妈发现,他寻找到一个很有创意的地方——从小鹤家楼上窗户往下看的右侧,目测距离能看到的一处四合院——这个院子中央,是块空坝子。

霖然站在坝子中央,像个标杆般地杵着。他抬头望眼欲穿地等待着小鹤的身影能出现在她家的窗口。他甚至想好了,不能直接呼喊小鹤的名字,因为这样,有可能在小鹤听到的同时,也被她爸爸妈妈听见了。他准备喊大志,或者喊李健、谢峰什么的,反正只要是小鹤熟悉而她父母不知道的名字就行。

霖然激动地幻想着、等待着。时间从上午移到中午,太阳已经高高挂在了头顶的天空,也没见着小鹤的影子出现在窗前。于是,霖然决定现在就喊:

"大志——

"大志——

"李健——

"李健——

"谢峰——

"谢峰——

"……"

霖然把所有想得起、可以喊的名字,轮流喊了个遍,可楼上小鹤家窗户前,静悄悄的,没有一点儿反应。最后,霖然立着的那个院子里,走出来一个白发老头儿和一个小脚老太太,两人生气地说,霖然打扰了他们午休,还责问霖然是谁家的孩子,大中午的,这么不懂事,大呼小叫。说着,把他往院子外面赶。

望穿秋水空盼念,霖然沮丧极了。他不甘心就这么回去。他又偷偷潜进隔壁小鹤家楼下的院子里。

小鹤家楼下院子边,有一排老旧平房。霖然刚跨进院门,就看见院子里正有几个小孩儿在跳房格子和踢毽子。平房前,一户人家门前,有一个女人正就着大木盆里的木质搓衣板,在呼哧呼哧搓洗衣服。见有人进院子,她下意识抬头打量了一眼。

那个年月,人们的警惕性非常高。特别是这种单位家属院儿,居住的几乎都是相互熟悉的同事,家家户户不到晚上睡觉,几乎从不关门闭户。所以,院子里只要进来一个陌生人,立马就会引起大家的好奇,投射来关注探寻的目光。

霖然怕有人问他找谁,就不敢贸然再往里走。他看见院门口墙上有一个邮局安装的木制邮政信箱,便牢牢记住上面写的邮箱地址,然后返身回到长途汽车站。

霖然在小鹤家隔壁院子扯着脖子喊叫小鹤时,小鹤正在闺蜜小雯家,向小雯坦陈她和霖然的恋情。

小雯简直不敢相信,眼前这个全校文科生的榜样居然在早恋!她说:"你疯了啊你?你简直太火爆了嘛!很快就要高考了,你居然还敢谈恋爱。"

瞪着一双好看丹凤眼的小雯,围着小鹤转了一圈儿又一圈儿。她上下打量着小鹤,语气是那样的震惊。不过话是这么说,小雯对小鹤的敢作敢为,还是相当羡慕和钦佩的:"还真是看不出来嘛,外表这么乖巧老实的林小鹤居然在谈恋爱。要是让咱们班那帮老太太知道了,还不得把她们气死。"

因为太吃惊,两次用到"居然"这个词的小雯,想着老师们知情后可能被气蒙的样子,忍不住眯缝起狡黠的眼睛,咯咯咯地坏笑起来。

"哎呀,人家心里烦得慌,才跟你说嘛。你平时主意那么多,帮我想想办法,我该怎么办呀?"

"我能怎么办呀,我连恋爱都没谈过,经验还没你丰富呢。对了,你妈还不知道吧?"小雯眯缝着的眼睛,霎时又瞪圆了。

"我妈知道了还了得,非把我打死不可。现在我妈把我看得可紧了。今天我跟我妈说,要到你家来问你一道政治题,我妈才放我出来的。"

"咯咯咯,我学习还没你好哩,我不抄你的答卷就不错了,你妈也信?"

"管她信不信呢,反正我妈一听我说学习,就不管我了。唉,真不知道霖然现在在干什么。"

看着一脸恍惚的小鹤,小雯心中有些触动,但她也毫无主意:"算了,还是等你高考完了再说吧。"

在"智多星"小雯那儿讨不到主意的小鹤,只得每天继续乖乖地背着书包,两点一线地去上学。在上学放学路上,霖然的影子就温馨地陪伴在她的脑海中。

一天早晨,小鹤上学经过院子里的报箱时,不经意地往上瞄了一眼,看见有一封信孤零零地插在报箱里。小鹤家从来没有人写信,云姐去了专科学校,也是隔几天就回来一趟,根本用不着写信。

一周后小鹤发现,这封信还在。这时,小鹤心中闪过一丝念想,是什么又说不清楚,反正她就是想去看看,这封信的封皮上写的是什么。

"李尖文?"

一个女孩的声音,在小鹤耳边突然念响,把正拿着信封发呆的小鹤吓了一跳。转头一看,是住在另一个单元三楼的小梅姐。小梅姐告诉小鹤:

"这封信放在这儿都有半个多月了,也没有人取。李尖文是谁啊?我怎么不知道?要不,咱们让邮递员把它退回去算了。"

小鹤无声地咧嘴笑笑,装着平静地又把信放回信箱,应付一声说:"就是啊。"然后掉头回了家。

　　回到家的小鹤，莫名地感到心慌，眼前总是飘浮着那封孤零零待在报箱里没有寄件地址的信。"要不，让邮递员把它退回去算了。"想到小梅姐这句话，小鹤再也坐不住了。

　　她告诉妈妈自己下楼去倒垃圾，然后提着家里的垃圾桶，就急匆匆往楼下跑。身后传来妈妈急切的喊声："谁叫你干活儿的哟，你快放下，看你的书去，我一会儿去倒。"

　　"没事，我活动一下，马上就回来。"健步如飞的小鹤，一路狂奔下楼，冲到院子里的报箱前。还好，那封寄件地址写着"内详"的信件，还静静地插在报箱中。

　　小鹤四处看看，没人。她迅速抓起信，放进衣服兜里，转身倒完垃圾，拎着空桶就跑回了家。放下垃圾桶，砰的一声，把自己关进了家里那间只有一平方米大的厕所里。

　　"亲爱的小鹤，你好，我是霖然。如果你能收到这封信，我就太高兴啦……"

　　还真是霖然写给自己的！

　　小鹤心里抑制不住一阵狂喜：

　　"自从你上次走后，我一直很想你，眼前总是浮现出你那美丽的身影，耳旁总是回响起你那银铃般的笑声……"

　　哈哈哈哈，霖然的文笔还不错嘛！只是小鹤觉得，霖然把自己夸得太好了，即使霖然没在眼前，小鹤也知道，自己这会儿的脸颊很红，因为摸着都烫手。

　　霖然的信不长，他说怕小鹤收不到，就试着先发一封。之所以用"李尖文"这个名字，是因为有一次听小鹤说，长大了要当"文化上的尖兵"。他想，小鹤对这几个字，应该是比较敏感的。

　　看到这儿，小鹤点点头，心想当时看见这封信时，自己还真是对这个名字特别敏感，只是前面加了"李"字，自己就有些把握不准了。看来自己与霖然，真是心有灵犀一点通啊。

　　霖然在信上还说，如果小鹤收到信，请一定尽快回信，地址就按信里留的回。小鹤一看那地址，原来是霖然学校。小鹤心中不由得感叹，霖然胆子真大呀，他就不怕被老师和同学发现？

　　有了霖然通信地址的小鹤，又变得身轻如燕，笑逐颜开。小鹤的信发出以后，霖然很快就回了信，这次的信有上次那封的三倍厚，细心的霖然为此还贴了双倍邮票。霖然在信中告诉小鹤，现在他父母对他寄予厚望，要他好好念书考大学。

霂然说，他太想念小鹤了，心总是静不下来，所以学习也有些受到影响。小鹤看了心下着急，立刻回信说，希望霂然能加把劲儿，将来好一起考进同一所大学，这样就可以朝夕相处，共度四年了。

霂然激动地答应了。

有了这个飞鸿约定，霂然的学习成绩果然直线上升。小鹤受到鼓舞，学习动力也更大了。

知道小鹤与霂然开始恋爱通信的秘密后，小雯很是替小鹤高兴。有时候，小鹤在课堂上偷偷健笔如飞地写情书，小雯就给她打掩护。为了省钱买寄信的邮票，小鹤把妈妈给她的零用钱全都搭在了邮资上。无奈，随着情感升温，两人一来一往的通信进度，已经适应不了双方情感的需求，小鹤和霂然便开始同时给对方写信，又在接到对方来信的同时，再给对方回信。这样一来一往，两人便天天都在收信，又天天都在回信。小鹤的经济状况出现了明显的困境，小鹤便把妈妈给她的早餐钱，也全部搭进了邮资里。

这一切小雯都看在眼里，急在心上。好心的小雯慷慨地分出自己的一半儿早餐，或半个馒头，或一个小花卷，反正时不时帮助一下小鹤，令正在生长发育却开始有些贫血的小鹤，心中充满了感激。

2

七十年代末的中国，人们还不知道手机、电脑、寻呼机为何物，那时一般家庭连电话都没有。人们互通信息的方式，除了迫不得已到长话局打打昂贵的电话外，急一点儿的，就发封电报；不急的，多半就是提笔写信了。

小鹤和霂然之间的鸿雁传书，已经来往了好几个月。随着感情加深，小鹤发现好多时候她和霂然几乎同时提笔在写同一件事情。这种隔空的心灵感应，时常出现在他们彼此的信里，令两人大为感慨，也更加笃信，对方就是自己生命中的另一半儿。

随着通信间隔的缩短，两人非但没有减轻对彼此的思念，反倒更加渴望能见上对方一面。

这天下午，正痛经的小鹤捂着肚子斜靠在床头，背着英语单词。忽然，她听到楼下传来几声断断续续的呼喊：

"李——尖——文！"

小鹤的心,突突跳起来,她有点不敢相信自己的耳朵,屏声静气再搜寻:

"李——尖——文!"

又一声呼喊,从窗外飘升而至。

小鹤跳下床扑向窗边,眼睛越过窗外斜拉着的晾衣竿儿,向楼下院子寻去。没人啊!奇怪,难道是自己的幻觉?

疑惑间,小鹤突然发现,楼下右斜方,隔壁的院子里,有一个人正急切地挥舞着手臂。

小鹤眯起眼一瞧,啊,霖然?

小鹤揉揉眼,再定睛细瞧,果真是霖然!

小鹤激动地打开房门就往外冲,可冲到楼梯口,又刹住了步子。不行啊,妈妈刚刚下楼买菜去了,如果这时回来,撞见自己往外跑,该怎么说呀?小鹤急得脑子里糨糊一摊。她退回房间,徒然坐下,继而再次跳将起来,抓起桌上的书包,向楼下大步冲去。

隔壁院子大门旁,是一条青石板路小巷。窄窄的巷口,头戴一顶软檐军帽、肩挎军绿书包的霖然,正靠着巷壁,乐呵呵地注视着眼前的小鹤:

"你总算听见了!我还怕你又不在家呢。"

霖然眼前的小鹤,双颊胭红,清纯逼人,那欲言又止的神态,令霖然内心一阵冲动,他上前一把抓住小鹤的手。

"啊——别,我怕我妈……"惊恐的小鹤一提起她妈,霖然的手只好赶紧松开垂下。两人现在都还没有胆量公开他们的恋情。小鹤双眼低垂,又突然抬起忽闪的大眼睛,她问霖然能否带她去一个离家稍远点儿的地方。只要不碰见熟人就行。因为小鹤平时从来不自己逛街,除了上学的路线,其他地方,她一概找不着。

霖然大喜过望,一挠头,说:"那,你跟我走吧。"

小鹤远远跟在霖然身后,他们走了一长段路,转了两次公共汽车,霖然终于把小鹤领到浑江市南郊,一处苗圃附近。霖然的爸爸新近借调到离这儿不远的地方工作,地理方位感极好的霖然,来过几次便记住了这里。

苗圃里搭建着好些塑料大棚,空气里弥漫着泥土、植物和粪水混杂的气味儿。

走到一垄高架青苗边的僻静处,两人停下脚步,都默不作声地站在那里。

太多的思念,堆积了无数的话语,一时半会儿,两人都不知从何说起。小鹤低垂着头,用手扭玩着身上书包的背带,她感到自己的心跳得怦怦巨响,仿佛要从胸膛里蹦出来似的。

咕嘟，一声紧张的吞咽声，从霖然嗓子眼处传来，小鹤下意识地抬起头，正好对上霖然凝视她的目光。

"对不起，我来找你，把你吓着了吧？"霖然小心翼翼地问。

"没、没有，只是我妈最近好像察觉到什么，把我看得越来越紧了。"小鹤局促不安地小声答道。

又是一阵难耐的沉默。

"对了，告诉你一个好消息，我可能要转学到浑江来了。"渐渐平静下来的霖然又恢复到他惯有的阳光率性。

"真的？"小鹤眼中闪过惊喜，求证的目光便直视霖然。

再一次清晰看见小鹤清亮眸子里映出的自己，霖然露出雪白的牙齿，开心地笑了。

"那太好了，以后就不用写信了，哎哟……"放松下来的小鹤，突然眼前一黑，眼看就要栽倒，霖然抢前一步扶住她，"怎么啦，小鹤？你没事吧？"

霖然这才注意到，小鹤脸色煞白，白得没有一点儿血色。

"哦，没事，就是有点头晕。现在好了，没事儿了。"很长时间为了省钱寄信吃不上早餐的小鹤，已经贫血得有些厉害，而且这几天，又赶上她来例假痛经，身体便有些吃不消。

体贴的霖然见小鹤用手捂着小肚子，时不时痛苦地蹙一下眉头，突然意识到什么，连忙搬来几块石头垒好，再把自己身上的书包和小鹤的书包叠一起放在石头上，然后拉过小鹤坐在上面，自己则蹲在小鹤面前，伸出长长的手臂圈护住她。

四目相对，两人的眼神霎时缠绵交织在一起。备受痛经折磨的小鹤，突然被心爱的男孩儿如此用心地呵护在怀中，心中涌起无比甜蜜的感觉。

眼前青春洋溢的霖然，在小鹤眼里是那样的帅气，充满魅力。小鹤特别喜欢看霖然的眼睛，尤其是那一对浓密纤长的睫毛，直让小鹤惊诧，男孩子怎能长出如此羞煞女孩儿的美睫来。霖然目光热烈而激情，伴随着他圈在小鹤腰上的手臂稍加用力，小鹤的心战栗得快把自己弄窒息了，眼中不由得溢出闪闪盈光。

霖然太想就这样一直圈护着他心爱的女孩儿。看着小鹤清纯多情的目光，霖然相信，自己跟小鹤的至真爱情，已经深深凝聚在彼此的脏腑深处、骨髓之中，今生今世，都将浓得融不开、化不掉了。

有了第一次的见面，就盼着能有第二次的约会。刚刚被相见抹平的思念，复又燃起更加炽烈的火焰。

霖然又在苦苦思念小鹤了。

已经两个月没有见到小鹤的霖然,寄出去的信如同石沉大海,没有回音。

小鹤怎么啦?

霖然想得有些不能自拔。

虽然每次见面时,两人只是手拉着手,互相对望着,可霖然觉得,自己一旦见着小鹤,心中不安宁的情愫就会慢慢平息下来,有如春风吹过的湖面,只剩下片片涟漪。霖然已经忍受不了,每次站在小鹤家旁边的小院子里呼喊,觉得那样太被动了,一切寄希望于小鹤能否在家,能否听见。这天,他直接来到小鹤学校,把小鹤堵在了操场上。

小鹤惊得目瞪口呆。

霖然突然出现在学校,小鹤以为自己在做梦。等回过神来,小鹤想到发生在家里的那场鞭笞,刚要爆发的惊喜便被重重的担忧压了回去。小鹤慌忙让霖然在校门外旁边的小巷子里等她,然后急切地跑向教室,她要去求助自己的好友小雯。

小雯一听,自己正想看看这个霖然是何方神圣,能如此吸引小鹤,以至于小鹤在她妈的鞭笞下也不肯屈服。就答应牺牲一回,去做他俩约会的电灯泡。

于是,在浑江市中心体育场侧门前,小雯像个实实在在的电线杆子,杵在马路边。杵累了,便在马路上走过来走过去,一会儿数着眼前过往的车辆,一会儿又低头数着自己的步伐。看着暮色中月亮嫉妒地抹去夕阳残留在天边的最后一片余晖,复又开始数起夜空里的星星。

此时她的好朋友小鹤,正跟热恋的霖然,躲在她身后的夹竹桃树丛里,互吐着彼此的相思衷肠。

其实小雯不知道,小鹤和霖然此时在夹竹桃树的掩映下,双双靠着墙,什么话也没说。霖然侧头默默地看着眼前的小鹤,目光充满爱怜。小鹤时而低头垂泪,时而抬头幽怨地瞥一眼身旁的霖然。两人在经历了这么久的相思之后,彼此都深感思念的沉重和相爱的煎熬,简直有些苦不堪言。

霖然终于打破沉默:"小鹤,你收到我的信了吗?怎么不给我回信?"

"我……"刚一张嘴,无声的泪水便不可抑制地滚落到强装出的笑脸上,"你的信……我妈发现了,把我打惨了……"叙述中,小鹤哽咽着,把霖然的思绪带回到两个月前的那一天。

那天,小鹤像往常一样,准时放学回家。奇怪的是,云姐竟然也在家。

"姐,你今天怎么回来了?"小鹤欢快地问。

"你,还是老老实实承认了的好。"云姐丢下一句话,转身躲进了家中厕所,咣地一下,把自己关在了里面。

"怎么啦?"小鹤看着云姐奇怪的举动,突然变得有些心虚,她喏喏着,慢慢放下书包。

"小鹤,你进来!"妈妈在里屋一声厉喝,把小鹤吓得一哆嗦。妈妈从来没有用过这样的语气跟小鹤讲话。小鹤硬着头皮,胆怯地走向里屋,刚一进门,便被右手拿着鸡毛掸子的妈妈,一拧耳朵揪在了床前。

"说,这是怎么回事?"妈妈啪地一下,把两张信纸和一个信封拍在了床边的桌子上。

"这,我的信……"小鹤一眼认出,这是霖然写给她的第一封信。看见妈妈粗暴地把信纸都快拍破了,小鹤倔强地低着头,不说一句话。小鹤不明白,妈妈怎么可以私自翻动自己上了锁的小柜子。

"你才多大啊,就敢早恋! 你气死我了你,不好好学习……"

"我怎么没有好好学习了……"被侵犯隐私的小鹤,总算抓住了一根救命稻草。

"好好学习……好好学习,哪儿还有时间谈恋爱?"词穷的妈妈愣了一下又说,"竹子还分上下节哩,当姐姐的还没处对象,你急什么! 为了让你上学,父母省吃俭用供你读书,你倒好,把心思不用在学习上……"越说越气的小鹤妈,猛地挥舞起手中的掸子。

"哎哟——妈! 你干什么啊!"小鹤吃痛不禁,失声哭喊起来。气急败坏得早已失去理智的小鹤妈,只顾得没头没脸,不歇气地一通乱打,三下五除二,便把瘦弱贫血的小鹤打得再也没了躲跳的力气。

躺在地上的小鹤,索性把头钻进藤椅底下,剩下露在藤椅外面的四肢,任由妈妈抽打着。既然妈妈已经发现了她和霖然的秘密,小鹤反倒豁出去了。她想,反正打也打了,骂也骂了,能换来以后与霖然见面,不用再躲躲藏藏,受这点皮肉之苦,也值了。

小鹤妈不知何时打累了,歇到客厅去了。卧室里,只剩下仍旧躺在地上的小鹤。

"我看看,都写了什么呀——"

不知何时,云姐溜进了房间,她装出轻松嬉笑的神情,拿起霖然的信,出声儿地念了起来:

"亲爱的小鹤……自从你上次走后,我……耳旁总是回响起你那银铃般的笑声……"

本想过来安慰妹妹的云姐,那念信的调侃腔调,一下子激怒了正在气头上的小鹤,她忍着痛从椅子底下爬出来:"还给我!"

冲动的小鹤,一把夺过云姐手上的信,连同自己小箱子里霖然的全部来信,稀里哗啦,全撕了个粉碎。

望着满地碎信纸屑,小鹤心中涌起一股宁为玉碎、不为瓦全的凛然感。

看着地上曾被自己像宝贝一样珍藏着,又一气之下撕得粉碎的霖然来信,冲动过后的小鹤后悔万分。

"呜呜,霖然——"

小鹤痛惜地在心中呻吟着。身上被小鹤妈抽打得青一道紫一道,全是鼓起的青疙瘩、红包块,碰一下就钻心地痛。小鹤长这么大,记忆中还从来没有过被父母碰一指头的印象,更别说挨打了。好强的小鹤觉得自己的自尊心受到了极大的伤害,更要紧的,是小鹤妈打完后,一直紧逼着小鹤认错,要她发誓,不再跟霖然来往,小鹤当然是打死不从。

母女俩就这样僵持上了,谁也不理谁。

小鹤把云姐也归在"叛徒"行列,认为一定是姐姐出卖了自己。因为有一次,小鹤打开小箱子拿东西,云姐看见小鹤箱子里有好多信,就好奇地问小鹤是谁写的,小鹤赶紧锁上箱子,胡乱搪塞过去。

如果不是云姐出卖,正在上学的她,怎么会突然出现在家里?!

"我没有。"

躲闪着小鹤质疑目光的云姐,在家匆匆吃过晚饭,便赶紧拎着书包,溜回了学校。

生气的小鹤把云姐和妈妈一起视为"敌对势力"。小鹤妈也放下狠话:"再跟霖然来往,你就别进这个家门,别怪我不认你。"

"不进就不进!"话是这么说,一个十几岁的少女又能往哪里去呢?小鹤就是胆子再大,跟妈妈闹翻了之后,也觉得天都要塌了,她脑子里迷蒙混乱。

这天晚上,无助的小鹤等爸爸妈妈睡下后,悄悄搭着凳子,爬上了客厅边的窗户,跨出一条腿儿,坐在了窗台上。

此时的小鹤心中有说不出的沉重和悲伤。她望着漆黑夜空中那满天星辰,忆起那年跟霖然坐在田埂上仰望夜空的情形。同样是仰望,心情却完全不一样。

田埂上的夜晚,小鹤第一次靠在霖然怀里,曾看见一颗流星从远处天边划过;今天,她又看见一颗流星,在眼前的夜空坠落。

小鹤突然想到了死。

她往下看了一眼,五楼下的院子里,寂静无声,黢黑一团。小鹤想,如果就这么往下一跳,像翻单杠似的,一个前滚翻,也许就能彻底解脱了。

"霖然会想我吗?"她想到霖然,心中有些发酸,"霖然——"犹豫中,小鹤觉得,心都要碎掉了。

满心悲怆的小鹤,就这样坐在窗台上,望一会儿遥远的星空,看一眼深黑的楼底,不能得到安慰的少女,感到黑暗中,仿佛有一双温暖有力的大手,正在吸拉着她,她想一头栽下去的冲动越来越强烈。

一直躲在里屋观察小鹤动静的小鹤爸,看见小鹤爬上窗台,后脊梁吓出一层冷汗。他怕自己过于激烈的反应会把女儿真的吓摔下去,就一边柔声地唤着小鹤,一边慢慢靠拢过来:

"快下来,你这孩子,有什么话不能慢慢说呀?"小鹤爸趁小鹤回头的空当,就势一把抓住了女儿纤细的胳膊。

"爸——"小鹤嘴一撇,委屈的一声哭腔,立时把小鹤爸心疼得不行,不由得有些埋怨小鹤妈过于小题大做。小鹤爸把小鹤从窗台上轻轻抱下来,搀扶着女儿进到她房间的床上躺下,一边为她放下蚊帐,一边安抚着说:"睡吧,想想你妈也都是为你好。你不知道你妈厂子的效益不好啊?好几个月都发不出工资了。现在国家政策变了,取消了子女工作顶替。你说你很快就要毕业了,如果考不上大学,没有工作咋办?你妈还不是担心你的前途啊。好了,好了,不哭了啊,快睡觉吧,明天还要上学呢。"说完,小鹤爸回身走出去,轻轻带上了小鹤的房门。

咬着被子蜷缩在床上的小鹤,又无声地哭泣了很久。哭累了,一股强烈的困意袭来,小鹤睡着了。

"后来,我再也没见到有你的信寄来,我妈把我存在箱子里的零花钱全给没收了,我没有钱买邮票,所以,就没再给你写信。"

听着小鹤透着淡淡忧伤的叙述,霖然的心在痛。他没想到,小鹤对自己爱得那么坚定、那么决绝,竟敢顶撞她妈妈。一份能以死来捍卫的爱,该有多么弥足珍贵啊!

霖然猛地把小鹤紧紧拥在怀里,仿佛要把她装进自己快要爆裂开来的胸膛。他想好好珍惜眼前这个为自己承受了无数鞭痕的女孩儿,不再让她受苦、受委屈。

霖然发誓,他要让小鹤永远生活在欢颜里。

时间一晃,霖然已经十七岁了。

这一年,霖然转学来到了浑江市一所重点高中读书,并在爸爸单位附近有了一处临时居住点。

这天,霖然终于忍不住对小鹤的思念,再次骑车从城南穿越到城北,在小鹤学校门口,堵住了正要进校门的小鹤同学小雯:

"小雯!"

"霖然?"

学校门口的"偶遇",让小雯吃惊地张大了嘴巴。本就快人快语的小雯,看见霖然那悠然自信的样子,想起小鹤身上挨打的鞭痕,还有自己上次当电灯泡的情形,便忍不住讥讽挖苦道:

"你又来找小鹤?你倒真是不怕呀,一拍屁股走人了,小鹤又要被她妈妈打喽!"

霖然尴尬地干笑两声,塞给小雯一张折叠成三角形的小纸条,请她务必转交给小鹤。

看着骑车离去的霖然,小雯特别想打开看看这张纸条上都写了些什么,可想想小鹤的害羞样儿,小雯止住了好奇念头。

"说,你拿什么谢我?"课间休息时,小雯把小鹤拉到操场女厕所旁,得意地举着手上的小纸条问。

"什么呀?我干吗要谢你?"望着小雯手上的纸条,小鹤心中突然一动。

"装,你就装吧。不谢是不是?好,我这就扔茅坑里去。"说着,小雯假装生气地一转身,要往厕所里走。

"啊?别呀,给我吧,快给我。"小鹤突然跃起去抢。小雯笑着,把拿纸条的手举得老高,小鹤跳了两次都够不着,两眼一转,就把手往嘴里夸张地哈了一口气,一看这动作,小雯扑哧一声笑了,她最怕小鹤挠她痒,忙叫喊着投降,小纸条便到了小鹤手上。

小鹤喘息着,急不可待地打开纸条。原来,霖然已经转学来到了浑江市,他约小鹤这周日到纸条上写的这个地址去找他。

看着小鹤渐渐涨红的小脸儿，小雯眼里充满了羡慕和不知名的失落。

当小鹤揣着身上仅有的五分钱，走了一长段路，又坐了两站公共汽车，来到霖然约定的地方时，已是周日上午十点。

其实这天早上，小鹤六点就起床了。虽然心急如焚，想早些见到霖然，可周日离家，总得有个正当的借口啊。于是小鹤定了定神，背对着母亲，一边装着收拾书包，一边告诉妈妈，她要去小雯家复习。没想到，眼光一向犀利的母亲，竟然没有丝毫察觉，痛快地答应了。

自从发现小鹤早恋后，小鹤妈对小鹤看得更紧了，尤其是在经济上。小鹤妈自认为，只要小鹤身上没有钱，她就去不了邮雎县，也就无法再接触到那个霖然。当然小鹤妈并不知道，霖然不仅偷偷来浑江见过小鹤好几次，还从邮雎县中学转到了浑江市一所重点中学，并且临时居住在了浑江。所以，小鹤一说要去同学家复习，小鹤妈想都没想就答应了。

为了怕自己走得太早令妈妈生疑，心急火燎的小鹤一直挨到上午八点才急匆匆背着书包，离开了家门。

霖然的住所在哪儿，小鹤没有方位感。好在嘴下便是路，小鹤一路走，一路问，终于找到一趟可以直达霖然住地的公共汽车。于是，小鹤就跟着公共汽车的运行线路走。小鹤没有吃早饭，以前是为了省早餐钱做邮资，而今天，则完全是没有食欲。

一个多小时的步行，走得小鹤头晕眼花胃直疼，但一想到就要见着霖然了，小鹤顿时又浑身充满力气。小鹤了解霖然，知道他会到车站来接自己。小鹤不想让霖然知道自己没有钱坐车，所以就算计好，留下这唯一的五分钱，在最后两站地坐公共汽车。因为五分钱，只能坐两站地。

好不容易车来了，小鹤挤上去，五分钱换来一张食指宽的小薄纸片车票。两站地的距离，车跑起来很快，还没到站，小鹤就远远看见霖然推着自行车正东张西望地等在路边，脸上一副焦躁不安的神情。

"霖然！"小鹤欢欣地叫着。

"小鹤！"霖然惊喜地回应。

"对不起，我来晚了。"小鹤内心歉然，暗想，自己要是有两个五分钱，就能买回两个小时的时间，就不会让霖然等这么久了。

"我还以为你有事,来不了了。"的确,霖然怕小鹤找不到这儿坐过站,早上八点不到就骑车来到路边,这是小鹤到他住地的必经之路。在他立候的两个多小时里,开过去无数趟公共汽车,就是不见小鹤的影子。霖然有些发蒙,开始怀疑自己留给小鹤的纸条是不是约的今天。他脑子里设想着可能发生的无数种意外,唯一没想到的,就是小鹤可能身无分文。霖然了解小鹤,他知道小鹤只要答应的事,就一定会做到。虽然他特别想骑车顺着公共汽车线路去找,可又怕小鹤恰好这时坐车过来,与他错过。就这么着,在路边干等了两个多小时,霖然已经心急如焚。现在好了,小鹤飘逸动人的身影已经锁进了他的视线,霖然心中顿时阳光明媚。

释怀的霖然有些喜不自禁。身高一米七八的他,跨坐在自行车座上,两条长腿牢牢地支撑着地面。他让小鹤坐上来他再骑,小鹤便轻轻地踮起脚尖儿,小心地坐上去,霖然立刻欢快地蹬了起来。

路上霖然告诉小鹤,他住的地方,是爸爸单位租借的单身职工宿舍。爸爸现在借调在浑江市教育局工作。周一至周五跟他一起住在这里,周六下了班,就回邮脽县家里。

也就是说,霖然居住的地方,今天只有他一人。刚意识到这点,小鹤马上紧张得透不过气来。

3

教育局单身职工宿舍是一幢五十年代修建的,红砖已经老旧的三层楼房,霖然住在一楼一处没有窗户的拐角房间。

用钥匙打开房门,霖然让进小鹤,顺手拉亮房灯。

借着灯光,小鹤看到,这是一间很窄很暗的房间,一张双人大床几乎占去房间一多半儿的空间。床边挨着房门的后面,是一张长条形的三屉桌,桌上零乱堆放着霖然学习用的书籍。在距三屉桌上方两尺的位置,垂吊着一个四十瓦的白炽灯泡。

站在只有一两平米大的空间,小鹤有些不知所措。

咔嚓,房门在霖然身后轻轻关上了。虽然关门声很轻,可在局促紧张的小鹤听来,不啻一声巨响,小鹤心脏随之咚咚狂跳起来。

"小鹤!"身后霖然热切的一声轻呼,一双有力的臂膀,便从小鹤身后伸过来,紧紧搂住了她。

时间仿佛瞬间凝固。

小鹤脑中一片空白。

被霖然拥抱是小鹤渴望而又恐惧的念想。伴着两人感情的升温,情丝越拉越长,爱恋越来越深。每一次约会,小鹤都觉得是一次情感的催化剂。可一朝贴在霖然怀里,小鹤又惊恐得气都喘不均匀。躲在大街上树丛后依偎是一码事,在没人的房间里拥抱又是另一码事。小鹤对男女身体亲密接触到底会发生什么后果,一直迷惑不解。所以此时被霖然拥在怀里,小鹤畏惧得直想抽身逃走,可无奈,恐惧加迷恋,小鹤两腿发软,一步也挪不动。

手脚冰凉的小鹤,羞涩地紧闭着双眼,浓密睫毛下,已不觉有莹莹泪光。身体发僵的小鹤,呼吸也是急促的,全身的血液仿佛都涌到了头上。

房间里安静极了。桌上的闹钟嘀嗒、嘀嗒,有节律地走着。与静谧环境相反的,是两个少年激动难抑的内心。

小鹤耳畔传来霖然压抑已久的喃喃呼唤声:"小鹤,哦,小鹤,我真的好想你……"

小鹤的心战栗得更加厉害,她使劲用牙咬住嘴唇,才没啜泣出声:"霖然……我也想你……"

小鹤的软侬细语,把霖然的心都要揉碎了。他把小鹤使劲贴在自己宽大的胸膛上,他觉得胸中似有一团火焰就要喷发。

经历了无尽等待的两个人,现在,总算能偷偷约会在一起,对方的怀抱,便成了最能安抚心灵的温暖港湾。

被霖然拥在怀里的小鹤,觉得自己过去独自承受的所有孤独、寂寞、委屈、心酸、无望,瞬间都消弭得无影无踪。小鹤想:"就让我这样死去吧,我已经感到很幸福很幸福啦。"

而霖然,毕竟要比小鹤在两性上早熟一些。他再也控制不住自己的情感,双手小心地把小鹤的身体掰转过来,捧起小鹤的头,猛地把自己的初吻,深深印在了小鹤花瓣一样的红唇上……

后来,当两人大一放假时,霖然去小鹤学校接她一同去看外婆。在离校前一天晚上,两人坐在学校操场的石阶梯上,小鹤半依半偎在霖然腿上,突然想起这事,便嬉笑着说,霖然给她的初吻,感觉像一枚橡皮图章,突然盖在嘴上,温润软柔,好像吃红烧肉的感觉。

"吃红烧肉?"霖然一愣,旋即笑翻。霖然恶作剧地掰过小鹤的头,又要去

"盖"，小鹤咯咯乐着，躲闪告饶，霖然便让小鹤老实交代，当时她是不是被吓傻了，要不，为什么那天在门背后站了五个小时，也不愿随他坐到床上去，害得他两手都抱酸了。

小鹤涨红了脸，推开霖然，说："谁叫你那手不老实，在我身上乱摸，吓得我一个劲儿地想，完了，完了……"

霖然咧开嘴，露出白净的牙齿，表情不解地笑道："完了？完什么呀？"再看小鹤那神态，突然恍然大悟，脸上便换上一副坏笑，"哈哈哈哈，原来你是怕怀孕啊？"

小鹤收住笑，点点头，沉浸在对两人初吻的回忆中："我以为男的和女的只要躺在床上，盖上被子，男的身上的精子就会飞到女的身上，女的就会怀孕。所以当时我觉得，你带我去你那儿，进门就是一张大床，一定没安好心，所以就想跑。"

"哈哈，那你，怎么没跑啊？"霖然用手刮一下小鹤秀气的鼻子。

"还跑哩，早被你那可怕的吻给吓得脚软手软了。"

"真奇怪，咱们中学课本上，不是有两性生殖系统一章吗，你怎么连这个都不懂？"

"咯咯咯，我拿到新课本，赶紧跑回家，着急忙慌地掏出来就想看那一章，刚翻到那页还没来得及细看，就听见我爸掏钥匙开门的声音，吓得我心一慌，顺手就把书往身背后的大衣柜顶上扔去，结果扔重了，书直接滑落到柜子后面的墙缝里，再也拿不出来了。"小鹤不好意思地承认道。

"哈哈哈哈……"霖然爱怜地在小鹤头上胡噜了一把，又用手小心扒拉开她前额的一绺头发，"我倒是从小就翻看我妈的医学书，我妈也不干涉我。记得有一回，在我十四五岁的时候，对了，那个时候我已经认识你了。我妈问我知不知道女孩儿来月经是怎么回事，我说知道，我妈就再也不问我了。"

"哇，原来你这么早熟呀？！我却什么都不懂，对男孩儿的那点知识，还是你后来告诉我的哩。"

十年寒窗，终于修成正果。

这年七月，小鹤她们学校贴出红榜，文科班的小鹤、李健、小雯，还有理科班的谢峰等十一二个同学，均榜上有名。

一个在浑江市名不见经传的学校，一下子出了这么多文理科大学生，全校老师乐得差点没奔走相告了。学校组织的师生庆典活动一拨接一拨，小鹤和同学们的毕业聚会，也是频频举行。小鹤虽然基本上都参加了，可心有旁骛，显得有些神不守舍。

　　小鹤和霖然，已经有一年多没见面了。他们最后一次在浑江市望江公园竹林后边小道上约会时，双方约定，等高考录取通知书一下来，就第一个告诉对方。

　　霖然说："我一定会在第一时间来找你。不过我爸要我第一志愿填报北方大学，他是北方人，想叶落归根。你呢？"

　　霖然满眼期待地低头看着怀中的小鹤。小鹤犹豫一下，说："我们校长一直建议我报考法律系。呃，我也争取第一志愿填报北方的一所师范大学吧。"

　　小鹤知道，师范大学是免学费的。依她家现有的经济条件，要去外地读书，父母肯定不同意，但如果上的是师范院校，不仅不用交学费，每月还能从学校申请到几块钱的伙食补助，估计有这些优厚条件，父母即使反对，也不会那么坚决了。

　　相约好后，两人在寒风细雨中静静感受着对方怀抱的温暖，不肯马上分手。霖然这时已是一米八零的大个子，他哈着腰，把举着黑雨伞的右手压得低低的，尽可能罩住小鹤的身体，左手则紧紧揽着小鹤。两人就这么在雨中站着，彼此心中缠绵难舍的情愫，就像天空丝丝不断的冬雨，在两人心头飘洒飞舞，绵绵无休止……

　　至此离别后，小鹤便克制着自己，不再跟霖然见面，只是更加发奋读书。

　　高考录取通知书是爸爸取回来的。妈妈捧着大红的通知书，激动得眼泪簌簌地往下淌。妈妈说，小鹤现在是爸爸家族里学历最高的孩子了。当工人的妈妈觉得，自己终于对得起爸爸的列祖列宗，也对得起去世的小鹤奶奶了。

　　难怪小鹤妈这样想。

　　小鹤妈从小就是孤儿，不到十三岁，就被小鹤奶奶收养到家中做了媳妇。奶奶对小鹤妈持家能力没有什么挑剔的，就是小鹤妈没能为奶奶最喜欢的儿子生下一男半仔，让奶奶时不时地对小鹤妈有了冷言冷语。

　　小鹤爸年长小鹤妈九岁，对精明的小鹤妈向来都是言听计从，对于有没有儿子小鹤爸无所谓，可小鹤妈好强了一辈子，最受不了的就是奶奶那份嫌弃的目光。现在，身为女孩子的小鹤，做到了本该男孩子才能做成的光宗耀祖的事情，成为小鹤爸家族的第一个大学生，小鹤妈喜极而泣，看向小鹤的眼神，又恢复到往日的宠溺怜爱。

　　可小鹤心情却不好。

　　没能考上北方师范大学成了她的心病。高考那几天，正赶上她来例假。照例是痛经，痛得她全身冰凉，蜷缩成一团，连吞咽下去的口水都是浸凉浸凉的。平时痛经,她还能吃几粒去痛片对付一下,那个白色的药片只要下肚,保准困得小鹤眼皮打架,但肚子的疼痛却能随着意识的模糊而明显减轻。可高考那几天,小鹤不敢让自己处于混沌中,只好硬扛着。虽然是大夏天,可她仍穿着厚厚的长衣长裤,捂着疼痛得抽筋的肚子跑进考场,答完交卷,又捂着肚子冲向厕所。就这样,连续几天,小鹤每天都狼狈地弄脏外裤,只好把外衣绕在腰上,外人便看不到裤子上的血迹。

高考成绩出来了,小鹤的分数只比北方师范大学录取线低了两分。无奈的她,只好在班主任王老师的指导下,填报了离浑江市不是很远的渝城师大法律系,果然被顺利录取。能去读自己喜欢的法律专业固然很好,可不能跟霖然一道去北方念书,小鹤还是怅然若失。

无力改变命运的小鹤,只能忐忑不安地等待着,等待着霖然的音讯。

高考录取结果已经张榜两周了,霖然那边仍然没有任何消息。

两天前,焦急不安的小鹤让小雯陪着她,去了霖然念高中时借住的那个房子。来过一次的小鹤,七绕八拐总算找到了地方,可门却紧锁着,显然已经久不住人。

小雯安慰小鹤说,霖然家不是亲戚多吗?没准儿他又去了北方亲戚家。小鹤想想,完全有这种可能,但只是不明白,霖然为什么不跟她打一声招呼就走了,心里隐隐有些落寞,只能耐心等待。

这天,考上大学的几个老同学又凑在一块儿聚餐,还第一次要了一大箱刚在城市流行起来的啤酒庆贺。

谢峰这次考得还行,被距离浑江300多公里的南方地质学院录取了。谢峰从小受地研院总工程师父亲的影响,对大地的构造特别感兴趣。

小鹤的好朋友小雯,幸运考取了浑江警察专科学校,小雯笑得合不拢嘴。能考上大学对小雯来讲,原本就是个奢望。奢望变成现实,自然大喜过望。记忆力超强的小雯,考场发挥极佳,居然就进了这所专门培养警察的院校。从小梦想"飒爽英姿五尺枪,曙光初照演兵场"的小雯,这下可算是称心如意了。

唯有李健,大家都替他惋惜。作为浑江市青少年业余射击冠军,李健心细沉稳、脾气好、性子慢。本来他的梦想是能穿上白大褂,当个外科大夫。高考成绩还不错的他,只想填报医学院作为第一志愿,其余志愿就空着不填,可他妈不同意。李健妈特别喜欢小雯,小雯嘴甜,几个同学一起到李健家复习作业,只有小雯把李健妈哄得团团转。李健妈常常感叹小雯就像自己的闺女。李健家只有哥儿俩,于是活泼爱闹的小雯,就"干妈"长"干妈"短地叫上了,把个李健妈给乐得,只盼着什么时候,小雯能去掉这个"干"字,直接叫她"妈"就好了。所以当李健妈听李健说,小雯第一志愿填报的是浑江警察学校时,李健妈就让儿子一定也要把这所学校填报在第二志愿上。

孝顺的李健拗不过他妈,心想,反正是第二志愿,填就填呗。没想到阴错阳差,竟真被这所学校给录取了。小鹤估计,是他那"少年射击冠军"的称号,让警察学校舍不得放弃这个天生的神枪手苗子。对此,李健很失落,想复读重考,又拉不下面子、下不了那个决心。在几次同学聚会上,李健长吁短叹,打不起精神。大伙儿见状,就给李健打气说,身高一米七几的李健,如果再穿上一身警服,一定非常神气,再说了,能跟美女小雯同校,一定是李健偷偷跑到文殊院烧高香,求来的福气。说着,大伙儿就起哄把小雯推到李健身旁坐下,并开玩笑说如果二位将来当上片警儿,一定要高抬贵手,多多关照大家。小雯啪地一举酒杯跟大伙儿碰了,爽快地说:"没问题!"然后代表李健一仰头,把整杯酒干了下去。

看着身旁小雯在酒精作用下脸蛋儿越来越红,李健有些不好意思起来。是啊,男的哪能叫女的给"罩"着喝酒? 豪情一起,李健不由分说,端起酒杯,开始跟大伙儿叫板。

看着逐渐开朗起来的李健,小鹤暗自松了一口气。

毕业后李健开始追求小雯,说他妈想让小雯当他们家的儿媳妇——这是几天前小雯红着脸,悄悄告诉小鹤的。只是小雯说,她还没有想好是否答应李健。因为小雯觉得自己个子太高,如果穿上带跟儿的鞋子,身高怎么也得超过李健。女的比男的高,总不大合适吧。

话是这么说,不过小鹤非常熟悉小雯的心思。小鹤觉得,这只是小雯的一个借口,因为小雯平时就说过喜欢高大威猛的北方男孩儿,而内秀的李健,外表显得太过斯文。像李健这样的性格和体形,对泼辣豪爽的小雯来讲,没有什么视觉和心灵的冲击力,而不是像她和霖然那样,彼此吸引。

想到霖然,小鹤的心,又铅似的沉了下去。

霖然被哪所学校录取了,连霖然自己都不知道。

因为这会儿他正在信息毫不通畅的安宁县农村外婆家。

高考成绩出来后,霖然填完志愿,就接到舅舅的电报说,把他一手带大的外婆生病了,特别想见他。

霖然外婆已是耄耋老人，身板还算硬朗。她年纪大了，也不愿再背土离乡，就一直独自住在山里农村老家，守着那一亩三分地。好在霖然舅舅也在安宁县城工作，多少能照应着点。

当年霖然妈产后没奶，霖然是从小叼着外婆奶头、吃着奶粉长大的。霖然对外婆的感情，别人自是无法比。所以一听外婆生病了，正准备去找小鹤通报高考情况的霖然，便什么也顾不上了，坐上长途汽车，就去了安宁县。

守在外婆床前，霖然天天接屎端尿、喂药喂饭，伺候得外婆一脸沟壑里溢满了笑容，病很快就好了一半。霖然悄悄告诉外婆，自己有女朋友了，只是爸爸妈妈还不知道，外婆就开心地连声说："好，好，外婆也不跟你爸爸妈妈说，外婆喜欢小女孩儿，下次然然来，把她带给外婆瞧瞧。"

这天，霖然正帮外婆从山上泉眼处用竹竿接水到房前水池里，突然想起自己跟小鹤在望江公园的约定，一算时间，霖然惊出一头大汗。霖然本以为到外婆这顶多几天就能回去，没想到外婆这次真的病得很重，这一待前后就是一个多月。想必自己的高考录取通知书早已到了，不知自己被哪所学校录取了，也不知小鹤的情况怎么样了。想到小鹤找不到他一定会非常着急，霖然再也坐不住了。他告诉已经能下地干活的外婆说，他要回家看看大学录取通知书来了没有。外婆虽然舍不得外孙，可也深知上大学对孙子的重要，就催着霖然赶紧回去，并要霖然答应下次来时，一定要把小鹤带来给她瞧瞧，霖然愉快地答应了。

这天，霖然又是一路长途奔波，赶回了邮腱县。

家里，正有喜讯等着他呢。

4

霖然一进邮腱县医院后院小门，就见家门前桑树下，父母正陪着不少客人喝茶、聊天，细瞧有他认识的，也有不认识的。弟弟霖欣正弯腰在房门边打包整理装箱。

弟弟告诉霖然，父亲单位的正式调令下来了，浑江市教育局分配给爸爸一套两室一厅的房子，就在离霖然过去借住的教育局单身宿舍不远的地方。为此，母亲也被浑江市妇产医院作为专家医生，接收了过去。一下子要离开工作了二十多年的老单位，前来道别恭贺的人们络绎不绝。

霖然一出现，前来贺喜的人更多了。霖然从人们的话语中了解到，邮腱县医院家属院儿今年一下子出了三个大学生。大志考到渝城大学新闻系,他和古丽娅同时被北方大学考古系录取了。

对于古丽娅的选择,霖然有些措手不及。高兴是肯定的,毕竟两人也是青梅竹马、两小无猜,但想想古丽娅越来越泼辣的个性,还有对自己明显带有好感的暗示,兴奋中的霖然又有些惶恐。

"霖然,你回来了?快过来!"

大志站在他家门前的核桃树下,看见霖然,兴奋地向他招手。霖然大步跑过去,一看,大志家里坐了一屋子县一中的老同学。大家正兴奋地互通着毕业信息,天南地北地神侃着。霖然和他们打过招呼,大志便把他拉到门外核桃树下。

霖然打量眼前的大志,与中学时的大志已经完全不可同日而语。虽然他俩身高差不多,可大志的身板儿比霖然要结实,板寸头下那双细长的眼睛,时而深沉、时而精光四射,黑里透红的脸膛上,有一份逼人的英气。自打霖然去浑江读高中,他跟大志见面的机会就少了许多,大家都忙于最后的高考冲刺,谁也顾不上联系谁。很长时间不见,彼此的变化就十分明显。

"哈哈哈,大志,你小子考得不错嘛,听说是渝城大学新闻系?那可是全国重点院校哦。"霖然伸手在大志宽实的肩头重重捶了一拳,开怀大笑。

"嘿嘿嘿,你不是更厉害嘛,一下子打回你爸老家去了。哎,哥儿们,老实交代吧,是不是跟中院儿那个小新疆约好了,要一块儿成双成对地大雁北飞?"

"我?和她?"霖然哑然失笑,"我哪儿能跟她约好呀,那是人家自己的志愿。哎,你说,一个女孩学什么考古呀,成天古墓里进、古墓里出的。"

"嘿嘿,谁信啊?院里好多人都说,是你们俩商量好了的,古丽娅那天都承认了。"

"古丽娅?承认了?"霖然一时觉得有口难辩,"我要是想商量——"他本想说"我要是想商量,肯定去找小鹤了",但话到嘴边,又止住改口说,"也不会去找她呀。"

"哎,对了,霖然,你知道吗?小鹤也考上了。"一提起小鹤,大志顿时眉飞神扬,整个情绪都亢奋起来,"嗨,告诉你吧,小鹤考在渝城师大,跟我们学校挨着。"

"真的?"霖然愣住了,眼神中带着一时还反应不过来的木讷。

"是啊,她读的是法律系。"

看着脸上笑意舒展的大志,霖然神情明显急迫起来:"你怎么知道的?你见过小鹤啦?"

"没有啊,是吴嬢嬢说的。"大志眯缝起锐气的眼睛,好像有些走神。

一听是小鹤家亲戚吴嬢嬢说的,霖然顿时沉默无语。

见霖然突然变了脸色,大志心中一沉,想一想,神情不由也有些黯淡,于是仰起头,默默地去看那核桃树的树梢。

霖然从安宁县回来的第二天一早,便急匆匆来到浑江市。

他迫不及待地想要见到小鹤。

他知道,要找到小鹤,只能上她家。想想小鹤妈的严厉,霖然心里虽有余悸,却再也顾不得那么多了。

"谁啊?"正歪在自己房间的床上,看一会儿《三国志》,又发一会儿呆的小鹤,听到有人敲门,无精打采地起身去开门。

"霖然?!"小鹤柳眉一挑,喜悦的笑意便挂上秀气的嘴角。门外站着的,是这些天来令她牵肠挂肚的霖然,正带着彬彬有礼的神情看着她。

"小鹤! 你妈他们……"霖然悄声用手指指小鹤身后的客厅,踌躇着,有些犹豫。

"快进来。"小鹤欢心急迫地把霖然拉进房间,迅速关上房门,"我妈他们不在……"小鹤话没说完,就被霖然一阵令人窒息的亲吻给堵了回去。

跨过了高考,让两人心理上仿佛都有了巨大的年龄飞跃,他们觉得,自己终于成年,终于成熟,终于可以大胆地跟双方父母摊牌,公开他们的恋爱关系了。

许久许久,霖然才松开怀中战栗着的小鹤。

"霖然。"脸颊绯红的小鹤,害羞地牵着霖然的手,把他拉进客厅。霖然呵呵笑着环顾了一下四周,再次弯腰把纤瘦苗条的小鹤紧紧拥进怀里:"太好了,你妈他们不在,我一路上还在想,该怎么跟你妈他们说呢。"

"霖然,你真的准备好了,跟我妈他们摊牌?"小鹤惊喜地仰起脸,脸上带着明显的担忧。

"我想,咱们还是说吧,反正昨天晚上,我已经跟我妈谈了。"

"你跟你妈谈了?"小鹤满脸的愕然和紧张,"你妈怎么说?"

霖然用一只手环抱过小鹤的头,在她浓密乌黑的云鬓上,轻轻吻了一下,若有所思地说:"我妈就让我自己着着办。呃,她倒是没有反对。"霖然低头偷瞥一眼怀中的小鹤,小鹤清澈干净的眼神中,隐隐透着一丝不安,霖然心中不觉一紧,把母亲的原话咽了回去。

昨天下午,当霖然听大志说小鹤跟他学校紧挨着时,霖然沮丧极了。他为自己四年不能跟小鹤朝夕相处,共度朝朝暮暮而扼腕惆怅。自打小鹤十三岁出现在他视线里,从此便一步步走进他心底。少年时期的他,没有同龄男孩子人生中那些青春彷徨,因为他有小鹤,有小鹤带给他的欢乐、幸福、思念、急迫、冲动、惆怅、盼望……五味杂陈的情感,使他觉得生活充满希冀和阳光,日子过得充实而丰富。其实还在上中学时,霖然就依稀看出大志也喜欢小鹤。也许是霖然刻意回避,也许是大志性格使然,霖然跟小鹤恋爱的事,大志好像一直不知道。本来昨天霖然话已到嘴边,想告诉大志他和小鹤的一切,可看着大志转身望着树梢缄默不语的神情,霖然又张不开嘴了。毕竟大志跟自己是同院儿一起长大的哥们儿,穿开裆裤时两人就玩在一起,霖然深知大志敏感的自尊心和他坚毅忍耐的性格。

一股不愿再把与小鹤恋情继续隐瞒下去的冲动支使着霖然当晚就向母亲道出了心中的秘密,没承想一向开明的母亲听后坚决反对。母亲说,她是过来人,知道小鹤不适合她儿子。

霖然生气地反问:"那你觉得谁适合我?"没想到母亲张口就说出古丽娅。母亲说,古丽娅是她亲自接生,看着长大的,她对古丽娅知根知底,而且两家大人也早有那个意思。

霖然怒极反乐了:"这都什么年代了,你们还想指腹为婚?!"

看着儿子刚一成人,就如此顶撞自己,霖然妈便痛觉小鹤对儿子的影响力已经大大超过了她:"你以为小鹤有什么好? 从小娇滴滴的,又爱哭鼻子,比她姐姐小云差远了。娶媳妇是要成家过日子的,锅碗瓢盆忙里忙外,你以为娶回来,是挂在墙上当镜子看的? 再说了,人家古丽娅哪点儿比不上小鹤?!"母亲一席话,把霖然急得方寸大乱:"你怎么对人家小鹤这样评价……我不管,我就喜欢小鹤。"

一直在一旁默默听着母子对话的霖然爸,这时看了一眼霖然,叹了口气说:"你不听话,以后会后悔的。"

霖然一愣,父亲平时从不轻易评价一个人,现在父亲和母亲的观点一致,霖然只得孤注一掷:"后悔就后悔,后悔我也喜欢小鹤。"

一直躲在里屋偷听哥哥和父母对话的霖欣,这时走了出来,在经过霖然身边时,他突然嬉皮笑脸地冲霖然说:"我也喜欢小鹤姐,哥,我支持你。"说完,冲父母一吐舌头,飞快跑出了家门。

"你人小鬼大,瞎掺和什么。"霖然母亲被两个儿子气乐了,便对霖然说,"反正你自个儿的事情,自个儿看着办,父母的意见已经表明了,恋爱还得你自己去谈,人还得你自己去处。开学后你就要到北方上大学了,古丽娅的父母昨天过来,托付你大学期间多照顾一点古丽娅,我们已经替你答应了,你该不会反对吧?"深知儿子脾性的霖然母亲,用儿子习惯的商量语气说完,关切地注视着儿子的反应。

"那没问题,我答应你们,多照顾古丽娅就是了,只要你们不反对我跟小鹤好就行。"

一贯心中坦然的霖然,见母亲没有再言语,就告诉父母,自己明天要去小鹤家看看。霖然父母对望一眼,没有说话。霖然便甩头出门,找霖欣去了。

霖然与母亲不太痛快的对话,令他一夜辗转反侧,睡不踏实。躺在床上的霖然,脑子里全是小鹤的影子。从十三岁到十七岁,每一个假期的见面,每一次开心的交谈,小鹤娇羞害臊、欲言又休的样子,牢牢地印刻在霖然脑海中。霖然有时候也奇怪,为什么自己每次看见小鹤那多愁善感的样子,就会心疼,就会雄心勃发地想要去保护她、呵护她。霖然不想再让小鹤为自己躲躲闪闪、委曲求全,他要去跟小鹤妈摊牌,正大光明地跟小鹤谈恋爱。因为他已经十八岁了,考上大学的他,正儿八经是成年人了。

于是,他壮起胆儿来到小鹤家。小鹤妈不在,霖然紧张的心情一下子放松下来,不由得长出一口气。

"霖然,婷婷妈昨天来过了。"靠在窗边低头玩自己发梢的小鹤,脸上是讪讪的表情,"婷婷妈告诉我妈说,你考去了北方大学。"其实这也是小鹤心中很纠结的一件事儿。昨天猛听婷婷妈聊到霖然,她心一下子提到了嗓子眼儿。她装着埋头看书,却支棱起耳朵急迫地想知道下文。婷婷妈讲话有些碎叨,半天小鹤才算听明白,原来霖然跟古丽娅考上了同一所学校,而大志上的渝城大学正好在她学校隔壁。

"大志跟我学校挨着?"小鹤心里又高兴又遗憾,"要是把大志换成霖然,该有多好啊!"这个假设,令小鹤一晚上翻来覆去睡不踏实。

"嗯,我已经知道你考上了渝城师大法律系。祝贺你呀小鹤。"霖然能感受到小鹤心中的遗憾,说实话那也是他的遗憾。他故意把话题岔开,"等上了大学,假期我们就可以一起出去玩了。对了,这次我跟外婆说起你,外婆可高兴了,让我下次一定带你去玩儿。我们明年寒假就去吧,好吗?"

"真的?那太好了。"小鹤嫣然一笑,"我还没有去过安宁县呢。"听霖然说他外婆喜欢自己,小鹤情绪一下子好了起来。

看着小鹤脸上的欢欣,霖然心中感叹,小鹤和古丽娅虽然都是同龄女孩子,可性格差异实在太大了。小鹤心思简单,纯洁善良,几句话就能哄得她开心得不行;而古丽娅,咄咄逼人,泼辣野性,常常令霖然只有招架之功。

"哎,听说古丽娅跟你一个学校,是吗?"不知是受霖然飘忽不定思绪的影响,还是恋爱双方有心灵感应,小鹤突然提到古丽娅,语气充满了羡慕。

"是啊,要是换成你就好了。哎,对了,我们家这个星期就搬到浑江来了。"霖然想起妈妈的话,不愿意谈及古丽娅,赶紧岔开话题。

"真的吗?那太好了……"

霖然与小鹤正说着话,小鹤妈突然开门回来了。紧张万分的霖然和胆怯不安的小鹤万万没料到,小鹤妈猛地看见霖然,竟露出一脸欣喜的神情。小鹤妈热情邀请霖然留下来吃饭,说完放下手中拎兜,找出两张肉票和一些零钱,转身出门买菜去了。

门刚在小鹤妈背后合上,霖然就一把抱起乐不可支的小鹤,在原地转了两圈儿,放下后,又在小鹤红霞腾升的脸上,狠狠亲了一口:"哈哈哈,小鹤,咱们终于解放了。"

"咯咯咯,我真没想到,我妈变得,好像喜欢你了。"小鹤满眼是笑地看着霖然,也是一副神采飞扬的样子。

"丑媳妇终究要见公婆。"——这是几天后,霖然劝说犹豫不决的小鹤跟他去家中见父母时,找出的理由。因为这次如果再不去,过些天,大家就要各奔东西上大学去了。

一听霖然说自己是"丑媳妇",小鹤不干了,她笑闹着捶打霖然,要他说清楚,究竟谁是"丑媳妇"。

看着嘻嘻哈哈的小鹤,霖然知道,小鹤其实是在掩饰内心的紧张和没底,她一直惧怕去见已知他们恋情的霖然父母。虽然霖然对小鹤隐瞒了父母不同意他们交往的事儿,可敏感的小鹤内心还是有一种天生的本能感应。不过霖然很自信,他认定只要带着小鹤毅然出现在家里,父母见小鹤那么懂事,那么乖巧温顺,一定不会再反对他们交往的。

架不住霖然炽烈地亲吻和一再地恳求,小鹤终于忐忑不安地坐在了霖然新家的客厅里。

这是第二个周末临近中午时分,霖然父母正在收拾新家。看见霖然带小鹤回来,霖然父母礼节性地微笑着点点头,询问了一些小鹤父母的近况,小鹤紧张拘谨地回答着。霖欣特别高兴,"小鹤姐"长、"小鹤姐"短地叫着,还让小鹤去他和霖然的房间,看他收集的那一大堆军事航空杂志。霖然打趣地对弟弟说:"你以为小鹤也喜欢你那些破玩意儿?"霖欣便冲霖然暗暗挤眉弄眼地偷笑,那意思像是在说"我在帮你打圆场好不好"。

霖然和霖欣哥儿俩,感情实在是太好了。近些年,两人常常为彼此的一些小秘密在父母面前互相打着掩护。霖欣的表情,霖然自然看得懂。霖然朗笑着,感激默契地给了霖欣一拳,他让霖欣帮着招呼小鹤,自己则扭头去了客厅,殷勤地跟在母亲身边搭讪,询问中午需要买些什么菜。

霖然妈看一眼高大帅气的儿子,仿佛受儿子脸上兴奋情绪的感染,便说:"叫你爸给你们做一个泡菜鱼吧。"霖然便又去问他爸,买什么样的鱼好。

霖然爸很有绅士风度,高高大大的身材,一看那五官就知道,年轻时一定是个北方帅哥。虽然在南方生活多年,但他那口标准的京腔京韵,一点儿也没改变,偶尔夹杂着两句浑江的地方方言,反倒让小鹤觉得超级有范儿。

听到儿子询问,霖然爸微微一笑,对儿子说:"草鱼就行。"霖然便说道:"那我和小鹤现在就去买。"说完跑回霖欣房间,拉起小鹤跑到楼下,骑上他爸借来搬运家当的小三轮车,让小鹤坐在三轮上安着的一把小竹椅上,两人便蹬车去了新家附近的农贸市场。

一路上霖然时不时回头跟小鹤说笑。霖然得意地说:"泡菜鱼是我爸最拿手的菜了。"听得小鹤一路上充满了对美食的渴望,也顾不得反向坐着有些头晕了。

农贸市场人声鼎沸,叫卖声、吆喝声此起彼伏。

霖然存好车,拉着小鹤挤进鱼市。这里也是摩肩接踵,人头攒动,现杀现卖的摊位前,站着一个个边吆喝边过秤,又是宰鱼,又是清洗的鱼贩子,手不停,嘴也不歇。

霖然和小鹤停在一家鱼摊前。中年女老板一看,脸上立马堆起殷勤的笑容:"帅哥、靓女,要买什么鱼?我马上帮你们收拾出来。"

霖然指着眼前跳跃游荡的各种鱼问:"有草鱼吗?我要活的。"

"有,这条怎样?"中年女鱼贩说着,熟练地从一个大水盆里伸手抄起一条肥大的草鱼。那鱼使劲摇晃着粗粗的尾巴,劲儿大得差点从女鱼贩手中滑落回水盆中。

"行,就是它了。"霖然爽快地点点头,过秤点钞给钱,一条四斤多重的大草鱼,就被女鱼贩在鱼口上穿根草绳打上结,交到霖然手里。

霖然提着鱼拉着小鹤,返身往集市外走。霖然把鱼放到小三轮车的竹椅底下,并把小竹椅正过来面朝前面,让小鹤坐上去,然后兴奋地蹬上车,欢快地往家返。

一条鲜活肥大的草鱼,在小鹤座椅下垂死挣扎,哪哪哪的敲尾声,惊得小鹤尖叫着,闭紧双眼,双手拽着霖然背后的衣服,不敢低头去看。霖然一边取笑小鹤胆子太小,一边加快腿上的速度,小三轮便夸张地大幅度左拐右拐、右拐左拐,像安上了风火轮,不一会儿就回到了霖然家院子里。

小鹤跳下车,霖然拿链条锁锁好车子,转身去竹椅下摸鱼,手没停,脸上的表情却僵住了:一条鲜活的大肥鱼,早已经不见了踪影。

小鹤憋红了脸,觉得自己太笨,光顾了跟霖然一路说笑,连什么时候丢的鱼都不知道,就要折身回去寻找。霖然一把拦住,抬手看了看表说:"现在哪儿去找啊?都这会儿了,估计我爸妈饭菜早做好了。算了,上楼吧,明天再去买一条。"说完,拉着心神不宁的小鹤回到了家里。

客厅桌上,早已经摆上了好几盘炒菜,霖然爸正坐在客厅沙发上看报纸,见两人空手回来,语气便有些诧异:"咦,怎么了? 鱼卖完啦?"

霖然是个实诚的人,他如实回答说:"本来买了一条四斤多重的大草鱼,结果放在三轮车上骑回来,鱼却丢了。"

霖然妈围着围裙从厨房里走出来,一边剥着手上原本打算用来烧泡菜鱼的大蒜,一边抬眼看了看霖然和小鹤,口气便有些揶揄:"瞧你们两个堂堂大学生,连条鱼都看不住,唉。"说完,折身回了厨房。

霖欣在他房间听说鱼丢了,跑过来佯装痛苦地喊道:"啊? 我的泡菜鱼哦! 白流了一上午的哈喇子。"

霖欣的插科打诨,把大伙儿都逗乐了。霖然妈端上最后一道菜后,就招呼小鹤和两个儿子坐到桌边来吃饭。被霖然按坐在自己身旁的小鹤,连忙站起来给大家摆上碗筷。望着桌上的辣椒炒鸡、蒸腊肉、酱牛肉、泡椒鸡杂、鱼香茄子、炝炒苦瓜、凉拌水豆豉和排骨萝卜汤,小鹤心中很是感动。她觉得霖然的爸爸妈妈人真好,轻描淡写几句话,就把两人丢鱼的尴尬和不安,一下子给抹去了。

席间一切正常。饭后小鹤抢着洗了碗筷,然后坐下跟大伙一起看了一会儿黑白电视,便礼貌地站起身,准备告辞回家。霖然起身去拿自行车钥匙,霖然妈也站起来说:"我也正好出去散散步。"

霖然看母亲一眼,表情有些说不出是意外,还是紧张。

三人下得楼来,霖然推上自行车,他凭直觉想带小鹤赶快离开。可霖然妈一把挽住小鹤的胳膊,说:"着什么急啊,先陪我走一会儿吧,我也消消食。"

手被霖然妈挽住,小鹤心里特别地紧张和甜蜜。好像自懂事以后,小鹤就很少被母亲这样亲昵地挽着手走路。霖然妈的手很绵软,也很温暖。在小鹤眼里,霖然妈的这个举动,不啻是对她这个未来儿媳的肯定和认可。所以小鹤对霖然妈顿生亲近,暗想以后一定要像对亲生父母一样,敬重和孝顺霖然父母。

一路上,霖然妈讲的都是女人当自力自强,努力做独立的有理想有知识的女性。小鹤细细听着,认真点着头,她觉得霖然妈真不把她当外人,这么费心费力地叮嘱她,所以心中除了感动,还是感动。

走在胖胖的霖然妈身边,小鹤能闻到她身上飘过来的淡淡的香皂味儿,小鹤觉得很幸福。作为知识女性的霖然妈,本来就一直是小鹤心中景仰和效仿的对象。

紧张一路的霖然,见母亲跟小鹤聊得亲亲热热,也觉得心中很温馨,便渐渐放下心来,释然地推车走了前面,不再旁听她们谈话的内容。

三人拐过一条小街,霖然妈轻轻一拍挽在臂弯里的小鹤那纤细的胳膊,话锋一转,说,霖然现在还小,也不成熟,她和霖然爸都反对儿子过早谈恋爱。霖然妈说,小鹤你应当找一个比自己大五六岁的成熟男孩子,那样年龄搭配的婚姻,女孩子才会幸福。霖然妈特别强调说,就是从生理角度讲,也是最科学的……

霖然妈的话,对毫无心理防备的小鹤犹如晴天霹雳,当头一棒。小鹤起初听出霖然妈话锋不对时,出于礼貌还能强作欢颜忍受着。听到后来,霖然妈越说越直白,越说越露骨,少女小鹤便感到莫大的委屈和伤心。当痛苦的内心再也扛不住绝望的刺激时,好强的她不愿当着霖然妈掉泪,在眼泪快要滚落出眼眶的一刹那,她失控地拔腿向前冲去,超过霖然,屈辱的泪水便扑簌落下,挡住了视线。

吱的一声急刹车,一辆正转弯的汽车,差点撞上视线早已模糊不清的小鹤。司机吓得探出头来,冲着小鹤跑过的背影,破口大骂起来。

霖然从母亲跟着出门就预感到不详。一路观察,见母亲和小鹤悠然慢走,母亲态度平和,小鹤满脸恭敬,霖然便慢慢放下心来。没想到这才不出十分钟,小鹤就伤心欲绝地打他身旁狂奔而去。霖然急得脑袋一热,啪地把手上的自行车往地上一扔,急忙向小鹤追去。

"唉，这孩子！"霖然妈一时间错愕在原地，等回过神来，儿子已跑远了。霖然妈无可奈何地摇摇头，弯腰扶起地上的自行车，看一眼远去的儿子的背影，这才掉转身，推着儿子的自行车往家走。

跑过一条街，霖然追上了小鹤，一把拽住她的胳膊，无论小鹤如何喘息挣扎，霖然就是不松手。

大街上人来人往看着他俩，小鹤又急又臊又伤心，瘦削的肩膀随着抽泣上下起伏，跑得通红的脸上，泪水像断线的珠子，梨花带雨般撒落一地。霖然看着已是心疼不已，四下望去，路边一排整齐茂密的夹竹桃正开着簇簇粉红色的小花。

夹竹桃树后与墙围间，有半米来宽的空隙，从里面隔着树缝，可以清晰地看到外面过往的行人；而从外面，却根本感觉不到树丛里面还会有人。霖然靠在墙边，一把把小鹤揽在胸前，浑身战栗的小鹤，依旧无声地哽咽着，任凭泪水肆意流淌。

小鹤真是太绝望了，照霖然妈那意思，她这辈子都别想跟霖然在一起。跟自己的母亲，小鹤可以以死相抗；可跟霖然妈，小鹤糊涂得都不知道，这到底是霖然妈的主意，还是霖然的意思。只要一想着要与心中永恒的爱情生分活剥，小鹤就心如刀绞、神情恍惚。从情窦初开的少女时代起，小鹤就把霖然看作是她今生今世唯一爱恋的哥哥，她庆幸自己在初识情爱滋味的时候，就遇见了霖然。小鹤在心中神圣地供奉着她的爱情之树，期盼着这纯真的爱情树能开出斑斓夺目的鲜花，弥久历新，永不枯萎。而现实让她实在想不明白，看上去和蔼知性的霖然妈，为什么那么反对她跟霖然恋爱？

看着胸前泪光晶莹的小鹤，霖然突然有些恼怒母亲。虽没听见母亲后来跟小鹤说了什么，但有一点他敢肯定，母亲依然心仪着她亲手接生的那个古丽娅。本来对古丽娅并没有恶感的霖然，此时突然生出一股要冷脸对待古丽娅一辈子的愤然情绪。霖然想不明白，母亲为何这般固执，一个儿子不喜欢的人，仅靠父母强压，即使他和古丽娅结了婚，又能有什么幸福可言？他喜欢的女孩儿只有小鹤，从看见小鹤的第一眼起，他就为这个女孩儿的一颦一笑、一举一动所牵挂，他觉得小鹤就是上天为他准备好的另一半，他自信自己能带给小鹤幸福，他也相信小鹤能让他终生快乐。

"好啦，好啦，不哭啦，我妈是我妈，我是我，不管我妈对你说了什么，你要相信我是——"霖然跟小鹤相好了这么久，他们之间，还从来没有当面说过那令人面红耳赤的三个字。今天，看着眼前委靡情伤的小鹤，霖然再也控制不住自己，他亲吻着小鹤馥郁幽香的两鬓,用嘴唇轻轻吸去她脸上淌过的泪水,贴在小鹤耳边,喃喃地一字一句道:"我——爱——你。"

霖然吹气般地耳语,像一阵春风,霎时刮走小鹤心灵上的阴霾。"霖然——"欲言又止的小鹤,最终还是没把霖然妈的话重复给霖然听。她觉得,她的心,霖然懂,霖然的心,也全在了他刚才吐出的那三个字上。小鹤把脸深深地埋进霖然的胸膛,呜咽着转悲为喜,把鼻涕、眼泪抹湿了霖然胸前一大片衣襟。

第三章

相思之苦

1

离开家去上大学的日子，终于还是来了。

霖然在开学前一周飞去了北方。当然，古丽娅是同他一道走的，只是霖然没有把这个告诉小鹤，霖然怕小鹤多心瞎想。

本来，霖然想送走了小鹤再去北方报到，没想到父母给他来了个突然袭击，事先买好了机票才告诉他日程，没办法，他只好在走前一天跟小鹤相约，到了大学后要经常通信联系。

最后一次见面，两人躲在离霖然家不远的一处断墙边。眼前是荒芜的田地，没有人经过。霖然一条腿反蹬在背后的墙上，一双手把小鹤拢到身前。小鹤感到就要离开霖然的自己，心仿佛一下子又被掏空。她忍着别离的忧伤，强作欢颜，说等她到了学校，一定马上给霖然写信，要霖然放心地走，别牵挂她。

霖然显得有些心事重重，他无言地把小鹤的头搂在怀里，不愿让她看到他眼底无限的惆怅。

霖然走时，小鹤没去送行。有了与霖然妈的那次隔阂，也因机场离市区较远，小鹤父母最近正在为她筹措上大学的路费和生活费，小鹤身上没有零花钱，所以只能倚窗仰望天空，看着时不时从城市上空划过的飞机影子，独自发呆叹息。

在机场，为霖然送行的队伍可谓庞大。除了霖然父母、兄弟及一大帮亲戚朋友外，还有古丽娅父母。在机场行李托运处，古丽娅母亲一再拜托霖然，请他一定多关照自己的女儿。古丽娅母亲一边喋喋不休地说着，一边不停地用手抹着眼泪，烦得一旁的古丽娅推着她妈和她爸往外走：

“得了得了，别腻腻歪歪的啦，妈，我都多大了，你们还不放心？行了行了，爸，你快和妈走吧。”野性十足的古丽娅不让父母再送她。泼辣的话语，嘎嘣脆的动作，弄得她妈哭也不是，笑也不是，倒是一旁的霂然妈满眼都是赞许的神情。

脸上一直挂着礼貌笑容的霂然，同古丽娅告别了亲友，托运完行李，一挨过了检票通道坐到候机厅的椅子上，霂然脸上的微笑就消失得无影无踪，眼神开始呆滞起来。

霂然这会儿很惦念小鹤，他不知道小鹤的行李收拾得怎样了，自己能否拿得动。小鹤只是告诉他，她大后天就去学校报到，虽然小鹤的学校离浑江市并不算很远，可一出浑江就是山道，坐长途汽车太辛苦，还危险；而火车，每天只有一趟慢车，咣当咣当，怎么着也得一个晚上，霂然真不知小鹤能否应付得过来。

满心欢喜的古丽娅，终于可以单独跟霂然待在一起了，她开心地东瞅瞅西看看，一会儿问霂然要不要喝水，一会儿又问霂然去不去厕所。

霂然本来对爽快的古丽娅挺有好感，可现在，一看见古丽娅就会想起母亲的固执，霂然就有了怕沾包的顾虑，也有气不打一处来的烦躁，淡漠的表情就挂在了脸上。

此时的古丽娅，已经出落得成熟美艳，仪态万千。波光流转的美眸，灿星闪烁，看霂然时更是风情万种。

一旁古丽娅叽叽喳喳在说着什么，霂然目光呆滞地看着她没有任何反应，古丽娅气得好几次想发作，想想又忍住了，依旧一副灿烂的笑媚样，只是伸出五根葱白手指，在霂然眼前晃了晃，霂然回过神来，有些不好意思地收敛起思绪，问她有什么事。古丽娅小嘴一噘，说：

“你去帮我去打杯开水嘛，我脚疼，不想动了。”

霂然低头看一眼，古丽娅脚上的新皮鞋，后跟儿恨不得有十公分高，他只好起身：“好吧，我去。”拿过古丽娅递过来的水杯，霂然向远处开水桶走去。

望着霂然的背影，古丽娅脸上闪过一丝狡黠的笑，她想起妈妈临走前那天晚上叮嘱她的话，更加坚定了信心。

小鹤第一次独自坐上了火车。

这是那个年代常见的绿色厢体火车。车窗沉重，只能上下提拉，车厢与车厢之间用粗大的铁钩勾着,一路上哐当哐当地响着,向终点站行驶。

出发那天,是爸爸和妈妈带小鹤搭乘公共汽车,把她送到火车站的。进站后,小鹤爸首先帮她把近一米长的绿色帆布箱子放到硬座车厢座位上方的行李架上。这个帆布箱子,是几天前大伯送给小鹤的。

说起这个箱子的来历,小鹤特别不好意思,现在想来还有些臊得慌。前些天,爸爸妈妈为了筹集小鹤的路费和生活费,真是绞尽了脑汁。虽然小鹤上的是师范,按照国家政策规定不需要交学费,但每月的生活费、日杂费、书本费,还是要自己掏腰包的。好在渝城师范可以申请伙食补助,小鹤便让父母每月只需汇给她 10 元钱。想到小鹤将要一个人远离家乡去外地读书,小鹤妈就有些难过不舍。她一咬牙花 15 块钱,给小鹤买了一件崭新的蓝卡其布列宁装,那是小鹤妈单位女同事因生孩子身体发福,穿不下转让给她的工装。新衣服的卡腰样式正好衬托出小鹤柔软的小细腰,邻居阿姨看了直夸小鹤出落得水灵。只是买完衣服后,小鹤妈就再也拿不出钱来为小鹤购置行李箱。小鹤妈没办法,背着小鹤爸鼓动小鹤说,爸爸要带她去大伯家报喜,到时大伯一定会祝贺小鹤,还会问小鹤想要什么礼物,小鹤妈说:"你就说想要一个行李箱。"小鹤听了很难为情,扭捏了半天,还是答应了妈妈。

这些年,大伯家有了远景挣钱,家境好了许多。远景买了辆摩托车,用来运销拉货。哗哗流进口袋的银子,让大伯腰板也直了起来。四合院儿的老房子被修葺一新,全换成了高粱大瓦。果然,大伯一见到家族中这个唯一的大学生侄女,高兴得第一句话就问小鹤想要什么礼物。小鹤还没来得及说话,脸就红了。她想到跟妈妈事先商量好的"预谋",心虚害臊了好半天,才羞涩地说:"我想要一个行李箱。"

大伯二话没说,就带着小鹤去了县城最大的国营商店。看着商店里大大小小不同布料、不同材质的箱子,小鹤挑了一个标价只有十七元五角钱的帆布箱子。大伯满意地看着不贪心的小鹤,点头笑了。于是,交款,提箱,两人回了家。

这个绿色的帆布箱子,从此便跟在小鹤身边,伴随她度过了丰富多彩的四年大学生活,成为她收藏全部家当的百宝箱,当然也包括霖然写给她的好几百封情书。

离开家的路途是辛苦的。坐在满是汗臭、脚臭、盒饭味、厕所味的硬座车厢里,小鹤窒息得直想呕吐。她四肢发酸,昏昏欲睡,可眼睛还得强睁着,时不时瞄一眼放在头顶上方的箱子。妈妈千叮咛万嘱咐,要她看紧了别丢了,那可是她的全部家当，除了一年四季的衣服、被褥、蚊帐，还有入学通知书和户籍证明等。

火车晃晃悠悠地翻过一座山头，又爬上另一座山梁。窗外的景色也是从平原逐渐变成了丘陵，再从丘陵变成崇山峻岭。

夜色暗沉下来，山峦的黑影在车窗外掠过，只能看见几处零星的小站灯光。火车轰隆轰隆，像个拉破车的老牛，轰鸣喘息声中，一路高高低低、曲曲弯弯、走走停停，颠簸到天亮，总算到达了渝城火车站。

渝城火车站，一派喧嚣鼎沸的景象。

下了火车，小鹤站在晨曦中，猛吸了两口清洌湿润的山城空气，不由得神清气爽起来。

提着沉重的箱子往站外走，一阵锣鼓喧天的动静传来。小鹤踮脚往前方打量，"渝城大学报到处"和"渝城师大报到处"两条大红横幅，正在站前广场上迎风招展。

渝城师大报到处的横幅下，停靠着两辆大卡车，车跟前已经有不少人在往车上搬运行李。

小鹤提起箱子满头大汗地费劲往大卡车跟前儿挪。一个高高瘦瘦老师模样的男子迎上来："你是来渝城师大报到的吧？"得到小鹤肯定回答后，这位老师模样的男子连忙自我介绍说："太好了，我是哲学系二年级的张亮，你叫什么？是哪个系的？"说着，伸手来抢小鹤手上的箱子，脸上更是一副快要笑烂了的表情。

看着张师哥一脸殷勤，小鹤暗自好笑，庆幸自己刚才没唐突开口叫他老师："我是法律系的林小鹤，谢谢师哥了。"小鹤把"师哥"二字说得很牵强。因为眼前这个人，怎么看怎么像四十多岁的人，跟她理解的"大学同学"，年龄相差太悬殊了。

坐上接新生的大卡车，行驶在曲里拐弯的山道上，小鹤从大家说笑的只言片语中获知，来迎接他们的这些人，都是高年级的本校大师哥。这些人进校前，或当过知青，或干过工人、参过军，进校时年龄已经不小。所以这次来迎接新生，不少人盼着能在众多女生中遇上一个红颜知己。

自然，清纯漂亮的小鹤便被好几个热情洋溢的师哥们握住了手，顺带作了自我介绍。不过初次见面小鹤也记不过来，只记住了眼前哲学系的张亮、音乐系的刘飞和美术系的长发帅哥小旺。不过，小鹤在车上也碰到两个与她绝对同系同年级同班的男同学，只是他们年龄看上去也很大，长着一副"哲理博士"的模样。他们一问小鹤年龄,便肯定地说,小鹤是他们班里年龄最小的同学。

从火车站到学校,坐汽车不过半个小时。当汽车驶进学校大门时,小鹤被眼前的美景惊呆了。小鹤没有想到,自己将要生活四年的大学校园,竟是如此地宽敞漂亮。

站在卡车上放眼望去,校园里鲜花盛开,绿树成荫。正对学校大门的几十级宽敞石台阶两旁,间隔生长着二十几棵高大挺拔的长青塔松。巍然屹立的塔松簇拥着台阶顶上正中央毛主席立身挥手的巨大汉白玉雕像。

看到毛主席招手的塑像,小鹤眼前浮现出浑江市中心广场上那尊相同的雕塑,心中便升腾起一股熟悉亲切的感觉。小鹤觉得,自己的心已经像远处山坡边那大片的金色小黄花,随着山风吹动,轻快得快要飞扬起来了。

一年级女生宿舍在半山腰一幢叫作知园的四层小楼里,一楼是法律系,二楼是体育系,三楼、四楼分别是中文系和哲学系。在知园背后地势再矮一截的杏园楼里,住的全是四个系的一年级男生。

小鹤住在一楼,六个女生一个房间。十几平米的房间,对称并排放着四张上下铺钢丝床,去掉六张用来住人,剩下两个床铺,便成了大家摆放行李箱子和日常洗漱用具的地方。

小鹤喜欢睡上铺,她爬上跳下张罗着自己的床铺,结果折腾半天,还是把蚊帐挂反了。于是住在小鹤下铺、当过最后一届知青的女同学刘嘉,利落地收拾完自己的床铺,又爬上来热情地帮小鹤重新挂好蚊帐。刘嘉比小鹤大三岁,两人都有一种倾心相知、一见如故的感觉,所以大学四年,不管搬了多少次寝室,两人都始终睡在连体的上下铺上,相处得最是要好。

大学正式开学的第一天上午,全体新生在学校大礼堂里看了一部介绍渝城师大纪录片。片中的许多校园风光都是用航拍技术完成的。据影片介绍,小鹤他们学校是由三所著名的北方大学西迁而来,也是全国最大的师范院校之一。校园风光绚丽,景色迷人,古树参天,一幅繁花似锦的景象;校园中许多古老建筑,在风雨飘摇的岁月中,浸淫着历史的沧桑,看着虽旧,却显得庄重而贵气;学校很多白发苍苍的老教授,都是中国法律界、教育界、文化艺术界经过"文革"后还健在的知名专家学者。

看完影片介绍,小鹤心潮澎湃地走出礼堂,竟意外看见礼堂门口,正站着大志。

大志东张西望，像是在找人。

小鹤欣喜地挥舞着手臂跑过去，忘形中被人流一挤，差点跌扑进大志怀里。大志赶紧伸手相护：

"小鹤！我正找你呢。"

浅蓝色干净衬衣，灰黑色休闲长裤，单肩挎着书包的大志，浑身上下透着一股子年轻大学生的勃勃生机，显得朝气而干练。

大志看着眼前的小鹤，额头光滑饱满，双瞳剪水，正仰起透明如玉的小脸跟他说着什么，便笑颜温厚地认真听着。待小鹤发完感慨，大志这才告诉小鹤，他来找她，是想约她改天一道去校园周边逛逛，熟悉一下周围环境，小鹤开心地答应了。

身在异乡与大志相见，小鹤觉得大志就像从小跟她一起长大的表兄远景。大志待她透着兄长般的亲切仁厚，让她感觉像跟亲哥哥在一起，无拘无束，没有一丝压迫感。

虽然小鹤已是自己最要好的哥们儿霖然的女朋友，大志也数次告诫自己只可把小鹤当妹妹看待，不可胡思乱想。可一面对小鹤，大志心中就挣扎得思绪恍惚。他不想对不起霖然，更不想亵渎小鹤对他的纯洁兄妹情，可发小之情、男女之爱，在他心中对撞得厉害。他两个都不想伤害，可又明知触犯一个，必然失去另外一个。

无可奈何的大志心中有苦无处诉，他唯一清楚的就是在自己心中，再也承载不下任何女孩儿的情感……

小鹤对大志的这些心思自然是无从知晓。正当她眉飞色舞地跟大志说起校园令人骄傲的历史时，同寝室的刘嘉从身边经过，喊她快点儿走，说班会马上就要开始了。小鹤急忙冲大志一吐舌头，匆匆挥手告别，欢天喜地地追刘嘉去了。

望着小鹤跑开的身影，大志发了一会儿呆，也随人流离开，回隔壁学校去了。

走在去教室的路上，刘嘉好奇地问小鹤："他是你家亲戚？"

小鹤一愣，暗自笑了笑："呵呵，也算是吧，是和我从小一起长大的远房表哥。"

小鹤本想说，是从小一起长大的发小，但想大志跟自己，虽是青梅竹马的少年朋友，可说是表哥，好像更能准确表达大志在自己心中的分量。

第一次班会，在一座位于半山腰的阶梯教室里举行。班主任是位中年男老师，浓眉大眼，五官俊朗。他说，虽然大学不似高中，但大家身在异乡，还是要有组织有纪律才行。于是在班主任老师的要求下，大家开始选举班干部和团支部书记。

大概班主任老师事先看过大家的档案,所以把一些同学的简历大致说了一下。在此之前大家彼此谁也不认识谁,所以一听老师介绍林小鹤在中学时曾是团支部书记,便一致推举全班年龄最小的小鹤当了班上的团支部书记。后来当小鹤召集大家过组织生活时,看到一些年龄大的女同学,一边毫无顾忌地开着玩笑,一边手不停歇地织毛线活儿,脑子中便浮现出云姐她们公社知青开大会时的情形,一问果然织毛活儿的大龄女同学都当过知青,有的在云南,有的在内蒙古,还有的在黑龙江。

选完班干部,班主任老师宣读了申请伙食困难补助的同学名单,小鹤惊诧,全班同学几乎百分之九十五以上都是困难学生,大家皆大欢喜地获得了每月几块钱的伙食补助。

还真别小看了这几块钱。当时大学教师食堂一个菜也不过五分钱,肉菜最多一毛五,一两饭只需要两分钱,所以即使后来学生食堂实行了饭菜票制,小鹤也因有了这笔补贴,没再捉襟见肘地饿肚子,甚至每月还可以退掉一些饭菜票,用来买生活日用品。不过在大一,学校实行学生集体用餐制。所以当开完班会时,小鹤便随大伙儿拥挤到了学生食堂。

新生食堂刚刚盖好,外观造型像八角帽,内部一切都很新,能容下几百名学生同时用餐。学校要求,新生以班为单位自由搭配,八人一桌,由各桌桌长带领两名成员去窗口画钩登记领饭,四个搪瓷脸盆,两盆是饭,两盆是菜。大锅饭的学生菜多半是土豆熬白菜、鸡蛋西红柿,或者红烧豆腐、苕丝炖海带,偶尔还会发现一两条长长的青虫尸体,连头带尾夹杂在汤菜中。伴随着小鹤她们胆小女生的尖叫,桌长开始往每人自带的饭盒、搪瓷大口缸里分饭菜。一盆分四人,正好八人均分。

小鹤班上的同学,大多数都是知青或从工厂考进来的。在那个饥荒的年代,人们普遍吃不太饱,肉就吃得更少。所以大家都特别宝贝自己碗里那点儿饭菜,宁可吃撑着,也不会浪费一丁点儿。当然,小女生多的饭桌,男生笑得很欢实。小女生普遍胃口小,而且宁愿吃白饭,也不愿吃发现有青虫的菜,所以这些桌上的男生,常常能大快朵颐,心满意足地撑出饱嗝。

当第一学年上半学期结束时,小鹤全班同学在学校大门口拍了一组很有成就感的合影照。照片上,人人都比刚入学时膀大腰圆,一水儿圆嘟嘟的青春脸蛋儿上,挂着十分满足的笑容。

小鹤穿着妈妈亲手缝制的一件小绿花布棉袄,滚圆的胃毫无察觉地顶起有些显短的棉衣下摆。数年后当大家各奔东西再聚首时,这些朴实无华的青春留影便成了大家回忆和彼此取笑的乐子。小鹤总是装出一副感叹的口吻说:"哇,我那清纯葱茏的岁月呀,原来如此老帽儿。"引来大家满是同感地哈哈大笑。

2

已到北方读大学的霖然,很快给小鹤来了信。

霖然在信中告诉小鹤,他们专业分成了两个班,同学来自全国各地,男生占了大多数。霖然说在新生交友周末晚会上,他认识了许多外乡的同年级男生。小鹤知道霖然脾气好,特别仗义够哥们儿,人缘儿也像他爸一样好,所以看到这里,小鹤很是为霖然感到欣慰。

初入大学的小鹤,也有许多新鲜事儿急着要告诉霖然。她给霖然回信说,她们学校正在进行青春校园歌曲比赛,每个班都准备了合唱歌曲。她们班准备的是刚出道的青年歌手彭丽媛演唱的《在希望的田野上》,她被同学们推选为领唱。

当时正是校园歌曲走红大学的时光,侯德健、陈琳的歌声是大学生们嘴边的小调。歌唱家王洁实、谢丽斯也来到小鹤学校进行表演,完美的男女生二重唱,轰动了渝城师大和隔壁的渝城大学,大志因小鹤帮忙找票,也有幸坐在了小鹤学校的礼堂里观看。

一眼瞥见小鹤身旁阳刚帅气的大志,小鹤同学张小娜很快就失去了淑女风范。待她放下架子从刘嘉嘴里厘清大志只是小鹤的"表哥",张小娜便开始上心关注和追求起大志来。张小娜心中暗自敲定,要加速培养跟林小鹤的姐妹感情。

对张小娜的心思转换,小鹤刚开始并不知道,她那时的注意力,全都放在了给心上人儿霖然的鸿雁传书上。

看了小鹤的来信,霖然羡慕坏了。他回信说,他们学校男生多,文艺氛围不行,大家的夜生活除了喝酒,就是划拳吃肉。小鹤看了,乐得躲在蚊帐里偷笑。她暗想,三个和尚一台戏,霖然他们学校的夜晚,还不知是怎样的乌烟瘴气哩。

进到大学校园的小鹤,犹如鱼儿得水、葵花向阳,小鹤身上的许多潜质才能被逐渐挖掘出来。

渝城师大经常举行校园露天舞会和歌曲表演。舞场上除了一些老派儿教授,会跳交谊舞的年轻人很少。大家便从基础的"蹦、擦、擦"学起。小鹤欣喜地发现,自己不仅跳舞的节奏感很强,嗓音的音质也很不错,声音甜美,音域宽广。

这天，听完小鹤排练领唱校园歌曲，学校文工团刘团长找到小鹤的寝室，希望她能加入到校合唱队。

女生宿舍不允许男生进入。可不知为何，刘团长却来去自如，畅通无阻。小鹤一见刘团长原来是自己报到时，在火车站接待处就见过的那个刘飞，不由得带着几分惊喜：

"我行吗？"

那时，小鹤连五线谱都还不识，她只在看霖然拉小提琴时，见过上面满是"小蝌蚪"的五线谱。

"那当然行了。"

刘飞团长拍着胸口信誓旦旦地保证说，只需要几天工夫，他就能教会小鹤认识五线谱。说完，他伸出保养得白皙修长的右手，拍拍小鹤的香肩说："只要你肯全力配合。"

这需要什么配合？！唱歌本身就是小鹤的爱好，能识五线谱，更是小鹤期待已久的事情。小鹤自认为刘飞是怕她不能吃苦。

跟小鹤同寝室，与小鹤头顶头睡在另一张床上铺的张小娜，在刘飞来时，一直躲在蚊帐里没吭声儿，待刘飞一走，张小娜撩开蚊帐探出头，一撇嘴说："林小鹤，你小心点，咱们学校的刘飞团长，可是有名的花花公子。到现在都二十八岁了，还没找到对象，一天到晚像个无头苍蝇，专叮美女。"

难怪张小娜对刘飞底细了解得如此门儿清，张小娜是学校音乐系主任的独生女儿，比小鹤年长一岁，生得天生丽质，只无奈嘴上刻薄，生活中从来不肯吃亏。报到那天，张小娜到得最晚，本来她现在住的上铺是西部来的农家大姐王秀碧睡的，王秀碧个子矮，人也憨，她好心想把最后一个下铺留给小年龄的张小娜住，没想到张小娜却嫌下铺脏，人人都可以坐。她妙目一转，对王秀碧说："老大姐优先，小妹哪敢托大，您睡在上铺，上下起来多不方便呀……"

漂亮的一番话，哄得全班女生中腿儿最短的王秀碧又是一番不辞辛苦的劳作，欢天喜地从上铺搬去了下铺，一边搬，嘴里还一边不住地夸赞张小娜"侠义心肠"，而王秀碧刚刚擦干净弄整洁的上铺，便拱手让给了被她夸得有些面腆脸红的张小娜。

二人这番折腾，把一旁聊天的刘嘉、邢燕子、朱慧敏和小鹤看得面面相觑。几个人忍俊不禁，起哄大笑起来。

身材修长的张小娜，平时脸上总是挂着蒙娜丽莎般的神秘微笑，不过笑里总夹杂着那么一丝冷傲，班上大多数男同学一望见她那冷冷的眼神，就心生畏惧，敬而远之，不敢跟她有过分说笑。

现在，听张小娜如此形容刘飞，小鹤想，自己是有对象的人，没什么好怕的，反正人正不怕影子歪。

刘飞团长还真是个说话算数的人。第三天早上，正好是周末，刘飞站在窗外喊小鹤去练歌，小鹤高声应了，抓起笔记本和钢笔，连蹦带跳出了楼门。

练歌的地方在刘飞他们音乐系的练歌厅。二十几个年轻面孔，大家一交流，原来都是刚入团的各系新生。新团员中有好几个人都不会五线谱，刘飞便一起教了。

刘飞教得很认真，小鹤学得也努力。不出三天，小鹤基本上就能照着五线谱练唱新歌。刘飞夸赞小鹤有音乐天赋，小鹤抿着嘴，不好意思地笑了，一抬眼，瞥见钢琴上放着一根银色的管状乐器。

"这是什么？"小鹤不认识，看它的形状有些像笛子。

"是长笛。"当着小姑娘面卖弄音乐知识，是刘飞最擅长的事儿。他从钢琴上拿起长笛，双手往右侧一架，笛口往唇边一送，一首舒展的外国乐曲便回荡在练歌厅上空，令小鹤她们几个小女生听得敛神屏气，眼里写满了钦佩和羡慕。

小鹤对会器乐的人，总有一种特别的崇拜，也许是少年时见霖然拉过小提琴，爱屋及乌，便对会乐器的人有说不出的佩服。

"有那种乐器吗？"小鹤比划着问刘飞，"就是那种用竹子做的，竖着吹的？"小鹤在一本破旧的古书中见过描写，说以前人们谈情说爱时，总喜欢吹那种乐器，来表达相思之情。

"哦？"刘飞不愧是搞音乐的，一听小鹤的描述，马上就明白过来，"你说的是长箫吧？你想学吗？我们系里有练习吹箫的指法书，我一会就去帮你借出来。长箫在街上的器乐店有卖的，也不贵，你回头可以去看看。"

"真的？那太好了，谢谢你啊，刘团长。"

"唔，没事儿，有不懂的，你尽管单独来找我。"刘飞殷勤地叮嘱小鹤。

下午，小鹤就从刘飞手上拿到那本《长箫吹奏技法》。小鹤快乐地想到了霖然。她准备在大学里自学长箫，以后好与霖然琴箫共鸣，那该是多么令人激动的幸福时光啊。

　　渝城的天气已进入深秋，小鹤穿着毛衣，还觉得冷风嗖嗖地直往领口里灌。背着书包拎着暖瓶走在去学校图书馆的路上，小鹤心中感到充实而欢畅。她已经完全适应了大学紧张的学习环境，闲暇时，独自练习吹箫便是她全部的课余生活。

　　刚到学校的第三个周末，大志领她到周边及街上逛了一整天。两个学校处在同一片山脉带上，许多景色都差不多，唯一不同的，是小鹤学校的历史更悠久，建筑外观更典雅；而大志学校建校时间短，相对渝城师大，一切都要新些。

　　那天，小鹤跟大志走在一起，俊朗婀娜的两个人，一路上很是吸引人们的眼球。说实话，好不容易等到一个周末，两个学校的年轻学子们哪个不是忙着呼朋唤友，齐刷刷跑到街上去打牙祭、逛街？更有新交上男女朋友的老乡、同学，就盼着能在公园的密林深处，与自己的恋人独聚相依，亲亲密密地互吐衷肠。

　　小鹤和大志，一路上不断碰到彼此认识的同学。

　　大志跟他的同学介绍小鹤时，只是说："这是我老乡林小鹤，渝城师大的。"惹得他们学校的男生女生擦身而过时，总忍不住再回头看小鹤两眼，然后冲大志挤眉弄眼，做着揶揄的怪相。

　　小鹤知道，大志同学一定误解了她和大志的关系。鉴于大志从小就要强的自尊心，小鹤不忍当面捅破他，只好礼貌地浅笑点头，算是给足了大志面子。小鹤如此表现，令大志心中涌起隐隐的幸福。

　　而小鹤在路上，碰到自己认识的女同学，为她们介绍起大志来，就嘻嘻哈哈，半真半假："这是我表哥大志，在渝城大学读新闻系。"结果，惹得一个个花容月貌的女同学总不由自主地主动伸出纤手。大志没办法，只得面带笑容，礼节性地去接招握手。大志也不问小鹤为何要把他介绍成她的"表哥"，而是听之任之，随便小鹤如此介绍就是了。

　　两人逛到中午时分，大志饿了，说："咱们还是别回学校吃饭了，就在街上随便吃点算了。"的确，大家都已经过了刚入学那股新鲜劲儿，对学校食堂千篇一律大锅烩"猪食"早已失去兴趣。好在那时学校周边和街上的餐馆饭菜都不贵，小鹤就随大志走进了一家叫"二姐家常豆腐"的小餐厅。

　　餐厅虽小，却干净明亮。大玻璃幕墙里，摆放着十几张小方桌，桌上铺着杏黄色的碎花布，光看用餐环境，就让人食欲大起。

　　小鹤和大志刚一落座，就听见有人在喊小鹤。

　　小鹤惊奇地回头，见张小娜从餐厅门口向他们走来。

"咦,小娜!"

"嗯——你们也在这儿吃饭呀?"话是问向两人的,热情似火的丹凤眼,却只看着大志。

听小鹤喊她"小娜",大志这才想起,上次在小鹤学校大礼堂看演出时,这个女生小鹤曾给他介绍过,只是当时没太上心,所以没记住她的长相。现在女孩儿已经走过来,大志忙起身打招呼:

"你是,小鹤的同学?"大志眼中有一丝犹豫闪过,随即豪爽地说,"要不,你也坐过来,我们一块儿吃吧?"大志嘴里邀请着张小娜,眼睛却看向小鹤。

小鹤大喜:"大志,瞧你什么记性,人家叫张小娜,上次我不是给你介绍过的吗?"小鹤嘻嘻笑着,拉过张小娜,坐在自己侧面,"说好了,大志,今天我和小娜舍身陪你吃饭,你就荣幸地请我们客吧。"

"行,没问题。你说怎么着就怎么着呗。"大志目光柔和,嘴角微微上场,一副好脾气的笑模样,扭头招呼服务员点菜。

坐在大志对面的小鹤,突然瞥见张小娜正出神地看着低头点菜的大志。她顺着她的目光看去,只见疏离的秋阳透过餐厅玻璃墙,照射在大志深邃的五官上,映衬出身材魁梧的大志目精齿皓、器宇不凡。小鹤心中感叹,长大了的大志,已不再是儿时那细眼长眉、灰头土脸、满头大汗的少年狼狈样儿,难怪迷得在班上冷傲如霜的张小娜也不禁举止有些失常。

有美女喜欢大志,小鹤心里感到特别高兴。能被班上最好看的美女爱上,小鹤真替大志感到开心。她希望大志快点进入恋爱状态,也尝尝她和霖然那种恋人间的无尽甜蜜。

饭菜很快被端了上来,因为是三个人吃,大志点了五个炒菜一个汤。看着红是红绿是绿,充满辣椒香花椒麻,色香味俱全的家常美味,小鹤顿觉食欲大开。她在大志面前无拘无束惯了,欢呼着,就率先动上了筷子。

"慢点,多吃点。"大志时不时停下筷子,换上一双公筷给小鹤夹菜,间或,也给张小娜夹上一两筷子。

看着大志跟小鹤那份亲近劲儿,张小娜心里真是羡慕嫉妒得不行,酸溜溜地闹心。她违心地换上一副讨好小鹤的口吻,也殷勤地要小鹤多吃点肉。本来正吃得兴起的小鹤,突然见张小娜如此谦恭,一愣神儿才发现,原来两人都还没怎么动筷子,全看她吃了。瞧着张小娜不自然的表情,小鹤忍不住想笑。哈哈哈,真没想到,大志也能让如此孤傲的女孩儿为他手足无措。小鹤揶揄地瞟大志一眼,那眼神分明暗示大志赶快多关照一点张小娜。大志回瞪她一眼仿佛要发脾气,可一看小鹤那甜滋滋的笑模样儿,又无可奈何地抿了抿嘴,只得挂着他那副令张小娜销魂的经典表情,去为张小娜夹菜。

旁观着张小娜的主动追求和大志的被动应对,小鹤真乐坏了。回想少年时的大志,那么多尴尬的事总是让她碰上,特别是想起大志妈那高亢经典的喊声,小鹤乐得假装扭头去咳嗽,才总算把快要笑喷的饭菜给强咽了下去。

第一学年上半期,在新鲜刺激和好奇中度过了。

这学期里,哲学系的张亮来寝室找过小鹤好几次,借口总是去图书馆啊、看电影啦什么的。刚开始小鹤不好意思拒绝,毕竟人家帮她拎过箱子。可坐在图书阅览室里,张亮总是找各种话题跟小鹤聊天,要不就斜眼瞥着小鹤,默默地像是在欣赏一件艺术品,尴尬得小鹤中途找了个借口开溜了。从那以后,张亮再来喊,小鹤就让刘嘉或者张小娜帮她打掩护,不再单独跟张亮出去。小鹤的举动并没有让张亮死心,他继续寻找着一切可能遇见小鹤的机会。

音乐系的刘飞现在是小鹤的业余长箫老师,当然只是在小鹤实在看不懂指法书上文字描述时,才会主动去找他。刚开始刘飞对小鹤超热情,但自发现张小娜跟小鹤住在一个寝室后,刘飞明目张胆来寝室找小鹤的次数就少了。张小娜说,刘飞怕她泄露他的秘密,小鹤听了大笑起来。不过有张小娜这层关系护着,倒也省去了刘飞对她的纠缠。

美术系的长发帅哥小旺,明显是抱着找对象的目的来接近小鹤的。在一次学校举行的露天舞会上,小旺不知从哪里钻出来,拉着小鹤一边跳着圆舞曲,一边激动地说,他已经暗中观察小鹤好几个月了。他说小鹤的身材线条生动,五官轮廓分明,他很想为她画一张全身或半身的油画。说完,小旺一双细长的眼睛,热烈动情地打量着小鹤。

小鹤知道小旺的油画画得特别棒,好几次她经过美术系大楼时,都看见大楼外面画廊上挂着署名小旺的人物油画作品。现在听小旺带着交女友的目的发出邀请,小鹤便委婉拒绝说:"那我得问问我男朋友,看他同不同意。"小旺一听小鹤已有男朋友,表情就有些讪讪。一曲跳完,一头扎进另一堆小女生群中,便不再纠缠小鹤。

大一的法律课枯燥而乏味。主课基本上都是法学方面的基础理论,外加一些马、列、毛的公共理论课,当然还有英语。对于小鹤这些直接从高中升上来的小年龄同学,英语在中学就有基础,不像王秀碧、朱慧敏她们得现从 ABCD 学起。年龄小记忆力是优势,在考试上也占了很大便宜,所以小鹤几乎门门功课都在 90 分以上。

大志在放假前的两个礼拜,到小鹤学校来看电影,顺便问起小鹤要不要帮忙买火车票。小鹤开心地摇头说:"不用了,霖然过几天放了假,就来学校找我,我们要去安宁县他外婆家。"

大志眼中闪过了一丝怅然。沉默半晌,大志告诉小鹤,他妈病了,他要赶着先走。

大志妈是真病了。最近大志妈来信告诉大志,她的头痛病又犯了,身体也大不如前,大志看了很心疼。孤身多年的母亲,这些年一直在为父亲守寡,坚决不肯再嫁人。不过此时大志提起母亲来,只是为了在小鹤面前找个借口。大志心里也说不清,他有些怕见到霖然跟小鹤在一起的情景。这学期大志跟霖然通了好几次信,信中都是回忆一些中学时的陈年旧事,顺带传递一些老同学间的情况,两人在信中从未提过小鹤。其实霖然不提大志也懂霖然的心。大志想,与其痛苦地面对两人,不如避开了的好。因此大志告诉小鹤,他准备下周考完试,就赶紧回家。小鹤一听大志妈病了,忙叮嘱大志假期里一定要多陪陪他妈,让她开心一点。大志瞥了小鹤两眼,缓缓地点了点头。

接下来几天,小鹤把自己半个学年省下来的零花钱,包括那些毛票、钢镚全搜罗出来,上街给大志妈买了好些渝城当地的特产,然后拎着到隔壁学校交给大志,大志一瞧,两眼便有些发潮。

瞧着大志如此不经感动,小鹤咯咯乐着,在大志手臂上捶了一粉拳,然后转身跑走了。

大志拎着小鹤送来的礼物,牙齿紧紧地咬着下唇。他半眯起的双眼里蕴含着复杂的情愫,目光就这么一直追逐着小鹤远去的背影,直至她消失不见。

3

"给,祝你十八岁生日快乐!也祝咱俩大难不死,必有后福!"

一个像真婴儿般大小、头戴白边粉帽的粉色毛茸茸玩具娃娃,被霖然从身后突然抽出,送到小鹤面前。

"哎呀,好可爱的洋娃娃,我喜欢。"小鹤一把抱住,欢喜得紧贴在脸上。

　　小鹤长这么大,还从来没有过如此漂亮的娃娃,霖然送她的生日礼物,极大地弥补了她幼年的遗憾。

　　看着小鹤满足开心的样子,霖然很高兴。

　　这是在一个小县城的一家商场门前。霖然和小鹤万不得已,留在这个人生地不熟的地方过了一夜。

　　而这天正是小鹤的生日。

　　小鹤出生那年,正好是农历大年初一。奶奶抢着要给小鹤起名元春,想由此招引来个弟弟,小鹤妈坚决不同意。因为她听别人说,元春是个红颜薄命之人。小鹤妈觉得,自己生的孩子一定得命硬。后来还是小鹤爸说了算,给小鹤起了个闲云野鹤般的仙鹤名。

　　小鹤的命的确够硬的,昨天她差点儿一命呜呼了。

　　说起昨天,小鹤到现在还两腿发软,心有余悸。

　　昨天中午,霖然带着她搭乘渝城直达安宁县的长途客车,两人亲密地并排坐在司机身后第三排的位置上。意想不到的车祸,发生在车开出渝城不到一个小时的时候。

　　那是一个山道急转弯。一辆拉满钢筋的超载大卡车,正多拉快跑、风驰电掣般向山这边急驰而来。只是这会儿,山这边还看不到它。小鹤他们乘坐的长途大客车,车顶上的行李堆积如山,车厢里座位满员,此时也正像个老牛拉的破车,喘息着,喷着一股子柴油臭烟,摇晃着笨重的车体向山那边转去。

　　当时正值中午,暖暖的冬阳把车厢里的人们照射得昏昏欲睡。小鹤听见前面的客车司机连打了几个哈欠。很快,车上便响起了打鼾声。小鹤回头看去,她身后是一个年轻小伙子,两手趴在她的座椅背上睡着了。小伙子身后坐着一个中年男子。中年男子仰头靠后,呼噜声儿是从他大张着的嘴巴里发出的。

　　也许困倦能传染,也许安痛定针剂的止痛效果让小鹤混沌,随着霖然搂着她肩膀的手有节律地轻轻拍打,小鹤在昏昏然中,头歪靠在霖然宽宽的肩头上,也进入了梦乡。

　　一切都处在午阳下困顿、木讷的相对静谧中。

　　突然,迎面狭窄的山道上,一辆车头顶着几十根长短不一的钢筋的大卡车出现在霖然视线里。几十根钢筋随着车子的飞速前行上下颤悠着,仿佛一只巨大的章鱼俯身在卡车头上,无数尖利的乌爪正狰狞地对着大客车,张牙舞爪地刺探过来。

等两车司机完全清醒过来,想刹车已来不及。霖然首先惊叫起来:

"小心!"

大客车司机猛打方向盘,客车大幅度左右晃荡几下,还没反应过来看清眼前景象的小鹤,就被霖然死死抱住,霖然用自己的身体将小鹤护在了座位前面的间隔空当处。

"刺啦啦——"钢筋穿透车窗玻璃的巨大响声传来,随即车上响起人们呼天抢地的惨叫声。

躬身低头钻出头顶的钢筋条,惶然起身站稳的小鹤被眼前的惨相惊呆了:

一根长长的钢筋,像锥子一样划过她的椅背,刺过她身后那个年轻小伙子的头皮,然后狠狠扎进小伙子背后那个中年男人的头颅。站起身来的小伙子,看上去也像是放假的大学生,他的头上,连皮带发被钢筋掀开一道长长的口子,鲜血正顺着头发往下流淌。小伙子好像完全没有痛觉,惊恐中他用手捂着头顶,怔怔地看着他身后那个中年男人。中年男人,也就是刚才小鹤看见打呼噜的那个人,已经被一根钢筋正正刺穿眉心,牢牢扎死在了座位上。

"小鹤,别怕,快过来,咱们下车。"霖然搀扶几位老人下车后,又赶紧转回身,搂过还没从惊悸恐慌中回过神来的小鹤,快步下了车。

一死一伤的车祸,打乱了两人原本想当天赶到外婆家的计划。伤者被及时送去了医院,死者被拉去了殡仪馆。全车人被当地公安机关请去做了厚厚一本车祸见证笔录。两个肇事司机,还得留在公安机关,等着事故责任认定。

从车祸中逐渐回过神来的小鹤,一直处于抑制不住的战栗中。她感到后怕,也为霖然那及时的一扑,感慨欷歔。回想霖然用身体死死护住她的那一刹那,她体会到的是一种被保护的心安,霖然下意识的举动让她深信,霖然为了她能豁得出去生命,就如同她对他忘情的爱。

当晚,两人只得留在离安宁县城大约还有80公里的半道上。这是一个相对繁荣的小县城。县城有开往安宁县的班车,只是每天只有一趟,在早上八点发车。

两人做完笔录后住进招待所,天已经完全黑下来了。临近长途汽车站边上的这家旅店,已是人满为患。两块钱一个床位的大房间,几十个人住在一起。小鹤住的女宾部在四楼,霖然的男通铺在三楼。办完住店手续,霖然先把小鹤送到房间,找到床位,又转身跑到一楼。在服务台,他从管理员胖大姐手中借到一个崭新的红花搪瓷脸盆。霖然拎着脸盆又一路小跑,偷偷溜上四楼女宾部,撩开门上挂着的半截已经有些发黑的白布帘往里一瞧,惨白的日光灯下,脸上没有一点血色的小鹤,正俯趴在床铺上,用被子顶着小肚子直抽凉气。霖然知道,小鹤早上在学校打的那针安痛定止痛疗效已过。他悄悄向她招招手,小鹤扭头看见,赶紧下地跑过来。霖然拉起她冰凉的手,来到他早已观察好的四楼尽头一处开水房。这里有一个烧开水用的锅炉,锅炉旁边,还有一把长条木椅子。

霖然把小鹤按在椅子上坐下,转身打来一盆热水放在小鹤腿前,然后蹲下身,帮小鹤脱掉鞋袜,把她两只冰凉的脚放进热水中:

"泡泡吧,泡泡肚子就不痛了。"

霖然蹲在小鹤面前,仰面温柔地看着她,眼中满是宠溺。

霖然早在五天前就到了小鹤学校,本打算买第二天的车票走,无奈小鹤当天来了例假,痛得几乎昏厥。霖然见状,强行背起她去了校医室。年老的女校医摸着手冰肚凉的小鹤,满脸慈祥地说:"等以后结婚了,生了孩子就好了。"话语臊得小鹤面红耳赤,冲闻言正点头傻笑的霖然直翻白眼。

就这样,霖然坚持陪小鹤在学校打了三天止痛针。直到小鹤感觉好一点儿了,他们才坐上去安宁县的长途客车。没想到,车在半道儿上又出了车祸,把他们晾在了途中。

脚泡在热水里,头俯在膝盖上的小鹤,随着热量的传导,感到全身的血液终于涌动起来,胸中便回荡起翻腾起伏的情愫。她被霖然细心体贴的爱意深深打动了,模糊的双眼里大颗大颗的泪珠,啪嗒啪嗒滚落进水盆里,像石子投进湖水,绽开一圈又一圈的涟漪。

"呵呵,怎么啦?"霖然看见,以为小鹤还没从中午的惊吓中摆脱出来,就怜爱地用手揉揉她的头,掰起小鹤的泪脸刮着她的鼻子,呜呜呜学着她平时哭泣的样子逗她。小鹤嗝嗝两声,忍不住真要开哭,霖然连忙哄笑道:"好了,好了,乖啊,不哭!咱们这是在旅店呢。"说着拿过毛巾,要给小鹤擦脚。小鹤不肯,可拗不过霖然劲儿大,态度坚决,只好抬脚依了他。

霖然的外婆家,在群山环抱的山坳里。

虽然已是隆冬,却青山依旧,迭宕翠绿。

冬阳下的山间小道上,神如莹玉的小鹤,眉目间犹有稚气未脱。她一手抱着粉色洋娃娃,另一只手被身前星目皓齿、高大俊气的霖然牵拉着,两人沿着一条清澈的小溪,向前走来。

在城里长大的小鹤,对眼前的一切都感到新鲜。

乡村的天,蓝蓝的;乡村的空气,清新而湿润;小溪旁山道边,生机勃发的枝枝叶叶,蔓宛生姿,风情无限。

小鹤欢叫着,拉着霖然的手,弯腰去看小溪,水面上倒映出周围的群山和蓝天。

"瞧,霖然,溪里有小鱼儿!"小鹤欢快地指着溪水。

"哈哈哈,你仔细看看,那是虾好不好。"霖然眼力超好,只瞄一眼,就知道小鹤看错了。

"咯咯咯,霖然你看,在那儿,有一条黄鳝,快看!"

霖然定睛一瞧,哧地笑了:"嘿嘿嘿,我说小鹤,你怎么连鳝鱼和泥鳅都分不清呀?"

"真的? 我瞧。"不服气的小鹤蹲下身,探头睁大眼睛去辨认,可不嘛,一条灰不溜秋的泥鳅,正摇晃着尾巴,使劲往泥土里钻哩。

"啾——啾——"一前一后,两只色彩斑斓的小鸟从两人头顶飞过。

"霖然,快看,好漂亮的小鸟啊!"小鹤扯着霖然的衣袖,旋转着头,眼睛追逐着小鸟飞翔的身影。

"汪汪汪……"一条大狗的叫声猛地响起,小鹤条件反射地一出溜,连人带洋娃娃一起躲进霖然怀抱。只听那洪亮的犬吠声在山谷间来回碰撞,发出经久的回响。

"哈哈哈,瞧你这老鼠胆儿。"

霖然双臂把小鹤圈在胸前,推着她继续往前走,边走边告诉她,那是外婆邻居家的大黄狗,有铁链子拴着的,不用害怕。小鹤似信非信,眼睛东张西望,脚步亦步亦趋,身体紧偎着霖然。

"外婆,外婆!"

霖然拥着小鹤走到一高坡上的木屋前,一脚跨进门栏,一边大声叫喊。

"来啦,来啦。"

身后传来老人欣喜的回声儿。小鹤扭头一瞧,一个满头白发、面慈目善的胖老太太颤巍巍地踮着一双小脚,笑容可掬地出现在她面前:

"然然来啦。快坐快坐。这是?"

"外婆,她就是小鹤。"霖然把怀中的小鹤拉到外婆跟前。

"外婆好。"小鹤甜甜地叫了声。

"好,好,然然,快,快搬个板凳,让小鹤坐,让外婆好好瞧瞧。"外婆一把拉住小鹤的手,用昏花的老眼开心地上下打量起她,把小鹤逗得咯咯直乐。

"唔,真是个漂亮的小姑娘,外婆看着就喜欢,模样好,声音也好听。哎,然然,以后你可不许欺负小鹤呀。小鹤,以后要是然然欺负你了,你就来告诉外婆,看我不打他。"说着,外婆抬起一只粗糙绵实的大手,装出要打霖然的样子。霖然淘气地赶紧把俊俏的脸蛋儿凑上去。外婆乐了,一手一个搂过来,霖然和小鹤便一左一右依偎在了老人怀里,"外婆"长"外婆"短地叫着,把个八十多岁的耄耋老人给欢喜得脸上堆起了一搓衣板的笑纹。

两人在外婆家的日子,甜蜜而开心。

第一天,当清晨第一缕阳光透过木格窗条,暖洋洋照射进外婆家堂屋时,小鹤就被兴奋的霖然叫醒了。霖然拉着她飞快地爬上狭窄的木楼梯,两人来到阁楼上。昨天晚上,霖然住在这里,发现窗外的景色格外迷人。现在,他拉着小鹤的手,两人肩并肩、头挨头,把脸挤到了阁楼东边的小木窗前。

窗外,一轮红日喷薄而出,中中正正悬挂在对面山坳间,四周绵延起伏的群山像一只只巨手,争相捧出这枚金光灿灿的红珍珠。晨曦下,翠荫浓华,青山黛水,美得犹如一幅色彩浓郁的田园风光图片。

霖然告诉小鹤,外婆家的房子在当地风水特别好,尤其是这个小阁楼,能够日日沐浴在朝阳下、夕阳里。小鹤由此爱上这个阁楼窗棂,第二天便也住了上来。

本来小鹤睡在楼下外婆的床上。第一天小鹤进屋时发现,阁楼下的木楼梯边,停放着外婆为自己准备的超长黑漆纯木大棺材。霖然外婆想得很开,她觉得自己将来即便走了,也是喜丧,所以在自己年满八十的时候,就让儿女们为自己准备好了这口棺材。

外婆看着棺木是满眼欢喜,认为那是自己百年后的安宁归宿;而小鹤看见棺材却感觉阴森恐怖。特别是在寂静的山村夜晚,山坳里瘆人的北风呼呼作响。平时小鹤看多了蒲松龄写的鬼怪故事,又爱做梦,便总幻觉棺材中会藏着狐仙、兔精什么的。一到后半夜,迷糊中只要有一点声响,她就会惊醒,以为是从棺材中发出来的。

外婆的屋子除去一楼的堂屋和外婆的睡房,便是这阁楼。楼下是一张大床,阁楼上只有两张小床。第一天霖然睡阁楼,小鹤跟外婆睡楼下。无奈小鹤还在痛经,半夜醒来,听着不隔音的木窗外寒风呼啸,便翻来覆去睡不着。躺在外婆脚边,看着床后阁楼梯旁那口棺材,黑黢黢躺在那儿像个巨大魔兽,小鹤就忍不住胡思乱想,心中害怕。

人老却不糊涂的外婆非常喜欢小鹤,更是溺爱霖然。第二天,外婆假说自己睡眠轻,不习惯有人躺在身旁,就让小鹤也睡到阁楼上去。霖然自是一脸惊喜,小鹤也是巴不得有霖然壮胆,反正看不见棺材就行。

第二天晚上,天刚擦黑,霖然便急忙地跟外婆道晚安,外婆笑笑点点头,霖然便牵着小鹤三步并作两步上了阁楼。

小鹤迷恋阁楼上那个小木窗棂,一上得阁楼,便拽着霖然往窗前凑。阁楼木板在两人脚下发出咯吱咯吱的响声,夜晚听来格外清晰,小鹤和霖然不觉相视一笑。

此时的窗外,一轮明月横挂长空,清冷的月光,辉映出远处影影绰绰的起伏山峦。小鹤依偎在霖然胸膛,静静地聆听着夜幕下的唧唧虫鸣。

在这个寒凉如水的夜晚,跟自己心爱的人儿耳鬓厮磨依偎在群山深处的小阁楼上,霖然有些神情似醉、热血喷张。小鹤呵气如兰地偎在他胸前,柔软的鬓发轻轻擦抚着他的脸颊,他目光渐渐融软,心中已是柔情百转,只愿天天这样偎依着,永不分开。

无奈夜深露重,寒浸薄衫。霖然担心小鹤人单衣薄着了凉,就哄着小鹤说明天再看。两人拉黑了灯,在月映下回到各自小床。裹着厚厚棉被躺在床上,霖然想跟小鹤聊天,可又不知该说点什么。朦胧中,小鹤也好像睡不踏实。

霖然从被窝中伸出一只手,探寻过来,小鹤赶紧伸出手拦截。相逢的两手便在两床棉被外十指相扣,合在了一起。掌心的热度与心的热度一样炙热,霎时,温暖的感觉传遍两人全身。霖然建议,睡不着干脆聊天。于是,聊天的话题就从两人儿时记忆开始,天南地北,一直聊到两人各自在大学里所听到的和见到的逸闻趣事。聊到大学的生活,霖然从小鹤娇笑的话语中,听到许多大志从未告诉过他的事情,比如大志不愿跟女孩儿谈恋爱,霖然心里隐隐一沉,暗自寻思下次再跟大志通信时,一定要把他跟小鹤的关系进展适当地透露一些给他。

两人通宵达旦地聊天,早上自然睡不醒,起不来。

次日,日上三竿,鸡飞狗叫,外婆在楼下做好午饭等候了多时,也不见两人下楼。外婆心下奇怪,太阳都照着屁股了,这对小外孙怎么还没有一点动静?老人踮着小脚悄悄爬上阁楼,一瞧,敢情两人睡在了一张拼起来的大床上。小鹤全身紧紧拥着棉被,歪躺在一旁;霖然仰面八叉,把身上的被子全踢到了地上。

外婆怜爱地摇摇头,轻手轻脚地走过去,替霖然捡起被子盖好,又把小鹤背上的被子往下压了压,这才挂着满足的笑容悄悄下楼去了。

霖然和小鹤在外婆家刚住到第四天,这天中午,霖然突然听到院子里响起在安宁县城工作的舅舅的声音,慌得叫上小鹤飞快溜上阁楼,两人快速把阁楼上的两张小床原封不动搬回原处。

下得楼来,舅舅已经进屋。小鹤发现,霖然的舅舅长得真像电影明星,只是精致的脸上几乎见不到一丝笑容。霖然说他从小就怕舅舅。自然,有舅舅在外婆家的日子,霖然便觉得时光过得很无趣。虽然霖然白天依然带着小鹤欢蹦在田间地头、山涧林溪,帮外婆除田里的草,为外婆门前水缸蓄山上的泉水,可无奈一跨进外婆家门,就得赶紧收敛笑声,毕恭毕敬看着舅舅的脸色。晚上,舅舅当仁不让跟霖然住到了阁楼,小鹤便又回到外婆床上。

这样的日子霖然是一天也不愿过。于是在第六天的早上,霖然借口要送小鹤回家,便告别外婆和舅舅,跟小鹤双双踏上了归家的旅途。

4

莘莘学子归来,霖然、小鹤和他们那些考上大学的同学,都成了各自家中的宠儿。走亲访友自不必说,每每老同学聚会,相见时爆发的惊喜欢叫,也很是刺激大家的兴奋神经。的确,每个人的变化都太大了。不仅个子、外表、穿着打扮,甚至包括内在的性格、气质、谈吐,都有了令人刮目的蜕变。

霖然和小鹤每天忙于各自的同学聚会,等两人再见面,小鹤告诉霖然,李健跟小雯同校后,每天坚持殷勤地为小雯打水端饭,心诚至灵,小雯终于答应跟李健处对象了;说到中学同桌张兵,小鹤说有同学看见张兵开了个面包车,好像当上了个体户,但具体做什么,大家谁都说不清……

霖然的同学中,除了大志和古丽娅,别的小鹤都不认识。对古丽娅,霖然自是不愿多提;而大志,小鹤比霖然还要熟悉。所以,霖然觉得没有什么好聊的,就干脆领着小鹤到浑江市周边的一些名山古镇、坝上草原玩了一圈儿。

在海拔两千多米的山巅上,两人冷得哆哆嗦嗦,合披一床棉被,翘首观看日出;

在著名的宝光寺里,两人手拉着手,混迹在一大群善男信女中,闭着眼睛倒数罗汉;

在冬日的高原上，霖然自告奋勇为小鹤当牵夫，小鹤战战兢兢坐在彪悍的牦牛背上，咋咋呼呼直叫，"惊"出牦牛一大泡尿，溅了霖然一身臊；

在百年古镇的小街上，走不动耍赖要霖然背的小鹤，抱着疼痛的脚丫子直呼"哎哟"……

春节前，霖然到小鹤家吃过几次饭，小鹤父母和小鹤姐姐小云都很喜欢他，所以霖然觉得待在小鹤家，很随心怡然，竟比待在自己家的时间还要多。大年初一，霖然邀请小鹤去他家吃饭，小鹤以妈妈要给她过生日为由拒绝了。其实她还没有想好，也没有勇气再去面对霖然父母。

丰富而短暂的寒假生活，在一通毫无头绪的忙碌中结束了。

春节后，离开学的日子便近了。

霖然心中舍不得小鹤，就提出要先送小鹤去学校。也不知霖然是如何做通他父母工作的，反正在开学前一周，霖然便跟小鹤坐上了开往渝城的火车。

同心爱的人儿一道乘坐火车，小鹤一路上乐得嘴都合不上。现在她只觉得这趟火车速度好像突然快起来，车开出才一会儿，霖然就提醒她说，该吃晚饭了。

说到吃，从上火车开始小鹤的嘴就没停过。小鹤妈知道霖然要送女儿去学校，意外中有些高兴。她特意给他们做了好多吃的带上，有凉拌口水鸡、麻辣三丝、椒盐锅贴儿，特别是小鹤爸爸最拿手的油烫鸭爪、五香兔头，几乎都是小鹤从小到大的舌尖最爱。霖然从他的背包中拿出一个大饭盒，小鹤打开一瞧，是香气扑鼻的五花肉和泡菜烧鱼。霖然说，上次小鹤没吃上他爸爸做的泡菜鱼，这次，爸爸特意做了一条大草鱼，妈妈让他用饭盒装了带来给小鹤路上吃。小鹤听了心中一热，歉意就涌上来。她暗暗自责春节没去拜见霖然父母，是自己太失礼。

火车在夜晚的山道上摇晃，小鹤不知不觉中被身旁的霖然搂在腿上睡着了。等她醒来，火车已经停在了渝城火车站的站台上。

霖然的出现，让小鹤班上那些先期到校和整个寒假都没有回家的同学，以为是哪部著名青春影片中的男演员。待小鹤羞涩地介绍后，大家才确信霖然只是小鹤的男朋友，只不过长得有些像某个青年演员罢了。

这天，小鹤带着霖然去食堂打饭。

从这学期开始，小鹤他们学生食堂不再集体按桌分饭，学校把国家免费供应的伙食补助直接以饭菜票的形式发放给大家。假期中食堂只开了一个，留校没走的同学便聚集在这里，排起了多路长队。

最先遇见小鹤和霖然的，是打完饭菜正挤出队伍往回走的张亮。张亮刚开始并没有发现小鹤，他正低头数着自己手上找回的一沓饭菜票。突然听到小鹤说话的声音时，他内心一阵惊喜：

"林小鹤?！"人还没看见，叫声便飞了出去。

小鹤扭头一瞧，是师哥张亮，赶紧把手悄悄搭在霖然胳膊弯里。

抬头瞥见小鹤亲昵地站在霖然身边，张亮的眼神就黯掉一半。他充满敌意地看了霖然一眼，相形见绌的表情有些尴尬。本来兴冲冲准备在食堂圆桌旁大快朵颐的张亮，这时用躲闪的余光又瞟了霖然几眼，然后端着饭盒匆忙走掉了。

小鹤和霖然排队打来饭菜，两人并肩坐在食堂一角的餐桌旁，开始吃起来。小鹤最喜欢吃清炒空心菜，可刚一下筷子，菜还没有到嘴里，小鹤已经头皮发麻，小声惊叫起来：

"啊！虫！"

饭盒里的空心菜上，正躺着一条跟菜叶一样绿的长猪儿虫，肉嘟嘟的有小鹤半个手掌长，能清晰看见虫身上那排列规律的小黑点。

霖然连忙伸出左手一把捂住小鹤眼睛，然后迅速用筷子夹起那条虫，悄悄踩在脚下：

"哪有什么虫啊？你看花眼了吧，虫在哪儿啊？"

霖然做出奇怪的样子，用筷子在小鹤饭盒里扒拉着。小鹤不信，低头凑近饭盒再去找，可翻遍了也没见着虫的影子。正疑惑间，一个浑厚的男中音响在耳旁：

"小鹤，你怎么在这儿？你的长箫吹得怎么样了？"

小鹤闻声抬头，看见音乐系的刘飞团长正笑眯眯地站在桌前，忙拉起霖然给他介绍：

"这是我们合唱团的刘飞团长，也是我的长箫老师。"

霖然这才知道，原来小鹤在悄悄学习吹奏乐器。

"这位是?"刘飞蛮有风度地看向霖然。

"哦，这是我的男朋友霖然。"小鹤干脆利落地回答。

霖然和刘飞眼光一对视，两人内心都是一惊，大有一种惺惺相惜的感觉。霖然感叹刘飞浑身上下散发着一股艺术家的味道；刘飞震撼霖然英俊霸气，很有成熟男人的味道。

其实在小鹤发现虫子的时候，不远处正跟一小女生调侃吃饭的刘飞，早已经发现了他们。他见霖然用手捂住林小鹤眼睛，自然麻溜地为她夹去饭盒里的青虫,刘飞就明白了,这人与林小鹤的关系非同一般。只是他心中不服,他需要再次印证,就故作镇静地走过来,亲昵地招呼小鹤。

从小鹤嘴里得到肯定答案,刘飞眼中分明划过几分失落。不过骄傲的他绝不肯让赢家霖然看他的笑话,就面带亲切的微笑继续说,小鹤吹奏过程中有什么不懂的,尽管去找他好了。小鹤点点头算是回应。

"你会吹长箫?"

刘飞走后,霖然压抑不住好奇,侧头问小鹤。小鹤羞涩地点点头,又摇摇头:"我刚开始学吹,还吹得不好。"

霖然眼中顿时写满钦佩,还有几分担忧。

两人继续埋头吃饭。远处刘飞跟女孩的调侃声,时不时传过来。霖然在心里琢磨,这次等不到大志开学回校了,下次,一定要给大志写封信,拜托他经常过来看看小鹤。

霖然是多么聪明和敏感的人啊。他早从张亮魂不守舍的眼神和刘飞虚张声势的语气里,感觉出自己原来还有竞争对手。虽然小鹤从来没有说过他们,但他明显感到,小鹤不愿意接近他们。他想,平时如有大志时不时出现在小鹤身边,估计这些男生也就不至于再骚扰小鹤了。比起这些不了解的人来说,霖然更信赖自己的发小兄弟大志。

所以这学期开学后不久,大志就接到了霖然的来信。

这天,天刚擦黑,大志拎着他妈送给小鹤的一大兜邮雎县特产,来学校找小鹤。

大志在楼门外喊了半天,没人应答,正待转身离开,正好看见张小娜从外面回来。张小娜一见大志,不由分说就把大志让进了寝室。

张小娜热情地请大志随便坐坐,大志拘谨地站在寝室门口踌躇不动,他脸带歉意地问张小娜知不知道林小鹤在哪里。张小娜告诉他,林小鹤现在正在校园凉亭上吹箫。见大志没有反应过来,就自告奋勇地说她可以带他去找小鹤。大志一听,微笑着摇摇头说不用了,他知道凉亭在哪儿,说完放下东西就走了。

大志走后,张小娜盯着大志放在寝室桌上拜托她转交的那一大堆土特产,就气不打一处来。她仰身倒在王秀碧床上,望着蚊帐顶端发怔。张小娜没想到,自己如此孤傲的一个人,居然不被大志放在眼里。自认识大志以来,时间越长,张小娜对大志的感情陷得越深。每次只要大志的影子出现在她脑海里,她就感到心慌气短,不能自已。张小娜深信,这辈子很难再有异性能像大志这般打动她的心了。她暗想,这大概就叫作一见钟情吧。只是现实中,她有情,大志无意,这剃头挑子一头热的感觉真不好受。张小娜发誓,以后再也不理大志了。

可偏偏脑子决定不了她的心,她太迷恋大志了,她心中万分想抓住大志。她相信,一旦大志爱上她,大志对小鹤的那种温柔,就会自然转移到她身上。她要抓住一切机会!念及此,张小娜一骨碌从王秀碧床上跳将起来,她从书包里拿出钥匙锁好寝室门,反身跑去追大志。

此时的大志,正静静地站在学校凉亭下一处昏暗的花丛中。他微仰着头,敛声屏气地倾听着小鹤吹箫。

小鹤的箫声很凄美,呜呜咽咽,萧萧如泣。大志觉得这箫声,很像此时此刻他想爱而又自知无望的心境。

大志沉浸在难以自拔的孤寂情绪中。这种情绪他从不表露在小鹤面前。只是近来这种纠结于胸的情绪时常左右着他。他悲凉地仰望着天际边那颗闪烁的小星星,这星星在他眼里像足了小鹤那传神的大眼睛,一眨一眨地出现在他眼前,却让他可望而不可即。

月光下,凉亭上,小鹤那孑身吹箫的剪影在大志眼中渐渐虚浮起来……

大志就这么呆呆地伫立着,良久良久。

此时,在大志侧面一处更加黑暗的树荫下,一双炙热而略带绝望的眼睛,正注视着月光下伟岸玉立的他。她,就是张小娜。

张小娜迷醉在大志变幻莫测的神色里。她搞不明白,大志心中究竟在想些什么。她不能理解,一个表哥为何对自己的表妹如此迷恋宠爱。在她眼里,林小鹤不过是个又憨又傻、没心没肺的普通女孩,可大志竟然如此呵护她。看林小鹤平时的言谈举止,看不出两人间有什么私情,她甚至能明显感到,林小鹤总是在帮衬着她,想促成她和大志的好事。可这不开窍的大志,脑子仿佛就转不过弯儿来。为了暗示大志,张小娜觉得自己已经够舍弃自尊的了,甚至委曲求全,悄悄制造了餐馆巧遇、寝室楼下意外相见,甚至她还专门到大志学校去转悠过不少回,装着有要事办的样子,故意从大志面前经过,可令人愤愤不平的是,大志对她竟视而不见,没有丝毫的热情可言。

现在,看着大志如此沉醉在林小鹤的箫声里,张小娜好像突然开了窍:哦,大志一定是特喜欢器乐。对此,张小娜还是很自信的,三岁开始练钢琴的她,要想重新捡拾起被扔了三年没碰的钢琴，应该是件很容易的事儿。张小娜发誓，她要让大志听到她的琴声，成为她的知音，最后甘愿拜倒在她的石榴裙下。想到这儿，心情阴沉了一晚上的张小娜，唇角终于勾起一抹自信的微笑。

大一下半学期，天气从凉转热，渝城的暑气，让小鹤她们饱尝了汗流浃背、屁股生疮的山城湿热滋味儿。大家上学、放学，教室、寝室，全是一身最凉快的短袖短裤。然而，就是这份热，引发了校园两起重大恶性事件。一是美术系的小旺被学校开除了；二是数学系一个大三的男生，在女生宿舍楼里被大家狂揍了一顿。

小旺被开除，小鹤和许多同学都替他可惜。

自那次学校露天舞会后，被小鹤婉言拒绝的小旺再也没找过小鹤。不久张小娜告诉小鹤，小旺谈恋爱了，女孩儿是中文系系花，叫什么妮妮来着，因为业余时间爱去美术系学画画，就跟小旺黏上了。据传言，小旺和妮妮的关系很快就发展到如胶似漆。在一个天热的夜晚，薄衣短衫的两人在一处没人的画室里作画，双方一时没控制住，便发生了肉体关系。有了这层特殊关系，小旺一直想画人体油画的愿望就很容易实现了。这天，当小旺又躲在一间平时很少被人想起的小教室里，为他心爱的女人画裸体油画时，教室门突然被人踹开，一大群学校行政人员把这两个惊慌失措的可怜人儿给团团围在中间抓了现形。有口难辩的两人无论怎样哀求，画架上画了一半的裸体画还是成了两人犯事儿的有力证据。在那个还不太开放的年代，裸体绘画是绝对被禁止的，包括大学美术系的师生。学校称，为了平息舆论愤怒——学校是这么宣布的，但小鹤他们觉得，其实也就那几个古板教条的老师看不过去而已——才华横溢的小旺和哭得嘤嘤的妮妮，各自拿到一张学校的开除证明，打包回了老家，从此断送掉美好前程。

刚处理完这起"裸体油画事件"不到一周，一个数学系大三的男生，又因偷窥被小鹤她们寝室楼二楼的体育系女生给堵在了宿舍过道里。如花似玉的女生们顿时恼羞成怒，当场把这个偷窥者给抓掐得稀里哗啦。事后，各系那帮义愤填膺的护花使者们，又补给这个倒霉人儿一通鼻青脸肿。

事情还得从头说起。偷窥者是一个对青春漂亮女生充满无限好奇的古板老男生。抓获他时，他把自己伪装得很好：头缠一条鲜艳三角丝绸围巾，围巾在脖子上打了一个大大的蝴蝶结。他上身穿着一件水红花衬衣，下身套着一条碎花白布裙。按说这身打扮，与一般女生并无二异。只是那几天，渝城的气温正"高烧"40多度，热得让人恨不得直接浸泡在冷水里永远不要出来。

那天一大早，天气闷热无比。邢燕子拿了一个温度剂放到窗台外面求证，不到两分钟，温度表就直接冲上了45℃，而当地广播电台还在播报说，目前气温只有39.5℃。

张小娜见怪不怪地一撇嘴说："放心，就是50℃高温，市里也会跟你说，只有39.5℃，因为超过40℃，市里所有的工厂就得放高温假，还得发高温补贴哩。"

原来如此！邢燕子沮丧地甩着手中火烫的温度剂。

中午下课，小鹤她们回到寝室，热得受不了，可大家又都不想再顶着毒辣辣的太阳去学校澡堂洗澡。为图省事，王秀碧拿了自己的脸盆，快步冲上二楼从不关门的洗漱间，只见她快速脱光衣服，站在水龙头前接满水，兜头就往身上冲下一盆凉水。王秀碧带了头，羊群效应，小鹤、刘嘉、朱慧敏、邢燕子，还有体育系几个女生纷纷效仿。一时间，二楼、三楼、四楼的女生寝室过道上、洗漱间里，准备冲淋和冷浴后归来的半裸女生，便成了女生宿舍夏天的一道风景。

就在这时，这个男扮女装的男生，小心翼翼地出现在女生宿舍一楼通往二楼的楼梯转弯处。也是活该这个男生倒霉。据他事后交代，他之所以挑选体育系女生宿舍，是他觉得自己的身材跟体育系女生站在一起，不容易被认出来。但他恰恰没有想到，全校女生中就数体育系女生视力好，全系没有一个近视眼。当他快要走到二楼时，一个端着脸盆正要去冲淋的体育系女生，无意中转头瞟了"她"一眼。"她"一慌，连忙低下头，脚步慌乱地又想往三楼拐。那个女生心下一笑，想这么热的天，居然还有人包着头，也不怕热中了暑。等"她"拐上了楼梯，这个女生突然觉得有哪儿不对劲，再一抬眼打量，正好"她"回头，这个女生分明看见，"她"晃动的蝴蝶结下是鼓起的男人喉结。

"啊，有流氓，抓流氓啊！"

一声尖利的呼喊，吓得各层洗漱间的裸女们，纷纷藏头兜脸在洗漱间角落缩成一团。

事后大家从体育系女生那里获知，也正是这声叫喊，唬得这个乔装打扮的老男人十魂丢掉了七魂。

他没命地在走道上、楼梯间扑蹿，想乘乱赶紧溜掉。可活该他倒霉，因为发现他的女生正是全校跑得最快的体育系女子健将。这个女生一声招呼，体育系其他女生纷纷冲出寝室，大家顺手拿的脸盆、暖水瓶、拖把、扫帚被临时用来当作武器。物件儿在女生手上抛来砸去，很快阻挡了偷窥男生逃跑的步伐。

说来好笑，女生们左扑右闪，你扔我接，脸盆、暖水瓶飞弹般在这个男生头上飞舞,就是不见有落地摔碎的。倒是这个窥视者被晃得眼花缭乱、心慌气短,不一会儿就被两头齐夹过来的女生和楼下跑来的管理人员给截获了。那叫一通掐呀!如果不是老男生臊得打死都不睁开眼睛,只怕连眼珠子都保不住了。

据这个老男生事后交代,他来自偏远的农村,男扮女装并不是想耍流氓。他说自己在上大学前就已经在老家结了婚。无奈媳妇粗胳膊短腿儿,人长得也不好看。他上大学后,看见许多漂亮美丽的女同学,才知道原来同是女人,差别竟有这么大。但究竟不同在哪儿,他一直很困惑。他想知道这些漂亮女生不穿衣服会是什么样子,就动了窥探的心。那天晚上他独自喝了点酒,酒壮怂人胆,就乔装打扮混进了女生宿舍。不想第一次尝试,就给人发现了。

老男生的辩解,不但没有为他赢得同情和怜悯,反倒更激起那帮护花男生们的怒气。结果可想而知了,当保卫人员允许这个男生回寝室反省,作出深刻检查时,在通往男生寝室的山间小道上,又被一群不知名的男生给爆揍一顿,打得他呼天抢地,抱头大喊"我再也不敢了"。

第四章

偷食禁果

1

大一纷乱匆忙的生活，很快溜了过去。

期终考试结束后，小鹤他们再不用坐在闷热教室里滚烫的板凳上，经受汗流浃背的考验了。学校一公布放假时间，大家便欢呼雀跃，吆五喝六地张罗着买票回家。

由于外地学生较多，需要乘坐火车的学生不在少数，学校便请来了火车站的售票人员，在学校大操场搭建起两个临时售票亭。

一时间，操场成了火车站售票大厅，从山道上往下看去，蜿蜒透迤的排票队伍就像两条长龙。

大志早跟小鹤相约好要一起回浑江。大志在考完最后一门课后赶过来排票。因为买票人多，耗时较长，大伙儿几乎都是老乡帮老乡，或者寝室同学轮换着，顶着烈日排队。大志不愿让小鹤跟着挨挤暴晒，就让她待在一边阴凉处，打伞乘凉看热闹。

冗长的队伍缓慢向前移动着。

小鹤寝室六个女生，五个需要买火车票。大志一概包揽下来，把陆续过来的刘嘉、王秀碧、朱慧敏和邢燕子乐得喜笑颜开，跟着小鹤轻松地待在一旁聊天。

五人的操场聚集，羡慕死了同寝室的张小娜。

平时张小娜一点儿也不羡慕家在外地的女同学，甚至还有点看不起她们。张小娜家境不错,动不动就能跑回家打牙祭,还能带回一大堆可口的食物。不过张小娜总是藏着掖着,不愿与大家分享。有一天,张小娜正在独享一大盒麻辣兔丁,刘嘉、小鹤、王秀碧和邢燕子回来了。张小娜慌忙把兔丁藏起,差点没把饭盒打翻。美食是藏起来了,可满屋子的香气一时半会儿也消散不了。

"哇,好香的味儿。"刘嘉说了一句,邢燕子不由得呼呼嗅着鼻子,王秀碧已经翻起了白眼。小鹤看着抠门的张小娜,心中实在有些不理解。平时寝室同学但凡谁家寄来了零食,都会主动拿出来与大家分享,张小娜吃得最多,夸赞得最腻人,可一当她有美食,大家便只闻其香,不见其物。现在见她慌张的样子,再嗅着满屋的肉香,寝室女生便有些心生鄙夷。

大家有意无意,开始排斥张小娜。

现在,看着操场上开心说笑的五个人,张小娜又不合时宜搭讪着走了过来。

刘嘉知道张小娜对大志心生痴情。现在见她假装热情地走过来,就半带玩笑半带吃惊地故意大声喊:

"张小娜,你怎么到这儿来了?你也要买票啊?是不是要去见男朋友啊?"

嘴尖牙利的刘嘉,故意把"男朋友"三个字说得巨大声。

张小娜一直有些怵怕刘嘉。见刘嘉无中生有,说她有"男朋友",正好大志扭过头来看,慌得张小娜有些犯急:

"谁说我有男朋友了?我只是过来看看,小鹤排队需不需要帮忙。"张小娜说帮小鹤,眼睛却看向大志。

遗憾大志已经背转了过去,不知他是否听到她们的对话。

张小娜的尴尬让小鹤心中有些不忍。她悄悄捏了一把刘嘉胳膊,不让她再为难张小娜:

"谢谢你呀,小娜,你看队伍太挤了,尽是男生在排队。我们也是大志在帮着排呢。"

原来如此,张小娜心中霎时被遗憾塞满。

是啊,家就住在学校后院的张小娜,见大志帮寝室同学排队买票,这之中却没她的分,心中的落寞便可想而知了:"哼,你们得意什么?真以为我会关心你们?!我不过是借题找话接近大志而已。哼,瞧着吧,总有一天我会把大志追到手的!"在腹诽完眼前几人后,张小娜依旧摆出一副笑吟吟的神情,慢慢踱到大志跟前。她故意把太阳伞往高举了举,以便把大志也罩在阴影里。不知她跟大志说了句什么,只见大志坚决地摇摇头,脸上虽然挂着笑,可一看就是那种礼节性的。小鹤了解大志性格,很为大志对张小娜的无动于衷干着急。不过张小娜也真有耐性,居然仍旧笑着,回头向小鹤她们几个摆摆手,然后披肩长发一颤一颤,细腰一扭一扭地走了,惹得周边几个正排队的体育系男生吹起了呼哨。

已经坐在火车上的小鹤,可谓归心似箭。

霖然最后一封来信说,他们已经放假,他准备坐火车回浑江。虽然霖然信中没有提一句古丽娅,但小鹤想都不用想就能猜到,古丽娅一定是同霖然一道回去的。想着他俩一路上要随车晃悠那么长时间,小鹤心中便有些羡慕。她想,如果是自己跟霖然同车,路上该有多开心浪漫啊。

小鹤和大志坐的是晚上八点的火车。两人买的是硬座票。好在座位挨着,彼此也有个照应。

火车驶出不久,小鹤因背向坐着,有些晕车想吐。大志观察一下四周,站起来与对面靠过道坐着的一位中年男乘客商量,想跟他调换位置。男乘客以为是大志想换,他看一眼大志身旁的小鹤,嘴角马上咧开来,站起身连声说:"没问题,没问题。"然后一屁股坐到小鹤身边。

男乘客屁股还没坐稳,小鹤已经笑吟吟站了起来,她冲大志一眨眼,抿嘴一乐说:"谢谢。"便坐到了对面男乘客刚空出来的位置上。男乘客见状有些尴尬,但也没法儿再反悔,只好闭目养神,大志便坐在了男乘客身边,正好跟小鹤面对面。

火车已经进入夜间行驶。狭窄的硬座车厢里,伴随着哐当哐当的车轮声,人们渐渐进入昏沉沉的睡眠状态,大志旁边那个中年男乘客,也发出长短不一的呼噜声。

小鹤想着天亮后就能见到霖然,兴奋得没有丝毫睡意,浅浅的笑意挂在脸上。

"自个儿在那儿乐什么呢,小鹤?"坐在小鹤对面的大志,也一直半睁半闭着眼睛,他时不时打量一下小鹤和头顶上他们的行李。见小鹤想得出神,又莫名其妙地憨乐,便有些好奇。

小鹤抬眼看了眼大志,突然想到古丽娅,脑中闪过一个念头,便兴奋地冲大志悄悄说:

"哎,大志,你怎么不去追古丽娅呢?她那么漂亮,你们又是从小一块长大的,如果你们也能成一对儿,我们四个人就又可以像小时候那样,一直在一起了。"

"谁?小新疆?拉倒吧!"

大志想都没想,就断然回绝了。

"那我同学张小娜对你那么好,她人又聪明,家里条件也不错,你怎么对人家总是那么不温不火的?"小鹤继续不解地问。

"哎,我说,我的事,你就别管了好吧。"

大志眯缝着细长好看的眼睛,若有所思地看着小鹤,回答的语言虽然坚决,语气却是温和。

"嗯——其实我最喜欢的女同学,还是刘嘉,"小鹤仍旧自顾自地认真说着,"她为人爽快、正直大方,学习成绩也好,将来一定很有出息的。只可惜她比你大了一岁,要不,我就认她作嫂子了。"

"嫂子? 呵呵。"

大志身体往后仰了仰,靠得稍微舒服一点儿。他看着眼前表情淘气嬉笑的小鹤,还在那儿掰着手指头数她认识的女孩中有谁配得上他,大志不由得苦笑:

"你就别瞎操心了。喂,告诉你吧,其实我心里早就有人了。"

"有了? 真的? 谁啊? 我怎么不知道?!"

一听大志说他已经有了心上人,小鹤一下子坐直身体,来了精神。小鹤想,这人一定是大志学校的女同学,怪不得自己给他介绍张小娜他看不上,原来已经有了啊。小鹤一脸好奇地伸过手来,摇晃着大志的衣袖要他赶快坦白,可无论她怎么央求追问,大志就是避而不谈"她"的丝毫信息。

"哼,你不告诉我,回头我问霖然去。"

小鹤得意地要挟大志。小鹤理所当然地认为,大志跟霖然是铁哥们儿,大志的秘密,霖然一定知道。

提到霖然,大志表情立马灰暗下来,深邃的眼眸中闪过一束稍纵即逝的神情。作为发小,霖然当然是他最铁的哥们儿,可纠结的是,小鹤已经是霖然的女朋友……

大志不愿再顺着这个思路想下去,就顾左右而言他地问小鹤:"霖然他们已经放了吗?"

"上个礼拜就放了,你不知道呀?"小鹤奇怪,想想又觉得自己问得好笑,因为霖然放假的信息,是霖然在给她的最后一封情书中说的,她又问道,"大志,这个假期,你有什么打算吗? 要不回头咱们和李健、谢峰他们,再约着出去玩?"

"呃,玩儿我就不去了,这个假期,我还有好多事儿要做哩。"大志犹豫着,想想还是拒绝了小鹤的邀请。

有一搭没一搭的对话中,一阵强烈的困意袭来,小鹤靠着椅背慢慢睡着了。

沉沉的睡眠中,小鹤的头总是不由得歪靠在身旁那位大妈肩上。看着大妈不停地用手去推睡眠中小鹤那毫无意识垂落下来的头,大志连忙抱歉地起身,问大妈能否跟他换个位置,大妈意味深长地看大志一眼,笑着点点头。于是,伴随着清晨火车上音乐的开启,睁开眼睛的小鹤惊奇地发现,自己的头竟然枕在大志刻意为她半抬起的一只手臂上,而大志衣袖上,还残留着她睡梦中流下的涎水。

"啊?真对不起,大志,你什么时候换过来的?"

小鹤一脸歉意。

两眼布满红丝的大志,嘿嘿一乐,见对面大妈正好去了洗手间,便压低声音对小鹤说:"半夜见你头像铁锤一样,一下一下,砸得那个大妈龇牙咧嘴,我怕再不换过来,嘿嘿,烦得她恐怕连掐死你的心都有了,哈哈哈……"

"死大志,你坏……"

小鹤挥起粉拳刚要捶打,突然意识到大志毕竟不是霖然,忙收敛笑闹,只是暗自红了脸。

大志把一切都尽收眼底。他不动声色地说:

"你看,车进站了,快找找看,霖然在不在外边。"

大志一声提醒,小鹤赶紧扑向了车窗。

缓缓慢下速度的列车车窗外,身材高大、气度不凡的霖然正健步如飞地随着列车奔跑过来。

火车终于进站,停靠下来。

车门打开,乘客们鱼贯而下。

霖然大步流星地冲到车厢门前,正好一把接住正要往下跳的小鹤,小鹤忽地红了脸,忙掩饰着回身去接身后大志手上的行李,霖然早已伸手从她头顶上接了过去。

"嘿,大志!"

"嘿,霖然!"

两个发小欢欣地在站台上互相击掌拍肩,表达着对彼此的挂念。虽然离别时间并不长,可霖然、大志和小鹤三人都敏锐察觉到各自身上的变化。

小鹤眼中的霖然,嘴唇上毛茸茸的胡须如今已变成了青黑色的硬楂,显然是刻意修刮过的,那上下划动的喉结,轮廓雕刻般分明的脸颊,让人感到一种掩藏不住的阳刚之气。虽然与身材颀长的大志站在一起瑜亮并肩,不相伯仲,但在小鹤看来,半年不见的霖然,显然又比上次强壮了不少。

小鹤跟着两个年轻帅气的大男孩儿往站外走,一路上,招得匆匆过往行人不住地回头。

出得站来,大志婉言谢绝了霖然和小鹤的邀请,说要先回邮胜县看望母亲,霖然和小鹤便没再坚持,只是把大志送到长途客车站,看着大志上了车,汽车发动开走,两人才转身回家。

走不多远,霖然低头与小鹤四目含情相锁,十指便默契地扣在了一起。

霖然眼前的小鹤,变化也是很大。楚楚纤腰衬托着玲珑有致的身材,个子好像比上次又高了一些,细滑白皙的皮肤,娇嫩红润的脸庞,越发显得娇憨妩媚、清迥动人。

霖然喜欢小鹤现在这种温婉自信的样子,特别是那一双会说话的大眼睛,每一眼都看得霖然心旌摇动。霖然告诉小鹤,他弟弟霖欣有了女朋友。

"霖欣? 真的? 女孩是哪儿的?"小鹤惊喜地睁大眼睛看着霖然。

霖然和小鹤上大学后,霖欣也很快初中毕业,参加了工作,为此,霖然妈和霖然爸一直有些想不通。身为老牌儿大学生的夫妻两人,怎么会生下这么两个不同性格的儿子,一个超级能读书,一个拿起课本就喊头疼想睡觉。

"霖欣说,他跟女朋友,是在街上公交车站认识的。"

"公交车站?"小鹤一头雾水。

"等明天你到我家就看到了,我也没见过。明天她也要上我家来。"霖然欣喜地说。

"上你家? 我不去。"小鹤一听霖然的话,不由得打个寒战,脑子里立马浮现出一年前伤心的情形,霖然妈的话仿佛言犹在耳……

"瞧把你紧张的,是我爸让我一定要叫你去的。告诉你吧,我爸和我妈早就同意我们交往了。"

霖然宽慰着小鹤,只是没有告诉她,这半年来自己是如何努力与父母书信沟通,如何做父母,特别是母亲工作的。好在努力没有白费,霖然爸同意了,霖然妈心里虽然还是看好古丽娅,但好在两家人现在已不再是邻居,不会再有低头不见抬头见的尴尬,所以,霖然妈觉得面子上要好受一些。再说了,从小在农村长大的霖然妈,思想深处还是跟霖然外婆一样,凡事以儿子意志为重,所以,也就不再坚持己见。

听霖然如此解释,小鹤心下稍稍放松一些。她暗想,霖然妈不喜欢自己,也怪自己上次表现得不好。第一次上门,又是丢鱼,又不知主动上厨房给霖然妈打下手,哪个婆婆也不会喜欢这样的儿媳妇的。小鹤打算,明天一定要好好表现表现,要让霖然父母对自己刮目相看。

<h2 style="text-align:center">2</h2>

霖然家,现在是空前的人丁兴旺。

拥有两个儿子的霖然爸,内心其实很想有个女儿。人们都说,女儿是爸爸的小棉袄。当年生下霖然后,霖然爸就盼着第二个孩子能是个女儿。可遗憾再生下个白白胖胖带把儿的儿子,霖然爸就有些扫兴,自认命中无女。想女儿不得,小时候有意无意便把霖欣当女儿养。花衣服也穿了,小辫子也扎了,霖欣依然是个淘气的男孩子,只是在对哥哥的感情上,那股依赖劲儿,有些像小妹妹。说得也是,霖欣从小在霖然面前就没有什么秘密可言,屁大点儿的事情霖欣都会主动向哥哥坦白交代,听哥哥的意见。

小鹤记得小时候在县医院家属院儿,霖然常常为了多跟她玩一会儿,就支使弟弟霖欣赶回家去烧饭。玩得正起兴的霖欣嘟囔着嘴说:"哥,这个星期轮到你做了。"霖然便歉然地哄着霖欣说:"就这一次。保证!就这一次,下次我替你。"听到哥哥央求自己,霖欣心满意足地用衣袖一抹鼻涕,满眼挂笑地跟小鹤道再见,然后飞快地往家跑去。现在,长大了的霖欣已经能给自己张罗对象了,小鹤很是替霖欣高兴。

第二天,小鹤见到了霖欣的小女友可可。纤细的可可长相酷似当时正红遍中国大地的日本女演员山口百惠。齐耳的短发,白皙的皮肤,单眼皮,直鼻梁,映衬着性感的樱桃小嘴。可可清纯可爱的样子,很令小鹤喜欢。

霖然父母看着两个已经长大成人的儿子,俨然已经接受了儿子自己找的对象。一旦接受,霖然父母就尝到了儿女双全的天伦之乐。两位老人坐在客厅里看电视,厨房和不宽的阳台上,便成了四个年轻人挥舞锅碗瓢盆的天地。

浑江本就是个美食之都,小鹤和可可从小受各自家庭的影响,耳濡目染,闭着眼睛也会做好些个家常菜。只是以前小鹤初进霖然家,摸不清情况,不敢自作主张动手张罗,显得有些木讷。现在,有了可可和霖然哥儿俩壮胆打下手,小鹤便自信地挥舞起长把铁勺,一手颠锅,一手掌勺,不一会儿,十几个像模像样的菜肴就被哥儿俩得意地轮番端上了桌,把个霖然父母吃惊得连声啧啧地称赞说,还是有女儿好啊。

见两个儿子的女朋友这么会过日子,霖然妈也来了情绪,嚷嚷着要下楼买啤酒。两个儿子不同意,起哄说啤酒像马尿,不好喝,他们想喝霖然爸珍藏的那瓶五几年出厂的茅台酒。那瓶酒是五十年代霖然爸去贵州茅台酒厂出差时,时任厂领导的霖然爸大学同学送给他的。霖然爸不喝酒,所以那瓶酒就一直作为友谊的见证,留在了霖然家的书架上。

算起来这瓶酒的年龄比霖然哥儿俩都大,略带黏稠的酒液,已经挥发得只剩下了大半瓶。

"喝茅台啊?"霖然爸似在问儿子,又像在自问。

"喝茅台!"

"喝茅台!"

两个儿子异口同声,两眼放光。霖然爸又去看小鹤和可可,小鹤抿嘴乐,可可眯眼笑,霖然爸便像下定决心似的一挥手:"好,喝茅台就喝茅台!"

霖然爸没有酒量,霖然妈也只是象征性地抿了一丁点儿,小鹤滴酒不沾,可可喝了一小杯,脸略有点儿红。霖然和霖欣的酒量很好,一瓶茅台酒几乎都是哥儿俩喝光的。喝到最后,两眼通红的霖欣还把茅台酒瓶倒过来举着,歪着两眼往瓶口里探:"咦,这……酒,怎么……就……没了呢?"

霖然见弟弟喝多了,悄悄把霖欣酒杯里剩下的半杯酒又倒走一多半,只给霖欣留了个底儿。霖欣没有察觉,只是端起杯子一个劲儿地跟哥哥碰杯,嘴里还嘟囔着说:"来来来,感情深,一口闷!"

饭后,两兄弟被小鹤和可可让到一旁喝酽茶醒酒去了,小鹤和可可抢着开始收拾碗筷。在厨房里,爽快的可可跟小鹤讲起了自己和霖欣的恋爱史。

原来,与霖欣同龄的可可,也是初中毕业就参加了工作。巧的是,可可的工厂和霖欣的厂子正好挨着。两人的工厂门前有一个开满荷花的大水塘子。四个月前的一天中午,可可帮同事带小孩,在厂子门前池塘边玩,正巧穿着工装的霖欣跟同事头戴草帽背对着她们,席地坐在池塘边钓鱼。可可带着的那孩子蹒跚着跑到霖欣身边,拉着霖欣的衣袖就喊"爷爷",把个霖欣给逗得一回头,正好触碰到可可那双细细长长、勾人魂魄的柔睛美眸。

可可看着这个"爷爷",不过跟自己同龄,便忍俊不禁,赶快抱起"惹事"的孩子跑开了。

　　此后不过一周，一天霖欣骑车上班，途经一公交汽车站，自行车都骑过去了，突然想起眼前等车的这个身材单薄的女孩儿，正是工厂门前水塘边那个抱孩子的女子。虽仅一面之缘，霖欣却牢牢地记住了她的长相。

　　霖欣犹豫一下，停住车，屁股没有离开车座，两脚蹭地往后退回到公交车站前，正好停在可可身边。霖欣搭讪着问可可，是否愿意坐他的自行车去上班。

　　"真是有意思，虽然先前只见过一面，我还是一眼就认出了他。"可可有些羞涩地告诉小鹤。

　　"于是，你就坐上他的自行车？然后，就成了他的女朋友？"小鹤好奇地问。

　　"嗯。"可可咯咯乐着。显然这段回忆，又把她带回到那个幸福的场景。

　　霖然家的聚会，在温馨和睦的气氛中结束了。

　　夜幕降临，酒劲儿已过的霖然哥儿俩，分别推上自己的 28 型自行车，准备护送各自的女朋友回家。

　　霖然父母起身送到门口，热情邀请小鹤和可可今后常来家坐，小鹤和可可腼腆地点头答应了。小鹤和可可的家，一个在城东，一个在城西，方向完全相反，霖然和霖欣就在院门口分了手。

　　霖欣让可可侧身坐在自行车前杠上，然后自己一抬腿儿，飞身上车，骑走了。

　　霖然推着自行车，与小鹤步行了一段路，然后一掀自己的外衣，把别在腰上的一本用报纸包着的小册子抽了出来，递给小鹤。

　　"什么呀？"

　　小鹤好奇，想拆开报纸看，霖然连忙制止道："别，等回家再看吧，是霖欣借给我的。"说完，又赶紧叮嘱一句："别让你家里人看见啊。"话说得有些神神秘秘，搞得小鹤一头雾水，心中还想，霖欣总是看军事杂志，如果是本军事杂志，她一点儿兴趣也没有。

　　良辰美景，花好月圆。

　　久别相聚的两人，都很珍惜眼前独处的时光。

　　小鹤把小册子顺手塞进衣服口袋里，不一会儿就把它忘了。

　　霖然用自行车载着小鹤，一路上穿小街走窄巷，为了尽可能与心上人儿多待一会儿，霖然把自行车骑得很慢很稳。他怕小鹤侧坐着费劲，就让小鹤两手抱着他的腰。小鹤心中暖暖的，把头贴在霖然后背上，感受着霖然温暖的气息。

　　突然，小鹤想起她在火车上的疑问，就用下巴抵着霖然的后背，娇嗔地问：

"霖然,你知道,大志的女朋友是谁啊?"

"大志? 大志有女朋友啦?"霖然刚一回头,车把摇晃了一下,他赶紧回身稳住,惊喜的表情已经涌在脸上。

"你不知道啊? 我还以为你知道哩。在火车上大志对我说,他心中早有人了,我问他是谁,他又不说。"

霖然心中隐隐一动,呆了呆,便故作淡然地说:"你们,怎么说起这个话题了?"

"你不知道,我班上有一个漂亮的女同学,叫张小娜,她可喜欢大志了。可大志愣是不理人家。"小鹤语气满是遗憾。

"哦,你知道大志自尊心很强的,他不说,你以后就不要问了。"霖然嘴上说着,脑子却有些走神。他眼睛看着前方,目光渐渐有些虚化,很快,又紧咬嘴唇,流露出无比坚定的神情。

第二天上午,天大亮时,小鹤才从睡梦中醒来。醒来的小鹤突然记起,霖然昨天给了她本小册子。好奇心蹿起,小鹤连忙爬起来,探身抓过搭在床边椅子上的外衣,掏出来拆开报纸,《××的回忆》,一本手抄本立马呈现在眼前。

小鹤觉得,这个书名好熟,一时又想不起在哪儿听过,就随手翻了翻。这一翻不打紧,差点没把她吓得从床上栽到地上。只见她忽地一下,将手抄本连同旧报纸一起塞进被子,赶紧倒头躺下,装着刚睡醒的样子,侧耳细听着客厅里有没有动静。在确定家中无人后,她还不放心,又光着脚跳下床,把几个屋子挨个儿巡查一遍,确认父母云姐都不在家。小鹤这才像做贼一样,抑制不住狂跳的心,返身跑回自己的房间,从被窝里拿出手抄本,穿上拖鞋,快步跑进厕所,砰地从里面反扣死门,这才借着厕所门下方木条间隙处透进来的日光,仔细端详起这本当年曾经毁掉张兵一生、令全校同学引颈好奇的手抄本。

这本《××的回忆》又叫《少女×心》,它描写了一个女孩从少女蜕变成妇人的过程。通篇文字描写的都是这个女孩儿对性的认知和感受,语词说不上极尽挑逗,但非常直白,毫无文学价值可言。

小鹤第一次接触到这种混杂着生理和情感内容的书,不由得看得面红耳赤、呼吸急促。看完后满足了好奇心的小鹤,又有些不以为然:这书,原来就这破内容呀?!

躲在厕所里,腿脚都蹲麻木的小鹤,想想张兵,就挺为他感到不值当的。书中描写的这些内容,小鹤想,也许是每个长大成人结婚成家的男女都会遇到和经历的。只不过懵懂无知的张兵，在不适当的年龄和不恰当的时间里，遇到了这本少儿不宜的东西，就此毁掉了前程。

合上这本薄薄的手抄本，小鹤内心不可否认地坦承，它多少还是弥补了一些她们这代人普遍缺失的性知识。手抄本中虽然只是一些文字描写，并不像中学生生理课本上还有插图配画，但小鹤觉得，这本手抄本比生理学书浅显易懂多了。

那天下午，同样已经放假的小雯来找小鹤。对自己的闺蜜，小鹤讲到了这本小册子。小雯一听，眼睛立马瞪大：

"真的？快拿来，快拿来给我看看！"

在小雯保证第二天按时归还的前提下，小鹤把包着报纸的手抄本又传递到了小雯手上。

拿到手抄本的小雯，被强烈好奇心驱使，跟小鹤心不在焉地寒暄不到五分钟，就匆匆告辞，回家蒙头躲被窝，打着电筒看去了。

3

小鹤没有想到，《少女×心》当年毁掉了同桌少年张兵，几年后，又在她刚刚迈进青年之期，让她失去了处女之身。

当然，她失身给的，是与她相爱多年的恋人霖然。

一切都是在小鹤茫然无措、极度恐惧和疼痛中发生的。

那天，霖然来取小册子，正赶上小鹤父母不在家。霖然拥抱着小鹤说到这本手抄本，不知不觉两人滚到了床上。小鹤还没反应过来，生米就煮成了熟饭，成了霖然的女人。当霖然进入她身体的那一刹那，剧痛把小鹤吓坏了，接下来，霖然也不知道该怎么做。小鹤更是以为自己被撕裂了，害怕中万分恐惧母亲会提前下班，破门而入。痛苦无比的小鹤，此时又想起那本手抄本上的描述，就异常反感和懊悔。她暗自抓狂地想，这哪有书上形容的那种舒心妙曼的感觉?! 整个就像被人捅进刀子，只有痛苦不堪。

两个人慌里慌张地收拾完凌乱的床铺，小鹤突然看见霖然手上，还握着那留有她鲜艳血迹的手纸，纸上的血点就像一朵朵绽放的小红梅，标志着原装完整的她已然不再。

小鹤惊恐不安地看着霖然。霖然说，他要把它永远珍藏起来。小鹤闻言又臊又急，说不清出于什么心理，她趁霖然不注意一把夺过，跑到窗边像扔烫手的山芋一样,一挥手,带血的手纸便像只白蝴蝶,袅袅飞出了窗外。

"你!"霖然急了眼,扑向窗边,眼睛追随着飘荡飞舞的纸屑轻轻飘落在楼下墙角。霖然懊恼地回转身,察觉到小鹤神情恹恹,怔忡不宁,不觉心中一软,后悔自己刚才过于粗鲁。

霖然把小鹤紧紧搂在胸前,轻轻吻着她的云鬓:"哦,小鹤,没事儿的!我爱你!从今往后,你就是我的女人了。"

小鹤机械地任由霖然拥着,双眼噙着的泪水终于忍不住,大滴大滴滚落下来。小鹤感到惶恐,心中惴惴不安,脑子里已是空白一片。

一切好像都是瞬间发生的,由不得她,似乎也由不得他。

小鹤没有想到,自从有了第一次性的尝试,霖然就迫不及待地渴望着能有第二次切身体验。主要是霖然觉得自己的第一次太狼狈,太没经验,简直无法把手抄本上的那些细节描述精确地落实在行动上。他回家再翻看母亲的医学书,又有了许多新的领悟,便盼望着再次实践。

小鹤说什么也不再愿意。

初次献身的感觉带给她的,只有生理上的痛苦和精神上的恐惧。这种肉体上的性爱,令她退缩、惧怕,她不想再要。霖然便想尽办法去哄她,想引起她的好奇心。可无论霖然怎样央求,小鹤就是坚决不跟霖然单独待在没人的房间里。

要说,不是小鹤不爱霖然,实是小鹤怕痛,更怕怀孕。八十年代的中国,如果说哪个女孩未婚先孕,除非这个女孩脸皮够厚、能耐够大,否则等待她的,多半是屈辱,甚至是上吊自杀。

小鹤可不想整出这种事来。小鹤知道如果自己出了这种事,自己不自杀,恐怕也会被她妈打死的。小鹤妈,那是多么要强要面子的女人啊,她绝对容忍不了自己的女儿堕落。

霖然柔声安慰小鹤说,他们不是堕落,他们是真心相爱。霖然说他知道女孩儿的生理安全期,他还可以找些避孕工具、药物什么的,保证不会让小鹤怀孕。

在这一点上,小鹤倒是笃信霖然,知道他说这些话都是有把握的。毕竟他从小就看他妈妈的医学书,而他妈妈又是知名的妇产科专家。

于是,近水楼台的霖然就从母亲房间里,偷出了一系列事前事中事后用的避孕药片、避孕药膜和避孕套什么的。霖然自认为,多管齐下,总能保证万无一失。

深爱着霖然的小鹤,也是好了伤疤忘了疼。她不忍心再拒绝霖然,临近开学前一周,她再次同意霖然在她身上搞最后一次"科研"。

当时,霖然家又新分到一套住房,就在原住家的楼下,房间还没有完全收拾出来。这天,由霖欣帮哥哥打掩护。当然,霖然打的旗号是他想跟小鹤在楼下没人的房间里聊天。霖欣便神经兮兮地冲他哥哥笑,小鹤不知霖欣的笑,是表示他信还是不信。反正小鹤根本不敢正视霖欣的眼睛。

霖然和小鹤下楼进屋后,霖欣从外面用明锁把门锁上,他说如果父母回来问起,他就说房门钥匙在哥哥霖然身上,哥哥出去了,一会才能回来。霖然听了,赞许地点点头。

有了无人的环境,有了小鹤的配合,霖然终于掌握了相对初级的性爱技能,还附带着理解了几个专用医学术语。

当然,这并不是在霖然保证"仅此一次"中得到的。而小鹤,因有避孕工具的保障,再加上霖然的甜言蜜语,也就慢慢放松了警惕,不再那么恐惧。沉静在热恋中的小鹤,完全放弃了自我保护。为了心爱的人,她什么都愿意付出,只要霖然想要,她就默默给予。每次两人单独相会,小鹤只是在惊恐中警惕地关注着被反锁着的门外有无动静。

一次、两次……

突然有一天,霖然妈差点砸开房门闯进来。原因是那天霖然妈下楼来取东西,打不开门,霖欣说钥匙被哥哥拿走了,霖然妈就想砸窗进屋,幸好霖欣机灵拦住,高声骗霖然妈说,霖然不出五分钟就会回来,还跟他妈打赌保证。霖然妈一脸狐疑地被霖欣拉上了楼,吓得房间里的霖然和小鹤胆战心惊,赶紧穿戴好,开窗跳出房子溜下了楼。

两人开学前的这些经历,霖然觉得刺激,小鹤却感到恐怖。霖然乐此不疲,小鹤却只得温顺承受。说实在的,在这样的环境里偷情做爱,小鹤只觉得压抑,没有丝毫的享受和快感。

小鹤无奈地想到妈妈常爱挂在嘴上的那句俗语,"打蛇要打七寸"。妈妈原本是用来教导她和云姐,在刮鳝鱼时,要把鳝鱼的七寸准确地扎在木板的钉子上。妈妈说,"七寸"意喻着命门。小鹤这时觉得,爱情就是女人的命门。深爱起来无所顾忌,爱便是女人的七寸死穴。女人一旦陷入爱情,"七寸"便毫不设防地坦露在所爱的男人面前。

好在开学的日子很快就到了,恋恋不舍的两人终于又被撕开,各奔东西。

两个月后,躺在学校寝室床上的小鹤惊恐地发现,自己一贯准点的大姨妈竟然没有来。被霖然在假期里灌输了不少生理知识的小鹤,直觉告诉她自己怀孕了。

想到怀孕,她就忍不住反胃,想呕吐。

抱着十二万分的侥幸心理,小鹤步履慌乱地去了街上的正规医院。到了医院门口,小鹤又犹豫了。

该挂哪个科呢?

该怎么跟医生说呀?

小鹤脑子里一片空茫,惊恐到了极点。

头天晚上,小鹤费尽周折从街上邮电局通过长途电话找到正在学校操场上打篮球的霖然。霖然在电话那端听到这个消息,也有些犯傻。小鹤只记得霖然那句反复念叨了好几遍的话:"实在不行,我就带你回浑江,找我妈,让我妈帮你把孩子打掉。"但霖然此话的前提是,小鹤必须得先确认是否真怀孕了。

这怎么确认啊?让小鹤自己去检查应对?霖然倾向让他妈帮着解决,小鹤一想到霖然妈的神情,打死也不愿走这步。让未来的婆婆为儿媳做人流,除非小鹤想一辈子在霖然家抬不起头。

可不找霖然妈,就只能自己去解决。

小鹤一咬牙,自己去了医院。

在医院挂号处,经一个满脸洋溢着幸福笑容,正由丈夫陪伴着挂号的少妇指点,小鹤挂了个妇科号,然后,失魂落魄地坐在了妇科诊室的门前,等着叫号。

"李尖文!"

"李尖文!"

"谁是李尖文啊?"

"李尖文,有没有?"

"啊?有、有,在这儿呢,是、是我。"小鹤慌忙起身,表情有些像做贼,一副心虚的样子。

本来嘛,到这种地方来,小鹤肯定不能用真名。李尖文——那还是霖然给她起的匿名。从名字想到霖然,这是小鹤目前唯一能抓住的一丝温暖和安慰。

"是你?叫了半天,你没听见啊?"一个头戴白帽、脸挂大口罩、全身笼罩在白大褂里的中年女医生,没好气地责问小鹤。小鹤低眉顺眼,敛声屏气,不敢多言。

"你哪儿不舒服啊?"中年女医生把小鹤上上下下打量一番,好奇地问。

"我、我想查查,自己是不是,怀孕了。"

"怀孕?"中年女医生一脸狐疑,再次把瘦削的小鹤从头到脚细细打量一遍,"看你像个中学生,怎么可能怀孕了?结婚了吗?"

不会撒谎的小鹤,下意识地摇摇头,又赶紧点点头。

"又摇头,又点头,什么意思啊?没结婚你怎么会怀孕?你到底是怎么回事儿啊?"

小鹤被中年女医生"审"得都快哭出来了。她脑子里想着霖然,告诫自己,绝不能供出霖然的名字。情急之下,小鹤张口说:

"我在学校被人强奸了。"

强奸?这还了得!小鹤明显感到,自己撒了一个奇笨无比的谎。因为这个谎,中年女医生已经换了一种眼神在看她。那眼神,令从小自尊心就强、本分规矩的小鹤如坐针毡,难过得直想拔腿跑掉。

"躺下吧,我先检查一下,然后去做个尿检。"说着,中年女医生让小鹤躺在了妇科门诊的检查台上。小鹤已经有一种被逼上梁山的绝望,她心慌意乱地照着中年女医生的指挥行事,外检、尿检,然后,坐等在诊室门外。

等候的时间是漫长的。

身旁一位同样等候的少妇,听小鹤说是来检查是否怀孕的,就问小鹤想不想要这孩子。小鹤茫然地摇摇头说不想要。少妇一听,说:"不想要你上妇科来干吗?你应当去街上那家妇幼保健院啊,那里才管刮宫做流产。"

少妇话音刚落,又一个声音传进小鹤耳膜,声音虽然很小,但听力超好的小鹤还是听得真真切切:

"这女孩真的怀孕了!不过,这个女孩说是被人强奸的,估计她是个中学生,这事,恐怕得报警……"

听到这儿,小鹤早已魂飞魄散。她双腿哆嗦着,悄悄起身往过道楼梯边挪,一经转弯儿,撒开脚丫儿就跑。

一路跌跌撞撞来到街上,心跳如鼓的小鹤几乎快被吓死了。没想到,一句不经心思的谎言,差点害了她。

一楼女生寝室,静悄悄的,学生都上课去了。小鹤早上说头晕犯困,让刘嘉帮她请了一天假。

"呕——"小鹤痉挛地躬着身子,呕吐着。好在楼道公共厕所里没人。

那天从医院逃窜回来,小鹤再也没胆量和勇气连续作战,再去妇幼保健院,她只盼望着每月都来的例假能突然降临。可不幸的是一晃七天过去了,例假仍旧没有等来,却等来了不停地反胃恶心。

刘嘉问她怎么啦,小鹤只好推说可能吃坏了肚子。正好那些天渝城全市闹痢疾,渝城师大的好些学生也出现了原因不明的呕吐、拉肚子现象,正好帮小鹤掩盖过去。

再也不能耽误下去了。小鹤怕自己的肚子会一天天突显出来。昨天下午,也许是恋人间的心灵相通,远在千里之外的霖然发来了封加急快信,有小半本书那么厚,惹得张小娜直冲小鹤眨眼睛,问她是不是男朋友写来的,有没有男朋友的照片拿出来给她瞧瞧,等等。上次霖然来学校时,张小娜还没有回来,只是听别的同学说起小鹤的男朋友很帅气。到底有多帅,张小娜一直很好奇。因为在她眼里,已经没有男生能帅过大志了。小鹤只好顾左右而言他地应付过去。之后小鹤飞快跑到学校山坡上那个小凉亭里,躲着人打开霖然的信。

霖然在信中说,他猜想小鹤是想自己解决,他建议小鹤做完人流手术,马上坐火车到他们学校去静养……

霖然的来信犹如一剂强心针,令小鹤顿时生出无比的勇气。晚上,小鹤把自己装在枕头套里的所有积蓄拿出来数了数,还好,有二十多块钱。这天一早上,小鹤便揣着自己的全部家当,悄悄来到街上那家妇幼保健院。

这次,她学聪明了。

进得保健院大门,她径直去了挂号处,假装老练地挂了张计划生育科号。当一位和蔼的年轻女大夫询问她基本情况时,小鹤背出了头天编了大半夜才基本记牢的内容。大意是自己已婚,这次是背着丈夫来做人流。因为自己还年轻,刚结婚不想要小孩,怕影响事业,所以就不想让公婆和丈夫知道,准备悄悄把孩子计划掉。

当时中国正开始实行"只生一个好"的计划生育新政,计生处的医生们估计也有任务指标,巴不得世人都能有小鹤这样的"觉悟",能为国家着想,识大体明大理,自觉遵守国家计生政策。

看着小鹤的确还很年轻的样子和的确还不太成熟的身体,女大夫满脸怜惜。她问小鹤有没有家属跟来。小鹤惊慌地摇摇头。女大夫便好心提醒小鹤,人流手术全过程加起来也就一个小时左右。不过为了手术成功,为了不出意外,她们不准备给她用麻药,这样估计会有些疼。女大夫问小鹤能否忍受和坚持。小鹤一听,自己只需要忍受一个小时,就能彻底解放,不由得有些欣喜。她强压住想马上

点头的急迫心情,小声问大夫:

"会很疼吗?"

小鹤最不能忍受的,就是疼。

"那得看人,有的人可能痛觉不怎么敏感,就不会觉得太疼;有的人特别敏感,可能就会觉得很疼,因人而异。"

"那可不可以用点麻药呢?"小鹤对自己的忍痛耐力没有信心,就满怀希冀地看着大夫。

"这不是一般的手术,上了麻药,弄不好刮穿子宫你都不知道,那样大出血是会死人的。所以我们一般都不主张用麻药。"

小鹤听医生如此轻描淡写地叙述生死,她的头皮都发麻了。她想到自己马上就要被生割活刮,眼前却一个亲人也没有,不由得一层泪花就浮上了眼眶,但又不能让好心的女医生看见,她怕医生见她犹豫就不给她做了。一点辙儿也没有的小鹤,只好咬牙豁了出去……

她机械地行走在保健院的楼上楼下,做着各种各样的术前检查,然后,惶恐无力地躺在了手术台上。

"病人,如果你实在疼得受不了,就一定要说啊,千万别忍着不吭声。"

一个中年女大夫,带着两个年轻女助理,一边戴着胶皮手套,整理着手术中需要用到的各种器具,一边走到小鹤身边,反复叮嘱着:

"让你别忍着,不是说一疼就叫,这个手术肯定是要疼的。但因为刮宫的时候,大家都看不到里面,只能凭感觉刮,所以如果你觉得特别疼,就一定要说出来。"

中年女大夫反复叮咛着。

小鹤这半个月因怀孕的恐吓折磨,两只眼睛早已落了坑儿,瘦小的脸上一双大大的眼睛,恐惧地眨巴几下,又紧张地闭上,长长的睫毛不停地颤动着。

随着医生手上冰凉的器具伸入,小鹤全身一阵痉挛。

"别怕,放松!"

大夫和护士娴熟地操作起来,嘴里开始聊着家长里短的一些生活琐事。

咕咕,咕咕,一种小鹤形容不出来的刮骨声儿在空荡荡的手术室里响起,钻心刺骨地疼痛随之袭来,小鹤霎时痛得天昏地暗,全身痉挛得几乎在手术台上蜷缩成一团。

"病人,忍住！坚持住！"

中年女大夫紧张地呼唤着小鹤,并命令两个女助理一左一右,使劲按住小鹤疼痛得早已失去控制的身体。

小鹤痛苦的汗水和着委屈的泪水,顺着脸颊流淌,她无声地咧着嘴哭。她感到自己就像一只被放在案板上的鸭子,任凭大夫刮割着、撕裂着。

"你对疼痛这么敏感呀？这也太受罪了嘛!"

"下次可要记住了,千万要做好避孕措施。何必再受这非人的折磨呀!"

同是女人的中年女大夫,看着小鹤,同情地发着感慨。

小鹤脑中划过霖然拍着胸口保证的镜头:"我保证,绝对万无一失,不会让你怀孕的。"小鹤突然感到一种从未有过的失落,一种大难临头只能独自承受的伤心和打击。

非人的折磨,终于在器具丁零当啷的归位声中结束了。

疼痛得已处半昏厥状态的小鹤,全身衣衫湿透地被两个助理搀扶着,挪下手术台。一个护士过来关切地对小鹤说,你可以在外面的空床上躺会儿再走。

手术室外的过道上,安放着几张铺着白单子的钢丝床。两眼湿润的小鹤无力地点点头,便倒在一张空床上。护士刚一走开,小鹤突然又一个激灵坐起来,由于动作过猛,小腹一阵剧烈的撕痛,使她身体又弓缩成一团。

妇幼保健院不时有女病人进进出出。稍缓过劲儿来的小鹤,怕再逗留会碰见熟人,就艰难地起身下床,穿上鞋,然后捂着肚子勾着腰,慢慢往医院门外挪去。每一步的挪动,都是硬生生的撕痛,泪水再次毫无知觉地模糊了她的双眼。

医院门外街面儿上,凛冽的寒风吹打着路边的萧萧草木,内衣和毛衣早已被汗水打湿,经风一吹,刺骨的寒冷令小鹤打了个冷战。手脚冰凉的小鹤,机械地向学校走去。迷糊摇晃中,她感到很口渴,抿一抿干裂的嘴唇,是那种奇渴无比的感觉。摸摸身上,除去手术费和药费,现在只剩下了一块多钱。刚才医生本来还要给她开一些术后必服的消炎药,可小鹤钱不够,就只要了一点止痛药。

小鹤四处张望,看见不远处有一家卖水果的摊子。小鹤慢慢挪过去,待看清水果标价,便有些踌躇。

水果摊老板是一位中年男子,他看出小鹤囊中羞涩,便建议小鹤买最便宜的那种当地产的黄皮儿梨。

小鹤无力地问:"我只买一个,行吗？"

"行,没问题,"中年老板痛快地应道,"这种梨,水特别多,五毛钱一个。"说着,挑了一个稍大一点儿的梨,递给小鹤。

小鹤赶忙递上五毛钱,接过梨,转身紧走了几步,停下,用衣袖匆匆擦抹了几下手中的梨,便不管不顾一口咬下,一股刺骨的浸凉,随着喉咙的吞咽滑落进胃里,又传遍全身,小鹤不禁又打了几个寒战。刚才医生千叮咛万嘱咐她,起码一个月内不能吃冷食用凉水,可失血过多的小鹤,实在是太渴了。待吃完梨,小鹤长长舒了口气,真太解渴啦!犹如喝下琼浆玉液,小鹤的心情顿时好了许多。

哦,霖然,我终于解脱了!

年轻的小鹤,在心中欢呼。

用血的代价和严重的身心摧残,终于换来了一身的轻松。咧开干裂的嘴唇想笑的小鹤,嘴角还没来得及弯起来,隐隐的惋惜便涌上心头:

"也不知这个孩子会长什么样,是男孩还是女孩。"

小鹤猛地觉得,自己是个天大的罪人,就这样无情扼杀掉她和霖然的第一个爱情结晶。想到这儿,小鹤泪流满面……

身心备受折磨的小鹤,此时多么希望身边能有一只可握的手和一颗能感知的心啊。可她知道,这只手和这颗心只能是霖然的。小鹤倍加渴望见到霖然,她想马上躲进霖然有力而温暖的臂弯里歇息。

有此念头的小鹤,心便急切起来。她用上学期积攒下来的饭菜票,跟同学兑换了一部分现金,再用这些现金购买了一张火车硬座票,对学校谎称自己闹痢疾,需要回家休养,然后便坐上了去往陌生北方的直快列车。

4

三十多个小时的硬座,对刚做完人流手术的小鹤不啻酷刑。可为了见到心中的精神支柱,渴盼获得那温情的拥抱,小鹤急切地奔向了北方。

小鹤的到来无疑令霖然惊喜万分。人缘极好的霖然,与一大群男同学蜂拥到站台。接到小鹤坐上开往学校的公共汽车,霖然抢先占了一个座位,他想把术后的小鹤搂抱在自己腿上,他怕车上铁椅子太凉,会冻着小鹤。可没想到,小鹤一推他的手,拒绝了。

看着满眼宠溺的霖然那一脸惊讶不解的样子,小鹤咬唇苦笑了一下,霖然以为她当着同学的面害羞,就没再坚持。

其实,刚刚经历了人生莫大痛苦煎熬的小鹤,对造成她怀孕的霖然内心矛盾极了。一方面她千里迢迢奔来北方，就是想要见他一面；可一见着了，内心的理智又无声地抗拒排斥。她怕贴近霖然，怕再一次重受折磨……这两股矛盾复杂的心境纠结于胸，令她有些失措。

到了霖然寝室，又一群好奇的男同学挤过来看热闹，小鹤紧张得抬不起头。霖然拉着她热情地招呼大家，给大家递烟，又把眼前的同学挨个儿介绍给小鹤。小鹤只得强打起精神与大家握手。站在寝室门边的一个男生引起了小鹤的注意，他虽然长得白白净净，可一头长发披搭在肩，外形气质上既有男性的野蛮，又有女性的阴柔，竟是一种说不出来的孤冷神情。霖然指着他对小鹤说，这是他们班上著名的诗人，叫孟夏。孟夏便挤过来客气地跟小鹤握手。此时，小鹤发现霖然手上正拿着不知何时被点燃的香烟，她眉头一蹙，霖然马上意识到，赶紧把烟掐灭，回身又从隔壁寝室里殷勤地端来一大碗牛奶。小鹤一瞧，牛奶里正晃动着好几个煮熟剥好的大白鸡蛋，她的胃立马条件反射地感到恶心。空腹一路，早已饿过劲儿的小鹤，此时还处于妊娠呕吐的幻觉中。她才不会当着大家的面，像坐月子般吃掉这些补品呢。

看出小鹤神色倦怠，疲于应付，霖然赶紧打发掉同学，回身把寝室门关了起来。

寝室里一下子安静下来，本来亲密无间的两个人，反倒感到一种莫名的隔阂。这种隔阂的感觉，让小鹤心慌得害怕。她试探着去捕捉霖然的神情，同时在心里拼命想化掉这看不见的心理障碍。

两人相视半晌，终于，小鹤嘴角一颤，一头扎进霖然为她敞开的怀抱。

偎在霖然怀里的小鹤，能听见霖然健壮的心儿怦怦跳动的声音。霖然的臂怀还是那样的温暖有力，霖然的气息，渐渐让小鹤由陌生变为熟悉。小鹤多少天来独自承受的惊吓和委屈，一下子爆发开来，她死死咬住下唇，无声地抽泣在霖然怀里。

霖然心疼得无以复加。他为她吻去脸上流淌不尽的泪水，也急切地表达着自己内心深处的愧疚：

"小鹤，不难过了……真对不起，都是我不好……啊，我错了……我错了，鹤，你打我吧……"

悔恨交加的霖然，把小鹤的手拉向自己的脸颊。小鹤使劲挣脱着，霖然便捧起小鹤的泪颜，疯狂地吻着她的眼睛、她的鼻翼、她的脖颈和她的下巴，最后，霖然把自己滚烫的热吻，再一次印在小鹤失血发颤的唇上。

"霖然——"

小鹤嘴唇翕动,剩下的话,便被霖然堵了回去。

忘情的舌吻,交缠的肢体,突然间,小鹤像感觉到什么,满脸惊恐地推开了霖然。

回过神来的霖然,被自己刚才过度忘情的反应弄得有些不好意思。他知道小鹤惊恐什么,他努力定了定神,然后用手爱怜地胡噜一把小鹤浓密的乌发,对小鹤说:

"走吧,我带你上楼,去看看我给你找的住所。"

霖然他们楼上,是考古系研究生的宿舍。这些研究生都是工作多年后,再重新回炉学习深造的在职研究人员。此时他们到外地社会实践去了,整个楼层,清风雅静,没有人声。

霖然的好人缘再次帮了他的大忙。有人主动送来一间房门的钥匙。这天晚上,躺在楼上空荡荡寝室里的小鹤,紧紧裹着霖然的被子,躲在蚊帐里,大气不敢出地睡下了。

窗外,漆黑的天空,正蓝光闪现,雷声阵阵。

小鹤害怕打雷。

上学期她跟刘嘉冒着大雨,去学校礼堂看前南斯拉夫电影《瓦尔特保卫萨拉热窝》,正打着雨伞哆哆嗦嗦走在生物系楼前的半山道上,突然一道刺目的闪电划过,接着一声巨大的惊雷把一条正从路边草丛里钻出的三尺长蛇硬生生给拍死在她们脚下,小鹤和刘嘉被吓得花容失色,抱作一团,头发都乍刺起来。

现在,被霖然用挂锁反扣在房间里的小鹤,虽然两手使劲捂住耳朵,可还是挡不住一声接一声刺耳的雷鸣传来,轰隆隆震得小鹤心惊肉跳,在被子里捂出一身大汗来。

小鹤感到憋气,想从被中探出头来换气,不想又一道强烈蓝光闪现,即使闭着眼也能感受到它刺目的光芒,小鹤吓得忙不迭又缩回被窝。

"咔嚓——"

巨大的雷声中,一只大手摸到了小鹤头上。

"啊?!妈——"小鹤"呀"字还没叫出口,就被这只大手慌忙捂住了嘴巴。小鹤惊恐地睁大眼睛,借着闪电这才看清,撩开蚊帐站在她面前的,是霖然。

"你——"扎进霖然怀里还在发抖的小鹤,恐惧未消地捶打着霖然的胸膛,"哎呀,你什么时候进来的?! 吓死我了。"

"嘿嘿,要不是雷声大,你刚才的叫声非把我们楼下的同学惊醒。哈哈,瞧你,打个雷,就把你吓成这样,顾头不顾尾的……"

霖然为满头冷汗的小鹤拉过被子,又为她遮严盖好,这才告诉小鹤,他看见打雷闪电,想起小鹤最怕打雷,就悄悄溜上楼来看她。

小鹤说:"你不怕被同学发现告诉老师啊?"

霖然嘿嘿一笑,说:"不会的,我们都是男生,谁会打这种小报告啊。"

就这样,在霖然学校休养的日子,小鹤悄悄住在霖然寝室楼上。霖然几乎天天后半夜,偷偷溜上楼来陪伴小鹤。当然,霖然必须牢牢遵守小鹤跟他的约定:各自睡在一张床上。

隔着两顶蚊帐,两人常常会聊天到黎明。只是有一点小鹤一直想不明白,霖然从不在她面前主动提起同校发小古丽娅。

每天早上,霖然总是早早地为她打来早点,并特意为她冲上一杯罐头炼乳。罐头炼乳在那个年代可是稀缺的好东西,是霖然家里寄给他的。看着小鹤喝下,霖然才锁上房门去上课。到了中午,下课铃还没打响,霖然又会急匆匆赶回来,骑上借来的自行车带她快速离开学校。公园、胡同、电影院,都成了他们驻足游玩的地方,直到夜深露重,两人方返回寝室。

那些天,小鹤见霖然下午都不去上课,很是奇怪。霖然说,升大二后他们下午都是选修课,这段时间老师都在讲汉代诸侯王与列侯墓葬的形制分析,还有唐宋墓葬中"明器神煞"与"墓仪制度"之类的枯燥东西,这些他借同学的笔记本抄上就行,不懂的地方回头再问问老师就补上了。

既然霖然如此说,小鹤自然相信。于是安下心来的小鹤在霖然上课走后,就把窗户关严,一个人静静练习吹长箫。等霖然回来,她便开心地随他到外面到处闲逛。

走在敞亮宽阔的北方大马路上,小鹤想起霖然小时候的那些照片,心中就涌起一股子温馨。她终于来到了照片中的那些地方,那些在她十四五岁就向往要与霖然一同感受的广袤天空下。

在小鹤眼里,北方的景致完全不同于南方。南方的初冬满眼还有绿意,而在北方,正正方方的街面上,路边高高的树木早已经稀疏萧条,风一吹,竟有种"无边落木萧萧下"的凄凉感。好在小鹤走在心爱霖然的身边,视觉虽寂寥,可心儿却是温暖。

有一天,小鹤在寝室里吹箫累了,闲歇下来从窗帘后面悄悄往楼外打量,突然看见有个身材高挑的女孩儿正在楼外小道上站着。从侧影看,很像古丽娅。只见她一会儿翘首眺望来路,一会儿又回首瞅小鹤待的这幢楼。

小鹤很久没有见到古丽娅了。想想小时候古丽娅的漂亮样儿,还有凡事都不服输的泼辣劲儿,小鹤便觉得亲切温馨。一时兴起,她差点喊出声儿来。好在霖然千叮咛万嘱咐她不能出声,怕被人发现男生寝室住着女生惹来麻烦,她才忍住了。她不能给楼下那个好心的老管理员招惹是非。要知道每天晚上当霖然带她上楼时,那个好心管理员总是默默点点头,从来不制止。小鹤眼瞅着古丽娅怅然离去,不久,霖然的身影便匆匆出现在同一条小路上。

霖然开门进来,小鹤扑上去告诉他,她刚才看见古丽娅了。正往桌上放暖水瓶的霖然听了,神情一惊。这时小鹤已经回转身又去撩窗帘往外看:"她已经走了,当时我没敢叫她。"

"哦。"霖然明显大松一口气。

小鹤转回头来问霖然:"为何不约上古丽娅,大家见见面,一块儿吃个饭?"霖然如释重负地摇摇头说:"古丽娅跟他不在同一个班,古丽娅学习也很忙,他平时很难见到她。"说完,霖然问小鹤:"中午想吃点什么?"轻而易举便把话题转移开去。

在霖然学校里的十天,小鹤被霖然倍加体贴和疼爱着,受伤的身体和脆弱的心灵,也慢慢康复过来。

在与霖然的闲聊中小鹤得知,那个叫孟夏的同学来自渝城。霖然佩服地说,孟夏脑子里尽是些前卫新潮的想法,他进校后参加诗社,写了一首诗发表在北方大学的校刊上,立即引起全校师生的轰动,那首诗的标题就叫作《用你的指甲刮宫》。

小鹤听了,心中一哆嗦。这叫什么奇思妙想?! 对刮宫痛楚深有体会的小鹤,立马把孟夏排斥在异类行列,不愿再提起他。正说着,霖然瞥见小鹤放在桌上的长箫,惊异地拿起来看了看,问小鹤:

"你把长箫也带来了?"

"是啊。"小鹤得意地一歪头,唇角勾起一抹笑意。

"快快快,来,吹一个给我听听,上次在你们学校,就想听你吹来着,你一谦虚,害得我也没听成。"

霖然兴致大起,忙不迭地把箫管塞到小鹤手上。小鹤便在凳子上坐直身体,定了定神,说:"我吹不好,你可不许笑话我。"说完,长箫往唇下一送,一曲悠扬动人的《梁祝》便回荡在寂静的二人世界中。

吹着长箫的小鹤,此时在霖然眼里美得令他窒息。凝脂般细腻的肌肤,清纯雅致的面容,白皙纤葱的玉手,盈盈醉人的眼波,时而娇媚,时而哀愁,时而缠绵……霖然不觉胸中激荡,欷歔不已。

一曲吹罢,小鹤露出白净的碎牙,笑眯眯地看着霖然。

"啊,太棒了!你什么时候吹得这么好?!"

霖然由衷的夸赞,令小鹤脸颊绯红。她心中也在暗自感叹,眼前的霖然,虽然没有拉着小提琴与她琴箫共鸣,可毫无疑问,霖然就是她心弦上那个知音。这种心灵相通的感觉,让小鹤情愫激荡:"我再给你吹一首《崖山哀》吧。"

不待霖然点头,低回凄婉的旋律便响在了霖然耳畔。

小鹤吹的这首《崖山哀》,本是描写南宋皇朝南迁新会崖山,海战败于元军后,丞相陆秀夫身负帝昺悲壮投入崖海的故事。此曲曲调清幽得最是哀怨,每当小鹤思念霖然时,她就会独自坐在渝城师大的凉亭里,边吹边默默流泪。那种无边的思绪随着如泣如诉的箫声,传出老远老远,常引来山脚下黑暗树丛中那些恋爱着的男男女女同学呼哨叫好。有一次大志正好寻来撞见,在大志的要求下,她又连吹了《柳青娘》《蕉窗夜雨》《陈杏园落院》等多个曲目,把个大志听得呆呆出神,没了反应。小鹤笑着说,她这是在对牛弹琴,大志嘴角一勾,苦笑不语。

现在小鹤又一次沉浸在《崖山哀》缠绵哀怨的曲调中,仿佛已不知身在何处……

曲终箫止,小鹤已是泪盈于睫。

霖然动容地站起身,一把揽过小鹤的头:

"鹤,小鹤,你知道吗?我真是爱死你了。"

小鹤把脸贴在霖然有力的腰腹上,啜泣着使劲点点头。霖然弯腰将小鹤横抱起来,轻轻放在床上。霖然双膝跪在床边地上,凝神动情地与小鹤四目相交。心与心的交流,两人目光变得渐渐蒙眬、婆娑起来。霖然用温热的大手,一把又一把抹去小鹤眼角涌出的泪珠。霖然眼中滚烫的热泪,也顺着脸颊滴落在小鹤脖颈的衣衫上。

此时的两人,犹如两个痴情呆子,直勾勾凝视着对方,仿佛要把对方深深地烙刻进自己的心底。良久,霖然把脸贴在小鹤脸颊上,喃喃地说:"小鹤,你放心吧,从今往后,我再不会伤害你了。我要把你完整地保留到我们结婚的那一天。相信我,相信我啊! 小鹤。"

　　霖然抬起充满血丝的双眸,坚定地看着小鹤漆黑的眼睛。小鹤把自己的嘴唇都快咬破了。她感动得泪如泉涌:"霖然,我爱你,只要你想要,我什么都给你。"

　　"不,我一定要保护好你,决不会让你再受到这种惊吓和伤害了。"

　　霖然的誓言,深深地烙在了小鹤的心上。小鹤把霖然滚烫的头紧紧抱在胸前。她想,霖然今天跟她说的每一句话、每一个字,今生今世,都将令她无法忘怀。

第五章
花样年华

1

从北方回到渝城师大的小鹤，在霖然浓情蜜意的呵护下，身心得到迅速恢复，便全力投入到大学的学习生活中。

从这学期开始，她们的法律课程增加了案例分析课。小鹤每天如饥似渴地翻阅着大量的中外法律书籍，特别是那些《辩护实录》《辩护经典案例》，让她看得如痴如醉。她钦慕国外那些著名的大律师，头戴白色假发套，身着精美律师袍，庄严向法庭高呼"我辩护"、"我反对"的雄辩场景。她越来越有一种执业的冲动，她渴望成为中国的刑辩大律师。在这些志向与追求的激励下，小鹤对刑法案例课学得尤为上心。每当老师在黑板上写下标题、陈述完案例，要求同学间自由组合辩论时，小鹤总是挑选最有可能输掉官司的那方"当事人"代理人。小鹤喜欢这种具有挑战性的角色。也许是志趣相投，也许是性格所致，小鹤与同寝室的刘嘉在挑选角色上总是不谋而合。两人像一对黄金搭档，每次辩论开始前两人握手鼓劲，案例辩论结束后又再次击掌相庆。那时小鹤压根儿想不到，今生今世她的事业、她的人生，会最终与刘嘉并轨在一起。在她最为艰难的那些岁月，是刘嘉这个大学时的贴心好友，日夜陪护在她身边，与她一起度过了人生中最为孤苦无助的时光。

周末晚，张小娜从家回来了。她躺在床上隔着蚊帐，悄声告诉另一张床上的小鹤，她今天在经过大志他们学校时，瞅见了大志。张小娜说还忘了告诉她，在她回家养病这段时间，大志来学校找过她好几回哩。

小鹤一听，心下有些着急。第二天上午下了最后一节课，她收拾起书包，慌忙跑去找大志。

大志正坐在寝室床边，拿着一封信发呆。抬眼看见小鹤进来，忙扭身把信纸胡乱塞进枕头底下，待再回过头来，眼眸中已是怜惜的牵挂。

小鹤忙呵呵笑着问大志有何急事找她，顺带悄悄告诉大志，她前一阵子坐火车去了霖然学校。

大志表面平静地听着，内心深处却很不是滋味。因为他刚收到了霖然的来信，霖然的信正扰得他心烦意乱。

看着上学期还额头光滑、脸颊饱满红润的小鹤，现在已是细细袅袅，羸弱不堪，脸无半点血色，大志眼中闪过一丝不易察觉的怅惘和难过。他感到揪紧的心有些憋得喘不过气来。

他站起身摸摸衣兜，然后问小鹤："下午还有课吗？"

小鹤得意地摇摇头。

"那走吧，陪我上街吃饭去。"大志说完，已经迈腿，率先走出了寝室。

看着像兄长一样关心自己的大志，小鹤不知道他为何事情绪不高。本来她还想请大志吃饭，可摸摸兜里仅有的那几块钱饭菜票，囊中羞涩的她，心下很无奈，毕竟这才是月初。

"快走吧。"一路上小鹤难为情的样子，大志全看在眼里，他强抑住心中的痛楚，冲小鹤笑笑，然后拐出了校门，小鹤只得尴尬跟上。

在小鹤印象中，大志跟她在一起还从没有像今天这样压抑。小鹤想，一定是大志最近有什么事情不开心了。她想逗大志高兴起来，就朝前快跑两步，然后回转身倒退着，一边退步走，一边笑眸弯弯地说：

"嗯，那好吧，不就陪你吃个饭嘛，但你得给我……"小鹤食指放在唇上，歪头想了一下，黑眼珠灵活一转说，"唔，点个麻婆豆腐，还有蚂蚁上树，要不我就不陪你吃了。"

一脸苦笑的大志微眯起双眼，稍稍叹了口气，道："唉，瞧你，就这点儿出息，点了半天，就点这么两个素菜？你也太好养活了吧！"说完，仁厚温暖的笑意慢慢浮上那轮廓分明的唇角。

一顿饭吃下来，小鹤算是明白过来。与其说是她陪大志吃饭，不如说是大志专门在宴请她。大志点的菜全是小鹤平时爱吃的，不仅如此，大志还特意为她点了一大份当归清炖老母鸡汤。当香气袭人的老母鸡汤端上桌时,小鹤眼里泛起了丝丝潮润,她为大志的温柔体贴,也替张小娜感到惋惜。小鹤实在想不明白,聪明漂亮的张小娜怎么就抓不住大志那憨厚的仁心。看大志平时仍旧形只影单,小鹤慢慢觉察过来,大志说他有心上人的话,全是在哄骗她。于是,她又开始琢磨着,如何去撮合大志跟张小娜。

走在回校的路上,大志说想请小鹤帮个忙,小鹤想都没想便一口应承下来。大志忙从裤兜里掏出一沓钱来,说这是他平时用不着的余钱,最近学校寝室门锁坏了,放在寝室里怕丢,想放到小鹤那儿。小鹤伸手接过,答应了。一数,十元一张的纸币,总共有十五张,拿在手里沉甸甸的。小鹤从小到大还从来没有拿过这么多的钱。她犹豫一下,神情有些紧张:"万一,我给弄丢了,怎么办呀?"

"那你就别存了呗,干脆帮我花掉算了。"大志满脸是笑,语气竟有些如释重负。

"花掉?咯咯咯,我才不会花你的钱呢。"看着一脸真诚的大志,小鹤想了想说,"这样吧,我帮你保管着,你放心,我一定像葛朗台和高老头一样,帮你小心守护着这些银子,保证一分不少。"

"其实,真没那个必要,钱不就是用来花的嘛。"大志一听小鹤真要把这些钱压到箱子底下去,就有些犯急。可越急,越表达不出他真正想表达的本意。

"花?这可是你妈辛辛苦苦挣来的血汗钱,大志,你可不能乱花钱呀。算了,这五十块还是你拿着吧,万一有个急用什么的,剩下我先替你存着,没钱时你再来跟我要,花不完的等放假回家,你拿去孝敬你妈。"

"你,别……"大志努力想说明什么,但两人已经走到两所学校的地理分界线,小鹤灵巧的身影便在挥手告别中,三跳两蹦没了影儿。

大志站在原地,看着手上这五十元钱,心下不由得一阵叹息。

说来这些钱,原本是大志刚上大学时,他母亲留给他急用的。自从大志爸病故后,大志妈一直留存着大志爸的这些丧葬补贴,平时工资也大都攒着舍不得花。大志妈曾经告诉大志,当年他父亲在被送往医院抢救时,如果身上能多有一些钱,用上些进口的好药,也不至于丧了命。

大志知道母亲和父亲的感情一直很好。父亲是军官,很多年前就可以带随军家属,可母亲舍不得离开医院,还有那些极力挽留她的老病号。当时正赶上大志快要小学升初中,母亲为此很是纠结了一阵儿。父亲所在营地附近没有一所像样的中学,母亲怕随军会耽误了大志的学习,毕竟邮雎县一中也是全省的重点中学,如果能进这样的学校,孩子将来保准会有出息。思前想后,母亲最终放弃了随军。

父亲去世的原因,是表姨后来分析追述给大志听的。

大志爸当年孑然一身,住在山沟军营的简陋家属院平房里。军营家属院儿里养着一只小猴,那是一只野生猴,因不小心被山里猎人打伤了腿,一瘸一拐逃进部队家属院,是大志爸用树枝和膏药为它接好了断腿。小猴从此便安家在大志爸住的平房屋顶上。

有了这只小猴的陪伴,大志爸的周末时光,便多了不少欢笑。院里人常常看到大志爸爱怜地喂小猴吃食物,小猴有时还偷食大志爸挂在厨房里风干的熏野山鸡,大志爸也舍不得呵斥它。

这天,是个周末的大中午,太阳很大,大志爸为自己做了个蘑菇烧野山鸡。香喷喷的野山鸡肉混着蘑菇香,从厨房敞开的窗户里飘散出来,正蹲在大志爸平房屋顶上捉虱子晒太阳的小猴闻到了,它使劲探鼻嗅了嗅,抓耳挠腮了几下,突然起身向后纵身一跳,从营房灰色砖墙上跳了出去。不一会儿,手拿几朵鲜艳蘑菇的小猴,又被一帮山里的孩子追赶着,从家属院儿大门外跑了进来。小猴借着良好的弹跳力,直接从大志爸家的窗户蹿进了厨房。等它再爬上平房屋顶时,手上多了块儿正冒着热气的大鸡腿儿。

就是这顿饭后,大志爸再也没有醒来。虽经医院全力抢救,可一切都晚了。家属院儿里的人们分析说,一定是小猴在偷食鸡肉时,顺手把手上鲜艳的毒蘑菇扔进了大志爸的锅里,只是大志爸并不知道。

大志爸走后,大志妈一度有些疯癫,整天茶饭不思,妆容不整。后来在霖然妈和小鹤家亲戚吴嬢嬢的开导劝说下,才逐渐走出悲伤,艰难地振作起来。只是由于大志长得太像他父亲,所以每当大志妈犯臆病时,看见儿子就会狂躁不安,大志为此没少挨母亲打骂。小鹤认识大志那年,差不多正是这节骨眼儿上,所以倍感孤独的大志,心中便有了一块温暖的秘密,那是少女小鹤带给他的,小鹤那温温柔柔的话语,那关切牵挂的目光,就像一剂安宁的针剂,给少年大志莫大的精神慰藉。虽然这种感觉,在少年大志心里还厘不清它是什么,但有一点大志可以肯定,他就是从那时起,深深地喜欢上了小鹤,视她为生命中除母亲之外的唯一亲人。

现在,看着孱弱纤薄的小鹤,大志本想把自己平时也舍不得花掉的这些钱送给她,让她买点营养品补补身体,可又怕自己的举动太过唐突,引起小鹤误会,就临时撒谎说请她托管钱,没想到大大咧咧的小鹤,竟也相信了,还发誓要替他保管好,郁闷得大志直拍脑门,觉得自己想的点子实在是太笨了。

这年十一月，正在日本举行的第三届世界杯女子排球赛成为小鹤和同学们天天热议的话题。那年月中国黑白电视机还不大普及，为了方便大家观看球赛，学校把两三台 14 英寸的集成电路黑白电视机摆放在校园里几个搭在露天的高台上。电视机前人头攒动，每每比赛到胶着状态时，电视机就会爆出一片雪花或者刺啦啦闪动的白条。有个别性急的同学干脆蹲在电视机前，一手伸长握着电视机上竖起的天线，把自己权当成天线的一部分。

当时世界女子排球赛有一个怪圈现象，即日本队怕美国队，美国队惧古巴队，古巴队憷中国队，而中国队一碰上日本队就打得十分艰难。所以每当打到不可开交时，观看的同学惊叫连连，加油声、喝彩声，此起彼伏，不绝于耳。小鹤挤在人群里，忘情得把巴掌都拍红了。

到十一月中旬，第三届女排世界杯进入决赛阶段，中国女子排球队由教练袁伟民挂帅，对手正是东道主日本队。

这场直播比赛令小鹤她们学校几乎万人空巷，平时人满为患的图书室、阅览室，几乎见不到一个学生。而在校园里几个露天摆放的电视机前，大家头挨头人挤人，男男女女的学生，认识的不认识的，都跟个老熟人儿似的，彼此热切交谈着，大家都紧张得快要窒息。

这是一场万分艰难的比赛。中国女子排球队在客场与日本队像拉大锯，你来我往，比分频频拉平。每当打得高潮迭起，主场球迷的呼喊声便从电视机里传来，用震耳欲聋来形容一点也不为过。顶着这样巨大的心理压力，中国女子排球队的姑娘们沉着应战，在孙晋芳、郎平等中国第一代主力队员的顽强拼搏下，终于以 3：2 险胜日本队。中国队以七战七捷的佳绩，第一次登上了世界女排的冠军宝座。女排队员们激动得在比赛现场抱头痛哭、欢喜洒泪的画面刺激得小鹤和同学们热血沸腾。学校体育系男女生率先在宿舍楼外的空地上点燃了一堆篝火，接着小鹤她们法律系，楼上中文系、哲学系的女生们，还有附近宿舍的男生，纷纷加入进来。大家围着篝火手拉手、肩并肩，一圈儿又一圈儿地蹦跳起欢快的舞蹈。火光映照下，那一张张青春洋溢的笑脸，被高亢的爱国激情冲击得几乎变形。

跳跃间，火焰将尽，大家又欢叫着撒开手，分头去找树枝和干草。因为嫌枯枝燃烧得太快，一个体育系女生冲回寝室，直接从二楼窗户，把寝室里的拖把、扫帚，甚至床上的蚊帐，直接扔进了火堆里。一时间，熊熊烈焰，腾空升起，欢呼的学子们更加忘情地唱啊、跳啊，能唱会唱的爱国歌曲被大伙儿唱了个遍，一个中文系女生觉得不尽兴，又掉头冲回楼上寝室，提起自个儿的暖水瓶，从窗上扔了下来，一时间，暖壶爆炸声以及围观叫好声，刺激着学子们的兴奋神经，那巨大的声响犹如鞭炮齐鸣。

这时，远处山道上有几条逶迤蜿蜒的火龙"游"了过来。待走近一瞧，原来是音乐系、美术系、数学系、物理系、生物系和化学系的同学，高举着燃烧的拖把和扫帚齐聚而来。

"走，拿着火把，到江边游行去！"

不知谁高喊了一声，呼啦啦，篝火旁欢跳的人们纷纷加入到游行行列。很快，扛着燃烧拖把，举着冒烟扫帚，打着手电筒，敲着搪瓷脸盆、口缸的学生，便熙熙攘攘聚集在校园山道上。大家一个跟着一个，犹如当年红军汇师井冈山般，多路行进的纵队，向校外江边拥去。

这注定是一个激情澎湃的不眠之夜。

渝城师大校园背后的山下，流淌着蜿蜒逶迤的渝江。清澈的渝江水，孕育了渝城人质朴炙热的山城性格。生活在渝江边的学子们，喝着渝江水成长，血液中也浸淫着渝城人静若处子动如脱兔般的双重性格。

现在，渝城师大的"脱兔"们正亢奋地游行在雾霭渐浓的渝江边，把寂静的渝江辉映成一条蜿蜒绵长的火龙。

此时，渝城大学狂欢的队伍，也打着火把从学校后山"倾泻"而下，一时间不期而遇的欢叫声、呼喊声响成一片。

有学生带头唱起了《中华人民共和国国歌》："起来，不愿做奴隶的人们……"

很快，歌声在上千人的游行长龙中传唱，声势浩大的"和声"便响彻江面夜空。

……

狂够了，闹够了，时间不知不觉指向了凌晨一点，有同学开始往后撤。

"哎哟，我的鞋跟儿掉了……"一个踩在尖锐鹅卵石上的女生，哭丧着脸惊叫一声，立刻引来四周一片善意的哄笑。

"嗨，等等我，我的火把灭了。"燃烧到尽头的火把，被学生慌忙扔进江水中。

"小惠，你在哪儿？"

"阿华——阿华——"

走丢同伴儿的人在高声呼喊。

江边乱石滩上，涌动的身影在雾霭中变得影影绰绰，来时的火把，此时已经灭掉一多半儿。一阵江风吹来，又一些即将燃尽的火苗，带着娇艳的余晖坠落进江里。

小鹤最开始是跟寝室几个同学走在一起的。游行开始时，大伙儿冲进寝室争抢可以当火把的物品，朱慧敏听到窗外河南老乡叫喊，率先跑走了。剩下小鹤、刘嘉、王秀碧和邢燕子，王秀碧和邢燕子把寝室仅有的两把拖把扛在肩上，小鹤和刘嘉只好拿起剩下的两把扫帚。游行半道上，刘嘉也被老乡拉跑了。不久，邢燕子说拖把太沉，被她身边一个垂涎已久的数学系男生扛上。男生连声"谢谢"，让燕子听出这是她宁夏家乡的口音。于是老乡见老乡，两眼泪汪汪，邢燕子聊得一高兴，也抛开小鹤她们跟老乡搭伴儿走了。

剩下王秀碧和小鹤两人。王秀碧人虽矮小，但身体壮。扛着烈焰熊熊的长拖把，很是招人羡慕，谁见了都想跟她换，可她就是死不松手，还用那双大而圆的眼睛从下往上瞪射抢夺者。一个体育系男生不由分说斜插过来，伸手就夺，王秀碧见状，撒丫子就跑。小鹤一低头的工夫，就把王秀碧给跟丢了。小鹤没辙，只好随大拨轰的队伍往回撤。回来的路上，她手上已经没有了任何光源。

借着他人手中微弱的余光前行，脚下的江滩变得凹凸不平起来，脚也开始疼痛。小鹤单腿蹦跳着闪出人群，躲到一边脱下鞋子一瞧，出来时没来得及穿袜子的右脚脚后跟处，已经磨起了一个李子般大小的血泡。小鹤一咬牙，干脆把两只鞋子脱下来提在手上，赤着脚小心翼翼地、深一脚浅一脚地往前赶。无奈十一月的江边，气温已经有些寒冷。天凉石头扎脚，时不时还会踩上一些浸凉的小水坑，小鹤的脚步不由得慢了下来。出来时那股冲天豪气的劲儿，此时已经被消磨得差不多了。小鹤走着走着抬头一看，江滩黑咕隆咚越发看不真切起来。就在这一分神的工夫，她差点滑摔进一个水坑里。放眼四下望去，大部队已不见踪影儿，周边只剩下零星几个人，全是如她这般顾头不顾尾的掉队女生。

"王秀碧——"

小鹤现在多么希望王秀碧能像雷锋一样顾念他人，回来找她啊。毕竟王秀碧肩上还扛着那把能燃烧回学校的拖把。然而，漫漫江滩边，哪儿还有王秀碧的身影?! 小鹤有气无力的喊声，很快便被浓重阴沉的江雾覆盖。

身边的人越来越少。

前面江畔树丛下，有一处小范围的灯火。小鹤两眼一亮，心想王秀碧没准儿也在那儿。她疾步靠上前去，从几个正嚷着"加油"的女同学身后探头往里一瞧，原来是几个男生正在玩跳鞍马游戏。小鹤看看身边这些女生胸前佩戴的校徽，不是她们学校的,她失望地抽身出来,继续往前走。

没有同学相伴的路途,变得漫长而难行,小鹤感到有些害怕起来。为了给自己壮胆,她无望地又高喊了一声:

"王——秀——碧? 你——在——哪?"

"小鹤?"身后突然传来一声疑惑的呼叫。

接着,一束手电光随着奔来的人影儿追了上来。

2

"嘿嘿,还真是你呀,小鹤。"

这回声音不再犹豫,就如同明晃晃照射过来的手电光,已经把小鹤笼罩在温暖的光环里。

小鹤吃惊地回头,用手挡着刺目的强光一瞧,哈哈,竟是大志!

"咯咯咯,大志,怎么会是你?!"十二万分惊喜的小鹤,三步并作两步冲过来,拉着大志的手臂又是蹦又是笑,好像大志是天兵天将。

"嘿嘿,我还以为认错人了哩! 刚才是你在喊人? 我觉得声音像你。你干吗提着个鞋?"大志借着手电光上下打量小鹤,光亮最后停在她提鞋的手上。

"咯咯咯,我跟同学到江边来游行,结果脚打泡了,我就把鞋脱了。"小鹤得意地摇晃着脑袋,赢球的喜悦又重新回到心中。

"哈哈哈,没想到你还是个球迷,也来游行咯!"大志目光热烈,像是遇见了知音。

"咯咯咯,那当然,爱国不分先后嘛。"嘴硬的小鹤其实心中自叹不如,因为她知道大志从小就是铁杆球迷,什么篮球呀、排球呀、足球呀,都是他最喜爱的,而且他还是他们校足球队的前锋。而自己刚开始看球时,连什么是二传手、过路飘球都搞不懂,说球迷,真抬举了她。

"你怎么掉队了? 你们同学呢?"见小鹤此情此景,大志脸上终于有些绷不住,想笑。

"跑丢了。"小鹤沮丧地说。

"跑丢了?"大志终于乐出了声儿。这时,大志身后传来几个女生叽里呱啦的高喊声:

"大志,快回来。"

"大志你别耍赖,快点儿啊!"

小鹤好奇地探头往那火光处张望。大志回头应了一声儿,不好意思地转回头对小鹤说,他们正在玩跳鞍马游戏,自己剪刀石头布输了,正给她们当鞍马呢。原来如此,小鹤会心一笑,难怪刚才没认出大志来。

"那你快回去吧,她们又叫你了,我先走了,改天再联系。"小鹤嘻嘻哈哈挥舞着手上的鞋子,转身加快步伐跑走了。

"哎,你别——你没手电,看不见的,等我一下。"大志慌忙转身,把手放在嘴边做扩音喇叭状,边退边喊:

"对不起,我还有点事儿,先走一步了。"

"哄——"大志那帮同学发出一连串哄笑声,还夹带着一些女生的怪叫声:"大志,你重——色——轻——友!"

"嘿嘿。"大志不好意思地挠挠头,歉意地朝同学方向挥挥手,转身追赶小鹤去了。

"你就这么走了,不怕大家起你哄?"本就恐怖走夜路的小鹤,心里巴不得有大志做伴壮胆。看着大志手上奇亮的手电筒,她又觉得自己半道上把大志拉走,显得有点儿不地道。

"没事儿,他们全是我班上的同学。"大志安慰小鹤说。

"你这手电筒,光可真亮啊。"小鹤看着路前方巨大的光圈,夸赞说。

"这是我爸以前用的军用电筒。"大志如是解释。

大志提到他爸,小鹤一下子就噤声了。小鹤推测这应该是大志爸爸的遗物。想到自己无意间触动了大志的心伤,小鹤非常不安。

"哎哟!"分神的小鹤一不留心,踩在了一个尖利发亮的东西上。

叫声吓了大志一跳。

"妈呀,我的脚。"痛得龇牙咧嘴的小鹤,单腿蹦跳着抬起脚。大志忙伸手扶住她,用手电光一照,小鹤右脚底下,一个碎玻璃渣子正扎在她脚心上。小鹤伸手就拔,噗地一下,一股鲜血滋出来,疼得小鹤倒抽一口凉气。

"快别动,你手脏。"说着,大志把手电筒往胳膊下一夹,伸手掏出裤兜里干净的白手绢,弯腰抓起小鹤的右脚,快速把手绢按压了上去。

"啊,别。"小鹤霎时红了脸,好在天色已黑,大志没有注意到。

脚在大志手上握着,小鹤人仿佛凝固住了。她屏住呼吸,一动不敢动。

"哎,千万别把脚再放进水里了。"大志有些急,也顾不得小鹤害臊反对,把胳膊下的手电筒往小鹤手上一塞，让她替他照着，然后蹲下身把小鹤的伤脚放在自己的膝盖上，腾出两手开始为她包扎。大志一边忙乎一边说：

"你别小瞧我这包扎技术，我可是跟我妈学过专业急救的。"大志的话，很轻松就化解了小鹤的尴尬。

真还别说，经大志包扎的伤口，马上就不疼了。小鹤想把脚塞回自己的鞋里，可无奈脚肿鞋瘦，已经套不进去。

"哎，你瞧，你脚后跟也出血了。"

借着手电光亮，小鹤看见自己右脚后跟的血泡已然破了。

"唔，这样吧。"大志把自己的双脚从运动鞋里退出来。他脱下袜子塞进裤兜，又光脚蹲在潮湿冰凉的沙地上，用手抬起小鹤的右脚，塞进了他的鞋里。面红耳赤的小鹤，推托不过，只好依了他。

"你的鞋子怎么这么大呀？"想驱赶走眼前的窘迫，双脚撑在大志鞋里的小鹤，故意趿拉着鞋，大呼小叫。

大志一看，乐了，觉得穿着自己鞋子的小鹤，看上去像个卡通女孩儿。

好在天色已经黑暗如漆，手电光照在地上，看不清彼此脸上的神情。穿着大志运动鞋的小鹤又恢复到无拘无束的样子，她每走一步，都夸张地大幅度抬腿拖鞋，很明显，穿鞋走路比光脚走路舒服多了。

闹腾一宿的渝城师大学生们，第二天上午刚睡眼蒙眬爬起床，就挨了市里的通报批评。

那可是渝城市的党报啊。

慌乱的渝城师大校长把各个系主任招去了解情况，然后灰头土脸赶向市里汇报检查去了。

也是赶巧了，第二天正逢渝城市爱国卫生大检查，学校让大家突击打扫卫生，可各个学生寝室里几乎找不出一把像样的拖把、扫帚来。各系主任自然又挨了校长的批评。不过，参加了江边游行的学子们并不以为然，他们依旧沉浸在兴奋与激动当中。大家争先恐后地拥挤到学校图书馆的阅览室，就为了去抢阅当天《人民日报》头版刊登的评论员文章《学习女排，振兴中华——中国赢了》。当然，更多的同学争相浏览的却是《渝城日报》当天的头版。那上面，刊登有渝城两所大学学生们在江边举着火把游行的新闻图片，还有善意的批评文章。好在上报的图片中，那些举着燃烧的拖把、扫帚的学生模样很模糊，几乎辨认不出谁是谁，大家这才暗自松了一口气，反倒希望自己能像英雄一样，清晰地突显在报刊上。

此后一段时间，“学习女排，振兴中华”的口号便被学校喊得山响。小鹤和大志他们两所学校的校园上空，都飘舞着这样的红幅标语，风吹雨打，缺字少笔画了，也不带摘下的。中国女排顽强拼搏、永不言败的精神，也深深渗透进小鹤他们这些正在校园里拼命吸取文化知识的年轻学子灵魂深处，最终发展成为一代人的“女排情结”。

等小鹤在江边被玻璃扎伤的右脚完全好时，已是半个月后。

从江边回来的第二天，小鹤就把大志的运动鞋和手绢洗干净了。第三天是个周末，天阴没风，鞋子还没干，小鹤就用一个塑料袋装了，提着给大志送去。

小鹤没有把洗干净的那条白手绢还给大志，小鹤觉得人家擦脸用的手绢给自己包了脚，怎好意思再还人家。看看还是全新的手绢，想想大志的举动，小鹤心中充满温暖。她把洗干净的手绢折叠起来放进箱子里，又重新去学校小卖部买回一条浅蓝色格子的男式手绢，一并送还给大志。

大志乍一见小鹤送他手绢，愣了一下。因为在他老家习俗中，送手绢就是断交的意思。待听得小鹤说明是还他一条新手绢后，大志这才呼出一长口气，笑眯眯地收下了。

这天中午，小鹤请大志在街上餐馆吃了一顿便饭，算是答谢大志前天晚上护送有功。在等菜上桌的工夫，小鹤眼角弯弯笑得似一只馋嘴的小猫，她问大志前天晚上送完她再回到寝室，是不是已经快早上了。

大志笑着点点头说，等他回到寝室，大伙儿还都没有睡，正兴致勃勃地抽着烟继续聊天，见他回来，大家便起哄要他老实交代。

“交代？交代什么呀？”小鹤起初没有反应过来，一边津津有味地吃着刚端上桌的麻辣兔丁，一边有口无心地顺嘴反问。等再抬眼，看见大志熠熠闪光的眼神中好像蕴含着什么，这才恍然大悟，便放下筷子，噘起了好看的小嘴：

“大志，你就不能明确告诉你的那些同学，说我有对象啊?！我是你发小好不好。”

一见小鹤第一次在他面前生了气，大志慌得赶紧给小鹤夹了几筷子菜，歉然解释说：“嘿嘿嘿，我说了，我说你是我妹。真的！可他们就是不信。”

“不信？哼，等下次霂然来了，我让霂然上你们学校去，你把霂然介绍给你的同学，他们就信了。”

　　说起霖然,小鹤脸上不可抑制地神采飞扬起来,全然没有注意到大志黯然失神的表情。

　　在两人餐后分手前,小鹤问到大志母亲的身体状况,大志长出一口气说,母亲身体好多了,前两天还接到母亲来信说,明年元旦,县医院要组织她们一线医生去旅游爬山。他已经回信叮嘱母亲,开心去玩儿,路上多带点钱,别老是一个人闷在家里。

　　小鹤听了心下感叹,大志妈还是挺有福的,生了大志这么一个体贴孝顺的儿子,心细得快赶上姑娘了。

　　新年后的第三天,渝城大学和渝城师大举行了一场男子足球比赛。小鹤知道大志是渝城大学足球队的前锋,便早早来到校园球场。一瞧,张小娜已经坐在了球场边,正跟几个外系的女生聊天。

　　球场上,高音喇叭正播放着校学生会宣传干事现场采写的球队介绍文章,两校的足球队员们正在草坪上练球热身。

　　小鹤用目光一个一个找寻,绿茵草地上压根儿就没有大志的身影。一问石台阶旁渝城大学的拉拉队员,有个大志班上的女生说,大志前天突然请假回了老家。

　　"回老家了?"小鹤诧异间有些失望,可又暗自奇怪,大志这会儿回老家干什么去了呢? 一转身,看见张小娜正引颈向渝城大学足球队这边张望,本想过去告诉她大志不在,可想想张小娜敏感的自尊心和刀子利嘴,怕万一张小娜矢口否认,说她不是冲着大志来的,那岂不尴尬? 念及此,小鹤忍住好心的冲动,转身去了教室。

　　晚上,小鹤下自习回到寝室,张小娜还没有睡。见小鹤去洗漱间刷牙洗脸,她也假装打水,拿着脸盆跟了过去。

　　在洗漱间,张小娜问小鹤今天怎么没去看两个学校足球比赛。小鹤一边搓着毛巾一边推说自己的法律案例分析还没做完,上教室赶作业去了。张小娜停顿了两分钟,又像刚想起似的随口问道:

　　"我记得你好像说过,大志是他们学校足球队的主力吧? 今天怎么没见到他上场?"

　　小鹤便把大志回老家的消息转告了张小娜。张小娜听罢,明显大松一口气,可表面上,依旧是轻描淡写的口气:"哦,我说呢。"说完,迈着明显轻快起来的步子,返身回寝室去了。

张小娜的询问又一次勾起小鹤的思绪。不知为何,今天一下午小鹤都显得心神不宁,大志那双细长而坦诚的眼睛,总是闪现在眼前。小鹤心里奇怪,大志这时回家,能干什么去呢? 他家除了在浑江的表姨一家,就剩下他妈了,难道他妈妈又生病了?

还真被小鹤猜对了一半。

大志急匆匆赶回家,的确是大志妈出了事,不过不是生病,而是意外地离开了人世。

这是小鹤在新年第七天,接到父母来信才获知的。母亲在信上希望小鹤最近一段时间,要多关照一些儿邻校的大志,怕他精神上承受不住打击。

看到这儿,小鹤吓了一大跳。因为此前不久大志还亲口告诉她,他妈现在身体状况好了许多,怎么突然就出事了呢? 大志妈留在小鹤儿时记忆深处那蓬头垢面的样子,再次浮现在小鹤的脑海里。现在想来,那时正是大志妈刚刚丧夫之时,其悲痛可想而知了。已经懂得爱情生离滋味的小鹤,突然领悟到大志妈与亲人死别时,那份绝望与悲怆的心境。大志妈思夫心切,一心想追随丈夫而去,可身边还有一个年幼的大志需要她照顾,整天面对长相酷似丈夫的儿子,大志妈心中一定又痛又爱、又悔又恨,那份矛盾复杂的心情在脑海中残酷交织,任何一个正常的女人都会承受不起,更别说极度重情且又脆弱的大志妈了。

小鹤父母信上没有再进一步讲述事情的缘由,干着急的小鹤只得给霖然发了封电报。

又是一周过去。这一周,小鹤几乎天天跑去大志学校打听,大志同学对大志何日归校,也是一问三不知。

这天,小鹤接到了霖然的回信。厚厚的一封信上说,接到小鹤电报之前,他什么也不知道。得到消息后,他跑到长话局给父母打了电话,母亲在电话那头告诉他,大志妈是爬山时,意外摔死的……

看到这儿,小鹤两眼噙满悲伤的泪水。原来,满心欢喜告诉儿子,自己元旦要随同事去爬山游玩的大志妈,就这样毫无征兆地踏上了不归之路。

峨眉山,这个大志妈当姑娘时就跟大志爸来过的地方,是他们情定终身的见证。只是这个秘密,大志妈的大部分同事都不知道。之前,大家商量去哪里爬山,有人提议去四姑娘山,正好大志妈没去过,同事便劝她一道出去走走,四处看看散散心。平日里大伙儿都知道大志妈的病根儿在哪儿,自从儿子离家上大学后,大志妈更加孤独。好心的同事怕她老是一人待在家里，会闷出病来，就鼓动她跟大伙一道去。大志妈犹豫再三，最终同意了。

临出发前一天，邮脽县到四姑娘山的路途突然遭遇塌方，单位临时改道，去了同一方向的峨眉山。

那天早上，大志妈跟几个女同事沿着山路，慢慢向上攀爬。从山下到山上，只有此一条道。一路上，触景生情，大志妈不由得情绪落寞，眉宇间溢满悲伤。她不愿让大家看到她恍惚的神情，受她负面情绪而影响扫了游兴，就放慢脚步，落在了同事后面。

山道弯弯，空气清冽。走着走着，天空飘起了雪花，前面的同事嚷嚷着，要到海拔三千多米的金顶去看"千里冰封，万里雪飘"的风光。听闻此言，大志妈浑身一颤，脑海中浮现出二十多年前，她跟大志爸谈恋爱时来到峨眉山，也是在这样一个冰天雪地的日子，年轻的大志爸悄悄牵着她纤细柔软的手，两人爬到洗象池边一个小亭子，大志爸见她冷得哆嗦，就解开军大衣，把身材娇小的她完全裹进自己火热的怀抱……

哦，峨眉山，承载了大志妈太多的甜蜜和温馨。就是在峨眉山的金顶上，大志妈与大志爸共同锁下了他们永结同心的爱情之锁……

盘旋的山路，犹如大志妈此刻拔不出的哀伤心境。她心神恍惚中，机械地随着人群，来到半山腰的洗象池。

洗象池四周，古树夹道，云雾缭绕。大志妈觉得眼前的景致是那样的熟悉，仿佛大志爸就在前面的小亭子里等她。幸福和痛苦的经历，在大志妈脑海中交织，纠结成絮……

突然，山中传来一声呼啸，紧接着一群小猴在一只老猴的带领下，从山谷枝丫间跳蹿过来，纷纷落在这唯一通向山顶的狭长石阶儿上。

一只小猴向一位游人的包中伸去，另一只小猴坐在山道边啃食着不知从哪位游客手中夺来的大苹果。偏巧落在大志妈面前的这只小猴，一只手上还抓着一个大蘑菇。

大志妈的眼神全集中在了那个鲜艳的大蘑菇上。她看着看着，突然两眼发直，啊地尖叫一声，麻溜抬脚脱下一只布鞋挥舞着，玩命去追打那只已然受到惊吓的小猴。小猴落荒而逃，哀声连连，老猴听闻，抓住眼前的树枝，急荡过去……

山道上的游人，还有大志妈的同事，一时都惊呆在原地。等大家反应过来，想再去拉住大志妈，哪里还有她的影子。

当天晚上,在峨眉山道士和旅游区工作人员的全力搜寻下,大家才从山涧一处落满白雪的大青石上,发现了大志妈的遗体。在大志妈的身下,压着一只早已死去的小猴。人们悲痛地把大志妈轻轻翻转过来,骇然看到,大志妈脸上竟然留存着欣喜欢悦的笑容。

看完霖然的来信,小鹤连续好几个晚上,都躲在蚊帐里悄然啜泣。她被大志妈的爱情故事撼动,觉得大志妈实在太可怜了,直到生命的尽头,还在自责自己没有随军,害得大志爸被小猴投放的毒蘑菇送了命。小鹤猜想大志妈最后留在脸上的微笑,一定是在欣慰她终于抓住了投毒蘑菇的小猴,抑或人类真有灵魂,在大志妈落下山崖的一刹那,分明跌落进了大志爸的怀抱?!

想着大志从此将独自一人生活在这世上,小鹤心中涌起一股强烈的同情,她企望能像妹妹一样,跟霖然一道,做大志生命中最要好的知心朋友。

3

一个月后的一个傍晚,小鹤在星疏月淡的夜空下,独自在校园凉亭里练习吹箫,两肩宽阔、身材瘦削的大志,犹如天降般出现在凉亭上,惊得小鹤张大嘴巴,半天说不出话来。

大志无暇顾忌小鹤的吃惊。

他把颀长的身体无力地斜靠在凉亭围椅上,神情疲惫地用下巴示意小鹤继续吹,别停下,就陷入了沉沉的思绪中。

小鹤现在可一点儿也不想违背大志的意愿。她慌忙深吸一口气,双目注视着失魂落魄的大志,一首接着一首,吹奏了起来。

此时此刻的大志,胡子拉碴,满面憔悴,深沉忧郁的眼神后面,好似两个无底的深渊,他目光呆滞着,不知在想什么。

良久良久,两颗清亮硕大的泪珠,顺着大志那轮廓分明的脸颊,迅速滚落下来……

小鹤蓦地一震,停止了吹箫。她放下箫管轻轻走过去,蹲在大志身边,握着他的双手:"大志?"小鹤摇晃一下大志的手臂,又不知该怎样来安慰这个亲如哥哥的发小。

从来都镇定从容的大志,突然把自己最软弱的一面呈现在小鹤面前,小鹤发现自己竟是那样的心慌和担忧。她只愿看到大志眉目舒展、容颜灿烂的一面,实在承受不了他凄惶失魂的样子。

"大志,你要,节哀顺变啊……"

小鹤心里哆嗦了好几下,才绕口地说出了这句平时根本想不到也用不上的生涩词语。这会儿的小鹤,多么盼望霖然也在身边啊。她深信,霖然起码可以给大志一个紧紧的拥抱,就像两人平常见面时,哪怕互相拍拍肩膀,或者你给我一拳我给你一掌,不用多余的话语,一切安慰和心意就全表达在里面了。可现在,大志身边只有她。

方寸大乱的小鹤,有些慌不择言:"大志,要不、要不你就哭吧……我就是这样,一哭出来,心里就好受多了。"

小鹤的话似乎惊醒了大志。见小鹤泪眼婆娑地蹲在自己面前,大志连忙弯腰拉起她坐到自己身侧。

大志干涸的嘴唇翕动了几下,仰起头使劲闭了闭布满血丝的双眼,仿佛要把不可抑的哀伤强压回去。许久,他才艰难地侧过头,冲小鹤咧咧嘴,一张口,竟是沙哑无比的嗓音:"小鹤,我妈——没了。"说完,大志一阵压抑不住地粗重喘息。难以承受的哀伤,令他再次弯下腰去,双手抱头,战栗不止。

小鹤慌忙站起身,一手放在大志肩上,一手轻轻拍打着大志后背,她想帮他平息下内心的巨大悲痛。大志全身哆嗦,猛地把小鹤放在肩头的手,紧紧攥在掌心里。那力量,仿佛抓住的不是小鹤的手,而是能挽回他妈妈的救命稻草。

小鹤吃疼,却不愿声张。她太知道,当人绝望无助的时候,想要的可能就只是这样一双可握的手,或者身边一颗能感知的心了。现在大志身边什么都没有了,只有同学朋友,只有她这个真心待他的发小妹妹。

"大志,我有一个请求——"小鹤脑中灵光一闪,努力用话语分散大志的悲伤。

果然,大志中计,失魂落魄地抬起双目,看向了她。

"大志,我一直有个心愿,咱们结拜为兄妹,你愿意吗?"

小鹤两眼没看大志,而是凝视着遥远的夜空。因为她怕大志拒绝。

一阵沉默。

许久,大志像下定决心似的点点头,他也没有看小鹤,只是默默伸手,把小鹤拉到自己身边坐下。

"小鹤,"大志语气有些艰涩,他闭目沉思着,仿佛在想如何表达,"你知道吗?从小,我就喜欢一个女孩儿。当我第一次在表姨家见到她时,我就爱上了她。"

小鹤震惊得一哆嗦,想站起身,大志一把拉住她:"对不起,小鹤,你让我把话说完。也许,过了今天,我就再也没有勇气说了。这些话,憋在心里许多年,真难受啊……"大志哽咽的声音,让小鹤心下不忍。

小鹤迟疑地点点头,坐直身体,眼睛看着地上,不敢去直视大志。

大志梦幻般沙哑的嗓音,又继续响在她耳畔:

"我还清晰地记得,她第一次到县医院来时穿的那条裙子,是一条粉红色开着喇叭花的连衣裙……"

小鹤的思绪,被大志带回到儿时的记忆中。

小鹤记得,那是她长这么大,妈妈第一次买花布给她做的新连衣裙。以前,她总是捡云姐穿剩的旧衣服穿,对这件新衣服,她印象特别深。

"自从她来后,我就害怕我妈再当着她的面打我,所以每次我妈一叫我,我就赶紧往家跑。我妈还夸我,说我听话了。"

大志凄然一笑:

"我妈哪儿知道,是她让我听话了。当然,她也不知道。其实我妈特别爱我,只是那时,我还不太懂事,大家都说,我长得特别像我爸,可我妈一打我就骂:'谁叫你长得像你爸的!''你说你哪点像你爸!'我总是不能理解,妈妈为什么一打我,就对我恶语相加。后来,我要离家上大学了,妈妈在我走的前一天又哭了,她喊着爸爸的名字,哭得死去活来。妈妈跟我道歉说,这些年,她太想爸爸了,她觉得对不起爸爸,没有尽到妻子的责任。她说,失去了爸爸她才知道,自己的人生意义全没有了。她盼着我能找上个好媳妇,她要我结了婚,就永远不要夫妻两地分居。可我妈哪儿知道啊,我爱恋的人早已归了他人……"

小鹤听得动容,替大志难过得全身起满鸡皮疙瘩。她多想帮大志,去劝说那个"她"回到大志身边啊!可那个"她",在大志的口中却分明就是自己。她无声地泪如雨下。是同情,是怜悯,是自责,还是无奈?小鹤自己也说不清这是怎样一种纠结复杂的心境。在她心中,她专心致志爱恋着的,只有霖然。对身旁的大志,因从小一起长大,从来都是心生亲近,没有心理距离。这种感情与她心中至高无上的爱情,完全是两码事儿。只是她没想到,大志从少年时起,就把心搁在了她身上,这么重,这么沉,害得大志仿佛钻进了牛角尖,爱得绝望而无回天之力。

叙述中的大志,依然双目紧闭,好像一睁眼,陈述的勇气就会顿失。清冷的月辉照在大志刚毅的脸颊上,两行清亮的泪痕,闪着幽冷的光亮:

"有她相伴的日子,是我人生中最快乐的时光,我们一起看电影,一起粘蜻蜓……有一天,我想打个大核桃给她,没想到被同伴儿抢了先;我想跟她玩牌打对家,却总坐不到她对面。我好不懊恼啊!我知道同伴儿也喜欢她,我能看得懂,她追随同伴儿的目光,我眼睁睁看着他们一起骑车外出,再也不能向她表达……"

大志艰难吞咽几下,继续低声撕扯着他心中那道陈旧的伤疤:

"我好羡慕同伴儿啊,他样样都优秀,女孩子都喜欢他。可我知道,同伴儿心里只有她。后来同伴儿家搬走了,有一回我去找他,听他无意间说道,她想报考这所大学,我便暗自发誓,也要考到这个地方……"

大志长长地、沉重地叹息一声,闭紧的双眸猛地睁开,清澈的目光便罩住身旁的小鹤:

"小鹤,我已经答应霖然,要像亲哥哥一样保护你,从今往后,你就是我的亲妹妹。你放心,只要有霖然在你身边,我永远不会再对你有非分之想。"

说完大志站起身,顺手拉起矮自己一个头,正楚楚啜泣的小鹤,像亲哥哥一样拍拍她的肩膀,温存笃厚地看着她的眼睛说:

"好啦,好啦,看把你急的,我不是答应你认你做妹妹了嘛,行了,不哭了。你看你这样,到底是在劝我呀,还是在诱惑我也婆婆妈妈地哭啊?这一个多月来,我也想通了,妈妈走了也好。其实这么多年,妈妈的大半个魂儿早就跟随爸爸去了,妈妈只是为了我才艰难地熬守着,过着僵尸般的日子。这次我把爸爸和妈妈的骨灰合葬在了峨眉山下,我想,这也是妈妈想要的。虽然没了父母,但以后,有了你这个妹妹,还有霖然,我已经很知足了。只是,妈妈要我结婚生子的愿望,我怕是做不到了……"

"不许你乱说!"非常迷信的小鹤,慌忙打断大志的话。

大志淡定地睁大双眸看着眼前的小鹤。小鹤一双深幽如潭的目光正望着他:"你必须老老实实谈恋爱,找一个喜欢你的人结婚,为了你妈妈,你也得结婚生子。"

大志哭笑不得地咧咧嘴,投降般说道:"好,好,我听你的,可也得有人喜欢我才行呀。我总不能跑到大街上,随便拉住一个女的说,'求你嫁给我吧,我要结婚生子'。"

大志的话把小鹤逗乐了。小鹤眼中闪过一丝狡黠的笑意,大志见状忙抢先说道:"你准又在算计我,你可别打什么鬼主意啊。"

"呵呵,你怕我算计呀?那好吧,只要你听话,我就不强迫你。"

小鹤的确想到了一个主意,自然也想到了那个人,心情顿时开朗起来。

入夜,月影的清辉,把眼前的景物照得煞白如霜。

小鹤提议,两人对天跪拜,结为兄妹。

大志同意了。他掏出小鹤送还他的那条蓝格子手绢,平整铺在亭子间的水泥地上,然后要小鹤跪在手绢上,他双膝跪在小鹤身旁,两人双手合十,闭目对天发誓。

小鹤说:"我发誓,会一辈子敬重大志哥哥,做他最知心的亲妹妹。"

大志说:"我发誓,我将用一生呵护我这个得来不易的小鹤妹妹,除她之外,别无二人。"

大志最后一句话,令小鹤有些意外。她没想到大志是这样发誓的,她只能理解为他的意思是今生今世不再认第二个妹妹了。这样一想,小鹤收紧的心便放松下来。

校园小山上凉亭里,两个容颜清丽的年轻人,终于恢复到了常态。小鹤俯瞰着眼前残月疏桐,渐感晚凉浸骨。她叮嘱大志赶快回学校休息,下周六晚饭后,一定在寝室里等她。

大志欣然答应。

两人就此别过。

小鹤想到的主意,是要让大志拥有一个想要保护的人。小鹤觉得,这才是让痛失亲人的大志走出悲哀,变得坚强起来的唯一办法。而这个人,小鹤自私地想,怎么着也得是一个特别特别爱大志、迷恋大志的人才行。

张小娜,自然是小鹤不二的人选。

张小娜自从听说大志妈去世的消息,也整天愁眉苦脸、神情灰暗。

这天晚上睡觉前,小鹤悄悄把张小娜叫到寝室外走廊上。

小鹤问张小娜:"你是不是真心喜欢大志呀?"

张小娜狐疑地看着小鹤,然后肯定地点点头。

小鹤又问:"要不要我帮忙,安排你俩约会?"

张小娜的眼睛一下子就瞪大了,笑容也漾在了脸上。这可是她整天冥思苦想,打灯笼也求不来的好事儿呀。她捣蒜般点着头,小鹤便交给她一沓人民币,说这是大志托她保管的钱,要她下周六晚饭后去大志寝室,帮她还给大志。小鹤叮嘱张小娜,要如此这般这般,张小娜听得"咯咯咯"捂着腮帮子乐个不停,那份由衷开心的样子很有感染力,看得小鹤暗思,张小娜这个富家女其实人挺不错的,父母知书达理,家庭条件又好,她家缺的就是像大志这样的好小伙子。张小娜虽说娇气一点,可哪个独生女孩儿不被家里娇生惯养?大志脾气好,肯定不会欺负张小娜。只要大志接触到张小娜的优点,就一定会慢慢爱上她的。想到这儿,小鹤便觉得自己在做一件天大的好事儿,不由得也热情高涨。现在大志是她哥哥了,为了哥哥的幸福,她得替大志把好这个关,促成大志的幸福姻缘。

小鹤跟大志对天结拜为兄妹的事,小鹤当天晚上就写信详细告诉了霖然。小鹤在信中说,她看到失去双亲的大志神情憔悴,心里很不好受。她认下大志做了哥哥,想一辈子对大志好,她希望霖然不会反对她这样做。

霖然欣然回信,信上说,他怎么会反对呢,他很高兴小鹤能成为大志的妹妹,毕竟三人都是一块长大的发小,他了解大志,知道大志需要这份亲情的关爱。在信的末尾,霖然还让小鹤一定代他向大志问好。

收到霖然如此善解人意的来信,小鹤心中别提有多高兴了。她更加想促成张小娜与大志的恋爱。

4

周六下午,两节课都是行政法,刚上了一节,张小娜不用小鹤提醒,便提着书包悄悄溜了号。

离小鹤帮她约定去找大志的时间还早,张小娜先回了趟家。

回到家中的张小娜躲在自己房间里,大开着衣橱把里面挂着的衣服挨个儿试了个遍。她心慌意乱,有些拿不定主意该穿哪件衣服。最开始她挑了一件桃红色夹衣,这是最能显出她腰身的衣服,再搭配一条黑色的棉织长围巾,镜中的她立马变得时尚俏丽。可张小娜很快又发现,自己犯了个大错误,大志刚失去母亲还在戴孝期间,自己怎能穿红着绿跑去见他?于是又慌忙脱下重试。折腾来折腾去,最后张小娜还是觉得,那身宝蓝色的套装很适合她现在的庄重和典雅。

有了这身行头,张小娜又琢磨该给大志带点儿什么礼物。带什么呢?张小娜对大志的喜好一点儿也不了解,去问小鹤,又怕被班长抓住发现她逃课。思来想去,张小娜觉得还是带些好吃的零食为妥。一来家中零食很多,品种丰富;二来像大志这样年轻的男生,谁不喜欢吃好吃的东西?于是张小娜找出个米色棉布袋,往布袋里装了好多零食。

一切收拾停当，撩开窗帘往外一看，太阳已经落到了西边。窗外玻璃前，有一群蜻蜓在低空飞舞，空气湿漉漉的，像是要下雨。

张小娜赶紧拎上礼物，出了家门。

从渝城师大家属院到渝城大学，不用穿过渝城师大的校园，家属院背后就有一条直通渝城大学的山间林荫小道。

张小娜走在小道上，轻快得身心飞扬。

她想象着大志见到她，脸上可能出现的吃惊和微笑，心儿便不可抑制地欢畅起来。是啊，大志那迷死人的笑颜，张小娜只要一想起就两腿发软、浑身发烧，跟得了花痴症似的，现在想着就快要走不动道了。

张小娜太想征服大志了。

近一段时间，张小娜一有空就跑回家，端坐在钢琴前苦练钢琴，她爸爸妈妈暗地里诧异"太阳从西边出来了"。

张小娜妈妈是市属第一幼儿园园长，年轻时是部队文工团歌唱演员，身材高挑、肤色白皙，说话时总是轻言细语。她体察到女儿的言行变化，便悄悄告诉小娜爸，说女儿可能恋爱了。小娜爸欣喜地期盼着女儿能告诉他们点儿什么，比如未来女婿姓什名谁？哪里人？做什么的？可无奈女儿似乎特沉得住气，一个字也不吐口，弄得老两口反倒跟侦察兵似的，天天察言观色，分析判断女儿的举止动向。

其实张小娜何尝不想与家人分享她的欢乐，分担她的痛苦。从大一到现在，她暗恋大志，使尽法子，也只是剃头挑子一头热，大志根本就不接她这个茬，搞得她傲气和自尊大伤。她想不到平时笑话别人单相思的事情，竟会落在她的头上，令她不堪重负、难以自拔。

张小娜在爱情上的挫败感太强了。过去都是别人追她、别人夸她，她从来不带正眼瞧别人一眼。现如今，她却连班上的傻丫头林小鹤都不如。人比人真是气死人。她私下把林小鹤拿来跟自己比，她听同学说，林小鹤那个叫霖然的男朋友比大志还要帅，她想象不出比大志还帅的男孩儿会是什么样子，比较的结果让她万分不理解，凭什么林小鹤就能如此吸引两个帅气阳刚的男孩儿？！过去她很看不起林小鹤，觉得她胆小，凡事都退一步，从不争强好胜（除了上案例分析辩论课），可偏偏爱情之神总是眷顾于她，给她一个爱她的恋人还不够，还要附带送她一个心里总是牵挂着她的表哥，她羡慕死林小鹤了。张小娜暗想，这也许就是人们常说的，傻人自有傻福吧！只可惜都让林小鹤赶上了。现在林小鹤主动把她表哥大志推到她张小娜面前，她要抓住这个绝好的机会，是她的东西，她一定要抢夺到手,哪怕碰得头破血流。

"大志是我的!是我张小娜的!"她在心里再次坚定地为自己鼓劲儿。

"砰砰砰!"张小娜轻车熟路地找到大志宿舍,礼貌有节地敲响了大志寝室房门。

"是小鹤吧?哈哈哈,你还装什么斯文啊,赶快进来吧——"大志在房里笑着,吱地拉开房门,一下子愣住了。

门外站着一个美艳端庄的高个女孩儿,正笑盈盈地看着他。大志愣了几秒方才想起,她是小鹤寝室的同学,那个叫张小娜的女生。

"嘿嘿,不好意思,我还以为是小鹤过来了。快请进吧。"大志不好意思地挠挠头,有些尴尬地让进张小娜。

张小娜矜持淑女地飘进房间,转过身来见大志还在往门外过道张望,便浅浅一笑说:"真抱歉,小鹤今天晚上临时要加班赶案例分析报告,过不来了,她让我把这个给你带过来,怕你有急用。"说着,张小娜从背包里掏出她事先用粉色信封精心装起来的一百五十元钞票。

"这——"大志一时欲言又止,只好接过信封放在床上的枕头下。

看着大志才几个月不见,人就消瘦成这样,张小娜脸上不由得写满担忧:"哦,你妈妈的事,我听小鹤说了。"说着,张小娜眼睛有些微红,她低头停顿一下,接着说,"真希望你能坚强地挺过这一关,我,我们大家都很关心你。"

张小娜本想说"我",可想想,她与大志的关系还没熟络到那个分上,就改口称作了"我们"。

"谢谢,谢谢大家的惦记,还有你,小娜。"大志抬眼真诚地对张小娜说。

"哇,他眼睛太迷人了!"张小娜心里又忍不住发起了嗔痴,大志的话几乎把她击晕了。大志叫我"小娜"?他叫我"小娜"了!张小娜几乎不敢相信自己的耳朵。她知道,自己终于迈出了关键的一步。

张小娜兴奋地递上手里的东西:"给,这是我送你的零食,一点儿小意思。你尝尝,可好吃了。"说着,张小娜不由分说提起布兜底,哗啦啦,一大堆花花绿绿的食品便滚落在大志寝室里宽大的木桌上。

"别,你——这么客气干吗?"大志想要制止已来不及。

"雨下得好大啊!"

"幸好我跑得快。"

两人正聊着,寝室外楼道上响起了几个男生的说话声儿,是大志同寝室的同学下自习回来了。大志和张小娜这才发现,窗外下起了雨。

"大志?"

最先跑到寝室门口的男同学,一眼看见一个漂亮女生站在寝室桌前,跨进门的步子不由得僵住了,而后面不知情的同学正往里冲,便全堵在了门口。

"那,大志,我先走了。"知趣的张小娜优雅地跟大志道别一声,转身矜持地往外走。

堵在门口的男同学赶紧后退着给她让出一条道来,齐刷刷几双眼睛,全是被惊艳震撼后的木讷定格。

"等等,我送送你。"大志跳起来,从寝室门边抓起两把雨伞,顾不上跟同学解释什么,就追了出去。

站在男生宿舍门口的张小娜,并没有冒雨离开。

她猜想大志不会让她独自淋着雨走,就故意踟蹰着,站在男生宿舍门洞口等着。

果然,不出三分钟,大志就提着雨伞追了出来。

看见她,大志递过一把雨伞说:"走吧,外面天快黑了,我送你回学校。"说着打开手中另一把伞,一低头,钻进了雨里。

张小娜开心得嘴都合不上了,她慌忙打开雨伞追上去。她希望能跟大志并肩走在一起,可不知是自己心慌,还是大志故意,反正她总也无法与大志步伐合拍。一路上,两人一前一后,什么话也没来得及交流。

回学校的路变得很短。张小娜还没回过味儿来,她的寝室就到了,张小娜好不沮丧。

张小娜极不情愿地站在楼边灯光下跟大志道别。大志客气地说:"谢谢你今天过来看我,也谢谢你送来那么多好吃的东西。麻烦你进去告诉小鹤一声,就说我在外面等她。"说完大志把身体退向女生宿舍外的黑暗处。

张小娜被大志连声几个谢谢,弄得有些不知所措。先前大志在他寝室里时还能眼露真情,这会儿却突然深沉内敛,让张小娜刚捕捉到的那么点儿熟悉感觉瞬间又变成了陌生。

她无奈地走回寝室,见小鹤一个人正坐在桌前台灯下看书,就没好气地告诉她大志在外面等她。小鹤一听赶紧放下书,满眼是笑地站起来,揶揄地看着张小娜。张小娜有些不好意思地催促她说："快去吧，我正好陪你出去一下，刚忘了把大志的雨伞还给他。"

小鹤听了伸手要接："给我吧，我替你送出去。"

张小娜一扭身躲开了："不用，还是我自己去还他吧。"

两人一起来到宿舍门口，小鹤见大志打着一把大黑伞，正独自伫立在寒雨中，就喊了一声。大志闻声紧赶两步过来，伸手把雨伞罩在小鹤头上。张小娜忙把手上的雨伞递还给大志，大志接过，冲张小娜淡淡地笑笑，点点头，便轻轻一拉小鹤胳膊，往校园走去。

小鹤以为大志要告诉他今天约会的情况，扭头冲身后张小娜眨眨眼睛，回身忙不迭躲在大志伞下，融进了烟雨迷蒙中。

张小娜退回楼门，呆呆地看着两人的背影，看着看着气就上来了。心想自己刚才回来时，大志只递给她一把雨伞，让她自个儿打着。现在，却亲自弯腰躬身为林小鹤撑伞，把自个儿的半个肩膀都淋在了雨里。想想自己跟林小鹤在大志心中的位置相差竟这么大，张小娜不免有些堵心。哼，看来大志不是不懂风情，而是他跟自己不熟悉。张小娜郁闷地想，但愿他会告诉林小鹤，他对自己的印象还不错，否则自己那一大堆美食，真是肉包子打狗，白扔了。

张小娜猜得没错，大志拉着小鹤去了校园凉亭，就是想跟她说这事儿。

在亭子里的木椅上，大志目光温和、神色安宁。小鹤叽叽喳喳先把霖然的来信和问候转述给了他，大志听得眼眶湿润，心下熨热。毕竟是自己的总角发小，霖然和他的感情真还非同一般，那份真情，那份友谊，自是他人不能相比的。

小鹤转述完，便急切地问大志，对张小娜印象如何。

大志长呼出一口气，停顿半晌，才放轻语气告诉小鹤，他不喜欢张小娜这种性格的女孩子。大志说，他希望小鹤以后别再强迫他跟张小娜约会："让我自己找我喜欢的人吧。"

小鹤一听，乐了："你傻呀大志，找结婚对象，又不是找情人。我们班上刘嘉说了，找对象，一定要找他（她）喜欢你的，这样你将来的生活才会幸福，才会有人一心一意疼爱你、关心你；找情人，才找你自己喜欢的，可那样你就得付出很多，就会很累，也容易受到伤害。"小鹤现炒现卖地把她从刘嘉那里听到的所谓爱情经典理论，依葫芦画瓢照搬给了大志。

大志听小鹤说得如此麻溜儿，不禁乐了。他眯缝起鹰隼般锐利的目光，笑着反问小鹤：“照你说的这个观点，你做得到吗？”

“我？”小鹤忽闪着孩童般稚气清亮的大眼睛，仰头认真想了想，不禁有些泄气。她摇摇头说：“我嘛，已经来不及了，不过你还可以呀！所以你要吸取前人的经验教训，少走弯路呗。”小鹤顽固地顾左右而言他，一心想说服大志。

“拉倒吧，我倒情愿多走点儿弯路，像飞蛾扑火也在所不惜，可……”大志突然惊觉失态，猛地收住了下面的话。

看着眼前星眸清亮、神情坦然的小鹤，大志心中的伤疤仿佛又被自己狠狠地撕裂开一角，他心中不由得一哆嗦，忙用双手使劲搓了一把脸，强迫自己从感情深渊里收回心神。

“可是，要是张小娜问起我，你对她的感觉，我该怎么回答她呀？”小鹤感到自己有些作茧自缚了。

“嘿嘿，没事儿的。”大志站起身，看着亭外越下越大的雨，像刚撂下个大包袱似的，转身轻松安慰小鹤，说，“你就说我死活不告诉你。如果她以后来问我，我自会应付的。”说到此，大志的眉头也不由得舒展开来。

第六章

青春无悔

1

大二下半学期,紧张而忙碌。

随着气候变暖,校园已是姹紫嫣红一片。繁花似锦的校园只会在新生中引起惊喜连连,在小鹤她们这些老生眼里,繁重的功课才是生活的重心。

恢复高考后的前几届法律专业的学生没有系统规范的统一教材,教师除了发一些油印的讲义之外,剩下的就全靠大家记课堂笔记和到图书馆查资料。小鹤她们寝室六个女生,几乎每人床头都有一大堆从资料室借来的参考书,熬夜看书,便成了大家的生活常态。

渝城的夜晚,从初春开始,就蚊虫嗡嗡乱飞。为了不被蚊虫叮咬,不少同学便躲在寝室蚊帐里看书学习。然而,寝室不同于教室,寝室里想坐就坐,想躺就躺,看书累了饿了,立马可以用电炉给自己煮碗面条或者熬锅汤什么的,所以电表负荷超载、保险丝烧断、跳闸的事儿就经常发生。

每当这时,坐在蚊帐里眼前漆黑一片的小鹤,便听见楼道里响起咋咋呼呼的喊声:

"谁这么不自觉啊?"

"是谁在用电炉?"

小鹤仰面躺倒在床上,忍不住大笑。因为她知道,跳到楼道里叫得最凶的人,往往就是肇事者本人,这种贼喊捉贼的游戏,在老生眼里已经司空见惯。

小鹤觉得熬夜很痛苦,突发奇想地想试试用醪糟提神,不想却醉了。

那天,寝室楼外山道上,有个农民挑着两坛子新鲜甘醇的醪糟在卖,还特意吆喝说,用粮票换也行。那年代的学生们穷,没几个兜里有零钱,不过饭票吃不完可以退,所以大家手上粮票倒是有不少。小鹤跟王秀碧一人换了半搪瓷口缸醪糟。小鹤端着口缸坐在靠窗台灯下,看几页书,吃一小勺醪糟,不知不觉,眼皮开始打架,意识也模糊起来……等听到校园广播响起再睁开眼睛,已是第二天早晨,她正和衣躺在刘嘉的下铺上。

刘嘉揉着惺忪的眼睛从上铺跳下来,看小鹤一脸懵懂,呵呵乐了:"小鹤,你一点都不记得昨天的事儿了?"

小鹤愣愣地摇摇头。

"呵呵,瞧你那点儿酒量,吃点醪糟还能把你醉成那样。"

小鹤这才知道自己醉了一宿。她不好意思地给了刘嘉一个熊抱:"谢谢嘉姐,昨天是你把我放在你床上的?我真的一点意识也没有,只是觉得睡得出奇地香,连梦都没做一个。"

"呵呵,我们当知青那会儿,这样的醪糟,我能连干两斤。"

"两斤?你不会醉吗?"小鹤惊奇地瞪大眼睛。

"醉?怎么可能呢?度数多高的白酒,我都没喝醉过,好多男知青都喝不过我。"

刘嘉的酒量如此之大,真令小鹤刮目。

刘嘉扫一眼寝室,见其他人都出去了,就拉着小鹤悄悄躲进自己的蚊帐里:"小鹤,快帮我出出主意,有个男生追我,你说我该怎么办?"

追刘嘉的男生,是大志他们学校物理系大三的学生,叫林粤生,来自广东省。

林粤生的父亲是一位极其忠厚的印尼华侨,当年在印尼开着一家规模不小的钢厂。为了响应周恩来总理的号召,他不顾家人反对,拖家带口从印尼回到了中国,想用自己的真才实学报效祖国。没承想在"文革"中却成了挨整的对象。倾家荡产的结局令他的发妻伤透了心,与他办理完离婚手续,带着三个年幼的儿女回了印尼。

林粤生父亲留在广东,被作为能改造好的教育对象,分配进一家钢铁厂当清洁工。正当他心灰意冷前途无望的时候,遇到了林粤生的母亲。林母当时是这家钢铁厂的宣传小干事,根正苗红正积极向党组织靠拢,被组织选派来专门负责管理包括林父在内的这些可教育好的归国华侨。

年轻热情的林母在与林父的实际接触中,发现林粤生的父亲不仅人品好,对人彬彬有礼,知识也极其渊博,不久便深陷爱情不能自拔,最后干脆一头扎进了林父怀里。夫妻婚后有了林粤生。中年得子的林父把小粤生视为掌上明珠,呵护有加,温柔善良的林母也是溺爱非常。

说来也怪,终日浸泡在亲情温情里的林粤生,非但没有被父母宠坏,反倒从小聪明伶俐,学习了得。恢复高考的第一年,林粤生便以广东高考第二的好成绩,进了渝城大学物理系。

"他又不是你老乡,你们怎样会认识的?"小鹤对刘嘉的恋情充满好奇。

"其实也没什么。你记得上次咱们到江边游行的那天晚上,我不是跟老乡一道走了吗?"刘嘉一脸幸福地回忆。

"没错,那天咱们寝室,跑得最后只剩下我一个人,黑灯瞎火地在江边,也找不着王秀碧了。"大志送小鹤回来那天的情形,小鹤当然记得。

"我老乡寝室有个女同学,跟林粤生是中学同班同学。那天晚上,她们在江边游行了一会儿,就闹着要回寝室喝酒庆祝,还规定每个人可以找一个替酒的。我老乡知道我喝不醉,就愣拉着我去了。另外几个女孩儿叫来的都是男生。就在那次聚会上,我见到了林粤生。特逗,本来林粤生是去替他女同学喝酒的,可是喝到后来,他全在替我喝了,反倒把他的女同学和我老乡灌醉了。"

"哈哈哈,这么重色轻友的一个人呀?"

不知为何小鹤突然想起那天晚上,大志他们班上的女生冲大志喊的这四个字,不禁有些莞尔。

"嘻嘻,后来我老乡和那个女生醉得睡着了,我们就和寝室其他几个人又跑出去游行,走到江边,他乘人不注意,就把我拽进了旁边的小树林里……"

瞧着刘嘉羞涩的表情,后面的内容小鹤猜也能猜到:"呵呵,你们真够神速的,一见钟情啊。不过听你一说,觉得他这个人还挺有意思的,你喜欢他吗?"小鹤歪头看着刘嘉。

刘嘉满脸红晕,认真想了想,然后点头。

"那不就得了,说明你俩还是很有缘分的嘛。"说这话时,小鹤突然替大志惋惜起来。她太喜欢刘嘉了,老觉得刘嘉才该是她嫂子,只遗憾,大志比刘嘉小了那么一丁点儿。

两人正说着,王秀碧端着早餐回来了。小鹤岔开话题问王秀碧,游行那天晚上怎么没等她。王秀碧一听,两眼发亮,立马来了情绪。她放下手中的暖水瓶和饭盒,挤过来站在小鹤和刘嘉的对面,踮起脚想坐到身后大桌子上,无奈桌面有点儿高,她撑几下也没坐上去,刘嘉一把把她拽到身边坐下,王秀碧便跟她俩神侃起来。

王秀碧说,那天晚上体育系那个男生追她,她扛着拖把就跑,江边上石头多跑不快,她灵机一动,拐弯就往山上爬:"我从小就在山上跑惯了,他根本追不上我。"

果然,追她的男生不一会儿就被她甩得不见了踪影。王秀碧一口气跑到半山腰的公路上。

"你就自己从公路上绕道回来的?"刘嘉问。

"哪里哟,公路上陆陆续续又上来好些同学,我们就扛着火把,唱着革命歌曲,像游击队打靶归来那样,排着长队在山腰上来回走了好几圈儿,然后才回的学校。跟你们说吧,我的拖把太经烧了,等到了寝室门前,还剩下这长一截没烧完呢。"说着,王秀碧像是故意气两人似的,伸出两只胖胖的短胳膊,在两人眼前比画着。

小鹤听得扼腕叹息:"好你个败家女呀,你有富裕的火把,也不回来接我,害得我在江边摸黑往回走,还踩在了玻璃上。"小鹤做出一副痛不欲生的样子。

王秀碧见状开心地哈哈大笑:"我怎么知道你那么惨呀,我当时还想,反正你是个美女,愿意献殷勤的男生多得很,我回去,保不准火把又会被人抢跑了,我就……"

王秀碧得意的唠叨还没完,小鹤跟刘嘉对视一眼,两人猛地跳起来,把王秀碧按在床上,四只手同时伸向她的胳肢窝。

"哈哈哈,别、求、求求你们,别挠了,我告饶,告饶还不行吗?"王秀碧笑得上气不接下气,三个人在刘嘉床上滚作一团。

小鹤的一只手在忙乱中不小心触到王秀碧腰上,小鹤一愣,没想到,王秀碧的腰肢那么粗壮。

进入大三,女生们的心开始有些散乱起来。谈了恋爱的,发展到形影不离;没谈恋爱的,也纷纷跟进。小鹤寝室六个女生,算上张小娜,每人现在都在恋爱着。

刘嘉跟林粤生已经发展到出双入对。林粤生的好脾气很招小鹤喜欢。小鹤见天"姐夫"长"姐夫"短地叫着,把个林粤生喜得把小鹤当作刘嘉的贴心妹子,另眼看待。

邢燕子刚开始还跟她数学系的老乡黏在一起,两人年龄也相仿,大家便误以为他俩好上了。不想有一天，王秀碧气喘吁吁跑回寝室告诉大家，她看见邢燕子跟食堂那个卖饭的高个儿帅哥，正搂抱着坐在食堂后边的小树林里啃嘴巴。刘嘉和朱慧敏瞪眼看着她，一副打死也不信的样子。王秀碧便跟大家打赌说，不信马上随她去瞧。于是寝室里五个人齐刷刷出现在食堂一侧的墙边，大家扶墙探头，鬼鬼祟祟向林里窥视，那影影绰绰一竖排大头剪影，倒把邢燕子给吓得魂飞魄散。被抓"现行"的邢燕子回到寝室，讪讪地向大家承认说，她正在跟食堂这个李帅哥谈恋爱。

一个大学女生怎么会恋上一个小学都没毕业的食堂卖饭工人？大家嘴上不说，眼神却充满疑惑。邢燕子知道小鹤痛经常去医务室打针，就悄悄跟小鹤说，她有一天傍晚，也是因为痛经，蹲在图书馆楼前的台阶上痛得直不起身，就是这位李帅哥路过看见，不由分说背她去了医务室。邢燕子很感激李帅哥的细心和体贴，就在李帅哥几次半路拦截真情表白后，同意跟他处上了朋友。

小鹤把邢燕子的话转告给寝室几个女生，大家依然摇头不信。张小娜说，她知道，这绝不是真正的原因。

果真没过多久，张小娜就在寝室里曝料说，邢燕子与李帅哥谈恋爱，纯粹是为了贪图钱财，近水楼台占小便宜。大家面面相觑，有些丈二和尚摸不着头脑。张小娜便无比鄙夷地说，她亲眼看见好几次，邢燕子打饭时，明明递进去的饭菜票只有一两和五分钱，可姓李的帅哥不仅给邢燕子装了满满一盒最贵的肉菜和米饭，还倒找给她一大把五毛的菜票。

大家愕然。要知道那时，学校五毛的菜票是最大的面值，就像当时的十元钞票是人民币中的最大面值一样。想想邢燕子每月到总务科退掉的饭菜票，好像总比大家多出许多，再联想到她近段时间总有富裕的钱买新衣服、新皮鞋，大家看向邢燕子的眼神，便就有了相当复杂的内涵。

邢燕子像霜打的茄子，被大家疏离到了一边。女生的扎堆圈儿里，朱慧敏成了人群的中心。

朱慧敏是个心计很深，很有远见的女孩子。她来自内蒙古一个贫困的小县城，用她的话说，当年她能考上大学，完全得益于她家背后那座大坟山。别人看见坟山害怕，尽量躲着走；她看见坟山欣喜，觉得很安静。她常常独自抱本书跑到坟山山坳里，背靠坟头悠闲自得地看书，一看就是大半天。高考成绩出来时，她的分数正好上了渝城师大的调档线，一下子成了她们全县仅有的一名女大学生。

比小鹤、张小娜大好几岁的朱慧敏，平时总喜欢帮大家剪个手指甲、修个眉毛什么的。本来嘛,女孩子成堆儿的地方,爱美情结总是很浓的。聪明的朱慧敏能根据大家的手形长短,剪出不同样式的指甲形状来。平口的、尖窄的,经她剪过的手指,的确比没剪之前看起来纤瘦细长了许多,经她修拔的眉毛,也能让人平添几分妩媚。不过最近平易低调的朱慧敏,好像有些魂不守舍,一到周末,她就偷偷往班主任老师家跑,不知干什么去了。

有一天,住在家属院儿的张小娜,终于发现了朱慧敏的秘密。

"朱慧敏每个星期都要给班主任老师家洗一大盆衣服,包括她儿子的裤衩,你做得到吗?"这是张小娜在挤对邢燕子时,冷冰冰抛出的话。当时邢燕子正坐在寝室床上,嘀咕班主任老师有些不公平,发展入党积极分子,只推荐了朱慧敏不推荐她。

张小娜说这话时,大家一点儿也听不出,她是在表扬朱慧敏,还是在讽刺挖苦朱慧敏。不过大家也由此知道了,朱慧敏已经开始在为自己的毕业分配,跟老师拉关系套近乎了。

套近乎的朱慧敏,虽然每周衣服洗得很辛苦,可十个红肿的指头也换来了老师的另眼相看。班主任老师感念朱慧敏人憨实诚,主动给她当起了媒人,介绍了一位老教授的儿子跟她认识。大家私下猜测,朱慧敏将来留校,估计也是铁板钉钉的事情了。

王秀碧就没有这么好的运气了。这学期开学不到两个月,王秀碧就躲到厕所去呕吐,那翻肠搅肚的样子让小鹤看得心惊肉跳,有一种似曾相识的恐惧。此后不几天,王秀碧收到"老家"发来的加急电报说,她奶奶病危。王秀碧匆匆请了假,急急忙忙回了老家。半个月后,瘦了一大圈儿的王秀碧,没精打采地回了学校。大家关切地询问她家里情况如何? 她一时竟答不上来。同学都以为她悲伤过度,两天后她才嗫嚅地说,奶奶的病已经全好了,于是大伙儿长出一口气,放下心来。

直到有一天,邢燕子去系里为大家取信,发现有一封王秀碧老家的信。信封很特别,几乎是半透明的,隔着封皮儿可以清晰地看到信瓤上写的内容有"老婆,都是我不好,又让你流产了"之类只有夫妻间才会有的话。邢燕子把信悄悄拿给大家传看,不知怎么就传到了班主任老师的耳朵里。不久,系里传来消息说,学校经调查发现,王秀碧在下乡当知青时,就已经在农村结了婚,更具爆炸性的新闻是,王秀碧是顶着妹妹的名字进的大学。

消息让大家哗然一片。不过同学相处久了,彼此都有了感情,同情王秀碧的同学占了绝大多数。小鹤说,又不是王秀碧想早结婚,谁叫国家突然恢复高考,而王秀碧又那么想求知念书,这有什么错呀?

事情的最终结果,在全班女同学的求情下,系里考虑再三,就把这事儿给草草遮掩过去了,让王秀碧顺利地大学毕业。

不过有了这场虚惊,王秀碧在毕业分配时,再也不敢抱任何奢望或理直气壮地挑选省市单位。老家有那么一个心疼她,等着她归家的知青老公,她只得哪里来哪里去,分回了老家一所中学,当了政治教员。

在上个寒假里,小鹤的表哥远景结婚了。小鹤拉着霖然,代表父母前去送礼,也第一次见识了县镇人家婚宴酒碗的摆设阵势。

这些年,精打细算的远景已经拥有了一家相当规模的养鸡场,成千上万的小鸡仔,喂食、打扫、预防、孵化,一切流程都在机械化中完成。一只雏鸡,只需要喂养两三个月,就变成大鸡出栏销售。那卖鸡的钱犹如潮水般哗哗流进远景的钱袋子里。远景不仅给自己张罗起一幢贴满马赛克的三层小洋楼,还把父母的四合院大瓦房进行了重新翻修。当小鹤拉着霖然跨进大伯家院子时,还真以为走进了哪家地主庄园。

婚宴上,远景摸着青皮脑袋,幸福得只剩下嘿嘿傻笑。看见小鹤跟霖然到来,远景从贺喜的人群中快步穿过来,与霖然热情握过手,忙把新娘子介绍给小鹤。原来,新娘子就是县上公安局局长的女儿,大了远景两岁。她在地主庄园门前卖塑料编织物时,在跟远景争抢生意的"战斗"中,结下了革命友谊,继而发展成爱情。

新娘子的穿着打扮很俗艳,手上、脖子上、耳朵上,全是亮晃晃的金首饰。她拉着小鹤的手高声武气地大声说,远景经常提起她这个堂妹,虽然没见过面,但知道她是丈夫家族里最有文化的女孩儿,说着端来一碗喜酒,拉着小鹤就要灌。远景在一旁嘻嘻哈哈看着,甩手也不管。

小鹤脸上挂着恭喜的微笑,眼神却很为难,因为她实在不会喝酒。霖然见状急忙挤过来,从新娘手上小心接过酒碗,一把搂住小鹤的肩膀对新娘子说:"嫂子,还请您高抬贵手,小鹤真的不会喝酒。这样吧,我替她干了,也祝您和远景哥百年好合。"说着,一仰脖儿,喝了下去。

就像一些边远村寨露天摆放的"坝坝宴",大伯家的院子里,一张张八仙桌前,长条凳上,一拨人来了,坐下,送完礼包,开始吃菜喝酒,笑完闹完,外衣兜里装满糖果,手上再抓上一把两把花生、瓜子,起身走了。又一拨人提着彩礼,带着孩子,揣着份子钱,寻着空位坐了下来,新郎新娘的喜烟也跟着递了上去……

小鹤很不习惯这种推杯换盏吆三喝四的应酬,没等跟大家闹洞房,就告别大伯一家,和霖然提前离开了。

回家的长途车上,霖然侧头看着身旁樱唇秀脸的小鹤,他呼着酒气,把头凑向小鹤耳边:"鹤,毕业后年龄一到我们就结婚吧。"小鹤脸上便飞起幸福的红云。她娇嗔地一瞥霖然:"那咱们,别办这种酒席好吗?我好怕这种应酬,也不喜欢你像现在这样,被别人灌醉。我想,咱们还是去旅行结婚吧?"说完,仰起盈润的脸蛋,眼神满是期待。

霖然就势伸手搂过小鹤香肩,独自嘿嘿乐着,趁周围乘客不注意,飞快在小鹤脸颊上亲了一口,这才爽朗地说:"那有什么不行的,你说怎么着,咱们就怎么着呗。"

小鹤露出洁白的牙齿,由衷幸福地笑了。

2

到了大三下半学期,霖然他们到西北一个著名的墓地考察去了,一个多月都无法给小鹤写信,小鹤便把对霖然的思念之情,全都发泄到填词写情诗上。《渔家傲》《千秋岁》《菩萨蛮》《浣溪沙》《忆秦娥》《蝶恋花》《水调歌头》……小鹤日记本里记满了以这些词牌名为题填写的新词,"才下眉头,却上心头"的怀春女儿相思之情,赫然跃于纸上。小鹤日记扉页,工工整整抄写着南唐后主李煜那脍炙人口的《虞美人》和宋朝李之仪流传千古的小令《卜算子》。"我住长江头,君住长江尾;日日思君不见君,共饮长江水。此水几时休?此恨何时已?只愿君心似我心,定不负相思意。"——小鹤默读着这首语言明白如话的小令,反复品味中,已是泪眼婆娑、柔肠寸断。小鹤觉得,这首短短四十五个字的小令,全然就是此时此刻她惆怅思绪的写照。小鹤常常倚窗凝读,冥思苦想,"春花秋月何时了?往事知多少……问君能有几多愁,恰似一江春水向东流"。宋词句句递进,处处是情的写作手法,深深撼动着小鹤,她把自己多愁善感的心,搓揉得泪雨涟涟。

"唉,恋爱中的女孩,看天空都是粉色的。"寝室老大姐王秀碧,实在受不了小鹤每天在寝室窗前吟风咏月,口吐酸词儿,忍不住这样感叹说。

刘嘉对小鹤忘情的恋爱充满担忧:"小鹤,感情不能太投入哦。你要知道,爱就像女人的七寸,蛇打七寸还会致命呢,况且你个小姑娘,要小心啊。"

对刘嘉的担心,小鹤不以为然地笑笑。

那段时间渝城电视台正在热播三浦友和和山口百惠主演的日本电视连续剧《血疑》。张小娜到点儿就会往家跑,小鹤、刘嘉和王秀碧她们只得挤在校园露天小电视前观看。由于人多屏幕小,去晚了只能站在人群后面,眼睛看起来非常吃力。

一天,刘嘉像是发现了新大陆,急匆匆跑回来告诉小鹤,系主任办公室新添了一台大电视,还是彩色的。小鹤听了,兴奋得两眼放光。她跟刘嘉在食堂匆匆吃过晚饭就往老师办公楼跑,想早去占座位。没想到,进去一瞧,早已是人满为患。

"嘿,小鹤。这儿!"

小鹤伸长脖子踮起脚,才从人群后看见,电视机左侧靠墙边正站着东张西望的邢燕子,她身边还空着一个椅子,上面放着暖水瓶和饭盒。小鹤连忙拉着刘嘉使劲挤了过去。

"这是谁的位置?"小鹤指着放暖壶的空椅子问。"王秀碧的,甭管她了,刚才她突然肚子痛,挤出去上厕所去了。电视要开始了,估计她也挤不进来了。"刘嘉一听,忙抱起暖水瓶和饭盒,跟小鹤一人半个屁股,挤坐了下来。

灯灭了,电视剧片头音乐响了起来。很快,所有人便迷跌在《血疑》的剧情里。影片里,山口百惠饰演的天真善良的大岛幸子,在父亲的研究室不幸受到生化辐射,患上血癌,急需亲人的血液,可她的父母和她的血液都不同,唯有她的男朋友——三浦友和饰演的相良光夫的血型与她相符,由此演绎了一幕感人肺腑的爱情故事。小鹤被剧情感动得一塌糊涂,泪流满面。她每次都是这样,欢天喜地地跑来,看完后又哭天抹泪地往寝室走。每一个女人心中,都有一个自己的白马王子。小鹤心中的白马王子就是霖然。她把霖然比作光夫,把自己想象成幸子。虽然小鹤并不想自己生病得癌症,可她觉得,能得到"霖然光夫"的爱,就是让她立马死去,她也心甘情愿,幸福无比。痴情的小鹤,此时已步入生命的第二十个年头。她的整个心思,全都系在对霖然的爱恋上。

逐渐开放起来的中国,开始引进一些西方的文学作品。这时小鹤得到一本英国 19 世纪著名女诗人勃朗宁夫人的《十四行诗》,她一下子就迷上了:

我是怎样地爱你/让我逐一细算/我爱你尽我的心灵所能及到的/深邃、宽广和高度/正像我探求/玄冥中上帝的存在和深厚的神恩/我爱你的程度/

就像日光和烛焰下那每天不用说的需要/我纯洁地爱你……

小鹤读着这一句句发自勃朗宁夫人肺腑的爱情箴言,感叹爱情的力量是如此的伟大,能使脊椎损伤、下肢瘫痪长达24年的勃朗宁夫人奇迹般地重新站立起来。

进入大四,小鹤、霖然和大志几乎同步开始了毕业前的实习和论文撰写。

霖然给小鹤来信说,他们的实习都在外省,要跑好几个地方,全是考查帝王陵寝文化。

一下子要去这么多地方,就跟集体旅游似的,小鹤好不羡慕。她反复看着霖然的信,突然发现霖然信上写的是"我们"而不是"我",小鹤不知为何,对这个"们"字特别敏感。她在回信中问霖然:"你是同古丽娅一起去吗?"霖然很快回了信,语气满是惊奇:"是啊,你怎么知道的?"霖然特意做了解释说,是"年级进行抽签",碰巧和古丽娅"抽到了同一个十人小组"。小鹤看后,心里有些不是滋味,不过她还是回信让霖然要多关照古丽娅一些,毕竟是个女孩儿。霖然不置可否。

大志上《浑江日报》实习去了。这是他上个礼拜兴致勃勃跑来告诉小鹤的。当时小鹤正跟张小娜在寝室里收拾实习行李。张小娜一见大志送上门,自然不肯轻易放过。于是大志拉着她们俩,到街上好好撮了一顿。

现在的张小娜,跟大志混得已经有些熟稔了,话语里不免含着飞眼流波的顾盼和暗示。大志只得苦笑着应付。小鹤一旁看了,觉得张小娜有些不太懂大志的心,眼神中流露出的那种志在必得的神气,只怕会吓跑大志,不由得为她捏了一把汗。

饭桌上小鹤告诉大志,她们这次实习地点一共有十一个,她和张小娜碰巧分在了一个实习条件最好的组。张小娜冲小鹤一笑说:"这哪儿跟哪儿呀,司法局的实习名额,是我爸硬让系里追加上的好不好。"说完,扭头邀功般地看着大志说,"别的同学都是四五个人一个组,司法局这个组,只有我们两个人,小鹤是我点名拉上的,别的人想进,门儿都没有。"

听张小娜如是说,小鹤这才恍然大悟,敢情是张小娜在罩着她。大志比小鹤深谙其中的利害关系,他端起茶杯敬张小娜说:"还真得谢谢你,这样你和小鹤的实习鉴定肯定就没有问题了。"

"那当然,"张小娜脸上闪过几丝得意,"司法局领导是我爸的老朋友,我爸早就打过招呼了。"

在大志跟张小娜寒暄的工夫，小鹤暗自感叹着张小娜的能耐，心想，张小娜办事这么灵光，怎么不好好去研究一下大志的心理呢？

晚上回到寝室，小鹤收到闺蜜小雯的来信。小雯说，她和李健分手了。小鹤一愣，难怪上个假期回浑江，没见他俩，谢峰只说小雯出差了，李健正在集训。这次小雯写了洋洋洒洒十几页信纸，跟小鹤道出了事情的大致原委。

原来，在同一所大学读书的小雯和李健，刚开始两人关系还挺好，你呼我应，出双入对。小雯说小鹤应该知道她的心思，她本来对李健就产生不了小鸟依人般的归属感，后来身高一米七的她偏偏又热衷于穿高跟鞋，就更加觉得跟李健走在一起，感觉上不像那么回事儿。小鹤知道李健是一个敏感而害羞的男生，小雯的心理反应很快就让李健察觉出变化，结果两人都后退一步，彼此间的心理距离就拉大了。毕业后小雯分配到浑江一家《警风》杂志当了编辑，李健被浑江市公安局新成立的特警大队指名挑去做了狙击手。小雯在信的末尾说，她现在内心很苦闷，感觉对李健挺歉然的，可她又同时明白，愧疚终究代替不了爱情。

对于闺蜜内心的纠结，小鹤十分理解。这种愧疚之感，小鹤有时也能从大志对张小娜的眼神中明显感觉出来。说实话，小鹤很同情内向专注的李健。想想李健先后两次向女生主动示好，却两次都碰了钉子，那份自尊心受到的伤害，真让小鹤不忍想下去。

"但愿李健能挺住。"小鹤内心闪过几丝真诚的祈祷。

司法局的实习让小鹤初识社会上复杂的人际关系。

小鹤和张小娜被司法局具体安排在法制宣传科——一个专门负责市里法制宣传教育和起草法制工作规划及年度计划的工作部门。

宣传科一共有五个人，科长是位老大姐，她为迎接小鹤和张小娜，专门举行了一个欢迎晚宴。饭桌上，老大姐一口一个"娜娜"、"小鹤"，叫得十分亲热。她霸气地指着在座的四位部下对两人说，你们需要查什么资料，只管跟他们要，他们谁敢慢待或欺生，只管来告诉我，看我不收拾他们。她手下几个人连忙点头哈腰，低声下气地迎合道："不敢不敢，我们还得向年轻大学生学习哩。"

这种阿谀奉承的官场气息让小鹤感到很别扭。她觉得这个老大姐科长的眼睛后面，好像还长着一双贼精的眼睛，特别会察言观色，说起话来也是张扬跋扈。饭后张小娜私下对小鹤说，这个科长就是个势利眼，她老公是一家市医院的副院长，她家有一个酷爱唱歌的女儿，马上就要高考了，很希望能考到渝城师大音乐系来。

"那不是你爸那个系吗？她肯定希望你爸爸帮忙咯？"

"哼，她都来过我家好多次了，净送些没用的东西。我爸说：'你女儿最低也要考上录取线，哪怕接近录取线吧。'她便说：'你们娜娜以后可以到我们单位来工作，你们老两口以后看个病开个药什么的，直接来找我就行，不用去排队挂号了。'哼，真是个超级市侩的主！"

"呵呵，不过咱们还得感谢她，要是她不同意接收，咱俩没准儿也得像王秀碧、邢燕子她们，被安排到偏远郊区县法庭实习。我听王秀碧说，她们那里晚上睡炕，几间办公室又冷又破，晚上从村里开完庭回来，连口热水都喝不上哩。"

"哼，那是她们自己没本事，就凭我爸我妈，"张小娜眼里是一副不屑的神情，"找个人帮个忙，那还不是手拿把掐的事。"

虽说有张小娜父母帮忙，小鹤还是不愿把实习时间混过去。每天，她总是第一个到办公室，然后跟着负责市区监狱法律宣传教育的老郝，到市县各个监狱去巡回检查和辅导工作。特别是对未成年人普法教育这一块儿，小鹤做得非常认真，白天收集素材，晚上撰写调查报告。老郝没想到小鹤这个女大学生这么踏实能吃苦。一开始科室里几个人总在背地里议论，说科长这两个关系学生，是好看不中用的花瓶，不仅派不上用场，还害得大家工作量平添不少。后来见小鹤每天早早到岗，主动打水擦桌子，还虚心向大家求教，不辞辛劳跑监狱，大家对小鹤的印象渐渐好起来，平时有个抄抄写写什么的活儿，或者需要上纲上线写一些应付上面的汇报，大家也都愿意找她润笔。毕竟全办公室里，就数这两个实习生学历最高。

看到小鹤自讨苦吃，只知闷头干事，张小娜就有气，觉得小鹤笨得正好让人欺负。张小娜的处事观点是，我们又不是司法局的正式职工，又不拿一分薪水，凭什么要像正式职工那样没完没了地干？小鹤笑笑说，反正待着也是待着，多学点东西，多熟悉一些司法部门的业务，也算一份难得的经历。张小娜呆呆看了她半晌，才喃喃地说："原来你并不笨啊。"

转战南北不停更换实习地点的霖然，几乎是走一处便寄给小鹤一张明信片。这些花花绿绿的明信片，有北京明十三陵、河南巩县宋陵、开封古城、西安临潼秦始皇帝陵。特别是在陕西，感触很深的霖然抽空写了封信给小鹤。霖然说，秦始皇帝陵太气派了，不仅是世界上公认的最大地下皇陵，还是中国第一座皇家陵园。

霖然说,他们跟陕西人聊天,那儿的人差不多都会念叨一句俗语,叫什么"南方的才子北方的将,陕西的黄土埋皇上"。他们的带队老师说,陕西自古就是帝王州,历时1100多年,有十三个朝代在那里建都。老师问大家:"陕西到底埋了多少个帝王将相?"霖然他们都答不上来。老师便给他们讲历史考证,说陕西起码有八十多座帝王陵墓,将相名人陵墓更是不计其数,所以陕西被誉为中国天然的历史博物馆。

霖然这封信写得很厚,信中霖然还告诉小鹤,每到傍晚时分,当地研究人员就带他们到王陵陪葬坑里去实地考察学习。那些比真人还要高大的兵马俑、铜车、陶马和珍禽异兽,在暮色中显得特别阴森恐怖,他们组一个胆小男生还被吓哭了。

小鹤看到这儿,也不觉后脊有些发凉。她想,古丽娅难道就不怕吗?霖然好像早预料到小鹤会有此想法,在信上接着写道:"古丽娅胆子也太大了,她常常在大家专注学习时,突然从某个兵马俑身后探出两只眼来,一动不动地盯着那个胆小的男生,吓得那个男生几乎尿了裤子。"小鹤眼前浮现起古丽娅小时候古怪精灵的样子,就忍不住直乐。

实习的最后一个月,霖然已身处西北回族之乡的宁夏。见多了中国多个朝代王陵的霖然,信中激动的成分少了,深思的话语多了。霖然说,贺兰山东麓五十多平方公里的西夏王陵区,布列着九座西夏帝王陵墓和两百多座王侯勋戚陪葬墓。这些高大的陵台在阳光映照下远远看去,就像一座座厚实的蒙古包在贺兰山下连绵展开,金光灿烂,十分气派。但西夏王陵空有宏伟的规模、严谨的布局,内部却已经遭到毁灭性破坏。霖然说11世纪初,这里曾经生活着以党项羌族为主的封建王朝,他们有自己的西夏文字。这些西夏文字看起来方方正正,笔画很多很繁杂,只可惜,现在党项族已经消亡,那些留下来的西夏文字,至今也没有几个人能识得全。霖然说当地民间流传说,许多逃生的党项羌族后裔都改姓了"党"。小鹤突然想起自己中学同学中,就有一个同学叫党杰。想想他的长相和那轮廓分明的五官、高高挺挺的鼻梁,还真有点少数民族彪悍帅气的样儿。

3

大学实习期结束了。获得"优秀"评定的小鹤刚回到学校,就从大志嘴里听到一连串惊人的消息。

大志让小鹤猜,他这次实习巧遇了她的哪位中学同学。小鹤好奇心一下子被吊起来,可眨眼猜了半天,一个也没猜对,就眼巴巴地看着大志,等他公布谜底。

大志说:"你还记得张兵吗?"

"张兵?当然记得了,他还是我同桌哩。"小鹤不由得惊诧,世界如此之小,一个中学同学时代就失去联系的同学,竟然给大志撞见了,"你怎么碰到他了?他现在在哪里?"

"说来真是话长啊。我这次不是到《浑江日报》实习吗?正好安排在新闻部当机动记者。刚实习了一个月,新闻部就把我从浑江下面一个小县城急招回来,带我的老师说,要我跟他去山西采访一个煤矿矿难事故。"

"煤矿矿难?是不是前一阵儿大家都在议论的那起山西煤矿透水事故,矿老板瞒报死亡人数的事儿?"

"对啊,我们是最先到达出事现场的两个记者……"大志的讲述,把小鹤带到那惊心动魄的一天。

那天,大志和带他的一位资深记者悄没声儿地潜入到山西那个小县城。两人先在事故发生煤矿周边村庄暗访,所到之处那个穷啊,触目都是荒凉破败的景象,烧炼过小型矿窑后的土地板结,黄蜡蜡寸草不生;村里十几岁的男孩子还光着个屁股没有裤子穿;周边农民黄泥垒的房前屋后满目疮痍,院子里、厨房后,开挖着一个个毫无安全可言的独眼儿井小煤窑。

发生矿难事故的这家煤矿,是县城最大的一家乡镇企业。说是乡办,实际上早已暗地承包给了私人。大志他们问到当地一些农民,老实巴交的农民只知道,这个矿老板来自外省,像个黑道上的,平时身边总有二十几个打手,待人可凶狠了,他们不敢乱讲话。

见问不出个子丑寅卯,大志和那个记者就想靠近事故矿井去拍一些现场照片。不想,两人的口音和打扮很快被矿老板四下布置的暗哨发现了,于是上演了一幕追打躲逃的惊险场面。

大志说,开始他和那记者按事先记住的线路往县公安局所在地跑。那位资深记者身矮体胖,他一边喘息奔跑,一边把手上的专业相机递给大志,说大志比他年轻,跑得快,要大志边跑边回身拍摄取证。他说如果这些追打记者的画面被登上报刊,一定很有新闻价值和震撼力。

于是,遵旨办事的大志机敏地冲跑到前面,然后掉回身不停地按响快门,矿老板那二十几个保镖打手高举弯刀大棒,穷凶极恶追赶胖记者的画面,就被留在了镜头里。

"啊,太危险了,后来呢?"小鹤紧张得攥紧的手心全是冷汗。

"后来,我不是安全回来了嘛。"大志见小鹤脸都吓白了,便停下讲述,嘿嘿乐着,故作轻松地说,"他们哪儿追得上我呀。"

"你真的没事儿?"小鹤拉着大志让他转了个圈儿,上下打量一番,确定真没受伤,这才放下心来,长出一口气,好奇心跟着又上来了,"那后来呢?"

于是,大志继续往下讲述。

当时那二十几个人全是精壮的小伙子,他们在当地也横行霸道惯了,哪儿容忍得了有人敢当面拍摄证据,于是死追在大志和胖记者身后。大志说,胖记者快跑不动了,眼看就要被追上。大志赶紧扭头往公路上奔去,想借此引开追赶胖记者的人,没想到追赶他们的人也不是吃素的。追他的人撒开脚丫子跑,与他的距离越咬越紧,紧攥着相机的他已经被逼得无处躲藏,眼看就要葬身于乱棒之下。就在这时,公路边一处装修豪华的洗脚房门前,逆行开过来一辆灰色的沃尔沃轿车,轿车急停在大志面前,司机推开副驾驶车门喊大志快上车。大志来不及思量,就闪身钻了进去,司机一踩油门,对着那伙人就冲了过去,那伙人急闪中,车身挨了几大棒子。

大志缓过神来这才看清,解救自己的司机跟自己差不多大,长得脸阔目圆,一脸淡定。面对好心解救的司机,大志连声道谢,再次麻烦他把自己直接送到县城公安局。到了公安局大志才知道,胖记者被那伙人打得两根胸骨断裂,面部乌青如熊猫,已经被紧急送往了医院。

等在门外的沃尔沃司机自告奋勇地表示,他熟悉路,可以送大志去医院。就这样,在去医院的路上,大志了解到他的救命恩人,原来也是浑江市人,名叫张兵。

张兵早在几年前就当上了倒煤的老板,仅此一项折腾,使他很快就完成了资本的原始积累。

大志好奇地问张兵:"您认识发生矿难的那家煤老板吗?"

张兵哂然一笑:"当然认识啦。"

"那你为何还救我?"大志神情有些迷糊。

张兵沉思半晌,淡淡地说:"你知道吗?那个煤矿用的许多矿工都是智力低下的智障人,我亲眼见过他们吃的、住的,真是连猪狗都不如。那个矿老板简直是吃人不吐骨头,心肠黑着呢。在当地许多同行对他是敢怒不敢言,当地地方政府也太穷,轻易不敢得罪这个纳税大户,对他的许多触法行为,也是睁只眼闭只眼。我有一个打交道多年的老朋友，就是因不满这个矿老板的不仁道，扬言要揭发他过去多次矿难死亡瞒报事件，结果被他们制造的一起车祸给害死了。"

"害死了？这不是故意杀人吗？为什么不报警？"大志不解。

"报警？证据呢？打官司要的是确凿的证据。家属拿不出证据，还不是死了就死了。"

张兵的话令初入新闻行业的大志陷入了沉思，也深切感到新闻记者鞭笞社会黑暗的艰巨重任。

受伤的胖记者一时半会儿出不了院，虽然断了两根胸骨，好在没有伤及内脏。见多识广的胖记者躺在病床上风趣地说，这得感谢他能吃会喝长得胖，肉多经打，要不这一通棍棒，还不早就嗝屁了。惹得照顾他的美女护士笑得花枝乱颤，直呼"记者大哥"人幽默，照顾起他来，就更加尽心尽力了。

胖记者身边已有报社派来的替换人员，负责照顾他的安全和与地方部门交涉，胖记者便要大志赶快把这些照片带回浑江，他已经跟总编辑说好，要好好整一篇揭露文章，连同照片抢发在头条。正好张兵说他办完事也要回浑江，于是大志便搭乘张兵的顺风车往回赶。

从山西到浑江开再快也得走上两天。大志一路上一边构思文稿怎么写，一边从张兵嘴里挖掘更多的矿难内幕。两人聊得投机，便有了一种相见恨晚的感觉。

这天，行车一路，时针已经指向中午两点。早已饿得饥肠辘辘的大志，突然看见车外马路边，有一家名叫"曼娜"的小餐馆儿，便叫张兵停车，他想在这儿请张兵吃顿午饭。

张兵停下车探头一看，神情便有些踌躇。无奈大志已经下了车，餐馆服务小姐也快步迎上来，张兵只好把车停在餐馆门前。一顿家常饭大志吃得狼吞虎咽，张兵却咽得若有所思。吃完一结账，还不到20块钱。大志就对张兵说："张哥，真抱歉，我不会开车，你开车又不能喝酒，看你吃得好像不合口味。这样吧，晚上，晚上我请你喝酒。"

张兵感念大志人爽心好，心情转瞬就晴了。他痛快地拍拍大志的肩膀说："行，晚上我请你吧。你一个学生娃，哪有什么钱？晚上我请你。"说完不待大志反驳，又驱车赶路。

一个县城的高档海鲜酒楼门前，醉醺醺的张兵歪歪斜斜地靠在大志肩上，被大志搀扶着走了出来。虽然张兵事先已经在县里最好的酒店预定了两个房间，可他不想马上回酒店。他对迎上来拉活儿的黑车司机说："送我们去你们县里最好的那家洗脚房，老子累了。"

从来没有出入过这种服务场所的大志，也感到浑身倦怠乏力。再说一路上都是张兵开车，人家累了要按摩，自己也不好扫兴。陪张兵喝了不少白酒的大志，这会儿也有些醉意，想着明天还要赶路，去泡泡脚醒醒酒，倒也不妨。

司机三拐两拐，就把两人送到一处霓虹灯前。这是一幢用猩红丝绒帷幔包裹起来的三层楼房。与豪华明亮的大厅迥然不同的是，从一楼洗浴室的暗门上到二楼包房，一路走道灯光昏暗，气氛神秘，一个个漂亮年轻的洗脚妹，穿着暴露地立在走道两旁。包房里，柔和的音乐传出，舒适躺椅旁茶几上那不菲的酒水，彰显着这个场所的高档和昂贵。

张兵显然对这些很熟悉，他扭头对大志说："今天为了不腐蚀你，我就不叫小姐了，咱哥儿俩找个包房，按摩按摩脚如何？"大志赶紧说那样最好。

于是，两人在服务小姐的引领下，进了一个精致的包房，在两张沙发椅上伸直躺了下来。

"给我们来两个男服务员。"张兵头也不抬地说。

"好的，先生。"服务小姐应声退去，轻轻带上了房门。

很快，两个眉清目秀的少年敲门进来，为两人端上套着一次性塑料袋的高桶木盆，开始往盆里勾兑热水和投放中草药。大志一看，两个男孩儿的面相很像未成年人。一问，却都说已经二十岁了。张兵咳嗽一声，说："你们还真敢胡说。"两个少年马上噤声，不再言语。

氤氲的热气夹杂着中草药的特殊香味儿，在房间里弥漫开来。和着柔美舒缓的音乐，半睡半醒的大志猛地听见张兵在用房间里的无绳电话给人打电话：

"夜来香，想哥了吧？来，让哥哥亲一个……"

大志忽地惊醒过来，却不知张兵在跟谁通电话。听那语气，对方好像是个女的，而且跟他的关系还很亲密。

"我跟谁在一起？嘿嘿，男的，你不认识。真的不骗你，要是女的，我会给你敲电话吗？哈哈哈哈……"

张兵放荡肆意的笑声中，透着几分踌躇满志的得意劲儿。

挂上电话，张兵突然来了聊天兴致。他转头问大志，父母在哪里工作。提起父母，大志就神情暗淡，虽然母亲去世也有一年了，可大志心中仿佛有许多话无处述说，沉淀在心里，压得他常常感到心累。现在，薄醺微醉的他，也有一种想要发泄、想要述说的愿望，便跟张兵聊了起来。

张兵没想到大志也是个孤儿，不由得心下戚戚，更加视大志为知己。张兵告诉大志，他也没有父母，大志关切地坐起身倾听，张兵便一路讲了下去。

"我爸是二婚。"张兵说，"他和病逝的前妻生有一个女儿，也就是我同父异母的姐姐，姐姐大我八岁，在爸爸的眼里如同心肝宝贝。在我上小学的时候，姐姐插队去了内蒙古科尔沁草原当知青，没想到一次意外的草原大火，参加扑救的十二个知青，包括姐姐，全部牺牲在了火场，姐姐走的那年只有二十二岁。我爸从此一蹶不振，得了肝癌，很快也离开了人世，剩下我和我妈，相依为命。那时我学习成绩不好，考试总是不及格，不停地蹲班降级，我妈气得又哭又骂，死命往狠里打我，说我是丧门星，气走了我爸。"

说到这儿，张兵语气有些哽咽。他停顿了片刻，默默摸出一包烟来，抽出一根点上，吞云吐雾了好半晌才接着说：

"其实我知道，爸爸是心疼懂事的姐姐，追随我姐去了。我那时老被我妈打骂，再也没有了好好念书的心劲儿。后来，赶上个面慈心善的同桌，她总是暗地里帮助我，允许我抄她的卷子，所以我也就勉强能过 60 分，也就不再留级。本来我没准儿也能混上个初中毕业的，没想到，我们院儿里一个老公安的儿子，又害苦了我。"

"他怎么害了你呀?"大志完全被张兵的故事吸引住了，酒也清醒了许多。

"唉——"张兵一声叹息，挥手让两个服务生退出去并带上房门，然后双手抱在脑后，挪了挪屁股，躺得更舒服了一些，又接着往下讲述，"有一天，这个老公安的儿子带了一本手抄本，悄悄到我家来找我，他说这是他爸收缴上来悄悄拿回家的小册子，特好看，他想用它换我那把牛筋做的大弹弓。我先没同意，他就把这本不厚的手抄本翻到中间几页让我看。我只扫了一眼就全身绷紧了，赶快从床下鞋盒里找出弹弓给了他。"

"你说的这个手抄本，是不是《曼娜的回忆》?"大志一脸惊奇。

"对呀，你昨天下车去吃饭的那家餐馆，不是就叫'曼娜'嘛，让我想起这事儿，心里还好不爽的。"

"哈哈哈，原来是这个原因啊。"大志感到好笑，自己昨天饿得饥不择食，压根儿没注意到，头上悬挂着的餐馆牌子，叫这个名字。

"这个手抄本你也看过?"张兵两眼放光，急迫地追问大志。

"那个年代的男生,有几个没有偷看过的?!我当时因为字写得工整,还帮同学抄了一本。不过因为我妈是医生,我从小就接触这些医学书,小时候还常常跑到内科、妇科去玩儿,所以对女人身体,见惯不怪。"大志老实承认地说。

张兵不由得一阵羡慕和感叹:

"我可没有你那么幸运。我那时正处在青春期,对女性充满幻想,又没有这方面的知识。我身边坐着的女孩儿是我们全校最漂亮的女生,心地善良,脾气又好,还是我们班的团支部书记。我那时暗恋着她,总想讨好她,可她反而避我更远。所以,得到这个手抄本后,我如获至宝,天天带在书包里,一有空就找没人的地方打开来看,以为看了这书,就可以了解女生,了解她们的心思,没想到……"

张兵的思绪,又陷进痛苦的回忆之中。

"就是这个手抄本,要了我妈的命。"张兵继续说,"学校发现我看黄色书籍,就把我押上主席台批斗。你不知道当时我有多丢面子。自己喜欢的女生就坐在台下,我却被体育老师抓着头发按着头押上主席台,我恨死这个陈老师了。学校烧了手抄本,等于把我妈也'烧'掉了。学校保卫处的人,后来又押着我去了我妈单位。那个时候一有什么事儿,就得找组织。你想我妈是多要面子的一个人呀,本来嫁个二婚男人,就够让人看不起了,现在儿子又成了'流氓犯',我妈一气之下,就得了失心疯,等到我劳教前被公安机关带去找我妈签字时,才发现我妈已经浮在浑江上,漂浮了好几天。"

张兵说到这里,眼里涌起难以言状的悲伤和恨意。一旁的大志一直闭目倾听着张兵青涩不堪的少年经历,心生同情的他伸手拍拍张兵的手肘说:"哥们儿,一切都过去了,别再难过了。"

为了岔开张兵愤懑的情绪,大志问:"后来那个,你的同桌跟你还有联系吗?她就是你刚才打电话的那个夜来香?"

"什么呀,她俩,一个是天上的月亮,一个是地上的烧饼,没法儿比的。告诉你吧,我这人信奉的是,你敬我一尺,我还你一丈。我的那个同桌,我想供奉她还找不着庙门哩,怎么会是她?这个夜来香,是当年押我上台的那个陈老师的老婆。"

"啊?你怎么能找人家有夫之妇?她离婚了吗?"大志不赞同张兵如此玩世不恭。

"离婚?离了婚我还找她?!我要的就是她是他的老婆。我要把他老婆当狗一样玩弄于股掌之上,谁叫她老公当年整我,后来又祸害了那么多女学生。"

"你是说这个体育陈老师?"大志满脸吃惊。

"对啊,夜来香告诉我说,她怀孕的时候,她老公就开始出轨。刚开始她还规劝,不过招来的都是他的拳脚,后来她也豁出去了,生完孩子扔给爷爷奶奶,就自个儿跑到浑江最烂最奢华的夜店里去当了舞女,说直白点儿就是三陪女。她老公,就是那个陈老师,在祸害一个女学生时,被学校抓了现形,法院后来给定了个强奸未遂罪,现在正蹲大狱哩。"张兵解气地扭身端起一旁浓郁飘香的茶水,喝了一大口。

大志对张兵的愤世嫉俗,渐渐有了些理解。他问张兵:"你就没想过好好再恋爱一次? 你那同桌知道你暗恋她吗?"

"你说林小鹤呀? 不知道! 她早已经考上了大学,估计都快毕业了吧。"

"谁? 你的同桌叫什么?"大志一翻身,跃坐起来,发光的眸子吃惊地看着张兵。

"林小鹤呀,怎么啦,你认识她?"张兵雾水般的醉眼,不由得也瞪大了些,他不相信在这世上,竟有如此巧合的事情。

"哈哈哈,这也太搞笑了吧?! 哈哈哈……"大志笑得倒在沙发躺椅上,眼泪都快笑出来了。

"真的,这有什么好笑的? 莫非……"张兵越发丈二和尚摸不着头脑。

笑够了的大志,心中涌起一股锥心般的疼痛。他觉得现实真是残酷,竟给他和张兵开了如此大的一个玩笑,在他们不同的天空,同时为他们画上一个大大的明月,明月里,美丽的嫦娥让他俩可见而永远不可即。

第二天回浑江的路上,张兵和大志的关系已经变得更加稔熟起来。张兵也开始追问大志,是如何认识小鹤的。大志只是简单讲述了自己对小鹤的单相思经过。张兵这才清楚,原来两人心中的"嫦娥",真的是高高悬挂在天上的同一个人。

张兵长叹一口气说:"兄弟,听哥哥一句话,不要在一棵树上吊死。天底下好女人不一定都能给你我逮上,但女人还不有的是,不要太亏欠了自己。"

大志苦笑着挑了挑嘴角,眼睛看着车窗前的道路说,自己只求时常能见到小鹤,知道她一切都好,自己心中就安宁了。

张兵沉默半晌,说:"你一定还没有尝过女人的滋味吧。"

大志无语,但坚定无波的目光,让暗中观察他的张兵心生感慨。张兵不再说什么,只是伸出右手在大志颀长的腿上重重拍了一下:"哥哥今生认定你这个兄弟了。哥哥别的本事没有,银子还是有几个的。你是我兄弟,今后有什么需要,只管来找我就是了。"

大志无声地点点头，与张兵的手紧紧握在一起。

两个失去父母的孤儿，就这样，意外结成了亲如骨肉的兄弟。

只是大志并没有把后半截讲述给小鹤听。不过小鹤已经被大志和张兵的奇遇惊得目瞪口呆。

突然，大志想起一件事，忙问小鹤：

"你们毕业分配方案有了吗?"

"还没呢，你们呢?"

说起毕业，小鹤就有些兴奋。她想起那年参加远景婚礼时，霖然在车上跟她说的悄悄话，现在想来，还脸发烫心发慌哩，她太想做霖然的新娘了。

"我们的方案据说已经有了，接收单位有媒体，有学校，还有一些事业单位和机关。不过这次，因为我写的那篇揭黑文章社会反响有点儿大，《浑江日报》已经发函到我们学校，希望学校把《浑江日报》争取来的这个名额直接分配给我。"大志压抑不住兴奋。

"什么叫反响有点儿大?! 是太大啦! 那篇文章和照片，《渝城日报》也转发了，我们好多同学都抢着看哩。上面只写着'转引自《浑江日报》'，没想到竟会是你写的。"小鹤一脸钦佩之色。

"嘿嘿，做记者，特别是深度报道记者，真的挺有意思。危险是有些危险，但特别有成就感。"大志不好意思地摸摸头，笑了。

小鹤心有余悸地说："幸好我不知道是你去的，要不非把我急死不可，真太危险了。"

看着一脸真情流露的小鹤，大志心中最柔软的地方颤动了一下。他感到一股灼热的电流，在全身温暖地弥漫开来。

4

毕业前的论文撰写，把对前途揪心莫测、心慌意乱的大四学生给暂时稳定了下来。

小鹤的论文题目是《论刑事辩护的证据效力》。跟大家一样，她也紧张得熬更守夜，查询资料，抢占图书馆，寻找安静的教室埋头苦写。两天前，系里公布了大家毕业论文的指导老师名单。小鹤一看，差点没把自己噎过去。她的指导老师，白纸黑字清清楚楚写着：张亮。

原来，高小鹤一个年级的张亮，毕业后留在了学校里教书。不久前法律系充实年轻教师队伍，他申请调了过来。新来的老师，又年富力强，指导毕业生论文的辛苦活儿，自然得多担待一点儿。别的老师不情愿干，张亮却很主动积极。于是小鹤的名字，就被他第一个拨拉到自己名下。

这天，张亮老师叫同学带口信给林小鹤，要她中午吃完饭后去寝室找他，谈有关论文的事儿。

小鹤提着暖水瓶，背着一大包资料，顶着中午炽热的大太阳，一路询问，好不容易才找到偌大校园一处绿树掩映下的清静的两层小楼。这是学校新分配给张亮的寝室。

小鹤刚要伸手敲门，门被人从里面一下子无声地拉开了，手还僵在半空中的小鹤，生生吓了一跳。

张亮站在门后，斜睨着双眼，满脸窃笑地请小鹤进屋里谈。小鹤踌躇着左右看看，有些不想进去。

眼前快两年不见的张亮，比过去富态了不少，在知识的熏陶下，人也仿佛脱胎换骨，越发显得书生儒雅。

"怎么，怕我吃了你呀？快进来吧，你的论文我看了，有好些地方还要跟你切磋呢。"

张亮一通激将，小鹤只得迈腿进了屋。

咔嚓，房门在张亮身后关上了，小鹤吓得紧跨两步跨到门对面的小窗前，转回身来诧异地看着张亮，神情有些掩饰不住的惊恐。不知为何，小鹤打一见到张亮，就觉得张亮闪烁不定的眼睛后面，像是还隐藏着一双眼睛，令她心生紧张，暗自叫苦。

插着铁扣的玻璃小窗前，几缕遮挡不住的阳光，从浓密的树荫里倔强地照射下来，与房间地面形成一道锐角光影。

"瞧把你紧张的，来来来，坐下，坐下。"张亮说着，伸手来拉小鹤的胳膊。

小鹤闪开了，她故作镇定地说："张老师，你还是把门打开吧，你这屋子里怪闷的。"

"中午大家都在睡觉，开着门会吵着别人，咱们就这样说吧。"说着，张亮拉过一把椅子，坐在了关闭的木门边。

坐在门边的张亮像个把门的金刚,小鹤一时进退两难。

张亮开口了,几句话便转到他的意图上:"小鹤,我现在是你的指导老师了,你知道,指导老师意味着什么吗?"张亮的口气,有种说不出来的滋味儿。见小鹤没有应答,他脸上现出得意的表情,"指导老师,就是你的论文归我负责,我说行,你就可以过关毕业;我说不行,嘿嘿,那就还得重写。什么时候我说行了,你才能过关,才能毕业……"

看着眼前那小人得志的张亮摇头晃脑的神态,小鹤真恨不得一板砖扔过去。可无奈自己人单力薄,而这幢楼又远离学校大道,僻静背人,半山腰上连个鬼影子都没有,小鹤不由得心中害怕。她想,还是先不激怒张亮为好,毕竟他是个好面子之人,不能把他逼到死角。

见小鹤依旧沉默不语,脸上的表情也是阴晴不定。张亮估计小鹤已经被自己唬住了,就站起来在房子里来回走了几步,站住后换上一副温和的面容,放缓语气说:"其实我那么喜欢你,怎么舍得让你毕不了业呢? 只要你对我好,我什么都照顾你,甚至帮你写论文都行。"

小鹤赶快插话说:"你知道我有男朋友了。"小鹤想起张亮见过霖然,估计此时搬出霖然来,能让已经有些丧心病狂的张亮有所顾忌和收敛。

果然,张亮戛然止住了话头。他怔怔地看着小鹤,过了片刻才又说:"这样吧,你只要让我亲亲,我就从此放过你,而且我会好好帮你修改论文的。"说着,便要扑过来。

"你别过来!"小鹤一把把手上提着的还没来得及灌开水的空暖水瓶抱在胸前,她哆嗦着变了声儿地说,"你要再敢往前走一步,我就把这满瓶子的开水砸在你脸上!"

张亮没想到小鹤会跟他来这一手。他疑虑地收住了脚步,继而开始后退。小鹤赶紧一步步向门边挪移,然后猛地伸手扭开房门,快速冲了出去。

晚上,大志过来给小鹤送伞。前两天小鹤的雨伞伞架坏了,大志说他正好要上街办事,就顺带帮小鹤捎去修了。

小鹤低头送大志出校园,大志瞥见小鹤两眼通红,像是哭过,就奇怪地问:"怎么啦? 又想他啦?"

大志口中的他,自然是指霖然。

小鹤委屈地一撇嘴说:"霖然要在这儿就好了。"然后就把张亮用论文要挟她的事儿跟大志说了。大志听得两眼喷火,攥紧了拳头,额头上的青筋都冒了出来。

他气息有些粗重地停下脚步,让小鹤别送了。小鹤还在发愁自己的论文落在张亮手上,不知如何才能过关,也没注意到大志神情的瞬息变化,就站住跟大志挥挥手,转身沮丧地回了寝室。

见小鹤消失在寝室楼门口,大志转身向一个刚从山后走过来的男生打听着什么,男生走到山崖边,伸手指了指对面山腰处那星火灯光,大志点点头,抱拳谢过,很快消失在山道间的黑暗中。

心里有事的小鹤送走大志回到寝室躺下,辗转反侧怎么也睡不着觉,好容易挨到快天亮时方进入梦乡。不想一觉醒来,已是第二天中午时分,刘嘉从外面拎着水瓶、饭盒回来了。

"小鹤,快起来吧!喏,瞧我帮你把饭都打回来了。告诉你个特大新闻,你的指导老师挂彩住院了。"

"我的指导老师?啊!真的?"猛省过来的小鹤,一个鹞子翻身,直接从上铺跳到了桌子上,再蹦到地上。小鹤光着脚跑到刘嘉跟前,两眼放光地咧着吃惊的嘴,要她再说详细点。

"唔,我也是听张小娜在教室里说的。说昨天晚上,不知是谁撬门进了张亮老师的宿舍,把他从床上拎起来狠扁了一顿,打得他差点破了相,肋骨也断了一根。学校保卫处的人赶去调查,问张亮知不知道是谁干的。张亮只是摇头,开始什么也不说,后来问急了,才说那人是撬门进去的,他当时正在睡觉,没有看清撬门人的长相。大家都在怀疑,不知张亮得罪了谁,为什么人家只打了他,而没偷他任何东西。"

刘嘉的话惊醒了小鹤,她想到了大志,慌乱的心便狂跳起来。她要去找大志问个明白,她怕如果是大志干的,会影响到他的毕业分配和前途。

小鹤匆忙穿衣梳洗完,就着刘嘉打回来的饭菜吃了两口,就跟刘嘉说要上街去取东西,然后慌里慌张转身跑出了门。

大志果然在寝室里,正埋头写他的论文。小鹤径直走到大志面前,要他跟她出去一趟。大志什么话也没说,站起身合上书本收起文稿,就跟她出了寝室。

两人一路无话,从大志学校出来,翻后山下到了江边。

小鹤找了一处背阴的巨石,爬上去坐了下来。大志无声地跟上来,坐在她身边一尺远的地方。

"说吧,大志,昨天晚上的事儿,是不是你干的?"小鹤眼睛看着远处的清清江水,语气低低地问。

"嘿嘿,什么事呀? 瞧你,问得这么'隆重'。"大志讪笑着,故意用嘻哈的语气环顾左右而言他。

"跟你说正经的呢,"小鹤转过脸来,急切地看着大志的眼睛,"你是不是撬他的门了?"

大志神情一肃,不再嬉笑:"我发誓,没有撬门。"

小鹤一颗绷紧的心,立马松了下来。她拍拍胸口,长出一口气,脸上顿时阴转天晴:"天啦,太好啦,把我吓坏了。我就知道是你干的。不过只要张亮不敢承认,你就够不上犯罪。好啊你个大志,这么见义勇为的举动,怎么也不事先跟我通报一声儿?"

"嘿嘿,我还不了解你,先跟你说一声儿,你还不得跟我犯急。"大志说着,顺手摸起身边一颗小石子,用力一扬胳膊,石子飞进远处江水里,江面上立时荡开一圈圈涟漪,"这狗娘养的,也太厗包了点儿,刚揍他两拳,他就跪下了,还一个劲儿地告饶。"

"你那两拳,还不知有多重呢。"小鹤瞄一眼大志那粗壮有力的长臂,"听说张亮肋骨都断了一根,这下真够他受得了。呃,对了,你是怎么进去的?"小鹤仍是一脸不解。

"怎么进去的? 我刚轻轻敲了一下门,这傻子就一脸花痴样儿地快速拉开了门。哈哈哈,我估计,他一定以为是你真被他吓住了,又回头去求他呢。"大志一歪头,嬉笑着打趣小鹤。

"你个坏大志,不带这么欺负人的,我可是你妹。大志,这叫哥哥替妹妹报仇雪恨好不好。"小鹤开心得两眼顿时笑眯成一条线。

"嘿嘿,是啊,谁叫我是你哥哩。"大志无可奈何地苦笑着,"估计他得在医院待上一阵子了,你的指导老师肯定会换别人的。"

还真被大志说中了。不出三天,系里通知小鹤和另外三个同学,他们的论文指导老师,换成了另外一位年轻的女教师。

小鹤获知,乐得一蹦三尺高。

交完论文,各科考试成绩全部通过不用补考的同学,开始无聊地等待毕业分配方案。霖然跟小鹤,这段时间通信很频繁,两人最关注的,是毕业后两人能否分到一起。

霖然来信说,他爸希望他能留在北方。霖然爸希望退休时能叶落归根回老家休养。但霖然说,他想根据小鹤的分配去向,再来确定自己是否留在北方。

小鹤赶快跑到系里去打听。班主任老师告诉她,系里今年没有北方名额,学校分配原则是,学生从哪儿来回哪儿去。小鹤一听,赶紧写信告诉霖然,她看来只能回老家了。

霖然很快回了封电报,霖然说,他已经填报了分配志愿,准备分回浑江。

不几天,小鹤学校的分配志愿表发了下来,小鹤毫不犹豫地填上了"浑江市"。

这期间,大志来过小鹤学校几趟。每次来,都赶上张小娜春风得意、心情极好地待在寝室里。就要告别渝城的大志,面对张小娜热情的招呼,回应得也比较积极和高调。大志悄悄告诉小鹤,他已经在志愿表上直接填报了《浑江日报》,因为他在系里看见,接收单位的分配名单上,果真有《浑江日报》。

想着霖然、大志和自己,四年大学后又将长久相聚在浑江,小鹤兴奋得成天合不拢嘴。

大志提议说:"走,小娜、小鹤,我请你们上街撮一顿儿吧,就当是咱们跟母校告别的最后一餐。"

张小娜第一次听见大志主动招呼她的名字,不仅去掉了"张"姓,还把她放在小鹤名字前面,顿时喜得心花怒放,满脸甜腻。

大志健步走在前面,直接把两人领进他第一次上街请小鹤吃饭,也是第一次意外遇见张小娜的那家餐馆。

张小娜乐坏了,她把这看作是大志在向她暗示什么。

小鹤当然开心得直想哼歌儿,她以为大志在临毕业前,终于接受了张小娜的追求。

大志找了个靠窗的座位,不经意间一回头,瞥见两人脸上各异的表情,顿时意识到自己又被误会了,心中一急,就看着小鹤的眼睛解释说:"这可是咱们来渝城,第一次上街吃饭的地方哦。"

没想到走在他身后的张小娜,正低头看脚下,听到大志说"咱们",不由得脸颊顿时绯红,她抬头飞快瞭一眼大志,心想,林小鹤要是识趣,最好赶快走人,把难得的美好时光留给他们。

听大志此地无银三百两地解释,再看张小娜突然脸飞红霞,小鹤笑得彻底合不上嘴了。她暗自琢磨,眼前两人肯定已经悄然发展了地下革命恋情,心中便由衷地替大志高兴。本来已经在大志对面坐下的她,想想又赶紧站起身,换到大志侧面坐下,冲大志做了一个鬼脸,把大志正对面的空位子,主动留给了还站在一旁的张小娜。

张小娜郑重地、很在意地坐了下来,突然又觉得,林小鹤在场也有她的好处,毕竟林小鹤善解人意,可以缓解她可能面临的尴尬。

对于小鹤座位的改变,大志很是意外。他在桌下愤愤地踹了小鹤一脚,两眼冲小鹤一瞪,说:"馋猫,今天你负责点菜。"

本意是想表达自己被误解的不满,并由着小鹤点她最爱吃的菜。不料对面的张小娜听了,更加觉得今天的大志,对她格外好,舍得让林小鹤为她点菜服务,所以欣然的表情,便溢上了纤薄的嘴角。

小鹤嘻嘻哈哈地翻看着菜谱,点的几乎全是大志和张小娜的舌尖最爱。

大志斜瞥着身旁小鹤那依旧顽皮、没心没肺的笑闹模样,心中很是痛惜。他本想在这毕业前的最后一餐,好好请小鹤单独吃顿饭,因为回到浑江,霖然也回来了,他就再也不可能单独跟小鹤待在一起,可又怕自己一时控制不住心中的绝望,说出什么不得体的话,惹小鹤起急,便临时起意,叫上了张小娜。谁想此举竟让两人都误会了,尤其是张小娜,眼神中竟有了一种他最不愿意看到的误解含意,大志懊恼得,真恨不得抽自己一个嘴巴。

在服务员重复念了两遍手中的几个菜名儿后,大志闷声地说:"再加一个麻婆豆腐,一个蚂蚁上树。"

这两个菜,都是小鹤的最爱。

大志知道。

小鹤知道。

张小娜当然也知道。

三个人的脸上,同时浮起神色各异的表情。

第七章

命运多舛

1

大四期末等待分配的时光,无聊而熬人。不知明天将身在何处的学子们,焦虑地翘首期盼着谜底快点揭开。

这天,不知谁先起意,说:"老师办公室里没人,走,用电炉煮田鸡挂面吃去。"号召一出,闲得无聊的同学纷纷响应,好像在毕业前,不整出点什么出格的事情来,大家心中不甘似的。

刘嘉冲进寝室拉上小鹤,两人提着桶包冲出了房门。山崖边岩石旁,班长 Monitor 打头,几个男生张牙舞爪率先冲了下去,小鹤跟着刘嘉,高一脚低一脚,跌跌撞撞,也下到了山涧草丛里。

大学四年,校园山涧青蛙的咕呱叫声,早已成为学校一道独特的风景。果然,刘嘉和小鹤提着的桶包里,不一会儿就装进了小半桶咕咕乱叫的绿皮大青蛙。大家提着桶包快速跑进老师办公室,一个女同学已经在小电炉上烧了一锅开水,几个男同学便提着沉沉的桶包在洗涮间忙碌起来。等分到人手一小碗冒着热气的鲜汤青蛙面时,那蒜瓣似的青蛙腿肉馋得大伙们满口生津。

无聊的日子就这样又挨过两天,毕业分配名单终于张贴了出来。真是几家欢乐几家愁啊。小鹤寝室的六个女同学中,刘嘉考上粤东一所政法大学研究生,不在分配之列;小鹤分到了浑江一家基层法院;张小娜如愿以偿进了渝城司法局;朱慧敏毫无悬念地留校;邢燕子跟她新交的数学系男朋友双双东南飞,去了岭南一所师范大学当老师;王秀碧自然是回到家乡,安居在了她老公身边⋯⋯

相聚四年的同窗室友一朝分离,虽然大家心思早已飞走,可留恋的情丝依旧令所有的女生依依不舍,拉扯着手臂哭红了眼。

张小娜是在名单宣布的当天就收拾完行李,让家人帮着拿走了。她自己手上拎着一只大家从没见过的精致粉色小坤包,矜持地跟大家道别。

小鹤想着张小娜将来如果跟大志结了婚,就该是她的嫂子了,便跟张小娜悄悄开玩笑说:"小娜,你要争取调到浑江来哦,别让大志离你那么远。"

张小娜眼一斜嘴一挑,脸上一丝得意神情稍纵即逝:"干吗非得去你们浑江啊⋯⋯"下面的话,被她硬生生地掐住了。

小鹤觉得张小娜似乎话中有话,再瞧她的眼神后面,好像隐藏着一只躲闪的复眼,便觉有些好笑,心想不就是跟大志正式好上了嘛,有什么可藏着掖着的。

其实,一点也不怪张小娜藏着掖着。张小娜要真跟大志好上了,她臭显摆还来不及呢,怎么会藏着掖着?问题关键是,她现在藏着掖着的,是一个跟大志分配有密切关系的天大秘密。如果大志知道了,她的希望就彻底破灭了。

前一阵填报志愿时,张小娜从小鹤嘴里得知大志要去《浑江日报》,她急了,跑回家跟父母说,今生今世她非大志不嫁,并把大志身世和她对大志的感情,前前后后跟父母摊了牌。

突然从女儿嘴里冒出个准女婿来,张小娜父母有些措手不及。他们背着小娜,到大志学校一打听,不由得感叹女儿还挺有眼光,高大帅气的大志,不仅仅仪表堂堂、学业优秀,还是班上唯一的党员。如果能把这个无父无母的孤儿留在渝城,真是再完美不过了,就好比老天爷不打招呼,就给他们送来一个儿子。

可难办的是,大志是《浑江日报》点名要走的毕业生,而且他对女儿的感情,好像并不像女儿形容的那样深。这可把张小娜父母给难住了。本来也是,家里就这么一个独生女儿,他们断不愿让女儿远走他乡。前一阵为了让女儿留在渝城,张小娜父亲违心地把司法局那位老大姐条件并不算好的女儿,给内定招进了音乐系。作为交换条件,渝城司法局以"优秀实习生"的名义,点名要走了张小娜。现在突然冒出这么一个准女婿来,张小娜父母再想走关系,也得要有充足的时间啊。

架不住张小娜天天哭闹撒娇,张小娜父母只得托人找到分管大志他们毕业分配方案的姜书记。姜书记一听渝城师大音乐系张主任求他,立马觉得天上有时还真会掉馅饼儿——因为姜书记的大儿子迷上了张小娜,正令他不知如何是好。那个周末姜书记儿子在校园里看见一个超级大美女,不由得一见钟情,一路跟踪发现,原来她竟是隔壁渝城师大法律系的学生。儿子跟母亲点名要跟这个女孩儿交朋友,别的一概不要。溺爱儿子的母亲经多方打听,方知女孩是师大音乐系张主任的娇贵千斤。

这倒好,正无计可施的姜书记,一见张主任托的人找上门来,热情的笑意便挤满了肥嘟嘟的胖脸。

一通寒暄后,姜书记突然想到一个问题:"这个大志,跟张主任家是什么关系啊?"

受托人事先也咨询过张小娜父亲,好面子的张父总不能开口说"这是我准女婿"吧,就在电话中含糊说:"是我家夫人的远房侄子。"于是,受托人如是说了。

如释重负的姜书记其实早就知道大志家已经没有了直系亲属。一听来人如是回答,正好应验他得到的信息,嘴上答应研究研究,打发完客人,忙不迭回家请功去了。

姜书记夫人,是渝城市街道办的一个副主任,整天跟社会上三教九流打交道,经验比一直在大学从政的姜书记要练达老辣得多。她听罢姜书记汇报,就给儿子和丈夫各布置了一个任务,要儿子先跟张小娜见上一面,明确告诉她,他可以让父母答应她家的请求,但前提条件是,张小娜得同意跟他处朋友谈恋爱;又要求丈夫找大志谈一次话,再次印证大志不是张小娜的男朋友。

姜书记一男两女三个孩子中,大儿子姜伟已经在渝城外经贸局工作了。二十七岁的他身高一米七,还有点胖,脸上戴着一副近视眼镜,虽然长相白白净净、文质彬彬,可在处对象上却没少让母亲操心。在渝城,二十四五岁的男孩都快说结婚生孩子的事儿了,可大儿子姜伟在交女朋友上高不成低不就,老是没有中意的对象。现在难得儿子心怡,看上了如花似玉的张小娜,姜夫人便一门心思想要促成这桩好事。但要儿子小姜同志去找张小娜,总得有一个合适的借口吧,人家一个黄花闺女,怎么可能随便跟你一个不认识的男孩子见面呢? 于是姜夫人就跟姜书记面授心机,要他如此这般这般。

第二天,姜书记找到张主任的受托人,一脸为难地对他说,他跟系里相关同志商量了一下,大家都觉得大志是《浑江日报》点名要的人,名额也是报社专门给大志同学调拨来的,要是换了别人,只怕不妥。停顿半响,姜书记叹了口气又说,这段时间家里的事把他烦得不行。受托人一听,果然接下话茬儿问是何事,心想没准儿张主任家能帮上忙,让姜家欠下一个人情,事儿不就好办了。姜书记便把大儿子挑三拣四,二十七岁了还没对象的事讲了,最后姜书记特意说,这事弄得他夫人很是焦躁,害得他也不得安宁。

受托人回去把原话传给张主任,张小娜爸爸回家跟张小娜妈妈一学,张小娜妈妈嘴一撇,说:"这不是明摆着想要咱家小娜做他家儿媳妇嘛。"不过小娜妈妈也早打听过,知道姜书记儿子工作单位不错,人也面慈心软脾气好,心下不由得有些动了,暗自寻思大志人虽好,可毕竟家境孤单;而姜书记的儿子跟小娜,倒真是门当户对的一对儿。小娜妈与小娜爸私底下商量,觉得还是应当试着做做女儿的工作。

这天晚上,张小娜母亲在女儿面前哭丧着脸说,人家姜书记说啦,除非你能跟他儿子处对象,人家才肯帮这个忙。张小娜一听就火了,觉得没见过面的姜伟简直是癞蛤蟆想吃天鹅肉。张小娜妈妈察言观色问女儿:"还想不想争取留大志在渝城?如果不想,咱就坚决回了他;如果想,就再想想别的办法,只是怕时间来不及了。"

张小娜是何等冰雪聪明的人,她岂可轻易放掉这最后也是最有可能办成的机会?她深知只要大志离开渝城,她这辈子,只怕就再也接近不了大志了。她眼珠一转,准备赌一把,不就是见个面嘛,先稳住姜书记儿子再说,等大志留在了渝城,再疏远姜伟也不迟。

见女儿下定决心,张小娜母亲乘机怂恿说:"就是,不就是见个面嘛,没准儿一接触,这个姜伟,你还蛮喜欢的,那不更……""好"字还没说出来,就被张小娜生气的眼神硬生生给"顶"咽了回去。

第二天晚上的见面,可以说是皆大欢喜。

姜主任一家在街上最豪华的餐厅订了一个包房。张小娜在父母的陪伴下盛装出席。席间,两家大人相谈甚欢,姜伟和张小娜也是有说有笑。还真别说,这个肉头肉脑的姜伟,其实是个很懂得幽默的大男孩儿,他一直在用一个又一个的笑话,逗得张小娜花枝乱颤。

两家大人见两人笑声不断,心中都很满意。酒席进行到最后,姜伟扭身把挂在身后椅背上的一个包裹拿过来,当着张小娜的面打开,张小娜飞眼一扫,见是个小巧秀气的粉红色坤包。

姜伟说:"这是我刚从香港带回来的,如果你喜欢,就请你收下吧。"语气大方而周全。

张小娜哪见过这么漂亮的女式坤包啊,拿在手里就舍不得放下。

"这是香港著名的宝利来品牌。如果你喜欢,下次我去可以再给你带个当季最新款的女包回来。"

姜伟不失时机的补充介绍,把张小娜喜得眉飞色舞。她没想到这个其貌不扬的胖大哥,这么豪爽痛快,第一次见面就送她如此贵重的礼物。她在心中奢想:"要是这包是大志送的,那该有多好啊。"遗憾的是她喜欢的人没钱,有钱的人她又不喜欢。不过,既然坤包是姜伟非要送给她的,那就只好礼貌收下啦。想到这儿,张小娜一脸灿烂地对姜伟说:"谢谢你呀,姜哥,你太客气了。"姜伟幸福得口中美滋滋地连声说"不谢不谢",站起来跟穿高跟鞋的张小娜一般高的他心中已早在盘算,下次去香港再给张小娜带个什么礼物回来。

姜夫人的第一个计划就这样顺利实现了。下面该姜书记出马,实施第二个计划了。

姜书记约见大志非常容易,让一个学生带话到学生宿舍,不出十分钟,大志就气喘吁吁跑来了。大志忐忑不安地坐在姜书记明亮宽大的办公室里,小心谨慎回答着书记关切的问话。姜书记笑容可掬地拉东扯西,两个关键问题便被他不露痕迹地问了出来:

"有人看见你和隔壁大学那个叫、叫张什么来着的女孩有来往,你们是朋友?"

大志怔住了,迟疑地点点头,又摇摇头。

"你又是点头又是摇头,什么意思啊?"

"嗯,是这样,我们不是男女朋友。"大志心中着急,以为有同学在书记面前说了什么,就忙解释说。

姜书记若有所思地点点头,端起身边的茶杯慢慢啜了一口,又转头问对面沙发上中规中矩坐着的大志:"那你家,跟张什么他们家,是亲戚?"

大志一愣,突然觉得这倒是个很好的借口,可以自然排斥掉与张小娜的情感牵连,便有些迟疑地点点头:"嗯,是,是远房亲戚。"

完全一致的答案。姜书记没想到,夫人给他布置的任务,这么容易就完成了,便欣然开怀地站起身,走到大志身边拍拍他的肩膀:"好,好,小伙子,就是要以事业为重。你这次实习干得不错。我正要通知你,也就对你,我才单独提前通知的。"

大志见书记说得这么隆重,忙不迭起身,脸庞开始熠熠生辉,憨憨的笑意飞上唇角。书记一见,站起来的大志比他高出一大截儿,就觉得站着宣布决定,有些影响自己全面欣赏大志即将爆发的狂喜表情,便转身回到座位上,回手摆了摆,一指座位让大志坐下。

等大志重新坐好,书记放下手中的茶杯,清了清嗓子开始宣布:

"经过组织慎重研究,决定将渝城市委宣传部的唯一指标分配给你。祝贺你啊,大志同志。"

"啊?!"大志欣喜的表情瞬间僵在脸上,他噌地站起来,"姜书记,可是,我填报的志愿是《浑江日报》啊!我不愿留在渝城……"大志真是急了,就像突然被人掐住了脖子,他感到一阵窒息,脸霎时憋得通红。

大志的反应,令姜书记又是意外,又是高兴。意外的是,他好不容易想通了,把市委宣传部这样含金量极高的名额无偿让出给大志,不想大志却不领情;高兴的是,看大志的神态,他跟张小娜可能真没有任何关系,要不他还不得寻找一切机会留在渝城。

大志的表现让姜书记立时坚定了自己的分析,他要坚决把大志留在渝城,这将直接关系到他儿子的婚姻成败:

"大志同志,要冷静!你是你们班上唯一的党员。渝城市委宣传部明确表示,他们只要党员。所以这个名额非你莫属。再说了,共产党人要以革命利益为重。在这点儿上,我想你在入党宣誓时应该是清楚的。"

书记的话,令大志像泄了气的皮球,一下子瘫坐在了沙发上。

小鹤她们办完离校手续后,大家便像树倒的猢狲,慌慌忙忙各自拎着行李散了。张小娜走后的第二天,刘嘉也将离开。林粤生前几天专程从广东飞过来,今天一大早帮刘嘉把行李打好包拿到楼门外,就等着刘嘉出来一道走。刘嘉这会儿正跟小鹤站在凌乱的寝室过道里告别,两人手拉着手,一副依依不舍的样子。

去年,刘嘉的男朋友林粤生毕业被分回了广东。林粤生的父母一直想让他出国留学,可痴情的林粤生想等刘嘉毕业后,一道出去。刘嘉说这次她先到粤东读研究生,等到时机成熟,就飞出国去。

想着刘嘉和她的恋人将大雁双飞,小鹤真替她高兴。刘嘉拍着小鹤手臂不无惋惜地说:"小鹤,以你的才气,真应该继续读研究生的。你的各科成绩都好,特别是刑辩能力和英语,但愿咱们以后还能有合作的机会,再联手办案。"刘嘉一席话,说得小鹤又忍不住眼泪横飞。情同手足的四年,两人感情好得连穿衣服都不分彼此。一朝分别,真不知何时才能相见。小鹤叮嘱刘嘉,到了粤东一定早点给她来信,刘嘉红着双眼,点头走了。

小鹤一时半会儿还走不了,因为她要等霖然到学校来,接她一道回浑江。无聊的小鹤这时想起大志,奇怪这两天大志竟没过来,估计他们的毕业去向也已经宣布。其实宣不宣布在小鹤看来已不重要,因为大志去《浑江日报》的事早在他同学中传得沸沸扬扬,大家都知道已经内定。不过这天小鹤实在无聊,吃过晚饭就起身去了隔壁大学,她想问问大志过两天能不能跟她和霖然一起走。

进得大志学校,校园的暮色有些冷清,不过大志寝室楼前却是灯火一片,异常热闹。一走进男生宿舍楼门洞,过道里弥漫着白酒和香烟的味道。大开着或半掩着的房门里,拼酒的、划拳的、笑闹叫喊的、捶胸顿足的,全是一副毕业前的乱生相……

小鹤走到大志寝室门口,探头一瞧,寝室里安静得出奇,只有一个男生在默默捆绑行李。见小鹤探头找大志,他说大志在班主任老师那儿。小鹤估计班主任老师找他,肯定一时半会儿回不来,就请那同学转告大志,让大志明天抽空到隔壁学校来找她一趟。

第二天,小鹤早早起了床。系里剩下的几个女同学,今天就要全部走了,只余下她。霖然的火车要明天才能到,小鹤送完同学回来,先把自己一些零碎不用的东西打包收拾起来。一直磨蹭到下午天暗,也不见大志过来。小鹤估计大志离校手续还没办完,就拿起脸盆和香皂去澡堂洗了个澡,回来吹干头发,换上一身素白连衣裙,找出长箫去了校园凉亭。

毕业生离校,大学生放假,往日喧嚣的校园,一下子安静下来。夏日的夜晚,一轮皎洁的圆月,明晃晃地悬挂在苍穹,墨蓝的天际显得很辽阔,很清幽。

凉亭上的小鹤,箫一沾唇,便进入到忘我的境地:

我是怎样地爱你/让我逐一细算/我爱你尽我的心灵所能及的深邃/宽广/和高度/就像日光和烛焰下那每天不用说的需要/我纯洁地爱你/以我童年的信仰/我爱你以满怀热情/以我终生的呼吸/微笑和泪珠/那么/我死了我还要更加爱你!

小鹤心中吟诵着勃朗宁夫人十四行诗中那首著名的《我是怎样地爱你》,口中吹出的箫声,便有了悠悠扬扬、如泣如诉的音韵。

　　小鹤很想念霖然。看着眼前腕表上秒针不快不慢地走动着,她觉得自己的心都快煎熬干了。在那个没有手机、电话也不普及的年代,即便寄航空快信,也要五天才能一个来回。小鹤只得在内心猜想着霖然在火车上的情形。她相信霖然现在也一定如她一般,恨不得火车能长出钢铁翅膀飞起来。

　　一曲吹罢,小鹤的箫声又转成了千古名曲《高山流水》。

　　山青青,水碧碧,高山流水觅知音……

　　空灵的旋律似心的呼唤,在寂静的校园夜空飘荡浮动。

　　仿佛有心灵音符的牵引,校园树丛边小道上,失魂落魄的大志正向这边走来。

　　他走到凉亭下,呆呆伫立。毫无辉锐的双眸,迷茫地仰视着他炽爱的那个身影,那个多年来一直珍藏在他心底的女孩儿,内心涌起一股无望的哀鸣,他猝然闭上了双眼……

　　昨天,系里正式宣布了分配名单。大志作为班上唯一的党员,必须服从组织分配。虽然他再一次跑去姜书记办公室,可一切请求都是徒然。明天,他将到渝城市委宣传部去报到上班。

　　原本只想把小鹤永远"留在视线内"的想法,现已成了大志的一种奢望。今晚一别,不知何时才能与之相聚。回想一晃四年的大学生活,有多少令他留恋和痛苦的日子,都是在小鹤的相伴下走了过来。只是今晚之后,一切又将成为记忆……

　　大志痛苦地攥紧拳头,胸中集满浓得化不开的孤独和寂寞。按同学们的说法,渝城市委宣传部,那是多么好的一个单位啊,别人烧高香都求不来的职位,你大志却视若粪土?! 也有个别比较了解大志的同学一旁反驳说,谁不知道大志不喜争名夺利。班上有女生便猜测说,大志简直就是不食人间烟火的超级情圣,只是不知道谁将是这情圣心中的女神……

　　现在,这超级情圣就立在凉亭下,仰望着自己心中的女神,却是一脸痛苦绝望的神情。大志知道,这样的时日不多了,现在,他只想离自己的女神近点,再近点……

　　大志木然无声地飘移至凉亭。

　　小鹤背对着凉亭入口吹得太投入,一曲终了,又是一曲,直到吹累了放下长箫,长叹一声回转身来,才猛地发现垂着头坐在木围椅上的顾长身影。小鹤转惧为喜:"咦,大志? 你什么时候上来的? 咯咯咯,我怎么没听见动静?"小鹤语气充满了欢愉。

大志抬起他那五官深邃的脸庞，神情暗淡地扫了小鹤一眼，又一声不吭地垂下了头。

小鹤吓了一跳："大志，你没事吧？怎么啦？"

几天前还阳光灿烂的大志，现在一扫往日的粲然，显得心事重重。小鹤紧张地蹲在大志面前，明亮清纯的大眼睛里，满是关切和不安的神情。

大志抬起沉重的头，定定地看着眼前的小鹤。片刻，才嘴角微牵地伸手胡噜了一下小鹤飘散着清香的湿润头发，努力想做出开心的模样，不料唇角一展，那模样竟比哭还让人不忍看。

小鹤更加急了："大志，你——"

大志叹息着站起来，他背转身，仰视着亭外沉寂的夜空，小鹤明显感到，大志身体在哆嗦。好一阵子，大志方平静下来，伴随着他缓缓转身，小鹤听见："我被分在了渝城市委宣传部，回不了浑江啦。"

"啊？"小鹤万没料到，计划真是赶不上变化，"怎么会这样呢？《浑江日报》不是指名要你吗？！"

大志喉头艰难地上下滑动了几下，努力用平静的语气说："我们系姜书记告诉我，渝城市委宣传部指名要党员，而我是我们班上唯一的党员，所以……"

大志话音未落，天性爱笑的小鹤突然眼珠一转，释然大叫起来："好啊你个大志，又骗我是吧？你肯定是跟张小娜商量好了，想给我一个惊喜！我就说嘛，前两天张小娜眼神怪怪的，还说'干吗非去浑江'，原来你们商量好了，你要做上门女婿呀？哈哈哈……"

小鹤联想到张小娜，更加以为大志又在故意逗她，想着大志和小娜的好事就要成双，小鹤笑得樱桃花开。

满腹忧愁的大志看着眼前这个没心没肺的女孩儿，真有点哭笑不得。不过受小鹤欢愉情绪的影响，大志心中突然开了窍。他转念一想，是啊，对未知生活有什么好愁的呢？先留在渝城未必不是一条通衢大道。了解市委宣传部门的工作性质和流程，对自己梦想当一名新闻记者，恐怕只有好处没有坏处。男儿当自强，勇敢去开创一片天地，不正是自己梦寐以求的嘛。再说了，渝城离浑江又不远，想小鹤和霖然了，休假也可以回去。实在不行，干一阵子，再想法儿调回浑江不就得了？！

什么事情都怕想开。一旦想开，几天来阴霾得天都要塌下来的大志，心中憋着的那股子难受劲儿立马荡然无存。

此时大志对小鹤,有种说不出的感激。他觉得每当自己痛苦得不能自拔时,只要有小鹤在身边,有意无意三言两语就帮自己化解开来。虽然有时候连小鹤自己也不知道是她起的作用,可在大志内心,小鹤就是他的知己。

2

大志子然一身走了,霖然愁肠百结来了。霖然的到来,带给小鹤一个意想不到的噩耗:他被分到了北方一个小县城。欢天喜地的小鹤,心情顿时跌入低谷。

一大早,小鹤从火车站接霖然出来,一路上笑眉弯弯,又是蹦又是跳,欢雀般绕在霖然身旁。霖然看着心花怒放的小鹤,一路上尽可能赔小心,半点没敢提分配去向的事儿。

到了小鹤寝室,看着四周空荡荡的铁架子床,只剩下小鹤的床铺还原封不动,等待收拾打包,霖然忍不住心中落寞。一阵你侬我侬的绵绵拥吻后,霖然郁闷地告诉小鹤,他本来填报志愿要回浑江,无奈年级只有一个浑江名额,系里给了古丽娅,他没有别的选择,最后只剩下这个北方小县城。

小鹤听闻此言,犹如晴天霹雳僵住了。她没想到四年分离生活结束了,依然要与霖然天各一方。

佛然悲伤的小鹤,靠在寝室空敞的大桌子边暗自垂泪,霖然心疼地把她轻轻拥进怀里:

"小鹤,别难过了,我来时想了一路,现在也想通了,好在我去的这个单位,是一家国家级文物研究所,每年在西部都有许多大项目,我争取多参加几个这样的项目,就可以常回浑江了。这样即便是两地分居,我们在一起的时间也会比在大学多得多。再说等以后我们结了婚,夫妻每年不是还有一个月的探亲假嘛。如果有可能,你也可以调到北方来,我也可以争取再调回浑江嘛。这样想来,分居也没有多可怕,你说呢?"

霖然计划的未来蓝图,很快在小鹤身上起了作用。生性单纯的小鹤,只要能待在霖然身边,她心里就溢满幸福和满足。虽然心底深处依然有那么一丝飘浮不定的空落迷茫,可架不住霖然在身旁不停地劝导,小鹤顺着霖然的思路想,是啊,毕竟谁都还没有真正走上工作岗位,也不知道将来具体情况会怎样,现在就担心未来,就像霖然说的,纯粹是浪费时光。想到这儿,小鹤的情绪慢慢好起来。

学校最后开出的一趟汽车,把最后一批离校的学生送到了渝城火车站。有霖然动手打理,小鹤只需跟在他身边,用眼睛照看着余下的行李就行。霖然有个计划,这也是他大学四年中,特别是在大四实习时,一直冥思苦想的打算,他要带小鹤每走一地,就游遍当地的名山大川、名胜古迹。这次到了渝城,他把小鹤的所有行李都办了托运,只随身提了一包两人的换洗衣服和洗漱用品,带着小鹤就上了路。

在来渝城的火车上,霖然专门查看了这些年常常随身携带的一本全国地图。地图上标示在渝城附近,有一座很不起眼的小县城。别看县城不起眼,县城里那座摩崖石刻却扬名海外,也是国家级重点文物保护单位。

牵着小鹤柔软纤手走在摩崖石刻旁,霖然一边看一边给小鹤介绍,这现存的近五千尊造像是历经多个朝代,用了250多年时间才完成的雕刻,是中国晚期石窟造像艺术中的绝对珍品。看着身边山崖上这些栩栩如生的雕像,小鹤完全被古代能工巧匠非凡的智慧折服,能在一整面山的摩崖边雕刻出这么多精致无比的佛、儒、道三教并存的造像,需要多大的神力和想象力呀。

看完雕塑走到山脚下,小鹤肚子有些饿了。一阵香气拂来,她使劲吸了吸鼻子。个儿高的霖然早已发现,山道边一个农民正用炭炉熬卤着猪蹄在那儿卖。霖然拉着小鹤快步走过去,一问,五毛钱半个蹄子。霖然赶紧掏钱买下,转回身来用干净塑料袋捏住半个猪蹄递给小鹤。小鹤欢呼着抓过来就啃,一点儿也顾不上淑女风范,不一会儿便两片嘴唇油光,手上只剩下了骨头渣儿。

霖然笑了,他接过小鹤手上的骨头渣儿,递过一张纸巾,问小鹤:"好不好吃?"

"好吃。"小鹤露出碎玉小白牙,梨涡浅浅地笑了。霖然又变戏法似的从身后递过来半个猪蹄:"知道你喜欢吃,我买了两个,这半个还给你留着呢。"

小鹤心中一热,知道霖然是心疼她,把他那半个省下给了她,便举着油光光的半个猪蹄儿要霖然也吃。霖然就着小鹤的手,撕咬下一小块肉,两人就这样说笑着,你一口我一口,不一会儿就啃光了。

从摩崖石刻参观出来,两人坐车又去了一座集雄、奇、险、幽于一身,横亘40多公里的国家级风景名胜——云山。

云山海拔一千九百多米。山中林海苍莽,古木参天。在这里,小鹤见到了高寿数百年的古银杏树和古桂花树,还有她和霖然两人伸长手臂合围,也挨不着彼此手指尖儿的红豆杉树。红豆杉树中间一人多高的地方,有一个树干分裂成左右两枝的大洞。小鹤惊喜地从后边踩着树根爬上去,站在洞叉处呼叫霖然,霖然赶忙迎过来,在树下紧张地伸开双臂,小鹤想都不想,就欢笑着纵身向他怀里投来,霖然吓得慌忙接住,把她紧紧搂在怀里:"你个傻丫头,也不怕我还没准备好,万一摔着你怎么办?"

"咯咯咯,不会的,你不会摔着我的。"

小鹤脱口而出的话让霖然心中一震,继而一股热血自胸中向四肢百骸蔓延开来。他感到被小鹤无条件信任的舒心和幸福。

走在阳光斑驳的树影里,霖然热切地告诉小鹤,他们课本上曾经讲过,云山这种狭长且不对称扭转的背斜构造,是喜马拉雅山运动形成的。这种山多石灰岩、白云岩、砂岩和泥页岩,所以也多温泉。

听说有温泉,小鹤兴致立马大增。她可是法律系有名的浪里白条,游泳高手。天生好水的她拖着霖然胳膊就要往山下跑,她想快快跳进水里,一解已经难耐的浑身暑热。

到达半山腰,一汪清澈的温泉水如明镜流光,泉眼周边轻漾着褐色的波縠。霖然早已把红色的紧身泳裤穿在外裤里面,小鹤便赶快跑到旁边更衣间换上泳装,很快,两人便身在温润滑爽的温泉水中。

云山的温泉,是那种典型的硫黄泉,从清亮的泉水望去,能清晰地看到池底泉眼周边一片焦黄。

两人在温泉池中嬉戏完上岸,穿戴整齐,霖然便搂着头发湿漉漉的小鹤往山下走去。霖然的手指无意间触到小鹤手臂肌肤,那细腻光滑的感觉,犹如抚在一块细致光滑的绸缎上。小鹤见霖然目光惊奇,自己也用手摸摸,忍不住噗地一笑,因为她全身的皮肤,从来都是这个样子,只不过经温泉水一泡,更加滑爽罢了。小鹤婴孩般细嫩的肌肤,令霖然胸中灼热难耐,呼吸有些急促,他把她的肩膀搂得更紧了。

情浓意蜜的两个人,当晚歇在了山脚下一户农家旅店。老板娘是位热情好客的中年店主,她收了两人四块钱,特意说明这些钱包括一早一晚两顿饭以及两张床铺的费用。吃过晚饭,霖然拉小鹤去门外山涧转悠,吊着霖然胳膊走在夜幕下山崖间,清新的空气,丰富的含氧量,都令小鹤轻松得感觉不到呼吸。她早忘了霖然和她今后将面临长年的两地分居。在小鹤心里,霖然就是她的全部世界,有霖然在,身边的一切都是那样的美好。仰天,天蓝;瞰地,地肥;瞧身边树木,枝叶摇曳漱漱笑。小鹤就是小鹤,忧愁来得快去得也快。只要身边有霖然,生活就充满阳光。

漫游在疏星淡月万点细碎的月光下，四周芬冽的香气袭人，淡淡的雾霭正在冉冉升腾，犹如带着水意的清润，扑面而来。

望着朦胧星辉下娇俏动人的小鹤，霖然胸中似有一张灰暗的蛛网，笼罩得他心儿隐隐生痛。这次意想不到的分配结果，让他有气无处发。他抡起拳头想狠狠揍谁一顿，可面向四周，又不知该打向何处。这次蹊跷的分配结果，他心里一直在怀疑一个人，可没有证据，怀疑便只能藏在心底。

霖然怀疑的人是古丽娅。

在分配前一个月，古丽娅来找霖然，说她想填报上海的名额，因为她一直向往能到上海这样繁华的城市生活。霖然本来正在纠结同来的古丽娅会不会跟他争抢回浑江的唯一名额，现在见古丽娅压根儿就不想回去，不由得心中大喜。他真诚地鼓励古丽娅说，勇敢去迎接挑战，一定能实现自己的理想。

这四年，霖然班上天南地北聚在一起的同学，随着信息的交流、眼界的开阔，大家发现，东南沿海一带的生活条件，比封闭落后的西部要好许多，自然希望毕业后能向东南飞。可霖然自知不行，因为他有小鹤，有小鹤就有了感情牵挂，他一心想着的，就是跟小鹤团聚。霖然曾经私下里分析过古丽娅的情况，古丽娅很爱美，又胆大泼辣，没有感情羁绊，如果真像她说的那样，能去上海工作，对她来讲肯定是天大的好事儿，毕竟上海比起浑江，不知要发达富裕多少倍。

见霖然一脸热情，古丽娅眼珠一转，娇声说，她听系里老师讲，上海有两个名额，她希望霖然能跟她一道去东部闯荡闯荡。

霖然一听，便有些想笑。他觉得古丽娅还是改不掉那种一厢情愿、异想天开的毛病，明知他深爱着小鹤，却仍固执地提这样不切实际的要求。

见霖然睨眼看她，只是不语，古丽娅连忙媚惑一笑，说："好啦，好啦，放心，我不跟你抢回浑江的名额。你回去好啦，我反正要去上海，只是你别后悔。"说完，又像小时候生气一样，一甩长发，扭头走了。

看着古丽娅离去的背影，想着古丽娅一再表示不会争抢浑江名额，霖然心中涌起几丝歉意。

此时此刻再想起古丽娅来，霖然心中便有些不是滋味儿。在毕业分配名单公布前两天，古丽娅告诉他，她要去的仍是上海，还问他计划有没有改变。想着一块儿长大的发小将要孑然一身独闯十里洋场，霖然的歉意和愧疚之情又涌了上来。

虽说四年中他一直刻意躲避着咄咄逼人的古丽娅，可毕竟两人青梅竹马，纵是再无情，古丽娅四年的照顾陪伴，还是多多少少会让霖然时不时想起她来。看着眼前成熟美艳、魅力四射的古丽娅，霖然决定利用在校的最后时光，好好弥补一下她。

那天晚上，霖然主动请古丽娅在学校附近餐馆吃了两人在校的最后一餐。装修得像火车餐车一样的餐馆里，灯光昏暗，酒气熏天。进去出来的人影儿，全是等待分配的大学学子们。划拳声、碰杯喝酒声、说笑打闹声，闹哄哄如同炸锅一样。

受周围气氛的影响，饭桌上的霖然也要了一瓶白酒。他端起酒杯，真诚地请古丽娅原谅这四年的照顾不周，说完干了。古丽娅听得眼圈儿泛红，欲言又止地一仰脖，也干了。由于有过大一期末在古丽娅面前醉酒荒唐的教训，这次霖然克制着特想喝酒的冲动，无论古丽娅怎样劝说，坚持只喝了两杯酒。倒是古丽娅，不知不觉中，把大半瓶白酒全倒进了肚子里。

踏着夜色归来，古丽娅已是醉眼蒙眬，周边的笑声在她耳里渐行渐远，两腮飞红的她早已经站立不稳。没办法，霖然只得半扶半搂着她，费了好大劲儿，才把她送回到女生宿舍。好在一路上古丽娅少有折腾，身体绵软地倚着霖然，温顺得像一只小猫咪。

只是霖然没想到，第三天开会宣布毕业分配名单时，浑江市的名额竟然分在古丽娅名下。散会后，古丽娅眨着一双无辜的丹凤眼，急切地站在霖然面前诧然地表白："我要去上海的，怎么把我分回了浑江?"说完，双眼已泫然欲滴。

霖然惆怅地安抚古丽娅几句，便跑去了系主任办公室。一路上霖然火急火燎，他感到绝望，他要去系主任那里做最后一把努力。

然而，面对焦灼的霖然，系主任双手一摊，无奈地说，分配名额已经不可能变动，但分到这所北方县城的单位，霖然应当庆幸，因为这是一家国家级的权威研究院所，这里的专家在考古界是响当当数一数二的权威人物。

阴错阳差得来这么一个不错的单位，霖然半是惊喜，半是忧郁。从个人事业发展的角度考虑，好男儿志在四方，这家研究院绝对是打着灯笼都难找的一流单位，毕竟霖然学的是考古，从丰富知识、充实本领上讲，都需要工作在考古一线，有一流专家的传帮带，这在一般地方考古部门，是可望而不可求的;但从私情上论，再次与小鹤分居两地，不能时刻厮守在一起，又令霖然愁肠百结。

这些年，霖然可以想象有多少劲敌卧在小鹤身边。小鹤温婉善良的个性和天资出众的心智外貌，吸引自己同样也吸引她身边其他异性。霖然深知自己的头号劲敌其实就是大志，为此他没少烦恼。打小一起长大的总角哥们儿，霖然了解大志的个性。霖然写给大志一封又一封长信，与其说是客套地请他多关照小鹤，不如说是暗示他，小鹤已经生米煮成熟饭，已是他霖然的女人。霖然知道大志会懂他的心，所以他制约大志的最好办法，就是信任大志。

果然，大志在收到霖然的诸封信后，只给霖然回了一封信，内容很短，只有十八个字："哥们儿放心，小鹤心中，除了你，再也装不下别人。"

剪除了小鹤身边的最危险因素，霖然身边的危险因素却在不断增加。这危险因素当然全来自一个人，那就是他的红颜发小古丽娅。

自打进了大学校门，古丽娅算是彻底黏上了霖然。用古丽娅对霖然的话说："谁叫你当年在机场答应过我妈，要好好照顾我的?! 说了话，你就得算数。"

古丽娅的一通抢白，令霖然好气又好笑。无奈总归是从小一块儿长大的女孩儿，总不能失信于她家人丢下她不管吧! 机场的承诺让好面子的霖然在四年大学中，对古丽娅不得不有求必应，尽可能迁就承受。

考古系本就是个男孩扎堆儿的地方，不多的几个女生中，就数古丽娅长得最是如花似玉。不仅本系男生，就是其他外系的男同学，追求古丽娅的人也是前赴后继，络绎不绝。只是古丽娅从不拿正眼看旁人，谁把她追急了，她就抬出霖然，指着霖然得意地说，这是她青梅竹马的男朋友。外系男生不知就里，见站在她身旁玉树临风一脸尴尬的霖然，与古丽娅倒是珠联璧合一对佳偶，便只得知趣地全身而退。古丽娅拒绝追求者，可谓毫不留情;霖然想拒绝古丽娅，却十分艰难。被古丽娅死缠烂打，逼到墙根儿的滋味，令霖然时常尴尬、心烦。不得已的霖然只得在大一下半学期开学前，悄悄找班主任调换到了二班。考古系大一年级两个班，只有一个班主任。班主任三十多岁，一脸青春麻坑痘。他在古丽娅刚报到时，目光就黏上了古丽娅。现在见倜傥帅气的霖然主动提出从古丽娅身边挪开，班主任老师真是巴不得促成此事。

开学第一天中午课后，满脸怒气的古丽娅噘着小嘴，把霖然拦在了教室走廊尽头。古丽娅责问霖然："为何悄悄换班?"霖然兀自好笑地眨眨眼说："是老师正常调剂的，真的，完全是正常调剂嘛。"的确，从一班刚调到二班，"平头百姓"的霖然就被大伙儿推选为班长。见此情景，古丽娅嘟着腮帮子生了半天闷气，咬牙切齿一番，却又发作不出来。

没了古丽娅的纠缠，霖然不用天天再在教室里、操场上，面对咄咄逼人的古丽娅,还真是清净了不少……然而,本以为可以坦坦荡荡与古丽娅相安无事共度四年的霖然,却在大一期末放假前,因为醉酒,把说不清道不明的短处留在了古丽娅手上,令他心虚得再也不能理直气壮地面对古丽娅。

那是考完试放暑假前的最后一个周末,考古系大一两个班的男女同学,在古丽娅的极力撺掇和张罗下,全体到校外一家餐馆聚餐狂欢。

三百多天的朝夕相处,彼此已经完全熟络起来,大家围桌举杯,把酒狂欢,为一周后各自即将踏上放假归程,喝得酒酣耳热、印堂贯红,满屋子都飘散着高度白酒的醇香气味儿。

餐后古丽娅提议,就地开跳交谊舞,大家鼓掌欢呼。于是,十几个年轻的女服务员一齐上来动手,快速收拾出中央空地,房间灯光一暗,伴随着头顶上大地雷般旋转的七彩灯光闪烁,舒缓的音乐便刺刺啦啦响了起来。那时,社会上刚时兴跳交谊舞,许多年轻人搂着舞伴紧张地站在舞池中央,嘴里总不自觉地会数着“一、二、三,二、二、三……”生怕自己跳动的步伐错了,踩上对方鞋子引来尴尬。

双卡录音盒式带播放的第一支舞曲,是当时红极一时的歌星程琳演唱的《妈妈的吻》。当年专供跳交谊舞用的曲目并不多,许多舞厅播放的,不是时兴的革命抒情歌曲,就是台湾校园歌曲,当然也有极少数比较洋气的探戈调和迪斯科舞曲,只是会跳的人并不多。

古丽娅的舞跳得很美。那天晚上她穿了一身火红的府绸连衣裙。飘逸的裙裾映衬着她细长的小腿,整个人仿佛都是为跳舞而生,什么样的舞曲,在她脚下都能跳出迪斯科的欢快味道。

由于考古系男多女少,古丽娅便跑去找餐厅经理帮助。很快,十几个年轻的女服务员被安排坐在了舞池边的长条凳上。这些年轻女孩们满脸欣喜而神往的表情,是啊,能跟大学的天之骄子们携手共舞,这在平时她们连想都不敢想,现在兴奋中夹杂着羞涩的神情。

很快,一对对影影绰绰的男女便摇晃在了舞池中央。有步伐娴熟的,也有舞步生涩的,大家扶肩揽腰、摩肩接踵,在眩目昏暗的灯光下,挥发着躁动的青春。

又一曲陈琳演唱的《小螺号》响起,这是一首慢四步的舞曲。古丽娅抬眸四下张望,眼波掠过舞池看见,霖然跟孟夏几个男同学正在举杯拼喝啤酒,一杯又一杯,干得像喝白开水。古丽娅一蹙眉头挤过去,伸手拽起霖然的手臂,把他拉下舞池。

霖然喝得已经有些酗态迷离,他歪着头斜眯着眼,身体打了几个晃才看清站在他面前的是古丽娅。霖然慌忙摇头摆手,用有些喝大了的舌头拒绝说,他不会跳舞。古丽娅被霖然呼出的气息和迷离的眼波撩拨得有些神魂颠倒,便更加不依。她伸手夺过霖然手中的酒杯,顺手放在一旁的桌上,然后挽着霖然走到舞池中央,把霖然的一只手拉来放在自己腰上,握着他的另一只手,整个身子便偎了上去。

3

第一次与古丽娅靠得这么近,霖然心头一激,古丽娅鬓发间也有一股小鹤发丝上常有的那种清香气味儿,那是小鹤最爱用的茉莉花洗发香波的味道。

熟悉的气味令霖然心神有些恍惚和迷恋。他闭目追嗅着那缥渺不定的清香,虽然酒精的作用已经令他头脑发晕,可小鹤的味道令他不舍离开,他努力稳定身躯,一步一步、前后左右地行走。好在耳旁的舞曲只是慢四步,不会跳舞的人也能走出像模像样的步伐。此刻霖然心中,充满了对小鹤的想念。他半闭着眼眸,把古丽娅权当作了拐杖,尽量合着舞曲的节拍,半推半杵着古丽娅,晃悠在舞池里。

半偎在霖然的怀里,古丽娅眩晕得陶醉。她半仰了脸,去看眉梢眼底全是笑意的霖然,身心不由得有些澎湃激荡。这就是她想要的男子,一个从小就撩拨得她心神不定,却总也得不到他心之所属的男子,古丽娅欢欣中掺杂着沮丧。古丽娅闭起眼睛,觉得自己就像块铁石被霖然这个吸铁石深深吸住,夹带着浓烈酒气的霖然,依旧散发出一股子她从小就特别熟悉的气息,这种气息,让她亲切,分外陶醉。

一曲终了,霖然扔下古丽娅,又一头扎进孟夏他们喝酒的圈子,手一握上酒杯,便再也不肯踏进舞池半步。无可奈何的古丽娅,只好独自在舞池中央蹦跶。谁邀请她,她都拒绝。既然霖然不再拥着她跳,她宁肯自个儿跳舞,也不愿再把手交给别的异性。

夜深人静,一曲曲悠扬的舞曲声中,一对对、一拨拨男女同学陆续离开了。最后,舞厅里只剩下古丽娅和已经完全喝高了的霖然跟孟夏他们几个男同学。

古丽娅一直坚持等到最后,心中自是放心不下霖然。她悄悄跑去后台跟餐厅经理打招呼说,他们尽可以关灯收拾打烊,然后她回到舞池边,去轰烂醉如泥的那几个男同学。霖然摇摇晃晃地站起来,拍着孟夏的肩膀,两人高一脚浅一脚地往外走。餐厅门外有个半尺的木台阶,孟夏一脚踏空,眼看就要摔倒,霖然虽也脚跟不稳,但还是及时拽住了瘦弱的孟夏。孟夏回头,醉眼蒙眬地冲霖然呵呵乐道:"哈哈哈,哥们——儿,没事儿——吧你? 扶、扶着点儿,我、我吧,免、免得——摔着你。"

跟在他们身后的古丽娅,听得有些哭笑不得。她闪身挤到霖然和孟夏之间,一低头钻进霖然臂膀下,顺势把霖然一只胳膊扛在了肩头。

酒精作用下的霖然,早已经意识不清,他手臂全然无知地搭在古丽娅细削的香肩上。脚下步履蹒跚地跟着古丽娅,机械地往学校走。走着走着,孟夏和另几个男同学落在了他俩身后。不一会儿,便不见了踪影。

古丽娅搀扶着霖然站在街边等了一会儿,不见孟夏他们跟上来。古丽娅眼珠一转,心中不由得一阵窃喜。她可真不希望孟夏他们追上来,与霖然单独近身相处的机会,对她来说,真是千载难逢啊。

古丽娅心情大爽,她扛着脚下打漂的霖然的手臂,慢慢往校园里挪动。闭目迈腿的霖然,嘴里嘟噜着,不知在说着什么。古丽娅侧脸倾听,正好触到霖然转过来的温润嘴唇。

"小,鹤,"酣醉的霖然打着晃,嘴唇凑了上来,在古丽娅额头上重重啵了一下,"鹤,我,爱你。"说着手腕一紧,把古丽娅紧紧拉在了怀里。

滚烫的热吻,拢紧的手臂,惊喜得古丽娅心神激荡。耳旁霖然呼出的气息,酥酥痒痒撩拨着她的神经,霖然滚烫的脸颊摩擦着她的耳鬓,令她每一寸肌肤不由得紧绷起来。这是多么令人陶醉的吻啊,只可恨醉态中的霖然口中呼唤的,却是他心上的那个女孩儿。古丽娅恨得牙直痒痒! 从小与霖然一起儿长大的她,原本以为只要她愿意,随时都可以引来霖然的热烈追求,谁料半路竟杀进个林小鹤……古丽娅嫉妒幽怨中,生出一股强烈的占有欲,她要从林小鹤手中,把霖然夺回来。

斜瞥着身旁已然酣醉似眠的霖然,古丽娅知道,纵是她再说些什么,也是对牛弹琴了。想着骄傲的霖然平时那桀骜不驯的样子,古丽娅脑中突然生出要把他掌控在自己股掌之上的强烈恨意……

第二天霖然醒来,已是暮色黄昏。

他睁开眼,头有些痛。记得昨天他和孟夏等几个男同学一直在喝酒。后来大家怎么回来的,他一点儿也想不起来了。看看对面床上的孟夏还在酣睡,估计一时半会儿也醒不来。霖然感到很口渴,他翻身爬起,突然看见自己上衣兜里,塞着一条粉色手绢。好奇地拿出来一看,脑子有些短路。这显然是女孩子的物品,可怎么会跑到自己兜里来了? 小鹤平时最不爱用粉色的东西,这是谁的呢? 一头雾水的霖然摇摇还有些晕痛的头,皱了一下眉头,顺手把手绢塞进枕头底下。他想,还是等孟夏醒来再问问他吧。

提着暖水瓶的霖然走出宿舍楼,一抬眼,正好看见迎面小道上,古丽娅走了过来。

今天的古丽娅,换了一身白碎花的富春纺连衣裙,高挑的个子,配着马尾长辫,人显得很飘逸飒利。她老远就看见了霖然,欢喜得一路小跑过来:"嗬嗬,霖大人,你的酒终于醒了?"

古丽娅亲昵的话语带着讥诮的味道,让霖然有些诧异。他脚步没停,继续往水房方向走,古丽娅赶紧折身跟上。

"还给我吧。"古丽娅伸出纤纤玉指,闪身挡在霖然胸前。

"还你? 什么呀?"霖然腿没停,心中却是一动。

"我的手绢啊。"古丽娅小嘴一嘟,漂亮的丹凤眼弯弯眯起,好似嘲笑的神色。

"哦,我说呢,原来那手绢是你的啊。我就奇怪嘛。"如梦方醒的霖然走到一棵大树下,站住了,宽大的树荫正好挡住夕阳照射过来的强烈余晖,"你的手绢怎么跑到我衣服兜里去了?"好奇心强的霖然,最受不了稀里糊涂被愚弄。

一丝羞涩神情少有地挂在古丽娅青春洋溢的脸上:"你真不记得昨天晚上咱俩儿的事啦?"

"昨天晚上? 咱俩儿? 什么事呀?"古丽娅罕见的神情,把霖然唬得有些沉不住气了。

"你?!"古丽娅神情瞬间变幻,两眼很快便噙满了泪水,"你不至于,又想赖账吧?!"

"我? 赖账? ……我赖什么账啊?!"霖然额头上的青筋都起来了。他脑子飞快地转动着,昨天晚上,除了跳舞那一段跟古丽娅有过近距离接触,余下的,他一点也想不起来了。

古丽娅咬着薄唇,泪眼清清地看着他,什么话也不再说。

霖然真给吓傻了。他心虚地想,昨天晚上酒后,我都干了什么呀? 这一段记忆的空白,让他心里发慌,没了底气。

　　为了尽快摆脱古丽娅,霖然匆匆返回寝室,把枕头下那粉色手绢像扔烫手的山芋一样,飞奔回来,塞还给了等在寝室楼门外的古丽娅。古丽娅接过手绢,面容转悲为喜。她瞥了霖然一眼,把手中的粉绢凑到鼻端,深吸一口,那暧昧的举止,那飘浮的眼波,令霖然心中发堵,烦恼随之升起。霖然第一次清醒地意识到,长大后的古丽娅,已经不可再小视。

　　第二学年,小鹤因流产来到霖然学校休养,把霖然紧张坏了。他实在害怕古丽娅撞见小鹤,再跟小鹤说些什么,就每天辛苦地跑来跑去,带着小鹤尽可能躲避着古丽娅,不让两人碰上。那天,当小鹤说她看见了古丽娅时,霖然领会错了,以为古丽娅跟小鹤见上了面,吓得差点把手中提着的暖水瓶摔在地上。因为那天早上,古丽娅曾经把霖然堵在教室走廊上。古丽娅阴阳怪气地逼问他,是不是他的仙鹤飞来了? 紧张得霖然掉头就走。自从有了那次说不清道不明的跳舞之夜,古丽娅算是把霖然的小辫子揪在了手里,时不时幽怨地挤对他一下。霖然有些难堪,可也只得勉强应对,尽量淡化咄咄逼人的古丽娅带给他的烦恼。霖然曾经私下问过孟夏知不知道那天晚上的情景,孟夏摸着头想了半天,才嗫嚅地说:"好像是,你搂着古丽娅,你们单独走了,后来——"孟夏摇摇头,"我就不记得了。"霖然不由得暗暗叫苦,连个证人都找不到的那个夜晚,他和古丽娅之间到底发生了什么,古丽娅每当说起,总是眼泪汪汪,真让他有口难辩,古丽娅也就此论定了他。

　　大三下半学期,霖然他们年级两个班,一同去了西部一个著名墓地考察。汽车行进在风吹草低见牛羊的大草原旁。"快看那些花!"古丽娅的尖叫声,把大家的注意力引到窗外草地上。霖然被眼前大片大片飞驰掠过的蓝紫色小花吸引住了。这些高原上生长的娇小可爱的花朵,在微风中婀娜摇曳,霖然觉得像极了他心爱的小鹤那袅娜的身姿。他多想车子停下来,让他靠近去轻抚这些美丽的花朵啊。

　　一个后排坐着的男生向司机高喊:"师傅,能停一下车吗? 我想上厕所。"坐在霖然前排,满脸青春疙瘩坑的年轻班主任杜老师沉下脸说:"这是无遮无拦的草原,等到有厕所的地方再说吧。"

　　坐在霖然身旁的古丽娅,看霖然全神贯注地注视着车窗外,那向往的神情令她心动,便探身把香唇凑到班主任耳鬓旁,娇嗔地说:"杜老师,我好想下去看看哦,我还没见过蓝色的花儿呢。"

　　吹气如兰的耳语,令班主任杜老师心软下来,大概他也不想与这么美丽辽阔的草原轻易地擦肩而过,就向师傅喊道:"师傅,停车,大家下车休息半小时吧。"

同学们欢呼着争先跑下车,一个个矫健的身影扑向茵茵草地。女生们着采野花;男生们东追西赶,捕捉着那肥硕的草原田鼠。霖然干脆仰身躺在了草地上,他双手枕在头下,帆布帽檐儿遮挡着刺目的阳光,凝神静气,任思念驰骋飞翔。这时,不远处传来古丽娅深情的歌声,古丽娅的歌声里很有一股子乡野的山风味道:

"在那遥远的地方,有位好姑娘,人们走过了她的帐房,都要回头留恋地张望……"

霖然望着天空飘浮的朵朵白云,思绪早已飘向了千里之外。

突然,一阵轻微的声音在耳边窸窸窣窣地响起。

"阿嚏——"一根茅草突然钻进霖然的鼻孔,霖然被瘙痒得连打了两个喷嚏。

"哈哈哈哈……"古丽娅豪放的笑声响在耳旁的同时,她那炙热的身躯也滚进了霖然怀里。

霖然吓得一掀帽子,瞪大眼睛,翻身跃起。只见乐不可支的古丽娅正笑倒在眼前的草地上,而不远处,班主任杜老师那羡慕阴郁的目光,正幽怨地投射过来。

霖然大四三个月的社会实践,辗转了很多地方。

出发前三天,系里张榜公布了实习小组名单,霖然所在组的十个人,清一色的男生,带队老师正是班主任杜老师。然而在出发的那天早上,霖然上了车一数,九个同学加上班主任杜老师,还少一个古丽娅班上的男生。大家正等着,却见身着红色运动装、脚穿白色运动鞋的古丽娅,手提一个行李包,往车前跑来,嘴上喊着:"霖然,快来帮帮我,帮我搬行李。"

霖然闻声,吃惊地站起身,差点与跨步想去迎接古丽娅的杜老师碰着头。霖然抱歉地后退一步,礼貌地请杜老师先行,没想到杜老师犹豫一下,回身又坐了回去。这时古丽娅已经气喘吁吁拎包上了车,霖然上前帮她把行李提到车后空座上放好,转身想回座位,见古丽娅还站在过道上。她问他:"你坐哪儿?""那儿。"霖然用嘴一努,侧身经过古丽娅坐回自己的位置。古丽娅一瞧,霖然和班主任杜老师正好并排分坐在过道两侧,她忙快步走过去用手推推霖然,然后挤坐在了霖然身旁。霖然有些尴尬地把身体往车窗边靠了靠。

坐下的古丽娅这才扭转头,像是刚发现杜老师似的,满脸堆笑,甜腻地叫一声:"哟,杜老师也到了,您好。"气得独自坐在窗边,早空出身旁座位等她的杜老师,瞬间铁青了脸,看也不看她,更没有接茬。

在西安兵马俑坑道里考察时,古丽娅可算是逮着了黏上霖然的机会。霖然走到哪儿,她跟到哪儿,胆大的她时不时恶作剧捣乱一把,不是从某个兵马俑身后,悄然伸出手去吓那个胆小的男生一下,就是把一双眼睛对成斗鸡眼的大头,突然从两个马俑空隙间探出来,昏暗坑道中她那古怪的样子,吓得那个胆小的男生差点没尿了裤子。

在陕西一个县城郊外,班主任杜老师带他们来到一个事先联系好的阴森古墓前。这是让学生了解古墓内部构造的一堂实地讲解课。没想到古墓中匆匆一圈儿参观下来,杜老师站在阴风嗖嗖的古墓口外野地上清点人数时,猛地发现少了古丽娅。霖然高声大喊,四周除了山野风啸,没有古丽娅一点声息。

"杜老师,她会不会还在墓穴里呀?"不知谁嘟囔了一声,霖然被吓得头皮一紧,再扭头看领他们进去的那个讲解员,他立马把头转向了一边,让霖然看不到他的表情。霖然当然不会知道,这个古墓在当地有着许多活灵活现的传说,讲解员是当地人,很迷信,如果不是因为家里穷,为那不菲的导游费,他才不会钻进这个野狗都不敢进入的古墓。显然此时,他很不情愿再进这个墓穴里去。杜老师便把目光停在了霖然身上。

霖然心中那个烦呀,又实在担心古丽娅出什么事儿,只好硬起头皮说:"杜老师,我再进去找她吧。"见霖然说话,孟夏忙跟腔说:"我陪你去。"霖然感激地拍拍孟夏的肩头。那个当地讲解员见状,赶紧挤过来说:"莫怕,墓道里只有一条通道,顺着走就能出来。"霖然点点头,跟孟夏一人拿一把大手电,身影便消失在墓地入口处。

"古丽娅,你在吗?"

"古丽娅,你在哪儿?"

再次走进阴森可怖的墓穴,霖然心里一激灵。为了壮胆,他和孟夏一路高声呼喊着,身体紧靠着向前探去。幽深的墓洞,除了两人手上白刺刺的手电光,伸手不见五指。呼啦啦,几只黑色的蝙蝠被喊声惊动,扑棱棱从眼前飞蹿而过,吓得霖然头皮都站起来。两人飞快地往曲里拐弯、深不见尾的墓穴尽头冲去,渴望扑向出口看见日光的愿望越来越强烈。

就在离出口不到50米的一个犄角旮旯里,一个缩成一团的身影闻声猛地站起:"霖然,是你吗?"胆战的声音,听起来让人觉得好可怜。

"是我。古丽娅?"听出古丽娅的声音,霖然赶紧应声奔过去。

"霖然!"影子冲过来,在霖然的电筒光前一闪,便紧紧勾住了霖然的脖子,温热激动的泪水,糊了霖然一脸。

霖然有些尴尬,连忙牵住古丽娅的手,用手电往身后一晃,说:"杜老师让我和孟夏回来寻你。"古丽娅这才看见,霖然身后还站着单薄的孟夏,便泪光盈盈、神情复杂地冲孟夏点点头。

原来,古丽娅本想恶作剧一番。她事先设想好,假装掉队,然后悄悄藏在墓穴中,她倒要看看,霖然是否会回来找她。没想到躲在队伍末尾的她,不一会儿就后悔了。因为,一个人待在没有人声气息的古墓里着实吓人。黑暗中,只能看见眼前芝麻大星星点点的蓝色鬼火忽闪,远处有不明动物的飞动声和怪叫声。生平胆大的她,此时惊恐、惧怕得哭都不敢发出声音。不知墓穴出口在何处的她,一步也不敢动,蜷缩在了一处山石道壁旁,悔得肠子都青了。现在,霖然牵着手脚冰凉的她,跟孟夏一起快步向墓穴出口奔去。见到洞口光亮,霖然松开了她的手。

回到车上,古丽娅依旧无声地坐回霖然身旁。她把霖然的外套放在腿上,一歪头,靠在霖然肩膀上睡了过去。无奈的霖然,轻轻叹息一声,僵直躯体中不甘寂寞的思绪,又飞向了千里之外……

霖然跟小鹤从云山游玩一番,回到浑江,托运的行李还没有送到。第二天,霖然先陪小鹤去了那家基层法院报到。法院人事科张干事领着小鹤和霖然在法院楼上楼下转了一大圈儿。这是一幢老式三层红砖楼房,一层是立案厅、审判庭以及法警室,二楼是法官们的办公室和资料档案室,三楼一端是院长、副院长的办公室及会议室,另一端是法官图书休息室及两间单身法官集体宿舍。

张干事说,宿舍一间是男法官的临时宿舍,另一间是给女法官用的。说着,张干事递上一把刚配好的新钥匙。小鹤一见,忙摆手说:"不用了,不用了,我可以住我父母家。"张干事笑笑说:"还是留着吧,做法官,经常要加班到很晚,你一个小姑娘,天晚了,外面黑灯瞎火的,还是住院里安全些。"霖然一听,忙伸手替小鹤接了下来,张干事点头笑笑,下楼走了。

小鹤用钥匙打开宿舍房门,这是一间二十来平米的房间,房间里铺着陈旧的实木地板,显得有些年头了。窗前,午后炽热的太阳透过高大的梧桐树透射进来,在地板上形成斑驳摇曳的碎点。窗户旁有两盆繁茂的绿萝,正翠艳欲滴地舒展着肥厚的枝叶。房间内对放着四张小木床。小床雪白的床单上,放着折叠整齐的被子。两张小床已经挂起了蚊帐,小鹤想那剩下没挂蚊帐的床,有一张就是自己的了。待她转回身,已经关上房门的霖然急拥上来,两人便是一通缠绵的热吻……

从毕业到现在,大半个月的珍贵时光,全耗在了一路的游玩上,蜜意缠绵之后,终将离别的阴霾已经隐隐浮上两人心头。两人无时无刻不在渴望着能单独待在一起,尽情躲进对方怀抱,用拥抱、用激吻来安抚彼此心中那惆怅的迷茫。可现实中,他们又特别害怕单独待在一起,那种不可抑制的分离恐惧,只剩下两人独对时,就会瞬时沉重得堵塞在心。

凝视着小鹤晶莹的眸中集满了伤感,霖然无声地苦笑一下,他努力用话语来分散小鹤的思绪:"看来我明天还得辛苦一趟,得给我们的仙鹤去买一床蚊帐。"

无意中将小鹤呼为"仙鹤",霖然突然联想到这是古丽娅生气时常在他面前这样叫小鹤,自己竟随口重复了出来,吓得他一激灵,再也不敢随意开口。

听霖然突然叫自己"仙鹤",小鹤心中顿觉一暖,她感到这是因为霖然爱她爱得很深,她在霖然心中也很圣洁。她收敛起离别的悲伤,转移话头说:"咱们去我办公室看看吧,我刚才看见,那桌上好像有好多灰呢。"

两人出得宿舍,下到二楼办公室,霖然赶快找来水桶和抹布,上洗手间打来一桶清水,开始帮小鹤抹擦着办公桌。小鹤扫完地,顺带把办公室窗户也全擦了。

刚才人事科张干事领他俩来到这间办公室时,曾说跟小鹤同办公室的另外两人都是从部队转业来的军人,只是暂时还没有报到。

两人收拾完出得法院,已是下午三点。耀眼的阳光淡凉了许多。霖然想拽小鹤去父母家,可小鹤想了想说:"云姐要走了,我还是回去陪陪她吧。"

小鹤姐姐小云过几天就要离开浑江,到澳大利亚打工去了,这两天,小鹤父母正忙着帮她收拾行李和要带走的东西。

霖然看了看天,大概也不想这么早跟小鹤告别,就爽快地对小鹤说:"那好,我也上你家去。"

小鹤脸上顿时宛如春花绽放。

4

说起小云前往澳大利亚,事情来得有些突然。

两年前,小鹤还在上大学时,云姐已经从烹饪学校毕业,分配在了浑江一家市属商业公司坐办公室。天天与一帮大姑大妈们待在一起,一杯茶一张报纸一堆无聊的话题,就闲过一天,小云觉得很无趣。热衷于烹调的她,干脆没事儿就窝在家里煎炒烹炸,今天捣鼓个苦瓜烧兔丁,明天又来个干锅蒜薹香菇,把个小鹤父母给美得直感叹老了老了，牙口没了，口福却来了。成天看着大女儿在锅台前转，就是不上心找对象，小鹤妈只得皇帝不急太监急，到处张罗人给大女儿介绍。风声一传出，提亲的人便络绎不绝。本来嘛，林家有两个绝色美女是众人皆知，自认为条件不错的男孩儿家庭，自信的、试探的、以财招妻的，什么样的媒人都踏上了林家大门。在小鹤母亲的督促下，小云走马灯似的相了一拨男青年，可就是没有一个能对上她的法眼。

小云高不成低不就的心思，令小鹤妈郁闷心烦。她丢给大女儿一句话："你也老大不小了，自己看着办吧，我不管你了。"就真不再给大女儿牵线搭桥了。

没了母亲的催逼，小云乐得继续闷头研究她的美食。这天，小云的一个发小拉她去参加小学同学十五年聚会，回来后小云便忍不住偷偷直乐。小鹤妈很好奇，可无奈已经放话不再过问大女儿婚事，只得干耗到小鹤大学放假，才悄悄吩咐小鹤打听大女儿的想法。结果不出一周，小鹤妈就从小鹤嘴里知道了，大女儿正与一个小学同学恋爱，只是这个同学身在澳大利亚经营一家中餐馆的事，小鹤妈并不知道。因为小云叮嘱过小鹤，在事情没成之前，千万不能告诉母亲。深知母亲插手会是什么结果的小鹤，果然嘴紧言寡。然而上个月小云突然提出要去澳大利亚，并且三下五除二就把工作辞了，令小鹤父母着实吓了一跳。知情后的小鹤爸倒是很快就想通了，反正身边两个女儿，走出一个去闯闯世界也没有什么不好，毕竟自己祖上还没有出过留洋的人，然而小鹤妈却哭天抹泪舍不得。无奈大女儿当过知青，主意多，能力强，性子又刚烈，自己定下的事任谁也别想动摇（在这一点上，小鹤妈有时倒觉得，大女儿更像自己）。无可奈何的小鹤妈，只得照着大女儿的吩咐，帮她准备行李物品。

小鹤和霖然回家时，小鹤妈刚收拾完东西，正靠在藤椅上歇息。看见霖然，小鹤妈纠结的心又揪了起来："霖然啊，我一直想不通，你怎么会留在了北方呢？我身边现在就剩下小鹤了，你可不能再把她从我们老两口身边拉走啊。"

小鹤妈的话令霖然脸上有些发烧，他尴尬地嘿嘿两声，说："您老就放心吧，我跟小鹤已经商量好了，等过两年我就从北方调回来。我们将来肯定会在浑江生活的，我们还要给您二老养老呢。"

"呵呵，还是霖然会说话，真懂事。"小鹤妈欣慰地舒展开愁眉，脸上终于有了笑容。

"当然是霖然懂事啦。呵呵，霖然，你可得跟小鹤一道好好照顾我爸我妈呀。"云姐从卧室里闻讯出来，一边往腰上系着围裙，一边询问霖然，"说吧，你俩难得回来,想吃些啥? 乘我还在,马上给你们做。"

"嘿嘿,听小鹤的吧,我什么都行。"霖然看着小鹤,一个劲儿地乐。

"我要吃口水鸡。"小鹤冲云姐欢叫。

"谁要吃口水鸡啦?"敞开的大门外,传来小鹤爸扛自行车上楼来的喘息声。霖然赶紧奔过去,从小鹤爸肩头卸下自行车,嘴上说着:"您怎么不在楼下喊一声? 让我下来扛嘛。"

小鹤爸喜心顺耳地把自行车推到过道边放好,走进门来说:"没想到你俩回来得这么早。怎么样,小鹤到单位报到,还顺利吧?"

霖然便抢着把陪小鹤到单位报到的经过,详细讲述给小鹤父母听。霖然明显感到,未来丈母娘对他所有的表现都显得极度满意和欣赏。

云姐的签证出了点问题,只得往后改签机票,反倒是霖然走在了前面。

小鹤与霖然离别的日子,就这样不请自到了。

这天清晨,小鹤早早地跟随霖然来到机场。陪同霖然办完行李托运手续,两人空手走出候机大厅,在机场外一家用绿树和竹帘搭起的茶肆里坐了下来。

一个多小时的等待里,小鹤脸上布满失魂落魄的怅然神情,她好几次强忍住,才没让眼泪掉下来。时刻关注着她神情变化的霖然,自然也是双眸泛潮……

机场通知登机的广播,已经是第二遍响起。

霖然不得不站起身,伸手拉起身旁的小鹤,握着她的手,步履沉重地走回机场候机大厅。

安检口边,登机的人们行色匆匆,擦身而过。小鹤的手被霖然牢牢攥握着,两人都不舍松开。

突然,霖然一把拉过小鹤,低头在她软软的唇间,重重地亲吻了一下,还没等小鹤反应过来,霖然已经放开她,转身快速走向了安检通道。

"霖然!"小鹤霎时泪如雨下,心中万般不舍,轻呼了一声。

霖然高大的背影一僵,顿了顿,没有回头。他清楚,自己不能回头,一旦回头,便再也凝聚不起离去的勇气。

"霖然……"小鹤在心中哀切地呼唤着,苍白如纸的脸上,酸楚的泪水,已在肆意横流。

两人从相恋到如今,一次又一次不得不分开的别离,让小鹤的心再次陷入痛苦绝望的撕噬中……

眼前的霖然,已经淡出了她的视线,小鹤再也忍不住,头垂于胸,无声地啜泣起来。

漫长的两地分居,就这样开始了。

心爱的人去了北方,仿佛也带走了小鹤的灵魂。小鹤双手抱着簌簌发抖的身子,眩晕无力地向机场外大巴车站走去。

暑阳高照,炎热不减,可小鹤全身起了一层又一层鸡皮疙瘩。在户籍制度相对严格的中国,那时还没有多少年轻人敢轻易辞掉工作,随心随意到外省流动漂泊。大学毕业生,分配在哪儿,基本上就得在哪儿安心工作。小鹤掐指算着霖然几个小时后,就将与她远隔千里,不由得心中一阵阵发紧,那种从里往外透着浸凉的冷,让她无助又无望。她知道从现在起,漫长的相思孤独,又将经年累月地伴随着她。

霖然走后那几天,云姐天天晚上跟小鹤讲述她与这个小学男同学之间的往事。云姐说,人真是奇怪呀,上次同学聚会她猛然看见他,几乎想不起他叫什么,可没想到在跟他好上后,小时候一起度过的那些童年趣事,又一一清晰地记了起来。云姐说:"有一次他跑到我家来玩,还偷走了爸爸压在玻璃板下的几张小卡片,爸爸回来追问我俩是谁拿的,我还差点挨了打,你记得不?"小鹤瞪着迷茫的双眼,木然地摇摇头,一回头,发现云姐压根儿没问她,只是在自顾自地回忆。于是,在云姐讲述那个叫刘弟的恋人时,小鹤就在心中想着霖然,想得情到深处不能自拔时,就假装被云姐回忆刘哥感动,任由思念的泪水尽情流淌。流着流着,躺在一旁的云姐幽幽叹了口气说:"我知道你想霖然,你要哭就尽情哭呗,我不看你就是了。"说着,怕小鹤不好意思,云姐翻身向里,睡了过去。云姐一旦把话挑明,小鹤反倒哭不出来了。她寻思从现在算起,到明年霖然回家探亲,日子只会过一天更接近一天,心情一快乐,想起的便全是与霖然在一起的开心往事。

日子过得很快,云姐的签证办下来了。对即将远渡重洋的云姐,小鹤打心眼儿里为她高兴。因为姐姐要去的地方,是她心上人儿的身边。虽在异乡,却开心甜蜜。

在机场国际航空入口处,云姐恋恋不舍地给了小鹤一个贴脸大熊抱,凑在她耳根边,云姐轻声说:"替我照顾好咱爸妈。"

"放心吧,姐。"小鹤顺势在姐姐脸上湿漉漉地啃了一口,搞得云姐有些害羞。云姐不好意思再跟父母行拥抱礼,就频频挥动手臂,提着包倒退进了安全通道。

离开机场,小鹤看见从厕所里出来的妈妈眼圈儿红红的,像是刚哭过,就佯装撒娇地搂着妈妈的手臂,嘴里冲爸爸嘟囔着:"爸,你说妈多偏心呀,我上大学那会儿,也没见妈妈这么不舍过,今儿送姐姐走,妈妈给她的待遇怎么就这么高呀?真是不公平!"

"净瞎说,你这孩子。"小鹤妈经小鹤嬉笑打岔,脸上的阴云慢慢散去。是啊,送走一个,这不又回来一个嘛。再说了,在小鹤妈心里,她更愿意大女儿出去闯荡,留小女儿在身边。大女儿比小鹤胆子大,有主意,而且澳大利亚美丽如画,生活就像在天堂——这些都是小云怕母亲担心,故意这么灌输给小鹤妈的——不比在浑江待着强。想到这儿,小鹤妈脸上溢出自豪的神情。可不,一个女儿去了人人羡慕的国外,一个女儿回到了身边,还是人人敬仰的法官,小鹤妈的成就感别提有多大了。

法院新鲜的工作环境和每天各异的刑事案件,令小鹤很快投身其中,变得格外忙碌起来。为了省去每天骑车回家的路途奔波,也为了安全起见,小鹤爸建议女儿住在了法院三楼的单身宿舍。这样,小鹤便把时间全部用在了工作上。

只是夜深人静,法院楼里静悄悄时,小鹤就变得特别想念霖然。她买回厚厚一沓印着名人书画的信封,还有整版整版八分的邮票,又开始了与霖然的两地情书。

"亲爱的霖然,收到你的来信了,我也很想你,特别是在这寂静的夜晚,听着窗外知了的叫声,我总会想起小时候我俩坐在水稻田边的那个夜晚……好想靠在你温暖的胸膛上,安安静静地待上一会儿啊……"写到这儿,小鹤心中的思念如同夜色一般,凝结成浓浓的一团,断线的珠泪吧嗒吧嗒跌落在信纸上。她甩甩头,继续往下写着:"小时候,不觉得分离有多么痛苦,只是想着明天很快就会到来,暑期就在眼前;现在长大了,才感到相距千里,犹如挡在牛郎织女面前的银河,这般地折磨人……"一大颗泪珠正好落在"折磨"二字上,盈盈晃晃着,像个小凸透镜,字迹在泪珠下模糊开来。

在寂静的夜晚,小鹤几乎天天都这样,不是给霖然写信,就是埋头写日记。吸满蓝色墨水的钢笔,在信纸上龙飞凤舞地划过,仿佛霖然就在眼前,小鹤笔下倾诉着不尽的相思……

"小鹤,快开门,是我,黎姐。"同事黎敏的声音从门外传来。小鹤赶紧起身,用床边挂着的毛巾擦干眼泪,这才连声说:"来了,来了。"向门边奔去。

"呵呵,外头雨下得好大呀,我刚从市图书馆借了资料回来,看来今儿个也是回不去了。"湿透了的黎姐顾不得细说，放下手中打湿的背包，回身拿起脸盆就到走廊尽头打水去了。小鹤赶紧把桌上的信继续写完："对了，霖然，忘了告诉你，我们办公室另外两位转业军人已经报到上班了，哈哈，你猜错了，他们是一男一女……"

经黎姐一打岔，小鹤心情渐渐平缓下来，她开始向霖然汇报身边发生的事情："办公室的男同事叫杨益，长得脸长腿长，高鼻梁细眼睛，比我大了整整九岁。"小鹤告诉霖然，杨益为人豪爽，行事霸气。据说他老子是浑江一位战功显赫的老军头，所以硬邦邦的后门关系，让他想干什么工作，基本都由他挑。杨益说他喜欢办经济案件，人事科张干事就忙不迭向院长汇报，把他分在了民事审判庭。小鹤知道，民庭是基层法院最肥的一个部门，在她和张小娜实习期间，渝江司法局的那帮人，整天就在办公室里议论这些事儿。

在黎姐进进出出洗涮的过程中，小鹤很快写满了一整页纸，翻页正要再写，黎姐端盆进来了："怎么，还在给男朋友写信啊？"小鹤不好意思地看了黎姐一眼，继续低头咬唇下笔："办公室里另一位女转业军人叫黎敏，鹅蛋脸上长了一颗美人痣，长得像歌手关牧村，也是一位南下老干部的女儿，大我七岁。黎姐说，她在部队上干的是通讯，到法院做审判工作还是个外行，需要从头学起，所以她选择了去行政审判庭，好在行政审判庭是基层法院案子最少的一个部门。剩下我，正好就到了刑事审判庭。"写到这儿，小鹤咬着笔陷入了沉思。基层法院的刑事审判，案件一般都不大，除了严重一点的抢劫盗窃、敲诈勒索、重婚虐待，再有的就是一些投机倒把案件和流氓犯罪案件。

刚开始审理流氓犯罪案件时，小鹤脸上有些挂不住。毕竟她还太年轻，对那些诱骗、玩弄妇女，聚众淫乱，玩弄男性少年，鸡奸幼童，以暴力胁迫方法鸡奸他人，损害他人取乐，等等，虽然以前在大学刑法课上听老师案例分析也讲过，但多半都停留在书本知识和文字上，现在一下子面对生活中这些龌龊邪恶的犯罪，小鹤就有些找不着坐在法官席上的感觉。常常听着人民检察院检察官们在法庭上正义凛然地公诉，再看看站在被告席上或清秀或书生气，或孱弱或猥琐的犯罪嫌疑人，小鹤心中像打翻了五味瓶，什么感觉都有。小鹤现在对法官判决责任重大的理解越来越深刻，她深知一次工作的疏忽，或者意气用事，都可能从此断送掉这些看上去年龄与她相差不大的年轻人，特别是那些初犯和偶犯，足以毁掉他们的一生。

为了确保判案准确无误，小鹤每周只能回家一次，剩余时间就跟正在刻苦学习行政法知识的黎姐住在了法院楼上。偶尔晚间在楼道盥洗间刷牙洗脸时，也会碰上杨益。小鹤很吃惊杨益家世那么好，却也不愿回家住。听杨哥和黎姐平时在办公室里对话，两人好像都不像有家室的人。不过能有杨益住在隔壁，小鹤觉得空空荡荡的法院楼上，夜晚多少增加了一些安全感。当小鹤把这些话说给黎姐听时，黎姐不以为然地说："哈哈，咱们法院楼下有的是法警值班，法院大门天天晚上都要上锁，还有什么不安全的？再说了，不是还有我跟你住在一起嘛，你怕什么呀？"怕雷怕闪电的小鹤咯咯笑着，没有再接黎姐的话茬儿。

虽然小鹤跟黎姐相处才一周，彼此了解还不太深，但有一点小鹤可以肯定，她很喜欢黎姐的行事作风。黎姐身上有一种军人的豁达与正气，知之为知之，不知就是不知，黑白之间绝没有中间色。小鹤觉得黎姐这种性格，很适合做刑事法官，刚直不阿，直言快语，所以有时在帮黎姐复习法律知识时，就会刻意多讲一些刑事法学的东西。黎姐果然很有兴趣，就在学习行政法的同时，捎带着也学上了刑事法，以至于后来成功转型为浑江市知名的刑事辩护大律师。

这年夏天，浑江市发生一起震惊全国的绑架人质案件。在以悠闲祥和著称的浑江，不啻扔下一记重磅炸弹。一时间，街头巷尾充满了坊间热议。

一个失恋受挫的年轻男子，因爱生恨，起心报复，闯入前女友邻居家，绑架一个八岁小男孩。身强力壮的男子腰间缠满自制炸药，用刀架在孩子脖子上，躲在三楼窗户边向楼下警察叫嚣，要以小孩儿换女友，孩子恐惧地大声哭喊。孩子父母闻讯慌忙从单位赶回，却被警察死死拦在楼下，都快急疯了。

僵持的局面持续了很长时间，八岁男孩儿哭得声音都嘶哑了。望远镜中，架在孩子脖颈处的刀下，已有血迹流出，劫持者紧张的神经，更是接近崩溃。

浑江市公安局不得已，出动了刚成立不久的特警大队。结果可想而知，劫持者被一名狙击手一枪击中持刀手臂，八岁男孩儿安全获救。《浑江日报》第二天用整版篇幅，对事件做了详细全面的报道。

这天，小鹤坐在办公桌前翻看当天报纸，突然捂着嘴惊叫了一声。正端着搪瓷口缸边喝茶边跟黎敏聊这起案件的杨益，好奇地凑上前来探头查看。小鹤指着报纸上枪击罪犯的狙击手背影说："他肯定是我中学同学。""你同学？"杨益两眼一亮，口气却有些不信。黎敏也被吸引得凑过来仔细看。小鹤递上报纸说："你看，记者描写他'曾是浑江市青少年业余射击冠军'，我同学就是。"小鹤脑中划过李健的影子。毕业回来这么久，因为李健一直都在集训，她还没见上他。

这个周末,小鹤电话联系上了李健。李健只听她"喂"了一声,就直呼出她的名字。听电话那端李健情绪不错,小鹤便与李健约定周日见面。李健说,他们因工作有要求,不能远离队部,小鹤便把两人的见面地点定在了市公安局对面的一家茶馆。

周末早上九点,小鹤再次打电话给李健说她现在出发,李健在电话那端十分歉意地说,上午临时来了几个省媒体记者,正在采访特警队,问小鹤能否把时间往后推迟两小时。小鹤想了想说:"干脆我过来等你吧。"

反正在哪儿等都是等,小鹤正好想去市局看看。同是公检法部门的工作人员就是好办事。小鹤来到市公安局门口,只出具了一下自己的法院工作证,就得以登记放行。

小鹤迈着轻快步子,从主楼梯一气跑上三楼。特警队部在三楼走廊尽头。小鹤到时,李健正侧对她,在拳击训练室大玻璃墙里面,接受一位女记者的采访。

小鹤静静地站在玻璃墙外观看着。身材出落得精壮彪悍的李健,站在离女记者两尺远的地方,神态冷静而沉稳,只是那两只在身前时不时搓揉的双手,暴露了他内心的紧张。

隔着玻璃墙,小鹤听不见女记者在问什么,只见李健静静地听着,渐渐地,脸颊有些涨红,说话的神色也变得腼腆起来。大概女记者觉得李健离她手中话筒太远,录下的声音不够清楚,就向李健跟前儿走了两步,李健见状,下意识后退一步。女记者不解,再凑前一步,李健又退,脸上便有汗珠淌下。

"好!好!"小鹤身后器械室传出几声喝彩。小鹤回头探身一瞧,原来是另一拨记者在采访另外几个特警队员。一个特警队员被要求表演飞身跃出窗外,拳击窗外平台上悬吊的巨大沙袋。随着那矫健身影地跃起,摄影记者手中的快门便咔嚓咔嚓响声一片。又一特警被要求躺在举重器械下,摆拍充满健壮肌肉的臂力……

站在走道上的小鹤饶有兴趣地看着。她暗想,原来那些看起来新闻性强的报道,就是这么编排出炉的呀。可看到后来,当记者一遍又一遍要求特警队员反复摆拍、表演危险动作时,小鹤不由为他们捏了一把汗。虽然不同媒体记者报道采访的角度各有侧重,可这样把特警当道具,一遍又一遍让他们冒着随时可能受伤的危险,在窗里台外飞进跃出,表演那些高难度的真功夫和搏斗拳击,小鹤实在有些不敢苟同。要知道刚经历了一场紧张救援任务,特别是开枪射击的狙击手们,是需要经过特定的心理辅导,才能恢复平静的。毕竟他们都是年轻的血肉之躯,心理承受能力还没有达到刀枪不入的境地。

"小鹤!"李健终于从玻璃房中被"释放"出来,他带着一脸歉意,满头是汗水。

"嗨,李健!"小鹤伸出手,欣喜地迎上去,李健掌心的灼热,立马传递过来。

"走吧,到楼上坐坐。"说完,李健大步向四楼奔去。

那里是特警们的宿舍兼值班室。一百多平米的大房间里,四面刷着,靠墙两边整齐划一摆放着二十几张部队营房里常见的那种军绿色铁床。床上,洁白的被子枕头,叠放得有棱有角,两张褐黄色的办公桌,并排拼摆在窗前。

李健热情招呼小鹤在桌前坐下,他拿起一个干净的空纸杯,装上一些茶叶,拎壶倒上开水,放在小鹤面前。小鹤咯咯笑着,乘空当东张西望地打量一番,然后把晶亮亮的眸子定在李健脸上:"说吧,老实交代,刚才那个女记者问你什么了? 看你紧张得脸都红成那样儿?"

"噢,她净问些跟工作不沾边的事儿。"李健没有正面回答。

"哎,这次劫持人质的那人,是你开枪打的吧?"小鹤忍不住,还是问起了这个敏感话题。

"是,这次真够紧张的。"李健摸摸头,诚实地说,"这是我当狙击手来,第一次真正意义地开枪。当时我站在对面顶楼的平台上,队长问我,准备好没有? 能否一枪击中? 我犹豫了一下,说不能。"

"不能? 为什么?"小鹤的心不由得也跟着紧张起来。

"因为这里,"李健指指自己的胸口,"心里定不下来。在我眼里,他只是个因恋爱不成而走上极端的激情犯。那种痛彻心扉的失恋感觉,我也曾经有过。如果仅因为如此,就要剥夺他的生命,我下不了手。所以,我建议队长能否让我打他那只持刀的手。"

"那多不容易瞄准啊,而且他的手,还在不停地晃动,对吧?"

"是啊,队长当时也说,怕一枪打不准,会激怒他。所以,我前后两次走到平台前,看了看,又提枪折了回去。后来当他对那孩子再次举起刀子时,我的心才一下子冷静下来,周围什么也听不见了……我从瞄准星里看着他,待了两秒钟,一枪就击中了他举刀的手。"说完,李健习惯性地又绞起了双手。这个下意识的小动作,让小鹤再次想起刚才的情形,便问:"刚才那个女记者问你话时,怎么她往你面前走一步,你就往后退一步呀?"

"嘿嘿,"李健用双手又胡噜了一下头发,脸上的笑容有点不自然,"可能,是她靠得太近,让我,有些紧张。"

"紧张?为什么呀?"小鹤越发好奇。

"呃——"李健沉思半晌,"可能是职业习惯吧。做狙击手的人,几乎都有这个毛病,我们老队长也是,不太习惯跟人近距离接触。别人离我近了,我心里就会很不安,没有安全感。呃,反正我也说不清楚。"当着老同学的面,李健每一句话都透着坦诚。他说,自打出狙击生涯第一枪后,他的心态到现在还没有调整好。

"那,我站得离你这么近,你会不会也紧张?"小鹤小心翼翼地轻声问,仿佛声音大了,也会惊吓着李健似的。

"你?哈哈哈,怎么会呢?咱们是老同学。"李健忍俊不禁,放松地大笑起来。小鹤抑制不住好奇,又问:"那,照你这么说,你们做狙击手的人,难道就不谈恋爱啦?"

李健把头转向窗户,避开小鹤的直视。停顿良久,才缓缓地说:"做狙击手的人,没法再去恋爱。"说完,他转回头看着小鹤,"刚才那个女记者问我的,也是这方面的问题。小鹤你想,如果对方绑架的是你的男朋友,你还能冷静下来,瞄准射击吗?"

"那,肯定不行。"小鹤老实地承认。她由霖然想到小雯,再看李健那认真而决绝的眼神,便有些替他和小雯惋惜。

又一拨电视台记者扛着摄像机上楼来。架好的机器的镜头,已经对准了小鹤身旁的李健。小鹤只得起身道别,李健满脸都是歉意。小鹤笑笑说,没事儿,反正以后大家都在一个城市工作了,见面机会多的是。李健便心生感激,坚持把小鹤送到了楼梯口。

第八章

朝思暮盼

1

浑江这年的秋天，来得特别早。瑟瑟萧风一起，法院门外人行道上，比小鹤巴掌还大的法国梧桐树叶，便开始满街飞舞。一片片黄叶在秋风中升降起伏，犹如一只只大海中漂荡的小船。一片落叶迎面飞来撞在小鹤怀里，小鹤伸手托住。看着这片就像加拿大国旗形状的树叶，小鹤突然很想国外的云姐。云姐去澳大利亚已经有段时间了，小鹤妈天天念叨大女儿，埋怨她不给家里来封信，也好让家人放心。

今儿是周三，小鹤没有要审的案件。上午，她正着手处理几个案件材料，突然接到小雯电话。小雯说中午过来接她，一同去喝咖啡。在茶楼林立的浑江市，那段时间突然间冒出许多精巧的咖啡小屋，年轻人赶时髦，趋之若鹜，小鹤也好奇，想去看看，可工作太忙，一直还没有抽出时间。

看着墙上悬挂的时钟已经过了中午十一点，估摸着小雯快到了，小鹤收拾起材料，走出法院门楼，站在街边的梧桐树下等候。

上个周末回家，小鹤妈告诉小鹤，小雯来家找她，留了一个电话。小鹤回到单位打过去，原来是小雯家的。小雯家安电话了，小鹤真有些羡慕。前一阵霖然来信说，因工作需要，单位给他办公桌上安了一部能打长途的座机，霖然特别开心，说今后可以经常给小鹤通电话了。小鹤大喜过后一阵沮丧，因为她办公桌上的那台电话只是个内线，打进电话要靠总机转接，打出长途电话，更要通过市邮局叫号等待,手续非常麻烦。有时候霖然兴致勃勃打来长途,偏巧赶上小鹤开庭,不在办公室,霖然便很是扫兴;晚上再打过来,小鹤住在三楼,听不见。所以每当读到霖然来信讲到这些,小鹤心里就涌起一股愧疚。她渴望着什么时候也能在家中安上这么一部私家电话,只可惜装一部电话需要很多钱,小鹤一个月四十多块钱的工资,除去给父母二十元,剩下的,只够她的日常开销……

正想着心事,吱——一辆宝蓝色小轿车猛地停在小鹤面前,把她吓了一跳。惊诧间抬眼打量,只见烫着飞机头大波浪卷儿的小雯正从驾驶室里钻出身来,她一手扶着驾驶室门框,一手摘下脸上大大的蛤蟆镜,冲小鹤开心地喊道:"快上车呀,你这傻姐儿。"说完,又躬身钻进车里。

"啊? 是你呀! 小雯,你也太时髦了吧,我差点都没认出你来。"跟着拉开车门,一屁股坐在副驾驶的小鹤欢叫着,亲热摇晃着小雯盈润光泽的胳膊,"你这都出的什么差呀? 我毕业回来这么久了,现在才见到你?!"

"哎,哎,快别晃了,我的姑奶奶,我正开车哩。"说着,宝蓝色轿车在两人身下,一溜烟儿冲上了主干道。

紫罗兰咖啡屋坐落在浑江市中区一条不起眼儿的小巷子里。深紫色的帷幔,淡紫色的窗帘,奶黄色的单人软沙发,再配上白色台布,鎏金白瓷咖啡杯,给人一种雅致时尚的感觉。

小鹤看着坐在自己对面的小雯,白衬衫外套了件灰紫色的开司米,肉色长丝袜包裹着一双丰满秀美的长腿,脚上是一双白色高跟鞋,略施粉黛的丹凤眼,正兴奋地打量着自己。

"咯咯咯,看什么呀,我这一身老土的制服,坐在这儿,都会扫了别人的雅兴。"小鹤扫视一眼四周,咖啡店里的人还真不少,只是没有一个像她,是穿工作服进来的。

"哼,管他们怎么看,反正在我眼里,你比这里所有的人都漂亮。"小雯依然是那种牙尖嘴利混不懔的直爽性格。

"快说说,你这是怎么回事呀? 怎么变得像个万元户了? 车也开上了。这么长时间,你都到哪儿出差去了?"小鹤看着闺蜜,脸上充满好奇。

"知道你会问,让我慢慢跟你说吧……"

从小雯嘴里,小鹤听到她"千里姻缘一线牵"的奇缘故事。

大学毕业后,小雯分在了浑江市《警风》杂志,当了《警界风云人物》栏目的责任编辑。《警风》杂志虽是一本省级地方刊物,可在全国有不少读者。

想当初,小雯是抱着当女警察的念头进的这所警察学校,可枯燥乏味的三年警校生活彻底改变了她的初衷。她不再向往那种荷枪实弹,守着铁律过日子的人民警察生活,反倒觉得现在这份写写画画、自由自在的文职工作才是最佳选择。虽然写作并不是小雯的强项,可架不住她熟悉公安工作,采写起自己的昔日战友来,很是得心应手,如鱼得水。一年多的采访经历,无数令她荡气回肠的英雄故事都是她深夜咬笔查词典苦写而成,虽然自觉文字功底不足,下笔不尽如人意,好在真情真事真人,总是最能打动读者的心。小雯的文章,很快有了数量不菲的拥趸,半年前她新交的男朋友戴伟,便是她的铁杆儿读者。

戴伟是东北大学医学专业的高才生。从小受警界父亲的影响,对警察职业有着天生的喜好,家中订阅的警界杂志多达十几种,浑江的《警风》也是其喜爱的刊物之一。刑警出身的戴伟父亲在戴伟高中毕业时,坚决反对儿子考公安院校,学医的母亲便让儿子继承了自己的衣钵,戴伟母亲的祖上是当地悬壶济世的医学泰斗,人脉关系极广。戴伟虽然学了医,业余时间仍然热衷于警界风云,他发现《警风》杂志《警界风云人物》栏目一个叫小雯的责任编辑,每写一篇采访文章,都能把他感动得一塌糊涂,于是在毕业前的实习期间,他给自己联系到了浑江人民医院。

小雯告诉小鹤,当身材伟岸的戴伟那天一路打听,找到编辑部时,两人的目光竟奇迹般地对上了。

"对上了? 什么意思?"小鹤不解。

"哎呀,这你都不懂呀?"小雯有些颊飞红晕,她神情陶醉地说,"我一见到他,就觉得好像早就认识他似的。他也是,当着我们办公室十几号人,径直走到我面前,直截了当地问我,你就是小雯?! 我当时就晕菜了,连话都不会说了……我现在可知道了,当年你为什么宁愿挨你妈的鞭子,也不愿跟霖然散伙。"

看着小雯幸福激动的神情,小鹤心下感叹,每个人的命运,真是老天爷早就安排定了的,小雯就这么不可思议地找到了她的另一半。

小鹤为小雯感到高兴的同时,也不可抑制地为李健感到惋惜。她问小雯:"哎,你和李健又是怎么回事儿呢? 当初你俩不是好好的吗? 你知道,他已经当上狙击手了。"

"我知道,你是说前一阵那起劫持人质事件吧? 幸好我俩早分手了。他这个人心软,心眼儿又实,如果我们还处在恋爱中,他根本就当不了狙击手。我太了解他了,他一定会瞻前顾后,定不下心神。如果一枪打不准,就会把整个浑江市特警队的声誉给毁掉的。"

小雯一番话倒把小鹤给震得目瞪口呆。她没想到小雯与李健，竟是如此的心灵相通。两人说的话，虽然隔距时空，却依然心心相印，那种默契的感觉，真是旁人不能企及的。看来心有灵犀，并不只是在恋人间才有，异性间、知己间，大概也是如此吧。

小雯好似猜透了小鹤的心思，淡淡地一哂道："你放心，现在我跟李健，已经是特别要好的知心朋友。我俩曾经为此彻夜畅谈过。我请他原谅我提出分手，他说他能理解，并告诉我，他其实更喜欢枪。从中学开始就喜欢上了，只是那会儿人小，理不清这些……他甚至还说，枪才是他形影不离的老婆，只要干狙击手一天，他就不会谈恋爱。他说狙击手注定要与孤独为伴，他总是以他们老队长为人生榜样。老队长五十多岁了也没结婚，就是怕万一结婚了，心就软了，人一分心，就无法继续心爱的工作了……"

小雯说到这儿，眼角有一丝晶莹在闪动。小鹤听得心下戚戚，轻轻叹息一声。她伸手拍拍小雯手背，小雯马上掩饰地甩了一下波浪发卷，换了欢快的语调说："对了，告诉你，我正在办停薪留职手续，我要跟戴伟去北方创业了。"

"创业？去北方？不干你的编辑啦？"

"不干了，你还不晓得嘛，现在到处都在试行劳动合同制，我已经不在乎这个铁饭碗了，我要去给戴伟当全职太太。"

小雯的决定令小鹤大为吃惊，她再次望着闺蜜，瞪圆双眼。

时值中国内地刚刚冒出"全职太太"这个西方舶来的理念，别说地处大陆西部的浑江市，就是东部沿海地区，也没有几个职业女性敢轻易尝试扔掉工作，重新回到厨房家庭。

"我这次随戴伟去了东北他老家，他父母对我可好啦。戴伟妈妈跟我说，戴伟现在在北方一家大医院当医生，做医生很辛苦，很需要一位贤内助。其实他妈并不知道，戴伟也让我别告诉他妈，戴伟也准备停薪留职，创建自己的企业，生产大输液等医用器材。戴伟说，他希望我过去陪着他，有他一口饭吃，就不会饿着我。"小雯犹如准备扑火的飞蛾，脸上挂着士为知己者死的坚定面容。

小鹤太佩服自己的闺蜜小雯了，为了爱情，真正是什么都能放下。在霖然走前，她也曾跟霖然探讨过辞职的话题。小鹤说西方自由执业律师，在中国早晚都会出现，她不愿总这样与霖然两地分居，她想辞掉现在的工作，随霖然去北方。小鹤觉得凭借自己的法律知识,在北方一定能找到用武之地。然而霖然内心很矛盾,不太赞同。霖然说,离别只是暂时的,男人得有事业心,他必须回到工作岗位上去。小鹤说不用你辞职,我辞了随你去吧。霖然摇摇头,搂紧小鹤说,我当然巴不得你在我身边,可想想你爸和你妈,他们马上要送走你姐姐,身边再没了你,他们能受得了吗? 他们肯定会抱怨我的。霖然抬出小鹤父母做挡驾,小鹤一下子泄了气。小鹤知道妈妈因她当上法官,那股自豪和兴奋劲头还没过去,肯定不会同意她辞掉金饭碗,跑去北方小县城待业,除非她疯了。

两地分居的烦恼,又涌上了小鹤心头。她赶紧掐住烦恼的思绪,转移话题说:"呃,那天我忘了问李健,你知道谢峰毕业后,分到哪儿去了吗?"

"当然知道了。据说是谢峰自己要求的,他分到了新疆什么石油勘探局,他女朋友也随他去了新疆。"快言快语的小雯,抢答道。

"啊? 他都有女朋友了? 是哪儿的? 我还一点儿都不知道哩。"

"也难怪,这些都是李健私下告诉我的。他俩关系不是比较密切嘛。谢峰在大四时,跟他们年级一个青海女生好上了,毕业时正好赶上新疆石油会战,谢峰渴望到塔克拉玛干沙漠大干一场,就强烈要求去了新疆。她女朋友本来想拉谢峰回青海的,一见谢峰执意要去新疆,就跟别人换了名额,一同去了那里。"

想谢峰,当年就渴望着能骑上高头骆驼,驰骋沙海,那份豪言壮语犹在耳畔,现在终于成为了现实,小鹤由衷地替他高兴。

"只是那时候,恐怕连谢峰自己也没想到,在他这只'公骆驼'身旁,还跟着一个心仪的'母骆驼'。"小雯咯咯咯的坏笑声,引得小鹤忍俊不禁,也莞尔笑出了声。

"亲爱的霖然,上次连着给你写了两封信你都收到了吗? 怕信超重我还贴了双份邮票呢。又一周过去了,也不见你回信,心中好牵挂呀。你没事吧? 对了,我现在已经攒了六百多块钱了,真高兴,离在家安上电话的日子又近了一步……"

小鹤在浑江做法官,一晃已经四年过去。这四年中小鹤和霖然飞鸿传书,加起来已不下几百封信。小鹤把霖然的每一封来信都仔细平铺开来,装订成几大本"信书"。想霖然时,她就躲在法院宿舍的蚊帐里,一页一页翻看着这些情书:"亲爱的小鹤……""小鹤,我很想你……""……吻你……""……你还好吗? 我爱你。"霖然这些令人脸烫心跳的亲昵话语,温暖地熨帖着小鹤年轻孤独的心。这时的小鹤,政治上已经入了党,还被单位提拔为刑事审判庭副庭长,可谓是浑江市政法界一颗耀眼的新星。在全国性的"三年为期,三个战役"统一的严打运动中,小鹤审理了无数的强奸、盗窃和流氓犯罪案件,无一例错判或者被打回重审。她审结的好几起案件,还成为浑江市法院和省级法院优秀典型案例。有才有貌的小鹤,自然也成为浑江政法界许多优秀小伙子热切追求的对象,可小鹤礼貌笑容的背后,永远是拒人千里的冰冷。秀外慧中的小鹤,把她与霖然的爱情视为自己的第二生命。她脑子里时刻装着的,只有那个霖然。

有了闺蜜小雯毅然辞掉铁饭碗的榜样,小鹤心又动了。她太想跟随霖然,哪怕走到天涯海角,只要能与霖然在一起,生活就是再苦再穷,她也不在乎。她太想念霖然了,长达十几年的恋情,似熊熊火焰,几乎把她青春躁动的心烘焦烤干。这些年,霖然的考古工作做得风生水起。霖然告诉小鹤,他不仅当上了科室主任,还常常被选做重大考古研究项目的课题组带头人,带领研究人员去往全国各地考古发掘现场,往往一待就是数月。事业上的新鲜刺激强烈吸引着霖然,他不做则罢,一做必然要做得最好。好强的个性令他难舍事业,无暇顾及家庭。

每当两人短暂相聚时,缠绵悱恻依然不能平息彼此的冲动爱欲,小鹤就会痴痴地问霖然什么时候才能调回来。霖然总是下意识地避开她的目光,用下巴抵住她的额头,拥着她喃喃说,放心,申调报告已经交上去了,只是现在还没找到合适的对调人选(其实申调报告至今还静悄悄躺在霖然的办公室抽屉里)。

霖然知道小鹤很爱他,也离不开他,他内心非常渴望能赶快与小鹤结婚,这样好彻底安下心来,全力应对这个歪打正着得来的喜爱工作。可把家安在哪里,霖然心里着实犯难。单位上知道他老家有个相恋多年的未婚妻后,就怕他哪一天会突然飞走,毕竟他是研究院资深老院长钦点的爱徒。老院长曾说过霖然这人天生就是干考古的材料,人才不可多得。为了留住霖然,单位发展他入了党,年纪轻轻就提拔为科室主任。最近,还分给他一套两居室的住房,就是希望他能说服未婚妻,赶快调来县城安家。

霖然是那种"有事你说话"的好面子之人,见单位如此器重他,便不好意思张口提调动的事。这些年他发现,北方县法院周边,也开始冒出一些类似律师事务所的个体小门脸儿,他想,凭借着小鹤优秀的法学知识,到这里没有打不开的天地。可真要让小鹤跟他在这个鸟不拉屎的小县城里生活一辈子,他又心有不甘。人都是往高处走的,谁还削尖了脑袋往穷不拉叽的小县城里跑?小鹤是他将来的退路,他不能把自己最后的退路给封死了。再说了,小鹤这些年的工作表现也很优秀,听说浑江市中级法院还想把她调过去。要知道这些年虽然学法律的人多了,可真正能安心扎根西部的人才,依然寥寥无几。但凡在当地能混出点名堂的人,无不想方设法走关系,争相调去东部沿海地区,或者发展空间更大的首都北京。毕竟那里才是祖国的心脏、经济发展的前沿,近水楼台,得的月辉自然多。听小鹤说中院也放出话来,只要小鹤愿意调去,在她结婚时,单位可以破例分给她一套两居室的住房。要知道在当时的中国,还没有大规模的商品房建设,职工住房一般都是由国家出资,或者集体单位自筹资金建盖。单位分房基本以男方为主,女职工无缘享受,除非这个女职工特别优秀,单位视为不可多得的人才;或者这个女职工未婚夫的工作性质是国家明文规定的几种野外、地质等特殊行业,才可与男同胞享受同等分房待遇。本来是去是留,霖然就拿不定主意,现在听闻此信,霖然更是犹豫不定。

怕小鹤调走的,不只是她单位。小鹤妈像是看出了苗头,也时不时告诫小鹤,云姐已经走远了,她可不能再走。好在姐妹同心,云姐知道小鹤的心思后,给小鹤写来了封长信。云姐给父母写信,向来只报喜不报忧,但姐妹俩对话,就直来直去,毫无遮掩。云姐在信上说,这些年她和刘弟在国外打拼得很不容易,经济上虽说越来越好,但还没好到能把父母接过去,无忧无虑享福的那一天。不过云姐也说了,她特别理解小鹤的相思之苦,她保证,只要小鹤调去北方,她就提前把父母接走,绝不让小鹤有什么羁绊。小鹤双手捧着姐姐的信,热泪就下来了。从小到大,云姐就像上天派给她的天使,总是在她最纠结痛苦需要帮助的时候,挺身而出,替她分忧。

毕业四年,霖然回浑江的次数并不少。除去一年一度的探亲假,时常的工作出差也能在浑江小作停留。欢娱夜短,寂寞更长,经常小鹤身边残留的缱绻味道还未散尽,霖然已人在千里之外。不过小鹤想到霖然在北方县城已经准备好了温馨的小家等她,她的心便转悲为喜,对那个"家"充满向往。

这年春节,浑江是个难得的暖冬。只穿着夹衣秋裤的小鹤,急切欢欣地告别父母,坐上了北去的火车。她攒下的半月年假,足够她这次探亲之旅。

这是一座火车站就是最大标志的北方小镇。小鹤在霖然工作后还是第一次到他单位探望。

这是冬日下午四点多的光景,火车在萧萧寒风中,缓缓停靠在一个铁轨交错、四周光秃秃的空场前。列车在此只停留两分钟,小鹤慌忙提起行李往车下跑,人还没站稳,就吃惊地发现自己双脚陷在了没过脚背的煤渣里。原来,高高的铁轨路基斜坡边,铺着的全是这种黑乎乎的煤矸石。

"小鹤!"一声熟悉的呼叫,小鹤人还没看清,就被冲过来的霖然一把搂进怀里。

很快,停靠的列车在两人身边缓缓启动,喷出的白雾让小鹤视线变得模糊起来。呜!远处突然一声长鸣,又一辆满载旅客的列车呼啸而来,与霖然站在两条铁轨间的小鹤被吓坏了。她惊慌地左右看看,两条轨道间相距不过几米宽,身后咣当咣当加速离去的列车刮出令人站立不稳的劲风,迎面奔来的火车头上那刺目耀眼的高光,又让人心惊肉跳。这种强烈的声光刺激震撼着小鹤,她本能地要拔腿逃跑。抱着她的霖然急了,他深知此时贸然行动,极有可能付出血的代价。在小镇这个铁道边,死人的事情经常发生。他慌忙搂紧惊恐的小鹤,顶着飞奔铁龙卷起的尘风,语气急促地在她耳边大声喊:"小鹤,别怕!我抱着你,你别动,火车马上就过去啦。"说完,拉开棉大衣领口,把小鹤的头整个儿都摁在了自己的胸膛上。

小鹤恐惧得两腿发软,心脏乱跳。她无力地偎在霖然胸膛上。霖然温暖的怀抱很快拂去了身旁刺耳的嘶鸣。

当四周再次安静下来时,小鹤挣脱开霖然抬起头来,惊异地发现,刚才还留有余晖的天空,此时已是灰暗昏黄。

一个写着站名的白色牌子,就是这个车站的全部象征,连冬日里最常见的那种光秃秃的杨树,这里也一棵都没有。在纵横交错的铁轨上方,几只乌鸦盘旋着。偶尔,有叽叽喳喳叫着的麻雀,扑扇着翅膀,向远处散落的几间灰扑扑的低矮平房飞去。

小鹤感到脸颊很冻,是那种北方才有的无遮无拦的刺骨寒冷,她不由得打了个寒战,南方人过冬穿的丝绵夹袄在冰冻的北方,就像一件薄衫。霖然见了,赶紧解开宽大衣襟,把清瘦的小鹤整个包裹在了怀里。霖然火热的胸膛立马令小鹤双颊泛桃,嫣然羞涩。

两人又有一年没见了。俗话说,久别胜新婚,虽说两人压根儿还没有结婚,可重逢的喜悦,还是令他们感到由衷的心花怒放。

霖然拥着小鹤往没有出站口的站外走。霖然说,自己刚来的时候,也是不习惯这种荒郊野地的感觉,看啥都甚觉荒凉。不过在这儿待久了,反倒越来越喜欢这种空旷开阔,不用循规蹈矩、恪守秩序的感觉。听闻霖然此言,小鹤再扭头回望,便觉这乡野的辽阔散漫,果然与浑江火车站抬眼即见房,哪儿哪儿都是人的拥挤相比,多了份舒心和宁静。

看见站外路边小食店在卖卤煮火烧和酱驴肉,霖然问小鹤饿不饿?是回单位吃食堂,还是就在街上凑合?小鹤心中渴望与霖然独处,也想早点见到霖然那个新房,就坚持忍饥先回"家"。家,多么亲切的感觉啊。与霖然相恋走过漫长的岁月,她万分期盼的,不就是这么一个只属于他们二人的温馨世界吗?

2

霖然单位所在地,在县城唯一一条主街道的顶头。

乘着渐渐升起的阴雾,两人提着行李一路走来,天色早已黑尽。影影绰绰中,小鹤只能看见四周空荡荡的农田。在主街道的两旁,一些低矮零落的小餐馆,陆续亮起了灯。用电线拉出的白炽灯泡,雾蒙蒙照在挂有棉布帘子遮挡的门上,透过湿漉漉的餐馆玻璃窗,能看见里面暖暖橘色一片。

顺着霖然手指的方向,小鹤很快就找见霖然单位的大门:一盏工矿企业常用的那种上千瓦的大气灯,高高悬挂在单位两扇大铁门上方,气灯巨亮的光晕笼罩下,有几个半大的男孩儿在大门前空地上踢球。霖然告诉小鹤,他们的新家就在单位的后院儿。

走在霖然单位的院子里,小鹤新奇地东张西望。院子很大,新建的楼房鳞次栉比,办公大楼区、娱乐购物区、密集的家属院区……小鹤感到国家机关单位在这个小县城里很受优待,地方政府竟然划拨出这么大一块儿空地。霖然看出小鹤的羡慕,更加自豪地说,院子里还有露天灯光球场、养鱼塘、菜地、室内游泳馆、电影放映馆、澡堂和食堂,还有一所子弟小学。

"还有小学?"小鹤显然吃惊不小。

此时正值晚饭时间,身边走着的人,手上多半都拿着饭盒之类的东西。有霖然同事经过,见霖然身边走着个俏丽的女孩,就热情地走过来打招呼。霖然欣喜地把小鹤一一介绍给他们,大家寒暄中,免不了夸赞小鹤漂亮,赞叹二人郎才女貌,霖然脸上便洋溢起浓浓的幸福感,仿佛小鹤是他久藏不露的碧玺,牵着小鹤的手不由得握得更紧了。

一位戴着金丝边眼镜的中年男子正要走进一幢单元楼门,突然瞥见霖然牵着小鹤过来,便停下脚步笑眯眯地招呼:"小霖啊,这就是——你的未婚妻?"

小鹤感到霖然明显有些犹豫,他略停顿几秒钟,才勉强地挂上谦恭的笑容,拉小鹤走到此人面前叫道:"莫副院长好。"又给小鹤介绍说:"这就是我在信里常跟你提到的那位莫副院长,他对咱们的事儿可关心了。"

小鹤一头雾水,脑子里还在认真地想霖然在哪封信里讲到过这位莫副院长,思绪中感到霖然在捏她的手臂,心下马上领会,笑吟吟地说:"啊!是呀,谢谢领导关心。"

这位莫副院长便问霖然什么时候把小鹤调过来,还说他可以考虑让小鹤进研究院的子弟小学当老师云云。霖然面上一口一个"谢谢",表示要好好考虑考虑。

别过莫副院长,霖然悄悄附在小鹤耳边说:"别听他的,拉倒吧,让你来当子弟小学老师,这不是鲜花插在牛粪上嘛,他想什么呢!"

小鹤乐了,咯咯笑着纠正说:"啊哈,你的形容词用错了,应该是'大材小用'才对。"

"对对对,是大材小用。你说你一个堂堂法院副庭长,好歹也是个副科级吧?让你到这鬼不屙屎的地方来当一个子弟学校的老师?他想什么呢!"霖然一副愤然不屑的样子。

霖然的过激反应令小鹤有些意外。因为在她看来这不过是一个领导对部下或真或假的应酬话罢了,根本没有必要当真。

"拉倒吧,这个莫副院长让我最瞧不起了,整个儿就一混混儿,什么业务都不懂,成天就知道到处混吃混喝、收受贿礼,外带着还喜欢整人。"

"啊?他整你啦?"小鹤关切地睁大眼睛。

"上次提拔我当科室主任,就他一人投了我的反对票。"

"才一票反对?霖然,你人缘真够好的嘛。"小鹤不想让霖然难过不开心,就岔开话说,"噢,我饿了,要不咱们先去食堂打饭,然后端回家吃?"

"不行,我得上去拿饭盒。喏,这就是咱们宿舍,你在楼下等我,省得再爬两趟五楼,我把你行李拿上去,再把饭盒拿下来,你就在这儿等我。"说完,霖然提起小鹤行李,一阵风儿跑进了楼门洞。

这是一幢七层高的板式楼房。小鹤四下望望,周边还有三幢几乎一模一样的建筑,只是方位朝向有所不同。小鹤仰起头,很快,霖然跑进去的这幢楼五层一处窗前,蓦地亮起了灯光。小鹤心中一动,猜想这一定就是霖然和她未来的"家"。想到家,小鹤压抑不住内心的激动。

霖然很快拿着两个带盖儿的大搪瓷口缸和一个塑料饭盒跑下来了。霖然微微弯起手肘伸向她,小鹤会意地伸手挽住,霖然便紧紧夹着她的手臂向食堂走去。

一路上霖然时不时扭头看她一眼,那挑在唇间的笑容充满宠爱的味道,似要将她溺在其中。

从食堂打回来的饭菜还一口没动过,放在桌上,已不再冒热气。

有着温暖如春的北方室内暖气,早已令二人脱去了累赘的棉袄,各自穿了一件薄毛衫。霖然躺在卧室宽大的双人床上,怀里搂抱着小猫似的小鹤。小鹤仰起脸,喜滋滋地问霖然:"平时你一个人住,为啥要安张双人大床呀?"

霖然低头亲着怀中那光洁润滑的额头:"你笨啦,难道你就不来住了?"说着,更紧地搂住她,腾出一只手在她的脸上、脖颈上,爱怜地抚摩起来。

小鹤被撩拨得情愫躁动,她怕自己失去自制,赶紧一翻身坐起来,两眼闪着兴奋的光芒:"你真的打算要我调过来?"小鹤想,如果霖然点头,她就不再顾忌母亲反对。当老师也好,做律师也罢,反正能守在霖然身边,让她干啥都行。她甚至还想过,即使当村妇也没关系,只要村夫是她的霖然就好。

没想到,霖然刚点了一下头,小鹤脸上的喜悦还没来得及绽放,霖然的头又摇成了拨浪鼓。霖然坚决地说:"不,你绝对不能来。这个地方,男人搞事业还凑合,女人要跟着过日子,绝对没法儿跟浑江比。你千万不能调过来啊,调过来了,咱们就断然回不了浑江了。"

听霖然如此说,小鹤心下升起丝丝凉意。霖然不同意她调过来,他又不肯调回去,这就意味着两人两地相思的苦日子远远没有尽头。想着平时如蚕丝般时刻萦绕在心头的那份磨煞人的思念,小鹤便被裹挟得透不过气来。她漆色幽深的眼眶里,已经蓄满了委屈难过的泪水。

霖然见状,慌忙挺身坐起。他把小鹤搂进怀里道:"哦,对不起,小鹤不哭,咱们现在不是在一起了嘛。时光金贵得很呢,快别委屈了,来,让我好好亲亲,我都快要想死我的老婆了……"伴随着霖然温存的话语,暴风雨般狂烈的热吻便把小鹤淹没在压抑持久的恩爱情海里。缠绵的情愫在两人胸中蔓延,欲望的烈焰仿佛要把他们烤干。情迷意动,喘息渐急,霖然觉得自己整个人就像上了膛的炮弹,马上就要炸裂开来;在他身下挣扎的小鹤,更是来不及抵挡和思索,便陷入他铺天盖地的火热掠夺中。游走在她身上的那双灼热大手,时而令她神经高度绷紧,时而又令她瘫软无骨……

霖然在喘息里纠缠,在战栗中沉溺。泪眼蒙眬的小鹤吓得忍不住连声哀求:"不要啊,霖然,不要,你说了,要等到我们结婚以后……"

犹如兜头一盆凉水,激情中的霖然蓦地顿住了。他犹如散架般把头深深埋进小鹤瘦削突起的肩甲窝里,良久良久才抬起布满血丝的双眸。

眼前酸楚凄然的小鹤，眼神中积满内疚和歉然，霖然看得心下感动。他温柔地伸臂揽过小鹤的肩，轻轻亲吻着她尖削的下巴："对不起，小鹤，我实在太想你了。告诉你，我已经决定了，咱们将来的家绝不能安在这个小县城里，这对孩子的未来也不好。人都是往高处走的，我要调回浑江。你再等我一年半载，最多一年，等我从楼兰考察回来，马上就调回浑江，那时咱们就结婚。"

"楼兰？楼兰在哪儿啊？"小鹤心中划过幸福的惊喜，她含泪茫然地看着霖然，霖然神情顿时大振。他翻身下地，穿上拖鞋，抱起小鹤走到客厅单人布沙发上坐下，把小鹤放在自己腿上，双手环住她的纤腰，在她乌黑的云鬓间深嗅了一口如兰的幽香，这才长呼一口气，说："楼兰呀，就在新疆的塔克拉玛干沙漠中。"

"塔克拉玛干沙漠？"小鹤脱口道，"那你不是能见着谢峰啦？"

"谢峰？"霖然掰过小鹤身体，不信似的看着她的眼睛。

"对啊。"小鹤使劲点点头，"小雯告诉我，前些年谢峰参加了新疆石油会战，最近正在塔克拉玛干沙漠里搞勘探呢。"

"啊，那真是太好了，我们老院长昨个儿还在发愁，我们考古队怎么能进到沙漠腹地里去。这下可好了，我们可以跟着石油勘探队的车子进去。这样一来，后勤补给和安全保障就都有了。"霖然说完，双眸四射出光芒，脸颊也神采飞扬。

见霖然说起工作就兴奋成这样，小鹤深感事业在霖然心中，是何等的重要。前一阵子霖然在电话中告诉她，他们单位分配给他一套住房，小鹤愣住了，她以为霖然再不想回浑江了。虽说这些年她在浑江也打下了不错的人脉基础，可如果霖然不回去，浑江对她来说就是一个零。没有霖然这个"1"，再多的"0"对小鹤来讲，又有什么用呢?! 在来北方的火车上，小鹤想了一路。她觉得一个女人家，还是应当以丈夫为重心。"温良恭俭让"是中国家庭对女人的传统要求，小鹤深爱霖然，她愿意在霖然面前永远恭良顺从，霖然愿意住在哪里，哪里就是她的家，相夫教子过一辈子她甘心情愿。她知道霖然很孝顺，她想大不了将来把父母接来跟他们一同住，霖然自会对她父母好的。现在，既然霖然表示最终还是要回浑江，或许再有一年半载，两人真就永远不再分离。想及此，小鹤眼前豁亮起来。她知道，只要霖然下定了决心，团聚的日子就指日可待了。

有了期盼的小鹤，心情立马好了起来，她感到饿了。在来的车上，除了喝水，她还一口东西都没吃过，想霖然，想得她茶饭不思。现在，偎在霖然怀里，被浓浓幸福感包裹着的她，突然感到特别饥饿。霖然说他也饿了，于是两人坐到小方桌前,就着早已冰凉的饭菜,香喷喷吃了起来。

在面对面大快朵颐时,小鹤从霖然兴致昂然的讲述中,知道了楼兰原来是全球考古界都在关注的一个焦点遗址。楼兰的地理坐标,在北纬 40°30′55″,东经89°54′50″,位于新疆维吾尔自治区巴音郭楞蒙古自治州若羌县,大约在塔里木盆地东部罗布泊西北岸的荒漠地带。

一听荒漠,小鹤就有些紧张。霖然释然一笑说,没关系的,他们将要进去的,是一群考古人员,人多力量大,会很安全的。等他们这次考古回来,把材料上报国务院,估计楼兰遗址就有可能成为一个新的全国重点文物保护单位,因为前期他们整理的资料,已经充分说明了这一点。

"那都有谁去呀? 全是你们单位的人吗?"小鹤的好奇心和兴趣完全被霖然勾引了起来。

"哪儿能呢? 这么大一件事,全国考古界都跃跃欲试,各个研究所都在争抢名额。听老院长说,国家准备以我们研究院为龙头,再从一些骨干研究所中抽调大约 20 名精兵强将,组成一个联合考古纵队进入楼兰遗址。"

"哇,那太惊险刺激了,这对考古界的人来说,一定是个不可多得的机会吧?"

"那是当然!"小鹤羡慕的眼神让霖然心里受用极了。他也觉得,这将是自己在北方这所研究院完美收官的最后一战。从沙漠回来后,他将让老院长实现诺言,放他回浑江。老院长有一个大弟子,在浑江市考古研究院当院长,在小鹤到来之前,霖然已经做通老院长工作。老院长爱怜他这个关门弟子,答应霖然在楼兰一仗打完之后,就让他回浑江。只是老院长没有告诉霖然,他的大徒弟有心安排他这个业务强手担任浑江市考古研究院主管业务的副院长。而霖然也没有告诉小鹤,他从楼兰回来后,就会铁板钉钉直接调回浑江考古研究院工作。事成之前霖然怕有个万一闪失,已经几次对小鹤放空诺言的他,有些不好意思再辜负小鹤的信任。再说了,他的另一个发小古丽娅,大学毕业后正是分配在这家研究所里,他还不知该怎么去面对那个难缠的她。

在北方县城度过的这个春节,霖然和小鹤都尝到了太多恋人间那无须言说的温馨和抚爱。

白天,两人昏睡到日升三竿才起床。在家里吃过小鹤做的烫饭泡菜,两人便手牵着手,十指相扣晃悠悠走出单位大门,或到街上逛商店,或到田野公园闲溜达。

北方的冬天，室外很冷，花儿早就凋谢了，树叶也落光了。两人好不容易寻到一处公园，还不收门票，待进去一瞧，却是四处光秃，没有一丁点儿绿色。好在两人闲逛，要的就是两情相悦，不被打扰的清静。常常，等到月上枝头，街边的餐馆陆续亮起昏黄的灯光时，霖然才领着小鹤东进一家，西嗟一顿。北方人的菜食，齁咸不辣，青菜又少，没有食欲的小鹤便笑眯眯扒拉着碗里的白饭，目不转睛地看着食欲大好的霖然大口吃肉、大杯喝酒。酒足饭饱后两人回到住处，等霖然嚷嚷着熄灯上床时，小鹤才会觉得肚子咕咕叫，饥饿得慌。看着小鹤一杯接一杯喝白开水充饥，霖然心疼地记住了，在每天晚饭后，总会在街边小摊上给她买一包五香花生米。还真别说，北方的炒花生米就是比南方的好吃。小鹤捧着纸袋，自己吃几颗，再往霖然嘴里喂几颗，浓浓的甜蜜便在舌尖融化了。

有时候赶上天下雨，两人又不愿窝在家里，霖然便提议到街上去看电影。这么多年来，小鹤依然清晰地记得，第一次与霖然在邮睢县电影院里看《小兵张嘎》时，那种过电般的初恋感觉。那种感觉让人上瘾。所以当霖然一提议，小鹤便频频点头，生怕霖然变卦，率先抓起雨伞跑出门外过道等候，引得霖然哈哈大笑。自然，电影里到底演了什么，两人事后都说不太清楚，因为两人的醉翁之意都在享受那恋人相依的温馨氛围。嗅着彼此的气息，感受着一瞥如虹的灼目，虽然近在咫尺，却不得不控制着内心万般情愫，那种感觉让两人很是痴迷陶醉。

深更半夜，两人牵手回到宿舍楼下，霖然宠溺地要背小鹤上楼，小鹤不忍，霖然不由分说拦腰扛起，噌噌噌就往楼上走。听着霖然不匀的喘息声，小鹤几次想滑下来，都被霖然拽紧不肯松手。

回到家中的小鹤，心疼霖然负重的劳累，赶紧点火浇水，兑好满盆热水端到霖然跟前儿，把霖然按坐在沙发上，自己单腿跪在地上帮他脱下鞋袜，把他的双脚浸泡在盆里。霖然心下熨热，拉着小鹤要她一起烫，结果水盆里，霖然的大脚时不时覆盖在对面小鹤光滑细柔的脚背上，痒得小鹤咯咯笑着直躲闪，一不留神，整个人就被霖然一把捞过抱在腿上，两人的唇舌便纠缠在了一起……

虽然已经公开了恋人身份，但两人依然保持着大学时定下的约定，不到结婚之日绝不住在一起。霖然自觉地拿出两床早已准备好的新棉被，小鹤盖一床，他盖一床，一红一绿两床真丝被面，映得卧室色彩缤纷。霖然把两个枕头并排放在一起，两人就在皎洁如昼的寒夜里，各自拥着柔软的棉被，闲话着彼此的见闻和新鲜趣事儿迟迟不舍得睡去。

3

去年春节,小鹤的姐姐小云携男友刘弟回国补办了一场婚礼。那热闹的场面,让小鹤妈很是风光了一阵子。前院、后院、中院,还有楼上楼下的邻居们,都看见了林家招的这个留洋女婿是何等的气派,特别是那八大件往院子里一抬,人们眼睛都亮了。小孩子围着那台双卡录放机,聆听磁带里传出的邓丽君的靡靡之音,年轻人惊喜的脸上绽放的笑容便多出了几许柔情。

小云的婚礼是在父母家楼下的院子里举办的。那天,小鹤公检法的同事、朋友、同学来了不少,大家为云姐的婚礼撑足了气场。

霖然是专程请探亲假回来参加云姐的婚礼的。霖然是正主,未来的妹夫,自然是跑前跑后、忙里忙外地应酬着。

小鹤的同学李健,身为特警,警务在身,24 小时不得离开岗位。那天中午,他利用吃饭的空当骑摩托车跑了来,跟大伙儿说笑了十几分钟,又匆匆赶回了单位。李健来时,小雯躲在小鹤的屋里,没有出来跟他打招呼。对闺密小雯的心思,小鹤特别能理解,也就没在李健面前提及她。闺蜜小雯,这次是携丈夫一同回浑江过春节的。她提早得到李健回来的消息,把丈夫扔在家中陪丈母娘采购年货,自个儿跑来帮小鹤招呼客人。大志接到霖然和小鹤的邀请电报,也专程从渝城赶了回来。

大志已经有几年没见过小鹤了。不是没有机缘,而是大志在刻意回避着。这次两人猛地相见,小鹤依旧清澈干净的眼神,便令大志心神一凛,忍不住有些恍惚。

"哈哈,大志?! 好久不见咯,你这些年过得可好?"小鹤柔声亲切的问候响在耳边。

"啊? 好。"唇角噙起一抹笑意,大志忧伤的目光便隐藏在了幽深漆黑的眼幕后面。

其实这几年,大志过得并不平静。从学校毕业,孑然一身来到渝城市委宣传部报到,大志被分配在内宣处。文笔犀利的大志,很快成了宣传部出名的笔杆子。市委领导的讲话稿,市里宣传成就的报告,大大小小的汇总、调查材料,都能在大志笔下的文章中展露出独有的文采。渝城市委把他当作宝贝,生怕他飞了,可大志心中,就是丢不掉当新闻记者的梦想。

市委宣传部的工作,难以区分八小时以内、八小时以外,领导一句话,或者上级一个指示,底下的人就得加班加点,收集整理材料;即使上面不派活儿,他们这些小秘书也有一大堆干不完的琐碎事情。

大志的同事中,像他这样没有家室,一人吃饱全家不饿的单身年轻男很少。所以,当处里一有加班任务,大志总是抢着干,自觉主动地去加班,吃睡都在办公室。那些有孩子有老婆的同事,便对大志充满了感激。大家并不知道,大志一方面的确是无家一身轻;但另一方面,他也是在刻意躲避着张小娜。

自从鼓动父母动用社会关系把大志留在渝城后,张小娜本以为最后征服大志是手到擒来的事儿,没想到,大志自打离开学校,竟也溜出了她的视线。张小娜经常往大志办公室打电话,他不是在开会,就是在赶写材料。那时渝城已经开始流行 BP 机,公务人员腰上更是人人挂着那么一个小玩意儿,大志也不例外。张小娜呼大志,大志几乎都以工作忙来推托,有时干脆就没有信号。每当这时候,张小娜愤愤不平的心,像干柴一样噌地就着了。她怒气冲冲地跑到市委大院门口堵,可半个月下来,连大志的鬼影儿也没见着。

张小娜自然不知道,那段时间大志正跟着市里大领导,在渝城几个贫困县里做社会调查。那些个小山区,别说呼叫 BP 机,就连打个电话,都非常不方便。从山区回来的大志,一头扎进材料堆里赶写领导急要的调研报告,连着一星期半步也没离开过办公室。每当同事下班走后,大志便关掉 BP 机,拔掉桌上外线电话,只留领导熟知的红机和内部电话通着。饿了,办公桌下有同事感谢他顶班,特意为他买来的方便面、豆腐干;困了,办公室旁一间小杂物间,便是专为领导秘书们准备的临时过夜室。所以张小娜在市委大院门口干着急的时候,大志并不知晓。

碰到这样一个榆木脑袋的大志,张小娜第一次开始有些泄气了。没有了大志时不时在眼前对小鹤殷勤相待的刺激,张小娜慢慢觉得大志的魅力在衰减,誓把大志追到手的决心,也慢慢不见了。

正值此时,到欧洲考察一圈儿回来的姜伟,又适时出现在她面前。姜伟这次去欧洲,同样没有空手回来。他递给她的礼品袋里,除了德国手表、法国香水、英国口红,还有一个世界知名的 LV 女士手包。张小娜提着这沉甸甸的丰厚礼物,跟姜伟从渝城市最豪华的莫斯科餐厅里出来,嫁给姜伟的念头便涌上心头。

是啊,这几年姜伟用外汇券和港币为她从香港购买的港货,已经多得引不起她太大的兴趣。她的许多同事还在羡慕她手上几年前出品的香港手袋时,她已经从仅供一定级别领导观看的那些外国刊物上，发现了巴黎的时尚，她盼望着能拥有书中那些精美的欧洲奢侈品。当她有意无意跟姜伟淡淡聊起时，姜伟脸上便泛起激动的红潮，发光的两眼同时涌上坚定的神色。没过不久，姜伟从外经贸局的港澳处调到了西欧处。从欧洲考察一圈儿回来，一大包欧洲奢侈品，便交到了张小娜手上。

望着这些金灿灿、价值不菲的礼物，张小娜不由得在心中苦叹："大志，真对不起你了，你的桀骜我不懂，追你实在太难了。虽说一见你就让我动心，可对你没有回报的爱，让我难以持续。"

如果大志爱张小娜，哪怕有一点点表示，她也愿抛开一切跟他走，哪怕这些丰厚的物质如此诱人。然而没有大志主动的示爱，仅仅是自己的单相思，张小娜在心里盘算一下，觉得自己还真不如嫁给钟情于她的姜伟更合适。起码在姜伟眼里，她张小娜就是一个宝。她要天上的月亮，只要姜伟能办到，只怕也会摘下来给她。

当从女儿口中听到她要舍大志嫁姜伟时，张小娜母亲长出一口气，并给了女儿一个肯定的拥抱。她附在女儿耳边轻轻说了句："你总算明白了。"

张小娜委屈的眼泪，一下子就流了下来。

收到张小娜的大红结婚请帖，大志有过一丝犹豫。考虑再三，他还是抽身前去参加了。大志真诚地奉上一个厚厚的大红礼包，里面是他半年多的工资。

在婚礼现场，猛地见到大志，张小娜惊讶得用手捂住了嘴巴。眼里涌上了点点水光，她没想到，大志会真来。

大志在婚宴上见到走过来的姜书记，连忙躬身站起来打招呼。姜书记开心地把他介绍给新郎官儿子姜伟。姜伟从父亲口中得知，大志便是父亲口中常夸赞的那个市委秘书学生，立刻笑容满面地与大志热情握手。

一通寒暄过后，大志退到一处偏僻角落坐下。不经意间，总能感到张小娜悄悄投来的哀怨目光。此情此景，大志自知不宜久留，找了个借口就起身离开了婚礼现场。

走在寂静的渝城雨夜里，孑然一身的大志，任凭丝丝细雨飘洒扑打在自己的脸上和身上，昏黄的路灯把他高大的身影斜拉得又细又长。望着身影旁空荡荡的光晕，他脑中浮现出那个几年来时刻陪伴在他心底深处的影子：

"小鹤，你现在在干什么呢？"此念在脑际闪过，思绪便信马由缰……

大学毕业后天各一方，大志后来获知，霈然留在了北方，小鹤从此过上了两地分居的日子，大志很为他们的长情扼腕叹息。有一回大志出差，开车到浑江办事，车子经过小鹤法院好几次，他多么希望小鹤此时正好从里面走出来，哪怕让他看上一眼。可法院门前静悄悄的，连个人影儿都没有。那次在浑江，大志见着了古丽娅。古丽娅一见他，开心得一声高叫，张牙舞爪奔过来，雀跃地在他肩头拍了一巴掌，活力四射的双眸像上下扫射的机关枪，嘴里似嗔非怒地嚷嚷说，这么多年怎么不来看她？是不是把她这个发小给忘到脑后了？

大志嘻嘻哈哈打趣儿说，她哪会在乎他来不来看她，然后笑着问古丽娅："什么时候把自己嫁掉？也好请我吃喜糖。"古丽娅便似笑非笑地说："早晚会有那么一天的！"说完，眼幕上划过几丝恨意和惆怅，然后藏头露尾地暗示大志，她一定要嫁给她喜欢的人，否则宁缺毋滥。大志便大笑说："哈哈哈，还真看不出哈，原来你还是个爱情至上的人，能告诉我他是谁吗？要不要我帮你？"古丽娅目光便有了复杂的内容，几番欲说未说的支吾声儿后，突然冒出一句坚定无比的话："我一定会让他娶我的。"

至于这个"他"是谁，古丽娅没说，大志也就不好再问了。

现在，几度春秋后的大志，再次出现在小鹤面前，小鹤讶然打量，不觉时光仿佛倒流回大学。只是眼前的大志，比大学时更加英俊洒脱、气度非凡，深邃的目光中，隐约透着那么一股子淡淡的抑郁气质。

小鹤拉着霈然来到大志跟前儿，三人到院子一角相对安静的桌前坐下。小鹤为大家倒上茶水，抓来糖果和瓜子，霈然笑笑，伸手把小鹤拉在身边坐了，三个人便闲聊起彼此的近况。

大志告诉霈然，他正在找人疏通，打算调回浑江。

"回浑江？你在渝城市委不是干得好好的吗？"霈然有些不解。小鹤心中也是一凛：哦，大志还是念念不忘他那新闻记者的梦啊。

"我就是想当记者。成天坐在市委办公室里老气横秋写报告，真太不适合我了。"大志郁闷地说。

见大志调动意向坚定，霈然知道，那一定是大志深思熟虑的决定，便伸手在大志肩头一拍，说："哥们儿，为了梦想，折腾折腾也是值得的。明年，顶多也就后年，咱们又能在一个城市生活了。"大志闻言，欣喜的神色便溢上了眼角眉梢。

4

这年春天，霖然随联合考古队进了塔克拉玛干沙漠东部的古楼兰遗址。他们一行二十多人，都是从全国各地考古研究单位抽调上来的精兵强将。队伍中只有两位女性，一位是队里聘的安徽籍厨娘兼保洁员小菊，还有一位，就是古丽娅。古丽娅能进沙漠考古队，凭借的就是她那能言善辩，善于察言观色、见风使舵的本事。

古丽娅所在的研究院，一把手是霖然单位老院长的那个大弟子。那天古丽娅刚到办公室，就听说霖然将作为联合考古队队长，率领人员进入塔克拉玛干沙漠腹地考古，她兴奋坏了。同事告诉她，研究院也有两个名额，古丽娅一听，便急匆匆跑去找一把手领导请缨。

刚开始，这个大弟子领导并不同意。毕竟，进沙漠又不是进戏院，不同于儿戏，女人家进沙漠，自有诸多不便。可架不住古丽娅三言两语，就让领导误会了，以为她和霖然关系非同一般。大弟子领导清楚，自己恩师最小的爱徒霖然，不久将调到自己手下出任副院长。见古丽娅数次提到霖然时，都是一副暖口饰羞的样子，一低头一抬眼，似暗示又似埋怨，搞得一把手最终猛省过来："哦，原来古丽娅就是霖然的女朋友！"他暗中思量，难怪这丫头片子到院里这么多年，追她的男孩儿加起来都可以用大车拉了，可她就是爱答不理，原来她心中早有了这么个发小加同学的恋爱对象。想及此，一把手领导脑中就开始思考，如何以一个像样的借口，同意古丽娅进沙漠。一直关注着领导神色变化的古丽娅，这时不失时机地递上话说，她会说一口流利的新疆维吾尔族语言。一把手领导听了，心中大喜。因为这次上面调派人员时，特别强调要优先抽调会说新疆地方方言的人员进沙漠。就这样，古丽娅的名字便名正言顺地列在了沙漠考古队员的名单中。

当霖然拿到联合考古队队员详细名单，赫然看到古丽娅名字也在列时，霖然相当吃惊。想到古丽娅那死缠烂打的性格，霖然心中有些发憷。不过转念一想，这么多年过去了，古丽娅也没再纠缠自己，也许她已经有了心仪的对象。心情一放松，霖然便觉得队伍中有一个自己的发小，而且还是一个绝顶聪明、业务娴熟，又会说当地方言的人精子，对工作自然利多弊少，于是就有些掩不住地高兴。

霖然没有把古丽娅要随队进沙漠的事情告诉小鹤。为什么不告诉？霖然自己也说不清楚。霖然进沙漠的那天，是从浑江走的，为他送行的人，是小鹤和张兵。

张兵在大志的引见下，又重新和小鹤熟悉起来，这时已经开始在浑江装修他的大型夜总会。有钱的老板，朋友就是多。张兵用一个大砖头似的黑色手提给火车站站长打了一个电话。很快，车站旁专供铁路职工进出的大铁门便打开了。张兵驾轻就熟地把自己的宝马轿车直接开到了列车跟前儿的站台上。张兵帮霖然把行李搬上火车，回身与霖然握手告别，就下了列车，把轿车开到离站台稍远一点儿的拐弯处，停在那里等小鹤。

虽然霖然要进沙漠考古是小鹤早已知晓的事情，而且霖然还答应小鹤，从沙漠回来后两人就筹办婚事。可一当最后分别的日子来临，小鹤还是忍不住心中恐慌。多年来屡受刺激的别离孤苦，又沉重地萦绕在她的胸中，疯狂啃噬着她忐忑不安的心。小鹤甚至怀疑自己是否还能够承受住这样哀伤的别离。

此时列车车厢里还没有开始上人，空荡荡的，只有霖然爬在床边铁架上调整行李架上的箱子。摆放完毕，霖然拍拍手跳下来，顺便拉严了车窗上的布帘。

小鹤双手搭在两张中铺的床边，仰着脑袋装着看上铺，使劲儿忍着，不让眼泪掉下来。霖然早已感知到小鹤心中那份不舍，瞧小鹤左看右看，就是不看自己，不由得粲然一笑，一把把小鹤拽在自己身旁坐下。

两人沉默相视片刻，小鹤幽幽开口说："霖然，我等你，你可要早点回来啊。"说完，浓密的睫毛上，便有了盈盈泪光。

"呵呵，好，好，"霖然心中难受，格外怜惜地抬手抹去小鹤脸颊上的珠泪，"小鹤，咱们说好了不哭，这不是咱俩最后一次分别了嘛，等我从沙漠回来，我保证，咱们再也不分开了。啊，乖，来，听话，把眼泪擦干了，要不待会张兵该笑话你了。"

想到车下还有同学张兵等着，小鹤不好意思地一抿嘴唇，抓起霖然的衣袖就往脸上抹。

"哎，瞧你，脸花了，哎呀，鼻涕抹到我袖子上了。"霖然故作夸张地小声嚷嚷。

"呜呜呜，我不管，就擦，就擦……"小鹤撒娇地把整个脸都埋在了霖然胸口上。

"呵呵，擦吧，擦吧，谁叫我又把咱们小鹤惹哭了呢。"

霖然笑颜温存地哄着小鹤，乘势把她紧紧地搂在怀里。

自古多情伤离别。小鹤和霖然又一次分开了。

火车在小鹤不舍的目光中，一声长鸣，启动了，载着小鹤对霖然的别离悲伤，还有小鹤对来日团聚的热烈渴望,轰隆轰隆,从眼前渐行渐远,直至消失殆尽。

坐在驾驶室里的张兵,扭转头冲副驾驶上的小鹤说:"我的夜总会今天晚上试营业,你要不要一道去看看?"

小鹤沉思片刻,摇摇头说:"我就不去了。"还沉浸在与霖然的别离伤情中,小鹤的心情一点儿也快乐不起来。她歉然地对张兵咧了咧嘴说:"等你正式开业那天,我保证,和李健、大志他们一起去给你捧场。"

张兵笑笑,无声地点点头。他在心中感叹,爱情的魔力当真十分煎熬人啊!眼前的小鹤,神情犹如大病初愈,小脸上一点儿光泽都没有。

轿车启动,往站外开去。

为了化解小鹤的落寞情绪,张兵聊起了大志工作调动的事儿。张兵告诉小鹤,他正在帮大志找关系。

"事情进展得怎么样了?"小鹤一脸关切,注意力果然被吸引过来。

张兵苦笑一下,说:"以前我总觉得,没有用钱办不成的事儿。没想到在帮我兄弟调动上,钱还真的不太好使。"张兵嗓间发出一声重重的叹息。

"为什么呀? 对调也不行吗?"小鹤很是不解。

"看来你是真的不懂。对调,那是指工人。两个工人,一个在南,一个在北,双方同意,双方单位也没意见,两人一对调,就成了;干部就不行了,干部得有调动指标。"

"啊? 是这样?"小鹤恍然梦醒,心中不由得焦虑起霖然来。因为霖然走前告诉她,从沙漠出来就对调回浑江。霖然身份是干部,如果干部不能用对调,那霖然显然还不知道这点哩。想到这儿,小鹤心中有些着急。

张兵没有察觉到小鹤的分神,仍然一边开车一边继续说:"我都打听好了,调动干部,有两种方式,一种是接收单位有指标,那样就可以直接调过去;我找人问了,《浑江日报》说还有一种方式,就是如果大志的未婚妻是浑江人,以照顾夫妻关系的名义给他申请调动指标,这样就可以先把他借调过来。否则要等正式调动,猴年马月能有指标,就说不好了。"说完,张兵扭头快速扫了小鹤一眼。

"啊,调个人这么难呀!"小鹤心思又回到大志身上。她觉得大志好可怜,张小娜那么爱他,他对人家却没感觉;让他追求古丽娅,他又不乐意。"看来,还得回头我在法院系统帮他物色一个好姑娘,不过这个女孩儿首先得是浑江人才行。"小鹤心中如是盘算。

"所以我准备,这两天再去找找人,看看能否用第二种办法,先把大志借调到

《浑江日报》，先干着再说。"

听闻张兵如此打算，小鹤很是赞同。她想，如果要帮大志介绍对象，大志人首先得在浑江吧，要不人家女孩子谈恋爱，也不能天天靠给你写信，就像她跟霖然那种，千里传情老是书信往来啊。要知道这种牵肠挂肚的思念痛苦，不是每个人都能承受得住的。

亲爱的霖然，我的爱人，好想好想你啊。今天已是你离开浑江的第 15 天了。上几封信都收到了吧？自从接到你寄来的第一封信，我已经连着又给你寄出了四封信。知你在沙漠交通不便，生活寂寞，我就想尽可能多地给你写信，只要你能收到就好……我爱你，吻你。

我的小鹤，来信收到了。今天大家围着队里的宿营车吃午饭时，送给养的直升机载来了大伙儿的包裹信件，有整整一麻袋哩。嘿嘿，数我最是幸运，有你四封信。哈哈哈，你的信太厚了，大伙都羡慕我，说你的邮资费一点儿也没浪费……躺在蚊帐里看信，真是天底下最大的享受了……小鹤你知道吗？沙漠中的春季，风真够大的，而且是那种典型的"早穿棉，午穿纱，晚上围着火炉吃西瓜"的气候。对了，忘了跟你汇报了，我们考古队现在完全依赖于谢峰他们沙漠勘探队的给养运输工具，像我们的生活用水、罐头干菜、机器设备零件、家属来信，等等，都离不开他们租用的这架空军直升机……

霖然，你们的生活条件太苦了，等你回来后，我再也不让你干家务活儿了。我要好好犒劳你，让你好好享受我的烹调服务。你以后每天回到家，就只需等着我给你做好吃的。我现在炒菜的手艺已经有了很大进步，为了咱们将来的小日子，我最近常常跑回家跟我爸爸妈妈学炒菜，爸爸说，我现在的炒菜水平比我妈都高哩。呵呵，霖然，你为我们将来的团聚付出了那么多，我心下好感动，深爱着你。

我美丽的鹤啊，你等信等得翅膀都要张开飞起来了吧?! 哈哈哈，告诉你吧，一点儿也不能怪我偷懒，这些天，沙漠里的抽水机泵坏掉了，不能抽出沙漠底下的水来浇压出停机坪，直升机飞在空中落不下来，只得又折返了回去。我们一直等到谢峰他们派出去的奔驰大卡车，历尽千辛万苦拉回修水泵的零件安装好，这才呼叫飞机再次飞了进来。又收到你好几封来信，真是开心呀。前两天我们随石油勘探队的车子进到了罗布泊东南方向，库木库都克以西 4 公里的地方。据谢峰说，这就是前些年我国著名科学家彭加木失踪的地方。

站在那里，看着四周高高低低无边无垠的金色沙丘，我才深切体会——在沙漠里要是没有水和食品，对人意味着什么！

啊？霖然，你们平时出行都是跟着谢峰他们勘探队吗？你一点儿沙漠生存经验都没有，可要小心啊，也叮嘱你们考古队的人，不要擅自行动哦。

呵呵，瞧把你紧张的，要是我告诉你，我还被骆驼从背上尥蹶子甩下来过，你还不得当场吓晕过去啊？哈哈哈，其实真的没有那么可怕。那天，谢峰他们的两辆奔驰卡车全坏掉了，就从当地维吾尔族人手上，租来了十几头刚刚野生放养回来的骆驼。驼鞍都还没来得及安上，大伙儿就吵吵着，要骑骆驼过过瘾，结果那些个儿骆驼，性子野的，接连几声不耐烦得嘶鸣，砰砰几下，就把我们考古队好几个小伙子，给甩到了沙地上。我还好，仗了人高腿长，才没有被骆驼踩着。嘿嘿……

哎哟，你真是吓死我了，好在没有摔伤。我平时上动物园，最怕的就是看骆驼的眼睛。那大大的吊眉梢，好像永远都面无表情的样子。见人看它，就一呼鼻子，呵呵，全是白沫子，怪吓人的，你还敢去骑它们，真可怕呀。

我比谢峰差远了。前一阵，谢峰他们石油队来了一个雷老大，据说是专门搞沙漠摄影的，那个拍摄技术，才叫一个棒哩。他为谢峰拍的夕阳下，横跨骆驼立在沙丘上的照片，看得我心旌摇动。那顶天立地豪情壮志的感觉，真正是形容不出来的气魄。你没见谢峰现在，变得又黑又壮，身材魁梧得像座黑铁塔似的。

咯咯咯，是吗？看来毕业后这几年，大伙儿都在变啊。小时候没读过几年书的张兵，在浑江把他的夜总会办得有声有色。他的夜总会已经正式开张了，那天我和李健，还有大志，都被他"硬邀"着，请去玩了一天……李健现在当上了浑江市特警大队的大队长。在那次劫持人质事件中，他立了头功，后来又多次立功，所以升得很快。大志最近也快借调到《浑江日报》来了，他还是无法抹去想当记者的梦想。我听说当年与他一同被追打的那个报社胖记者，现在已经做了他们报社的总编辑。他一直忘不掉大志的仗义能干和那一手好文笔，想调大志去他们报社重案采访组当头儿。对了，还有一件事儿，我那个叫刘嘉的大学女同学，你还记得吗？就是最爱跟我搭档做辩手，住在我下铺的那个同学，她前几天给我来信了，说她现在跟林哥生活在澳大利亚昆士兰州首府墨尔本，她在做律师，与几个华人律师合伙开了一家律师事务所。她告诉我说这些年，好多中国人开始到墨尔本留学、生活和工作，那里很需要既懂英文又通中文的华人律师,她问我是否愿意出去跟她一道干?亲爱的,你放心吧,我已经回绝了她。虽然这些年我的英语一直没有丢,可霖然,我只想跟你在一起。你走到哪儿,我就像尾巴一样跟到哪儿……上次你说调回浑江的事,办得怎么样了?你是干部身份,是否能直接调回来啊?

鹤,调动一事,我问了我们老院长,他说院里已经给上面打了报告,希望为我争取一个进浑江的指标,应该就在这两个月便能办下来……

啊?真的?真是太好了!我好开心呀,霖然!想着指日可待的团聚,我就心慌得不行,你呢?想你想你想死你啦……对了,我爸爸妈妈昨天飞去了澳大利亚新南威尔士州的悉尼,你知道他们为什么突然急着出国吗?嘻嘻嘻,笨,想你也猜不出来!告诉你吧,你就快要当姨父了,哈哈哈哈……我妈一听说云姐妊娠反应特别厉害,急得不行。云姐发电报来让爸爸妈妈过去待一段时间,她想把孩子生在澳大利亚,直接拿绿卡……

亲爱的鹤,我也非常想念你。等云姐的孩子出生了,咱们送他(她)一个金锁吧,谁叫我是他(她)姨父呢,新疆的金很纯的,嘿嘿……鹤,你父母一走,剩下你一个人,我很为你担心啊。你可要照顾好自己,特别是在生理期,千万别去沾凉的东西,想着你痛经的样子我就心疼,那个小脸煞白煞白的,要是我在你身边就好了,起码我可以用暖和的大手捂着你……没有爸妈的日子,我又不在你身边,你千万别饱一顿饥一顿的,要按时吃饭。我们进到沙漠也快两个月了,能吃到的蔬菜越来越少。前一阵子考古队有一个队员开始浑身发软,频频尿血。人送到沙漠外检查,医生怀疑是沙漠中的净化水装置出了问题。以前我们是从外面运送水源进来,现在因为谢峰他们工期紧,需要运送的机械物资很多,飞机飞一趟又需要几万块钱,沙漠队和我们考古队的资金都很紧缺,沙漠队又到了人员大换岗的时间。谢峰是队长,每天为运送队员进出沙漠真是伤透了脑筋。你知道,轮到该出沙漠的队员,一分钟也不愿多待在沙漠里,可飞机每趟的载重量又是有限的,所以我们考古队就更不好意思多占用直升机运送饮用水了……

啊?霖然,这样的沙漠水,你可千万别再喝啊,身体要紧!你还让我多注意身体呢,你才要好好保重。你可以多喝点啤酒嘛……

傻丫头,水都没得喝,沙漠里哪儿来的啤酒啊?只有谢峰他们聘请的那几个外国机械师才能享用到沙漠中仅有的那点儿啤酒……

呵呵,不好意思,我也是急晕了,知道你是考古队的头儿,自然得吃苦在前。不过亲爱的，在保护好大家的同时，你也得给我保护好你自己才是……

瞧你，尽说傻话了，知道你是心疼我，告诉你吧，在这沙漠里，谢峰他们石油队员常说，如果有苍蝇或蚊子能飞进沙漠，剩下的估计也只是公的了。他们称自己是"看像要饭的，近看是搞勘探的"。其实我们考古队的人也好不到哪儿去，刚进来时大伙还特别爱干净，动不动就用清水洗头冲澡，现在大伙一想起那浪费掉的干净水，都忍不住后悔。我现在这一身臭啊，估计你老远就会捏住鼻子躲开，哈哈哈……

霖然，你说的我好心酸，眼泪都忍不住掉下来了。真心疼你，受了那么多苦。算了，咱们说点高兴的事儿吧。昨天晚上下雨，我没回妈妈家，就住在了法院宿舍。听着窗外雨打梧桐树叶的声音，我特别想你，干什么事儿都提不起精神，就拿出好久没摸过的长箫吹了起来。结果几曲下来，听到有人敲门，打开门一看，哈哈，是单位同事杨益。他奇怪地问我："你什么时候把录放机带单位来了？刚才放的那曲子还挺好听的。"哈哈哈，霖然你说，杨哥是不是在变相地夸我呀？

鹤，现在我正趴在宿营车的小床上给你回信。我好羡慕杨哥呀，妒忌他的耳福。说真的，能听到你吹的箫声，简直就是一种醉人的享受。你要是到我们考古队来，不知道要被大伙儿宠成什么样子。真想在这寂静的沙漠夜晚，听到你的箫音。鹤呀，你信吗？在这能听得见星辰眨眼的死海里，无论我身处何方，只要你一吹箫，我肯定能够辨别出来。只可惜我们考古队进来的两个女的，什么乐器都不会……

你们队有女队员？你以前怎么没跟我说过？呵呵，如果我没猜错的话，一定有古丽娅，对吧？

呃——你真是，一猜就准，什么都瞒不了你。她不是懂新疆少数民族方言嘛，浑江考古研究院这次特意指派她来做我们队的翻译。还有一个女队员叫小菊，是我们队的厨师兼保洁员，是个安徽人。

哈哈哈，她们肯定被众星捧月了吧？不过也好，古丽娅本来就是你的发小，有她在，我多少还放心些。你是组长，平时私底下可得多关照一点儿她哦，还有那个小菊。女人敢进沙漠，真是非常了不起，让人心生敬意哩。

是啊，最近我们考古队的人都很兴奋，因为不光楼兰考古进展顺利，谢峰他们沙漠队又在一座沙山下意外发现一尊金佛像，还有许多青铜器。大家都猜测说，这些东西是古丝绸之路上留下的。真太令人兴奋了，改天我也要骑骆驼过去瞧瞧……

哇,骑在骆驼上去查看沙漠里千年前埋藏下的神秘宝贝,多刺激啊……真令人向往。等待你下一封来信揭秘噢……

……小鹤,沙漠最近的气候越来越恶劣,风一起,遮天蔽日,好不恐怖。半夜里常常听见沙漠狐狼在宿营车外不远处嚎叫……我们借住在谢峰他们的沙漠宿营车,虽然坚固得像火车厢体一般,可大风一来,摇晃得就像波涛上的小船……

啊?霖然,你们不会有事吧?!我好害怕。我想你,亲爱的,你可要当心呀。最近我右眼跳得厉害……

霖然,你怎么不回信呢?……

霖然,这是我写给你的第10封信了,是飞机受困又进不去沙漠了吗?怎么不见你的回音……

亲爱的,都快一个月过去了,你这是怎么啦?我每天都数着分秒度日,每一根神经都高度紧张,祈盼着邮递员快快送来你迟到的来信。霖然,我好想念你……

霖然,是不是工作太忙了?还是有了新的考古发现?……你哪怕回我几个字也好啊,哪怕一个空信封!我只想知道你是安全的……

霖然?收不到你的信,我快要急死了……

第九章

沙漠失踪

1

霖然真的出事了。

得到消息这天,是个周五。上午十点多,委靡不振的小鹤强打起精神,开庭审理了一起盗窃案。就在案件快审完的时候,法院门外来了两位霖然单位的工会干部。

门卫看过他们的介绍信,又听他们一番低语解释,慌忙飞奔上楼去找院长。院长听闻,急匆匆跑下楼来,把两人引到了法官休息室里。

两人坐下,一通简单陈述,院长神色霎时凝重起来。他抓起电话打给杨益,要他赶快去叫小鹤。不一会儿,杨益领着神情极度不安、脸色苍白如纸的小鹤快步走了进来。

"您好,您是林小鹤——霖然的未婚妻?"来人站起身,跨前一步,紧紧握住小鹤的手。

小鹤仿佛感觉到什么,浑身一颤,一双大大的眼睛里,涌起仓皇迷茫的惊恐。

"您先别急,来,请坐,坐下来说……事情是这样,我们是霖然单位工会的同事,我们接到新疆传来的消息说,霖然和古丽娅同志,一个月前在沙漠里失踪了……"

"失踪?啊,不!绝不可能……"人如触电般惊立,只一瞬间,小鹤就面无血色,双腿瘫软。

"小鹤!"杨益一个箭步冲上去,伸手扶住小鹤,"小鹤,小鹤,你没事吧……"

小鹤无力地依在杨益手臂上,神情恍惚间,两眼空洞,耳边仿佛听不到任何声响。她喃喃地念叨:"我要去找霖然,我要去找霖然,霖然说了,他很快就会回来……"

闻讯赶来的黎敏此时挤上前来,跟杨益一道把小鹤搀扶到沙发上坐下。黎敏搂过木偶般的小鹤,轻声劝慰:"天啊,瞧你这傻妞儿,你别吓人好不好,霖然不会有事儿的。"

霖然单位来人十分歉然地说:"是啊,我们赶来,就是想带家属一同过去。古丽娅的父母已经赶去了,只是这边,我们不知道该不该通知霖然的父母?"

"不要。"小鹤突然大声叫道,"他父母年龄大了,还是我去吧。"说着,挣扎着又站起身。

"那好吧,请您收拾一下,我们这就去机场。"

一架波音 737 飞机,平稳降落在新疆乌鲁木齐市机场。一辆早已等候在此的三菱汽车,飞快载着三人,开向另一小型军用机场。很快,三人换乘上一架只能乘坐十几个人的英制小飞机。一上飞机,空姐就给每人发了一件军大衣。小鹤诧异抬头,空姐解释说,飞机舱门关不太严,升空后会很冷,请大家赶快穿上。小鹤昏沉沉地裹上坐下,系好安全带,飞机便像一只受伤的小鸟,摇摇晃晃升了空,飞向天际。

小鹤靠在机窗边,看着窗外如血的残阳,不由得泪流满面。她不敢去想霖然现在的情景,她只盼着等她落地时,人们会蜂拥而来告诉她,霖然和古丽娅已经找到了,两人平安归来,安然无恙,只是一时迷路,一切都是虚惊一场。

几十分钟的低空飞行,小飞机在一个更加边远的小镇军用机场降落下来。又是一辆北京 212 吉普车开来,载着三人风驰电掣,穿过一大片胡杨林,最终停在一处用石头垒砌起来的四合院里。

这就是石油勘探队的沙漠外围基地,院中南北两排低矮的平房前,立着许多身着橘红色工装的年轻男子,他们衣服的背后,印着"勘探"两个大大的黄字。

"队长,队长,霖然家属来了。"一个手臂上缠着白色绷带的年轻小伙子一声呼喊,从南边一间低矮房中,躬身钻出一位胡子拉碴的壮小伙儿,他大步朝小鹤的车前跑来:

"小鹤!"

"谢峰?"

小鹤望着眼前这个双眼布满血丝,满脸憔悴,额头上还贴着一块白色纱布的人,正是她中学同学谢峰。

"谢峰,霖然他们怎么样了?"小鹤像看见一根救命草,急切地从车上跳下来。那焦虑渴望的神情,那悲伤战抖的腔调,令谢峰眼圈儿又是一红。他吩咐手下赶快安顿霖然单位来的两个人,自己则伸手扶住小鹤,带她朝一间平房走去。

小鹤机械地迈着双腿,整个脑子都是懵懵懂懂的。这许多天来揪心刻骨的惦念,此刻早已透支完她积蓄的全部体能。一路乘机换机坐车,小脑本就不发达的她,几乎是在不停歇的眩晕呕吐中,颠簸过来的。一路上她吃不下一口东西,她全身心祈祷企盼着霖然和古丽娅能平安归来。

坐在低矮客房里简陋的木凳上,谢峰低沉悲痛的讲述,把小鹤拉回到那不堪回首的时光。谢峰说,那天,霖然他们遭遇到的,是新疆几十年不遇的特大黑风。

准确地说,是三十一天前。

当又一尊半人高的金人像在靠近罗布泊附近的沙山下,被狂劲的大风吹露出来时,谢峰得到了属下的及时报告,赶紧过来告诉霖然。

霖然正在考古队的宿营车兼办公室里,与古丽娅绘制考古发现地图,安徽姑娘小菊系着围裙,在一旁打扫卫生。由于持续干旱少雨,一段时间以来,塔克拉玛干沙漠中的天气干热难耐。古丽娅红衬衣外套了件黑色毛背心,霖然干脆就只穿了件橘红色的工装制服,双臂衣袖被他挽得高高的。

听了谢峰转述,霖然兴奋得两眼放光。他拿出一张自制的古丝绸之路地图指给谢峰看,只见上面用文物图片标注着发现时间和地点。霖然说,前一阵儿发现的那尊金佛,把大家引入了迷宫。队里几个专家意见不一,有的说这应该是古丝绸之路中段南线上的遗物,因为自汉代开辟这条线路以来,大量的商人自玉门关沿塔克拉玛干沙漠北缘,经罗布泊(楼兰)、吐鲁番(车师、高昌)、焉耆(尉犁)、库车(龟兹)、阿克苏(姑墨)、喀什(疏勒)到费尔干纳盆地(大宛),再经葱岭往西经过中亚、西亚直到欧洲;而另外几个专家则认为,沙漠中风云变幻莫测,一个区域埋藏着什么,并不代表着这区域就是确定的路线。因为几千年来,沙漠中的强劲风暴,随时有可能把埋藏物挪位,所以只有多发现一些遗物,才能相互印证,找到较为准确的答案。现在又一物证来了,霖然自然想在第一时间看到。

古丽娅一旁听了,也是情绪高涨,她嚷嚷着要霖然立马前去察看。谢峰提醒说,这几天天气总是不太好,时不时就风起云涌,怕会碰到大沙暴呢。古丽娅不以为然地嘲笑说:"哈哈哈,我说谢峰,这大沙暴都被你念叨了百八十遍了,怎么到现在还没刮来呀? 我就不信这个邪了! 我要去。"说着,回身撺掇霖然说,她现在就去牵骆驼。

发现新文物对霖然这个学考古的人来说,诱惑力是相当大的。他看看天,刚下午一点多,太阳还高悬在当空呢。大拨的考古队员上午被他撒到楼兰遗址周边去了,队里的车子也全开了过去。好在发现金人像的地方,按经纬度计算,应该离他们宿营地不远。如果现在不去把地标方位确定出来,只怕晚上真一起风,明天就找不着准确坐标了。想到这几天,天天黄昏时都有风起,霖然赶紧回身拿起测量工具,又叮嘱古丽娅多带些水,再带件厚衣服,然后冲谢峰挤挤眼,说:"那晚上见吧。"

谢峰担忧地问:"要不,我开车送你们去?"

霖然哂然拒绝了:"哈哈哈,算了,就你那台破车,说起来是奔驰,却动不动就熄火,还老得要人下去推,不如我骑骆驼去方便。"

谢峰知道霖然是偏袒古丽娅。因为古丽娅异常喜爱骆驼,总是寻找一切借口骑在骆驼背上溜达。所以心知霖然有心照顾古丽娅,便不好再说什么。

不一会儿工夫,古丽娅牵着两头骆驼,手上只拿了一瓶矿泉水,一身牛仔装束来到宿营车门前:"霖然! 霖然! 你怎么还没收拾好啊? 快点儿,走啦。"

"嗯,来啦。"霖然慌忙往头上扣了一顶遮阳帽,从宿营车门边跑下台阶。

于是,两个骑在驼背上的剪影,渐渐消失在谢峰眼前漫漫的黄沙尽头。

"黑风起的时候,是在傍晚前的光景。当时是下午四点多,天气越来越糟,我赶着用电台呼叫外出干活儿的人员立即赶回宿营地,又跟楼兰遗址那边正在挖掘考察的考古队副组长用电台通了话。一个多小时后,这些人马全都陆陆续续回来了,只是不见霖然他们。我原本想,霖然他们是骑着骆驼出去的,你不知道,骆驼这种动物本就生长在沙漠,对沙漠气候变化,比人还要敏感,我以为骆驼看到这种天儿,早该往回返了,谁知……我再想派人去搜寻,天空能见度已经低得五步开外就不见人影了,任谁单独离开,后果都不堪设想。所以按照公司铁定的纪律,大家只能相守一处,加固营地,留守等待……"

谢峰的陈述,把小鹤带进强沙暴来袭前那个惊心动魄的日子。

那天,大漠营地的十几头骆驼,不知为何一直狂躁不安,嘶鸣着、挣扎着、拼命想挣脱脖子上的绳索。谢峰说,他进沙漠一年多,还头一次碰到这样恶劣的沙暴天,只觉得人类在变幻莫测的大自然面前,显得是那样的渺小,渺小孱弱得无能为力。

当时,沙漠考古队和石油勘探队的人员,全都挤缩在最长的那节宿营车里。大家把营地里但凡能吃能喝能盖的东西,包括发电机、照明设备等,全都集中在了这节车厢里。而餐车则圈进了队里租来的那些个骆驼。

狂风骤然袭来的时候,大家开始惊叫。因为大伙儿即便坐在按吨计量的厚重宿营车里,仍然能强烈感受到大自然的凶悍威力。宿营车外,就像有无数妖魔鬼怪在黑暗大漠中喧嚣嚎叫,肆意戏谑着封闭铁笼中人们脆弱的神经。每一次大幅度的车厢摇晃,都吓得人们失声尖叫,对大自然不可预知的恐惧,压迫得人快要窒息。

谢峰让大家赶快抱紧身边一切可以支撑身体的固定物体。很快,为宿营车发电的电机轰然停止了工作,车厢里顿时漆黑一片。紧接着,地动山摇般的风啸,夹带着宿营车车厢连接处吱吱嘎嘎的铁链钢索扭断声,整个黑暗中便响起了人们鬼哭狼嚎般的呼喊救命声⋯⋯

"这次强沙尘暴持续了一个多小时。等风停后,我们全都狼狈地瘫倒在宿营车上。大伙儿全都不同程度地受了伤,主要是磕的和碰撞的。有人找到手电筒,四下一照,发现宿营车车门已经翻滚到了我们头顶的位置。后来我和几个年轻队员在大伙儿的帮助下,攀爬上去合力扭开门,爬出车厢的我们立时傻了眼:在我们营地的四周,只剩下我们这节儿宿营车和几十米开外那节装满骆驼的餐车。大概因为这两节车厢装的东西太沉,太重了吧,所以没有被大风吹跑,剩下那些连在一起的宿营车早已经被吹得不见了踪影。是后来沙漠外围基地派来救援的直升机,才在十几公里和几十公里开外的沙山凹陷处,找到我们剩下的另外几节宿营车。"

听了谢峰的讲述,小鹤的神经再也绷不住,彻底被击垮了。

伤心欲绝的她,病倒在沙漠基地的平房里,接连几天,高烧不退。昏迷痉挛的她,两颊绯红,肢体时不时抽搐一下,嘴里混夹着模糊不清的呼唤。谢峰低头凑近倾听,也仅能辨出"霖然"二字。

守着惊悚胡吔、虚弱不堪的小鹤,谢峰简直不知该如何办才好。从私情上讲,他真不希望小鹤醒来重拾悲伤;可小鹤这样昏迷不醒,又让他生怕再出个什么闪失。

谢峰让人请来小县城里最好的医生,可边疆小镇的大夫,也仅能诊断出小鹤是悲伤过度,除了打吊瓶输葡萄糖外,再无他法。

没辙儿的谢峰,此时也顾不得上级要求对外保密的规定,摇通长途,电话紧急求助李健。李健一听,感到事态严重,火速招来张兵商量。张兵说:"正好,我前阵儿帮大志借调到了报社,他刚回渝城收拾行李去了,我现在赶紧通知他火速回来。我想,有媒体关注,估计多少能促使企业认真对待这起人命关天的事儿吧?"

当从张兵电话里听说霖然、古丽娅在大漠中失踪,大志一时愣在了电话那端。他压根儿不敢相信这是真的。虽然张兵跟他说话,时不时爱开句玩笑,可这样的大事,想来张兵是当真的。想到这儿,大志的心便忽地提到了嗓子眼儿,人一下子变得焦躁不安起来:

"小鹤她知道这件事儿吗?"

"说的就是小鹤呀。谢峰说,她现在正躺在新疆塔沙外的石油基地,一直昏迷不醒发着高烧呢。"

张兵的话,让大志心跳骤停了好几秒,待缓过气儿来,大志飞快向原单位借来一辆轿车,马不停蹄地直接冲回了浑江。

当天下午,他和张兵紧赶慢赶,终于坐上了飞往新疆的最后一个航班。

到了乌鲁木齐,谢峰派来的越野车,已经等候在机场外。又是几个小时的奔波,越野车司机在大志的催促下,都快把汽车开成了飞机速度。终于在次日凌晨,大志和张兵到达了这个毫不起眼的沙漠边缘小镇。

虽然请假时,报社总编辑(就是当年那个胖记者)一再强调,要大志尽一切可能,争取采到独家一手新闻,但此时大志的心里,装着的只有生病的小鹤和失踪的两个发小,他们的生命安危才是他当下最最关心的事情。

"小鹤,小鹤,快醒醒,你好点儿了吗?"当黎明的第一缕曙光再次照进这个简陋的沙漠基地小土屋时,坐在小鹤床边两眼布满血丝的大志,轻轻试探着呼唤小鹤。眼前的小鹤,轻尘弱草般虚弱地躺在简陋的硬板床上,已经被不知音讯的霖然折磨得几乎脱了形。大志心里似万刺千锥,百种温存霎时涌上心头。他多么怀念大学时光的小鹤呀,那时的她,心性单纯,不识愁味儿,总是傻乎乎咧着大嘴笑……

"霖然……"小鹤含糊地一声低吟,打断了大志的沉思,他轻怜痛惜地慌忙起身,轻轻拧了条凉毛巾,转身弯下腰为小鹤擦拭那已不再饱满的额头,然后,用棉签蘸上一点点凉白开,一下一下,湿润着小鹤起了一圈儿燎泡的干涸嘴唇。

　　小鹤又是一阵不由自主地手脚痉挛。大志赶忙握住她滚烫的手,把另一块凉毛巾轻轻敷在了她的手心里:"你这个懒丫头,都睡了多少天了,还不赶快起来呀?"大志的声音,有些哽咽。

　　小鹤长长的睫毛微微颤动了一下,似有了知觉。大志欣喜,连忙凑到她耳朵旁,更加柔声地哄她:"你快起来看看吧,馋猫,瞧我给你带什么好吃的来了。"

　　"啊?好熟悉的声音。这是哪儿啊?在哪儿呀?飞机?不,是树!还有好多跑动的人?勘探?骆驼?黑风?哦,不,是霖然在叫我,是霖然!"

　　"霖然!"小鹤大喊一声,猛地坐了起来,把正弯腰低头拧毛巾的大志给吓了一跳。小鹤眼睛直勾勾地辨着眼前的人,看着看着,嘴角一咧,悲伤无措的号啕声便肆无忌惮地回荡在四壁空空的土房子里。

　　大志眼眶发热,他温存地揽过小鹤的肩,轻轻拍打着她的后背,他怕她哭得太急,呛着自己。

　　"大志,呜呜——我要霖然。"

　　"我知道,我知道。"大志柔声应着。

　　许久,小鹤哭得已然无力,大志便把她慢慢放平回床上躺下。小鹤神色惨淡地望着他,抽泣着哑声道:"大志,你陪我去沙漠找霖然好不好?"眼里溢满哀伤之极的泪花。

　　"好,好,等你病好了,咱们就让谢峰找车,我陪你去沙漠找他们,好吧?但你得给我赶快好起来才行啊。就你现在这身体,别说进沙漠,就是出这间屋子,你都没有力气。"大志疲惫地笑笑,满眼尽是温柔。

　　小鹤无力地抽泣几下,含泪点点头。

2

　　有老同学和发小的精心照料,再加上大志竭尽全力的劝慰和安抚,小鹤心中渺茫的希望又被重新点燃。

　　在一位维吾尔族老医生精湛的草药医治下,小鹤的高烧渐渐退了下来。这其间,古丽娅父母哭天抹泪地在县城宾馆里闹着,要单位还回他们活蹦乱跳的独生爱女。单位大概是怕两位失踪者家属碰面,会引发更大的悲怆,不好收场,就先把住在县城宾馆的古丽娅父母劝慰回了浑江。

　　小鹤坚决不走,她待在基地不哭也不闹,但坚决要求进沙漠寻找。小鹤告诉大志,她接连好几天都梦见霖然,她坚信,霖然还活着,就在沙漠某个荒无人烟的地方。

大志要留下的借口当然很好找,因为他现在是媒体记者。

于是,在老同学谢峰的斡旋下,考古队和石油队终于同意由大志和小鹤、谢峰等九名人员另行组成搜救队,带足水源、食物和先进的卫星通讯设备,驾驶三辆高底盘大马力的进口越野汽车,从沙漠的另一端开进腹地。

张兵独自飞回了浑江。因为古丽娅父母既然已经知道了,霖然的父母很快就会知晓。大志拜托张兵多操心安抚两位老人,并随时与这边保持联系。张兵走后,大志、小鹤和谢峰三人乘坐着的越野车夹在前后两辆车中间,踏上了漫漫黄沙路。

还是大志心细,在进沙漠前,他跟基地卫生员要了一些止晕药,还有几片伤湿止痛膏,又跟基地厨房的大师傅要了几大块干姜。在沙海行舟的那些日子,大志每天用瑞士军刀把干姜切下两片,放在伤湿止痛膏上,然后让小鹤分别贴在肚脐和手腕脉搏上。果然,大志的止晕土办法,让小鹤一路上晕车感觉减轻了许多。

三辆车按沙漠队和考古队事先商定的线路,一直沿着那天黑风吹拂的风向下方搜去。小鹤坐在车窗边,时刻瞪大双眼,搜寻着车窗外的物体……

覆盖着茫茫黄沙的巨大疆土上,三辆越野车有如沙盘中的三只小蚂蚁,缓缓朝前蠕动着。小鹤闭着眼睛都能想象,即使霖然站在远处沙丘,不错眼珠地瞭望,也很难发现他们。于是小鹤要求谢峰停车,她冲下车,从后备厢里翻出自己一件大红色运动服,用随手捡来的一只干枯树枝把它固定在车头上。风中的红色衣服立马像风帆一样,在蓝天下鼓扬飘荡,很是显眼。

搜寻工作一天天进行着。越往腹地开行,沙山愈加陡峭起来。谢峰抓紧方向盘,开得更加小心翼翼。坐在后排的小鹤和大志,在车中像炒豆一般颠簸着,目光却不肯放过肉眼所能企及的任何一处沙丘。

一周过去了,搜寻小组没有丝毫发现。这时大志提出能否改变线路,逆风查找。大志的理由是这一个多月来,另外两个队的寻找人员,也一直在风力下方探寻,基地那边甚至出动了直升机,可就是没有一点儿蛛丝马迹。他疑惑霖然和古丽娅,既然那天是骑着骆驼走的,这些天大家既没见到骆驼尸体,也没见着跑回来的活骆驼,按说动物都是有灵性的,更何况骆驼本就是沙漠之王,没准儿它们带着霖然他们躲到了逆风上方的某处既有水又能生存的地方也未可知。

大志的分析令闷头开车的谢峰眼前一亮:"是啊,我也急糊涂了,怎么早没想到这一点？行,我们现在就掉头逆风去找。"

于是,三辆越野车迅速掉转方向,向既定搜寻目标以外的上风区域,探寻开去。

　　寂静的大漠夜晚,一轮明月银盘般高悬在苍穹。没有鸟叫,没有虫鸣,白天还干燥炎热的沙漠,一到了夜晚,便寒凉如秋。

　　大志陪着小鹤,在离越野车和篝火不远的沙山脊梁上坐下来。小鹤掏出长箫擦了擦,悠悠地吹了起来。缠绵悱恻的箫声,在孤寂的大漠夜空骤然响起,呜呜咽咽,似悲似诉。坐在一旁的大志,每当听到小鹤箫声一起,便忍不住凡心顿结,肃然危坐……

　　在搜寻霖然和古丽娅的每个夜晚,小鹤都要在沙海里吹上一会儿。从浑江来到沙漠,小鹤时刻长箫不离身,因为她总是想起霖然的话:"……真想在这寂静的沙漠夜晚听到你的箫声。鹤呀,你信吗？在这能听见星辰眨眼的死海里,无论我身处何方,只要你一吹箫,我肯定能分辨出来。"

　　霖然言犹在耳,人却踪迹全无。小鹤眸中浮光碎影,已是泫然欲泣。那箫声在她悲怆心绪影响下,飘浮在万籁俱寂的夜空,音符幽幽缠动,催人心乱肠断。

　　大志坐在小鹤身侧,静静看着月影清辉下那点漆般的星眸。那神色是如此凄凉,凄凉得叫人心痛。隐约的泪光流淌在那清丽娇小的脸庞,泛起点点白光。大志目不交睫地凝视着,心中翻腾地痛惜着,要怎样的深情,才能令一个人痴妄至此,这泪水,还要为她那心上的人儿流到何时才能止啊……

　　小鹤对霖然由心的嗔痴和执着,一路上一直震撼着肩负搜寻使命的这几个大漠汉子。她那幽幽怨怨、如泣如诉的长箫曲子,更是令不远处这几个汉子们愁肠百转,暗中思念起家乡亲人来。大家偶尔在背地里感慨,人生中如果能找到像小鹤这样一个女孩儿,这辈子也就知足了……

　　远处沙丘在星空下默默起伏绵延。瞧着眼前的空气已能呵气成霜,大志赶紧起身脱下还带着温暖体温的厚外套,给小鹤轻轻披在肩上。唇不离箫的小鹤眼神虔诚地凝视着远方,她仿佛不是在用唇,而是在用心,为她心爱的霖然,吹奏着不绝如缕的生命呼唤。

　　"坐久不知风露冷,满身香影湿罗衣。一夜新凉透碧梧,谁家玉笛暗中听？"大志脑海中突然想起明清文中的这首七绝小诗。除去"碧梧"二字,此情此景,全都像极了诗中描绘的景致。

大漠中的找寻持续了半个月,直到一行九人几乎弹尽粮绝,小鹤更是卧车不起,大家才不得不掉头返程。

回程的沙路,路况随着心境变得愈加艰难起来。横在眼前的沙丘,陡峭起伏,上下有近百米高的落差。随着越野车忽上忽下的颠簸,一忽儿眼前全是漫漫黄沙,汽车连滚带滑往下坠去;一忽儿挡风玻璃前又全是蓝天白云,汽车仿佛要窜入碧玺的天空。每当开到这样的地形前,开车的谢峰就变得格外小心翼翼,一丁点儿都不敢分神。他尽量拣着沙山斜线走之字形,以免车身歪斜太厉害,引起小鹤呕吐。此时的小鹤,已是脸色发青,双目牙关紧闭,她的心已被深深的绝望再次吞噬。她不再哭泣,也不再呼喊,只是无力地任由大志把她的头固定在他宽阔的肩上,以尽量减少车身颠簸带来的身体晃荡。

大志一手紧紧抓住车门扶手,一只手牢牢扶住小鹤孱弱的身体。带出来的呕吐药、干姜片早已经用光。这两天,从清晨到傍晚,萧萧黄沙路上,小鹤吐得只剩下了绿色的胆汁。

谢峰开着车,嘴里宽慰着小鹤说,回去后他会和考古队商量,立即重新规划线路图,他们一定会不惜代价,再借空军直升机,继续沿迎风方向往前搜寻。

小鹤两眼无波地听着,她感到自己的心正在一点点枯萎。这半月的搜寻,虽说也曾惊喜地发现几处不大一点儿的野水坑,偶尔还见到几株骆驼刺、红柳枝、梭梭杆,可依旧没有发现霖然他们的半点踪迹,小鹤心如死灰。

不哭不闹的小鹤,不言也不语。这样的神情让大志非常不安。他强制小鹤吃下一点儿清水和饼干,可汽车颠簸一段一停下,小鹤就踉踉跄跄爬下车,步履歪斜地扑倒在沙地上,吐得一干二净,再也不愿起来。大志深知小鹤心中的悲怆,他猜想小鹤一定想永远躺在大漠深处,就这么静静依偎在历经千年大自然风霜变幻的沙海中,守候着不知所踪的霖然。每当此时,任由他和谢峰在一旁说些什么、劝些什么,小鹤都似无知无觉地大睁着双眸,空洞地瞪着广袤无垠的蓝天,任由孤独的灵魂飞升。

大志痛楚地双膝跪在沙地上,挽扶小鹤的双掌能清晰感觉到她身子的嶙峋透凉。大志哀求小鹤,一定要坚强起来,要相信霖然他们还活着。当大志说到"你起码要活着等到霖然他们走出沙漠的那一天啊"时,小鹤眼里,终于涌起了滔滔泪水……

就这样,在大志和谢峰的呵护照料下,小鹤总算安全走出了沙漠。

　　鉴于小鹤的身体状况，大志准备先带她返回浑江，等候谢峰这边的消息。因为张兵也发来电报，说霖然的父母在霖然弟弟霖欣的陪同下，已经在赶往沙漠基地的途中。谢峰和大志暗地商量，不能再让小鹤跟他们碰面受刺激，否则，对生已然不再抱希望的小鹤会再次受到灭顶的打击。

　　于是，一架图154飞机，载着大志和昏然若睡的小鹤，飞回了浑江。

　　"小鹤！张兵！快看快看，找到他们了！找到他们了！"

　　这天午后，风一样跑进院子的大志，大呼小叫着，把昏倦在床的小鹤惊醒，她中魔般跳下地，赤脚趔趄着，扑向卧室的窗口。

　　这是张兵在浑江市区新购买的一处安静的两进四合小院，它的原主人是一位已加入外籍的国民党老军头。张兵接手时，小院已屋荒瓦废，野草丛生。张兵找人重新做了设计，经过半年的修葺，小院原貌大变。只见院中亭台楼阁，古香古色，枝繁叶茂的金桂和院墙边一溜香樟树，散发出沁人心脾的阵阵药香。鱼池旁，有几株瘦骨嶙峋的腊梅，枝节蜿蜒，更是把小院点缀得别有洞天。

　　大志从渝城借调到《浑江日报》后，因为报社暂时没有地方住，张兵便坚持把他安顿在了这里。这次小鹤从新疆沙漠回来，张兵说小鹤家在五楼，上下没有电梯，爬楼太不方便，干脆一车把两人都拉了过来。反正院儿里还有好几间客房空着，再多住几个人也不成问题。大志心下大慰，他也担心如果让小鹤一人住回家，会对她目前的心境十分不利。

　　现在窗外院子里，跑得大汗淋漓的大志正兴高采烈地把一张电报纸递给张兵手上。张兵看见小鹤立在了窗前，满眼含着急切，忙微笑着把手上的电报递给了她。小鹤屏住呼吸，双手战抖着把电报纸平展开来，只见电报上写着："大志张兵兄请速告小鹤，霖、古二人已找到，正在基地休整，不久即返浑江。"

　　"霖然！"小鹤眼里像拧开了闸门的溪水，欢喜的泪珠大滴大滴地滚落在电报纸上。她咬唇啜泣着，一遍又一遍盯着手中的电报，惊喜几乎让她窒息。

　　看着往昔委靡绝望的小鹤，瞬时一扫不振神情，脸上呈现出凤凰涅槃般的美丽，大志竟舍不得挪开眼睛。看着激动难平的小鹤身体在摇晃，大志吓得几步冲进房间，伸手扶住被巨大喜讯冲击得快要昏厥的小鹤。小鹤回身抓住大志的衣袖，眼神放光地喃喃轻呼："大志，大志，你看见了吗？霖然他们还活着！他们还活着！大志，是真的吗？快，你再看看！"

　　眼前的小鹤骨瘦嶙峋却笑靥如花，令多日来被她折磨得心底凄凉的大志，脸上也终于有了温醇安心的笑容。小鹤能开心对他来讲，比什么都重要。经过了这次事件，大志内心深处只留下了一个企求，就是盼望见到小鹤的欢颜。只要小鹤幸福，哪怕她只是为了霖然，他也会舒心长笑，心如甘霖。

年轻的小鹤在巨大喜讯的刺激下，身体康复得很快。

霖然马上就要到家了。

这天清晨，精神矍铄的小鹤，欢喜活泼得像只蝴蝶。她哼唱着小曲儿，在大志的协助下，欢快地收拾出多日没人居住的父母家。

中午时分，张兵开着一辆商务轿车，来到小鹤家楼下院子里，他是来接大志一同去机场接霖然。张兵知道，大志这是刻意想避开霖然与小鹤的见面场景，张兵特别理解自己这个情重义厚的痴情兄弟，就劝阻想一同跟去机场的小鹤说，车子坐不下这么多人，要小鹤在家静候，他保证第一时间把霖然给她送回家来。见大志微笑地看着她点头，小鹤便不再坚持，只得魂不守舍地目送着二人飞身下楼，驾车离去。

张兵、大志走后，小鹤在房间里东理一下，西抹一下，她不知道该如何打发这余下的一个多小时。她在心理盘算着，一小时等于多少分，又等于多少秒，然后就看着桌上那个公鸡啄米的小闹钟，嘀嗒嘀嗒，随着公鸡的头点地，秒针一秒一秒沿顺时针方向一圈圈转下去。一会儿，小鹤突然想到，劫后余生的霖然一定瘦得不成样儿了，胃也一定受了伤，就赶忙跳起身，跑进厨房点火淘米，她要为霖然熬上一锅软软稠稠的稀粥，云姐说过，稀粥是最养胃的。

等备下萝卜青菜，做好这一切，时间不过才过去了40多分钟，为了忘掉时间，小鹤摸出长箫，安静地吹了起来。

亲爱的霖然/我的爱人/我以为你会舍下我/独自走了/从此我就一直徘徊在你的身影里/在那孤独的生命的边缘/从今再不能掌握自己的心灵/或是坦然地把这手伸向日光/像从前那样/而能约束自己不感到你的指尖碰上我的掌心/劫运让天悬地殊/想隔离我们/却留下了你那颗心/在我的心房里搏动着双重声响/正像是酒/总尝得出原来的葡萄/我的起居和梦寐里/都有你的身影/当我向上帝祈祷/为着我自个儿/他却听到了一个名字/那是你的/又在我眼里/看见有两个人的眼泪……

小鹤在心中默念着自己喜爱的诗句,仿佛又跟随霖然行走在那青山绿水间,那山谷田野旁。此时小鹤吹奏的箫音,在房间里悠扬回荡,冲破寂静的时空,飞出了窗外,正迎面撞上从汽车里伸出长腿、躬身下来的那个伟岸身躯。

他惊闻心弦,仰起头搜寻。伫立间,坚毅黝黑的颊面上,悲喜交加的灼热泪水,霎时盈润了眼眶。

笃笃笃——

急不可待的敲门声,骤然响起。小鹤身体一颤,扔下长箫飞身冲到门边。激动紧张的她,双手战栗着抓住门上的把手,急促的呼吸令她喉咙发紧。

笃——当敲门声再次响起,小鹤猛地拉开房门。

"霖然!"

"小鹤!"

眼前人影交错,小鹤早已飞扑进霖然宽大的怀抱。

"霖然——"

两人喜泪飞溅,小鹤把脸死死贴在霖然擂鼓般轰鸣的胸膛上。失而复得的霖然,让她一分钟也舍不得松开,她怕一撒手,他便再次消失。

"小鹤,我的鹤……"霖然血脉贲张的心怦怦狂跳着,他语无伦次地热吻着怀中日夜思念的人。

小鹤泪流满面地仰起头,她想好好看看眼前这个失踪后令她痛不欲生的人儿。刚抬起的脸颊,便被那火烫的双唇,深深地固封住了。

霖然喘息着,抱着小鹤的身体移进房门,顺脚把门踢上。拥吻着怀里这个令他在大漠无望的日子里日夜疯狂思念的女孩儿向床边挪去。眼前这个女孩儿,是他在沙漠中历经生死考验时的全部希望。他看着她殷殷关切的神情,一瞬不瞬地望着他的眸子,只觉心中千头万绪,不知有多少话儿要向她诉说,却一句也说不出来。

鸳鸯比翼,蛱蝶同心。经历了此次生与死诀别考验的两个人,早已经把一切婚誓诺言抛到了脑后。他们缠绵地呼唤着对方的名字,肢体纠缠着进入到彼此灵魂的最深处,两人都已经无法再挪开对方眼眸半秒。

相濡以沫,无须伪装,小鹤只想把自己赤坦地交给霖然。她蝶翼般忽闪的长睫上,挂着欢欣的泪花;她一遍又一遍回应着霖然忘我的热吻。

两人不管不顾地深入对方,疯狂的浪潮一次次把两人送上爱的巅峰。霖然一

边快速冲击,一边大汗淋漓一遍又一遍急切地询问着身下的小鹤:

"你爱不爱我?"

"快说,爱不爱我?"

小鹤幸福得在流淌着汗雨的霖然身下,又哭又笑地一遍遍重复着痴傻的话语:

"我爱你,霖然。"

"我爱你。你把我整个儿拿走吧。"

"我是你的,霖然。我愿为你去死。"

最后当小鹤说"没有你,我活不下去……"时,想起那不堪回首的绝望日子,小鹤心中便涌起万般委屈和伤心,回答的话语,便带上了凄凉无比的颤音。

霖然心中大痛,慌忙翻身下来,回手抱起身下的小鹤,腾出一只被磨难历变得粗糙干裂的大手,一把又一把重重抹去小鹤眼眶中不断涌出的伤感泪水。抹着抹着,霖然突然搂紧小鹤,撕心裂肺地大哭起来。

霖然的哭声把小鹤吓坏了,那是怎样的绝望和惶恐不安的哀号啊。小鹤挣脱霖然的怀抱,强忍住泪坐起身,把哭得两眼紧闭,像受到莫大委屈的大男孩儿般的霖然,紧紧搂在自己细润温软的胸口上,此时的她,像一只勇敢矫捷的母豹,小心温存地为他舔舐着心灵上的创痛。

3

窗外已是华灯初放。

小鹤坐在床边,神情专注地小心吹拂着碗中的粥,就着小菜,一点一点喂向霖然。霖然疲惫地斜倚在床头,低垂着的一双眼睛通红通红的。他时而怔忡不宁地皱眉发呆,时而抬目痴痴地望向小鹤,那欲言又止的神色,那操搓不安的大手,都能让小鹤觉察到,大漠中的噩梦,依然如影相随地纠缠着他。

两人吃过晚饭,小鹤收拾完碗筷,上床依偎过来,霖然一把把她拢在胸前,轻轻为她拉上薄被。小鹤搂着霖然,把脸紧紧贴在他滚烫的胸膛上,两人就这样静静地躺着,没有再说话。

碧天如水夜如烟,月明庭洒梧桐前。叽叽虫鸣令夜幕更加深沉,一束清辉,透过窗户照射进来。

霖然大睁着两眼,垂目凝视着胸前一动不动的小鹤。他心底那处隐秘的东西,又像抽丝剥茧一般拆散开来,一丝丝,一层层,涩意蔓延至咽部,至舌尖,他多想张口对小鹤一吐为快,可他又不知该如何开口,不知该怎样去解释……

俯在霖然胸口的小鹤,其实并没有睡。她怕自己一翻身或一动,就会惊醒好不容易才安静下来的霖然,便坚持一动不动地假寐着。

下午霖然的痛哭,霖然的讲述,令她万分动容,无比震撼,那令霖然梦魇般难忘的大漠失踪日子,对霖然的打击有多大,她能清晰感觉到。霖然几度哽咽,难以为叙,小鹤亦心如刀绞,恨不得撕开自己的胸膛,把霖然完整地包裹进去,给他安全和力量,给他最最温暖的心灵抚慰。回想下午,蜷缩在霖然怀里的小鹤,从霖然沙哑灰暗的讲述中,心疼地了解到霖然失踪的那些个日日夜夜。

霖然说那天下午一点多,他和古丽娅顶着午后的烈日,骑着骆驼前往谢峰告诉他们的金像发现地。一路上,无数金字塔形的沙丘,在两人身旁绵延起伏,舒展延伸。

古丽娅欢快地跑前跑后。她骑的那骆驼,是一头秀气娇小的雌骆驼,与霖然身下这头高大威猛的雄骆驼,正好是一对夫妻。

春天是骆驼发情的季节,雌骆驼一路紧跟着雄骆驼,亦步亦趋,喷着响鼻,脖子上丁零当啷的驼铃声,引得古丽娅忍不住引吭高歌起来:"送战友,踏征程,默默无语两眼泪,耳边响起驼铃声……"

古丽娅野性十足的嗓音,在旷漠里听来,是那样的动听,那样的让人豪情顿生。

两人就这样不知不觉走了一个多小时沙路。

天开始变得昏暗起来时,风也起了,可两人还没找见金人像掩埋的地方。

霖然有些奇怪,掏出包里的专业仪表,准备寻找精确坐标。突然,身下的骆驼躁动起来,雄骆驼不安地甩着头,嘶鸣着,两条前蹄竟立了起来。

"啊——"身后的古丽娅大叫一声,也被身下的雌骆驼甩到了沙地上。好在沙子细软,没有伤着她。

"霖然,你快看!"古丽娅一个箭步冲到霖然和雄骆驼的身边,指着远方,惊恐地叫起来。

霖然抬头一瞧,极目远处,风刮来的方向,有一道高耸如山,长城般矗立的风沙墙,正快速移动着,越来越近,越来越近。风沙墙上层是黄红色,中层呈灰黑色,下层是黑色。

"糟了,我们真的遇到沙尘暴了!"霖然心头大震,汗毛都立了起来,"快,跳上来。"

霖然弯腰把双手伸向古丽娅,一使劲儿,把她提到了自己胸前。霖然紧拉骆驼缰绳,迅速掉转头,一夹驼肚:"快跑!"

惊恐的雄骆驼挣扎着,就是不愿顺着风向往回跑。已经乱了方寸的雌骆驼,更是围着雄骆驼打转转,哀鸣的叫声儿在两人听来,是那样的恐怖。

"啊——快走呀!你这个蠢货!"古丽娅在霖然身前惊慌得手脚并用,拍打着身下的雄骆驼。雄骆驼再次嘶鸣着立起来,想把两人从背上甩下去。

紧急关头,霖然紧紧抓住缰绳,脑子也在急速运转——"沙漠中可以没车没食,却一定不能离开骆驼。骆驼在沙漠里跋涉可以一连40多天不吃不喝,骆驼的感官和记忆是动物里最发达的,它们能嗅出地下水的流淌,能在逆风时嗅到一百公里外的青草,能记住十几年前甚至几十年前走过的路,更懂得在大漠中如何规避凶险"——这是谢峰在他刚进沙漠时,特意传授给他的骆驼经。

现在,携带细沙粉尘的强风,已卷至眼前。霖然知道,丢什么也不能丢掉手中的驼缰。他把包中那瓶珍贵的水壶,迅速递给古丽娅,让她塞进衣服拉链兜里收好,然后一面躬身抱紧古丽娅,低头躲避着迎面劈来的沙尘,一面冷静地寻找时机。瞅准雌骆驼跑经雄骆驼身旁的刹那,霖然探身抓住它脖颈下晃荡着的绳索,迅速解下来,然后用这根结实的绳子把自己和古丽娅牢牢捆绑在了雄骆驼背上。

霖然打的是一个布林结,这是一个易解却不易脱开的生命绳结。正是这根绳索,帮他和古丽娅躲过了这场黑风翻滚、黄沙冲腾的强沙尘袭击。

沙尘暴是一种风与沙相互作用的灾害性天气现象。它的形成与地球温室效应、厄尔尼诺现象、森林锐减、植被破坏、物种灭绝、气候异常等因素,都有着不可分割的关系。霖然他们遇到的这场沙尘暴,正是新疆几十年来发生的最强悍的一次。

黑风骤起,天地闭合,沙尘弥漫,枯木轰然倒下……

雄骆驼迎着风暴奋勇前行,雌骆驼亦步亦趋,一路紧随,数十次狂风几乎把两头骆驼给卷得往后飞腾起来,特别是那头可怜的雌骆驼,体小身轻,被风吹得进一步退九步,可它依然哀鸣嘶叫着,穷追雄骆驼。巨大的沙尘令空气混浊不堪,雄骆驼身上的两人早已呼吸困难。最严重的时刻,空气能见度几乎为零。浓密的沙尘铺天盖地,遮住了阳光,两人眼前伸手不见五指。

雄骆驼带着雌骆驼奔跑着、跳跃着,在一道道沙梁上滑堕,在一片片沙山坳里喘息。

霖然心中发凉,当他想到自己今天只怕要毙命大漠、在劫难逃时,他想到了小鹤。小鹤啊,霖然心下潜然起来,只怕就要跟你说永别了……

扑哧,身前的古丽娅脸上挂着黑乎乎的泪痕,露出满口沙砾的牙齿乐了。此时两人正被雄骆驼极不情愿地拖带着,卧在一处百米来深的沙山凹陷处:"霖然,你说,要是骆驼能把咱俩带到一处有水有食物的沙漠仙境,那该多好啊。"

古丽娅乐观的想象和超然的神情,并没有唤醒霖然。他正在心中后悔不迭没听谢峰劝导,冲动带古丽娅贸然前行。作为考古队队长,如果在沙海中遇险,这要说出去该多丢人啊,白白陪上了古丽娅和自己的性命不说,还真真害了小鹤!深知小鹤爱自己胜过生命的霖然,悲凉的心一下子惊觉起来。不行!为了小鹤,一定要想办法走出沙漠。

小鹤成了霖然大漠求生的强烈驱动力。

两个多小时后,昏黑的天空渐渐清朗起来,云淡风轻得像什么也没有发生过。

无数次随雄骆驼翻滚摔跌的霖然和古丽娅,随身携带的工具包和食物早已不见了踪影。古丽娅身上只剩下霖然交给她的那一小壶水。这瓶珍贵的救命水,支撑了两人五天。

刚开始时,古丽娅还敲打着雄骆驼背上的驼峰说:"骆驼啊,跟你商量一下好不好,把你这里面的水分给我喝一点嘛,我保证,只喝一口。"说着,蓬头垢面地仰起黑不拉几的花脸,迷瞪地回头冲霖然艰难地笑笑,那干裂的嘴唇,便有血迹溢出。

霖然赶紧拿起剩下的小半壶水递给她,古丽娅一把夺过,收进了带拉锁的衣服兜里:"不行,今天咱俩都已经喝过了,得忍到明天。谁知道什么时候才能走出这鬼不拉屎的地方呀。"

这是两人在浩瀚无垠的大漠里,骑在驼背上漫无边际行走的第四天,他们已经完全迷失了方向。

两只骆驼被两人倒换着骑。霖然不敢再让古丽娅单独骑在骆驼上,他怕万一两只骆驼不小心跑散开,两人可能就再也见不到。分开对两人来说,除了死亡,还有比死亡更难承受的孤独。

四天没吃东西的两个人,已经没有更多的力气独自稳坐在骆驼背上,特别是古丽娅。平时为了减肥苗条,每顿只吃两口饭菜的她,身上本来就没有多少热量贮备。靠在霖然胸膛上的古丽娅,无力地哼哼两声,她想唱歌给霖然听,以驱赶多天来萦绕在两人心头的恐惧和绝望,可没想到一张嘴,眼前一黑,差点栽下驼背。霖然赶紧接住她,把她搂在臂弯里,强行掏出水又灌了她两口。过喉的清凉引出古丽娅眼角一珠泪光。她无力地垂下头,幽幽地喘息着说:"霖然,你这么好,为什么,我就得不到你呢?"

那濒临死亡前的箴言,令霖然心中难过。他把垂头闭眼、浑身冰凉的古丽娅紧紧抱在胸前,努力用自己的体温温暖着她,轻轻附在她耳边呢喃低语:"古丽娅啊,我一直当你是我妹妹。咱们从小一起长大,你知道的,我心里有多疼你,可我长大了,我爱小鹤,我不能没有她,你也是知道的,我不能离开她……"

霖然一阵伤心欲绝的长声叹息后,也沉沉地昏厥了过去。

霖然再醒来,已是几天后。

他是被小孩子的叫闹声给惊醒的。翻身坐起,他惊异地发现,竟躺在一张用兽皮和木箱搭叠起来的小床上。环顾四周,原来是一个用木头桩子和旧帐篷搭建起来的简易柴房。

霖然寻声走出柴房,看见门前用枯枝篱笆围起的沙地上,有两个五六岁的维吾尔族小男孩,正跟一头绵羊摔跤。大一点儿的男孩儿抓住左羊角,往左边掰,小一点儿的男孩儿抓住右羊角,往右边掰。绵羊吃痛,咩咩咩叫着,低头蹬腿儿使劲往后挣脱。

"嗨,你们好。"霖然满脸是笑,跟两个孩子打招呼。两个男孩儿见他,同时一掀手上羊角,嘴里叽里咕噜叫着,飞快地向霖然身旁另一间用鲜艳布帘遮挡的房里冲去。霖然正诧异间,"霖然,你醒啦?"古丽娅欢快的声音,已经随同她的身影,出现在掀起的那道布帘后面。

大难不死的古丽娅,比之前瘦了整整一大圈儿。

"古丽娅?! 咱们这是在哪儿?"霖然像是见到了救星。

"等下我告诉你,快来,我先给你介绍个人。"说着,古丽娅回手拉起霖然,来到正被两个小男孩儿一左一右牵着手走来的维吾尔族老阿妈跟前,"这位就是阿依古丽大婶,是她们全家救了咱们俩的性命。"

霖然听了,慌忙弯腰,向老人深深鞠了一躬:"谢谢阿依古丽大婶,谢谢你们全家救了我们。"

　　古丽娅在一旁眯眯笑着,把霖然的话用维吾尔语翻译了一遍,满脸满手被烈日暴晒成赤褐色、脸膛沟壑密布的阿依古丽大婶连忙摆摆手,嘴里叽里呱啦说着霖然全然听不懂的维吾尔族方言。霖然求助地看向古丽娅,古丽娅又笑了:"大婶说,让咱们多休息,她说她的大儿子和小儿子都外出打猎去了,很快就会回来。如果能打上野兔子,今晚咱们就能喝酒吃肉了。"古丽娅的翻译,把霖然馋得腹中一阵咕咕直响,古丽娅似乎听见了,扭头看他的眼神,全是揶揄的偷笑。

　　在等阿依古丽大婶两个儿子打猎回来的工夫,霖然从比他先苏醒过来的古丽娅嘴里,知道了两人被救的大致经过。原来,两头骆驼凭借求生的本能,意外救回了两人性命。

　　那天凌晨,天刚蒙蒙泛亮,驼峰已然瘫软歪斜的雄骆驼,带着驼峰同样瘫软歪斜的雌骆驼,载着背上昏死的两个人来到阿依古丽大婶家柴房门前的水缸旁。雄骆驼和雌骆驼咕咚咕咚饥渴难耐的饮水声,惊醒了房中大婶的大儿子托乎提江。古丽娅解释说,在维吾尔族语言中,托乎提江就是"永远留下来不要离开的小伙子"的意思。

　　托乎提江出来一瞧,吓得慌忙叫醒阿依古丽大婶和弟弟,三个人一起把捆在两个人身上的绳索解下来,把两个人抬进柴房中。这些天,阿依古丽大婶每天都给他们灌喂干净的清水、羊奶和果酒,这才令二人慢慢苏醒过来。古丽娅告诉霖然,阿依古丽大婶家中有五口人,除了老人,还有老人的大儿子托乎提江和小儿子阿卜都热西提以及老人的两个小外孙,就是霖然刚才看见掰羊角的那两个小男孩儿。古丽娅说,老人的老伴儿去世早,大女儿帕提古丽和大女婿也在一场瘟疫中双双病逝。剩下一家五口,常年沿着沙漠水源迁徙,以打猎养羊为生。

　　正说着,阿依古丽大婶的大儿子托乎提江和小儿子阿卜都热西提提着猎枪,背着半兽皮口袋的猎物回来了。两人把兽皮口袋往地上一倒,几只黄褐色的大漠野兔以及十几只肥硕的沙鼠,便稀里哗啦滚落到沙地上。两个小男孩儿见状,欢呼着帮阿依古丽大婶把猎物拎到柴房后边去了。

　　托乎提江见霖然醒了,忙热情地把他和古丽娅让进自己的房中坐下。

4

　　在古丽娅的翻译下,霖然和老人的大儿子、小儿子很快熟络起来。阿依古丽大婶的小儿子不到十五岁,身材却比哥哥细高。可能是因为平时很难见着生人,一见外人脸就红，也不爱说话，所以不大一会儿，就溜到柴房后边帮母亲生火做饭去了。

老人的大儿子托乎提江，似乎不用古丽娅翻译也能听懂霂然的话。霂然惊诧间抬眼打量，发现托乎提江除了皮肤粗糙黝黑这点与他弟弟一样外，两人长相一点儿也不像。托乎提江那看不出实际年龄的方形脸膛上，一双单眼皮细如豆荚，眼睛虽不大，却透着只有猎人才有的那种狡黠之光。他身高在一米七左右，结实的身板儿显得人很精壮。

在与性子火热的托乎提江交谈中，霂然获知，托乎提江只是阿依古丽大婶的养子，原本也是个汉族人。只因一次大漠走失，被阿依古丽大婶的丈夫搭救，就留在了沙漠里。许多年来，没人与他讲汉语，日久生疏，已无法用汉语正常交流。他偶尔一个字一个字，努力往外蹦着汉语与霂然对谈，可当古丽娅用维吾尔语一插话，他便转瞬用流畅的维吾尔语对答起来。只见两人时而笑言甚欢，时而语句急促，后来，两人却彼此沉默不再言语。

霂然听不懂他们谈话的内容，只得急切反复地询问托乎提江："此地处在塔沙的什么位置啊？""送我们到这里来的那两头骆驼哪儿去了？""能否送我们回沙漠外的营地？"

可托乎提江似乎突然间不再能听懂汉语。他用维吾尔语跟古丽娅咕咕哝哝说着什么，只见古丽娅脸色一寒，柳眉便蹙了起来。托乎提江尴尬地笑笑，双肩一耸，两手一摊，便对霂然摆出一副爱莫能助的样子。

一旁干着急的霂然，看一眼托乎提江，又看一眼古丽娅。他实在不明白，古丽娅为何突然对恩人态度如此不恭？可无奈古丽娅就是不愿再翻译给他听。

开饭了，阿依古丽大婶的小儿子进门来叫，古丽娅忙拉起霂然走出柴房，只见阿依古丽大婶已在空旷的门前沙地上用木板搭起了一个长条台子，几大碗浓香鲜美的红烧野味正散发出诱人的香气。托乎提江折身从柴房里抱出一大塑料桶暗红色像果汁一样的东西，热情地给大家碗里一一倒上。立刻，一股酒酿的香味儿，便在暮阳下的空气中氤氲开来。

阿依古丽大婶招呼大家围坐下来，端起大碗向霂然和古丽娅祝贺，托乎提江和老人的小儿子也端碗站起来，霂然慌忙拉上古丽娅，两人一起恭恭敬敬举起碗，真诚地感激老人及她全家的救命之恩。于是刚才发生在托乎提江和古丽娅之间的不爽情绪，便在碗筷的碰撞声中，化为祥和欢腾的氛围。

霖然一辈子也忘不了大漠深处这个他刚苏醒过来的第一天夜晚。柴房前孤悬着的那盏柴油灯,深深定格在他记忆深处。绝地逢生带给他的欢乐,还有酒后酣畅淋漓的那场昏睡……正是那场昏睡,令他今生今世再无法平静地面对小鹤那双纯洁无瑕的眼睛。

他没有告诉小鹤,第二天当他在大漠柴房中醒来时,惊讶地发现他和古丽娅躺在了一起,古丽娅沉睡的头正枕在他的胸膛上。他惊慌失措地推开古丽娅跳下床,结果,推出古丽娅一声惊叫。

醒来的古丽娅用惊慌迷茫的眼神看着他,下意识伸手拉过身边的毯子遮住赤裸的身体。霖然这才发现,自己身上竟也无半寸遮拦。

他羞愧慌乱地抓起散落在地上的衣服,躲到柱子旁迅速穿上,然后冲出柴房,冲进无垠的大漠,直跑到再也看不见身后柴房屋顶那孤悬着的长木杆,才一头扑进沙子里,呜呜喘息不止。

他不清楚这一切究竟是如何发生的。他绞尽脑汁也只能记起昨天晚上,当大家喝了不少酒,吃了不少肉时,阿依古丽大婶说自己年纪大了,喝多了身体撑不住,先领着两个小外孙和小儿子阿卜都热西提回柴房睡了。老人的大儿子托乎提江正喝在兴头上,他跟霖然和古丽娅碰了一碗又一碗酒。霖然没料到这个看似果汁饮料的东西,酒劲儿会那么大。

古丽娅早已喝得小脸儿通红。她斜着醉醺醺迷蒙的双眼,摇晃着身体站起来,对着群星璀璨的夜空,放开喉咙唱起了歌儿……

霖然记得那是一首古老的爱情民歌。一旁的托乎提江听了,两眼霎时晶亮,他放在酒碗站起身,酒气熏天地也亮开了嗓门,合唱起来。两人的歌声在雄浑无际唯有星月相伴的大漠里,听来是那样的凄美动情,令人心中情愫激荡,只想一醉方休。

为歌所撼的霖然,此时心潮澎湃,也很动情。他心中死而复生的庆幸,令他万分思念小鹤。想得两眼泛潮,浑身热血沸腾之时,他便一碗又一碗,独自大口喝着。那香浓的果酒下肚,脑海中只剩下小鹤那巧笑顾盼的情影……

遥望星光下远处那大片静默矗立在沙海中的枯枝朽木,霖然突然想起小鹤在外婆家给他讲述的那些聊斋故事,眼前这些影影绰绰,魑魅魍魉般的景物,仿佛无数妖魔鬼怪,正准备扑过来,将他擒住,囚在这不知经纬的茫茫沙海……当他把这一组记忆,有选择地讲述给小鹤听时,小鹤又是哭又是笑,她刮着他的鼻梁,心疼地喃喃道:"哦,霖然,你什么时候变得这么疑神疑鬼的啦,你不是最胆大的吗?"小鹤无心的话,听得霖然内心一惊一乍,他生怕小鹤察觉到他内心隐藏的那些秘密。霖然真不知该如何避开这铺天盖地的回忆带给他的心虚和紧张。

那天晚上古丽娅唱完歌后,他们又干了什么?霖然一点儿也想不起来。这段记忆的空白成了他一生的迷茫,令他说不清,道不明,剪不断,理还乱。特别是当古丽娅在沙漠的那些日子,提出晚上要跟他同居一室时,他苦不堪言地只能被动地躲避、忍耐,因为古丽娅的理由很充分,充分得让他难以开口拒绝。

那天下午,在没人的柴房边,古丽娅眼神款款地告诉他,她不愿挤在阿依古丽大婶的小房间里睡,而且,她有些怕托乎提江看她的眼神。的确,阿依古丽大婶家统共只有三间房,平时大婶跟两个小外孙睡一间,托乎提江和他弟弟各睡一间,如今霖然占了阿卜都热西提的房间,古丽娅只能挤到阿依古丽大婶的房间里住。

看着因睡眠不好而两眼充血的古丽娅,还有一旁时不时会热情地瞄上一眼古丽娅的托乎提江,霖然默默地遥望着远处起伏的沙山,苦思无辙。

那天晚上,古丽娅笑容甜美地用维语对阿依古丽大婶叽里呱啦不知说了些什么,老人便仁厚地笑着,令大儿子托乎提江把霖然睡的小床改铺成了一张稍宽一些的双人床。瞧着托乎提江瞄向古丽娅的眼神有些莫名的生气,霖然只好不太情愿地默许了古丽娅。

只是从这天晚上开始,霖然便和衣而卧,再也不敢喝酒。

然而,关起门来的两人世界,霖然越怕什么,古丽娅就越来什么。有时候,古丽娅会云鬓半卸,星眼微蒙地斜靠在他身边,霖然赶快闭起双眼装睡;有时候,古丽娅娇喘软语,要霖然躺着跟她聊聊天,霖然就会想起与小鹤相卧而眠,长聊尽欢的场景,便回应古丽娅个冷霜泛面。心神荡漾的古丽娅,被霖然气得常常秋水含嗔,双眉倒竖,可又奈何霖然不得。

一天中午,托乎提江神秘地把霖然叫到柴房对面那片远观如魑魅魍魉,近看却朽而不倒,立起来有半人高的枯木旁。托乎提江用生涩的汉语,一字一句地告诉霖然,那两只骆驼是古丽娅醒来后放走的。因古丽娅说这两只骆驼是她跟一家牧民家借的,牧民要她用完后把它们放掉就行,因为骆驼识路,自个儿能回家。

霖然惊诧地瞪大眼睛,他怎么也不能相信古丽娅会自断后路,弃走他们的生命之舟。他又一次问托乎提江能不能带他们走出沙漠,他可以回报他丰厚的报酬。托乎提江不假思索地摇摇头,说他从没想过要走出沙漠,也不会花心思去寻找出沙漠的路径。托乎提江告诉霖然,他走进沙漠已经十多年,跟阿依古丽大婶一家在沙漠中随水迁徙,早已习惯。见霖然一脸沮丧,托乎提江似乎有些不忍。他深思一会儿,又对霖然说,沙漠中每隔两到三个月,就会有驮夫带着盐、糖和汽油、柴油,从沙漠外进来跟他们换些野货。霖然一听,眼里现出朝阳般的光芒。不过,托乎提江停顿一下又说,只是这些,古丽娅特意叮嘱过他,不让他告诉霖然。托乎提江支吾着,他觉得霖然是个好人,所以忍不住还是跟他讲了。

　　霖然再次疑惑地看了托乎提江一眼,那眼神分明在说,他不相信古丽娅会那样做。虽知古丽娅对他有些怨气和小心思,可霖然自认为古丽娅是他的发小,他打死也不相信古丽娅会仅仅因为这个,就把两人走出沙漠的生路给封死。所以霖然认为一定是托乎提江多年来只会察看动物行踪,已经读不太懂人类复杂的表情,所以误会了古丽娅。霖然不动声色地谢过托乎提江,并表示将来出去后,一定会重谢托乎提江和大婶的救命之恩,多给他们弄一些汽油、糖和盐,还有猎枪子弹什么的。这倒真不是霖然吹嘘,谢峰介绍霖然认识的那个沙漠边防部队的团长,曾经带他们打过几次猎。团长说,部队别的没有,训练弹有的是。霖然想,到时跟那个团长要些子弹,应该不是难事。

　　以打猎为生的托乎提江,一听有子弹,眼里顿时熠熠生辉,他一拍霖然的肩膀,激动地说:"兄弟,放心,驮夫来,我告诉你。"这次,他把汉话说得相当流利。

　　霖然下意识地向远处看了一眼,只见古丽娅正斜靠在柴房门边,也远远地眺望着他们。只因隔得远,她的面部神情,霖然看不清楚。

　　霖然现在一心惦记着驮夫快快来,好把他们早早领出沙漠。

　　在这个旷古荒凉的大漠里,霖然已经一天也待不下去了。远离大部队,夜夜被鬼点子翻新的古丽娅纠缠,霖然只能在心中企盼着,换货的驮夫能快些到来,好带他离开这个前不着村后不着店的鬼地方。

　　百无聊赖的日子随着太阳和星星的交替缓慢地更迭着。白天,霖然跟托乎提江一道去打猎,这样既能有效地避开古丽娅,又能快些消磨掉时光;夜晚,霖然常爬到柴房背后的沙梁上,躺在沙山上发呆。他觉得只有待在高端,才能看得远、听得清。

　　这天,霖然又双手抱头,仰躺在沙梁上。他遥望着广袤天际那晶亮闪烁的一个个星辰,想着小鹤俏皮可爱的眼神发呆。这是他每天最沉静、最享受的时刻,即便古丽娅就抱膝坐在离他不远的沙地上,脸上那愤懑不屑的神情,也阻止不了他想念的思绪。

"呼——"他长出一口气。在沙漠中迷失的日子该有半个多月了吧？他在心中算计着,小鹤要是再收不到他的信,一定会急哭的。想着小鹤那惊慌无助的样子,霖然便心急如焚。哦,上帝啊,求您了,但愿在外面的人,别把我们失踪的消息告诉小鹤。小鹤啊小鹤,你听见我在呼唤你吗？你可千万别着急啊,我只是一时被困在了沙漠……

度日如年的日子,有如和尚撞钟般,不紧不慢往前行进着。

一天,正呆望着天空出神的霖然,突然抬起头支起耳朵,屏住呼吸凝神静气听了一会儿,就大叫起来:"是小鹤的箫声!"

一跃而起的霖然,箭一般蹿了出去。他滑下身后的沙梁,连滚带爬冲向另一座沙山。等他好不容易爬到自认为最高的沙山顶部,四下一望,却发现自己仍旧处在大漠的最低谷凹陷处,四周除了绵延起伏如坟包般的沙丘外,什么也看不见。

看着颓废而归的霖然,古丽娅眼中闪过一丝霜色寒意。她嘴角浮上一缕冰冷的笑容。这笑容和目光令霖然如芒在背,满脸阴霾。

浑浑噩噩的大漠等待,终于盼来天籁般的声声驼铃……

当一位大漠驮夫把霖然和古丽娅还活着的消息带到沙漠外石油基地时,整个基地沸腾了。人们难以置信,失踪两个多月的霖然和古丽娅,居然还完好健康地活着。考古队和勘察队队商量决定,由经验丰富的沙漠勘察队队长谢峰带队,迅速前去迎接。

谢峰兴奋地率领着刚运到基地的几辆性能良好的进口越野汽车,在识路驮夫的带领下,行进三天四夜,终于,浩浩荡荡开进了大漠深处。

一路上谢峰都在吃惊,因为驮夫带他们走的,正是上次他和大志、小鹤后来改道走的那条迎风路线。在他们上次弹尽粮绝往回返的地方,再往前行进不到十公里,谢峰便看见了那户维吾尔族人家,还有迎着车头癫狂疯跑过来的霖然和古丽娅。

霖然和古丽娅就这样安全走出沙漠,结束了与世隔绝的梦魇日子。

沙漠的梦魇结束了,霖然的噩梦却就此拉开。

这是个周末的下午。本来张兵在几天前约好大志、霖然和小鹤,准备周末晚上在他的夜总会给李健过生日。没想到周三霖然突然接到单位老院长的电报,说一个国家级考古专家团周日要到单位听取楼兰考古的情况汇报,老院长要霖然务必赶在周末前回去。

霖然这时的心态已经完全调整了过来。在小鹤温柔体贴的细心照料下,霖然重塑起自信,他准备把那段记忆的空白,彻底烂在心底,就当什么事儿也没发生过。

这天,他喜滋滋地告诉小鹤,老院长已经同意他回去后,就顺便把调动的事儿办了。霖然拥着小鹤,要她答应,等他这次回来后,两人就去把结婚证领了,再请双方亲戚朋友聚聚餐,然后两人找一处心怡神往的地方,旅行结婚去。

小鹤听得咧嘴傻笑,她欢喜得啵啵亲着霖然青须扎脸的下巴,催促着霖然早些动身,快去快回。

在去机场送行的路上,小鹤紧紧挽着霖然壮实的胳膊,连走路都忍不住想蹦跳。她想,这次便是两人最后一次暂别,之后,她与霖然将永远不再有分离。

小鹤心中那份苦尽甘来的幸福感,迅速溢满全身,唇角涌起的那份甜蜜笑意,怎么敛,也敛不住。

"咦,这次送我,怎么不见你掉眼泪呀? 噢——我好失落。"霖然蕴含笑意地看她一眼,故意这样逗她。

"咯咯咯,我心里高兴着呢,想到以后咱们再也不用分开,我就想乐,哭不出来了。"

含羞带笑的小鹤,灵动的黑眼珠一转,故意粗声长音儿说:"霖然,你再好好去独享一下你那北方的空旷和自由吧,以后,这种感觉可就没啦。"

"哈哈哈,瞧你高兴的,小样儿。"

走到机场安检口的霖然,用胳膊紧搂了一下小鹤的肩头,朗声笑道:"行了,我的乖乖老婆,别送了。千里送君,终有一别。你就在家里等着我的好消息吧。"

小鹤两眼弯弯的,使劲儿冲霖然点点头。

第十章
方寸大乱

1

小鹤送完霖然从机场回到家,刚一上楼,就看见走道上站着一个身影,玲珑俏丽,却面若冰霜。

"请问,您找?"小鹤话音未落,那侧影儿转过脸来。

"啊,古丽娅? 怎么是你? 真是稀客,快,快请屋里坐。"小鹤手忙脚乱从衣服兜里掏出钥匙,一边开门一边抱歉地说,"我送霖然去机场,刚回来,你不会是来找他的吧?"

小鹤热情欢喜地把古丽娅让进房中。见她一屁股坐在藤椅上,也不认生,忙开心转身,为她泡来一杯氤氲香醇的绿茶:

"你还好吗,古丽娅? 身体康复得怎样了? 咱们都好久没见面了。"放下手中茶杯,小鹤热情地抬起头,却愣住了。

眼前的古丽娅,神情颓然委靡,与刚进门时判若两人。此时的她,犹如风霜刀剑下的残荷败柳。

"古丽娅,你怎么啦? 没事儿吧?"小鹤以为古丽娅还没摆脱沙漠失踪的阴影,心下不由得格外怜悯心疼起她来。

"小鹤,我来,是想告诉你——"小鹤热情细致的关切声,似乎扰得古丽娅有些心乱。她蹙眉低头沉默半晌,最终还是抬起头来。只是再次看向小鹤的目光,有了决绝的冷意:"你知道吗,我怀孕了。"

"怀孕了？"小鹤讶然一愣，随即念动如电，错愕的表情便僵在了脸上，"你？什么意思?!"

小鹤感觉胸口仿佛被人冷不丁重重打了一拳，脸色渐渐发起青来，不匀的呼吸迫得她有些喘不过气来。

"什么意思？"古丽娅发出一声若有似无的讥诮冷笑，目光中便有了轻蔑的神情，"这你还不明白？我一个年轻姑娘，又没结婚，又没男朋友，只因跟霖然孤男寡女在沙漠中同居了两个月，出来我就怀孕了，你说我什么意思?!"

小鹤骇然失笑："你？跟霖然同居?!"

神志在眩晕和战栗中，似将轰然飞堕。

"哼哼，想来他就不敢告诉你。在沙漠中的两个多月，我们天天睡在一张床板上，这孩子当然是他的。"古丽娅冷意透骨般恨恨地说道。

古丽娅咬牙切齿的回答，令小鹤有一种剜心般的疼痛，她惊疑怔忡间，整个人仿佛都化作了石雕木刻，耳朵里嗡嗡杂音轰响，只见眼前古丽娅嘴唇还在蠕动着，却不知她在说些什么。

霖然？霖然！这到底是怎么回事儿？霖然！

小鹤内心撕裂着、挣扎着。她怀疑自己听觉出了问题，抑或古丽娅跟她开了个天大的玩笑，大得她猝然心痛得不能呼吸。她恍惚间看见古丽娅从手包里又掏出一张纸，啪地放在她面前圆桌上，深眸微眯地看着她说："这是医院的化验单。我也没有想到，霖然会在沙漠中乘我喝醉了酒，将我强奸了。"古丽娅话语中透着幽幽的怨恨，"你说怎么办吧，要么，我去告发他，让世人嘲笑他，看不起他，让他蹲大狱，从此毁掉一生；要么，你把他让给我，好好说服他跟我结婚，做孩子的父亲，我和你便相安无事……"

急语溅珠般的古丽娅，此时在小鹤眼里，犹如心藏鬼祟之人，阴冷的深眸，看得小鹤后脊发凉，心如坠铁。小鹤极力控制住簌簌发抖的身体，一指房门冲古丽娅说："你走吧！……你给我出去！"后面的喊声已有了哭音儿。

"好，好，我走，我走。"古丽娅伸手抓起桌上的化验单，暗地里观察着小鹤的神色。她停顿半分，眉梢眼角又隐隐透露出一丝咄咄逼人的神情，她故作动情地放慢语速，款款看着小鹤说："不过在走之前，我还是想把话说清楚，毕竟我们从小就认识，我也是为了你好不是？你知道，我怀孕的事儿，是霖然妈亲自给我检查的。她看到结果后很高兴。她说，如果我能做她家儿媳妇，那将是她最开心的事情。你知道霖然妈本来就不喜欢你。当然，这个，估计霖然也不敢跟你说，他历来面慈心软，特别是在你面前。不过我要是你呀，只怕早就一拍屁股走人了，谁还会留在这儿丢人现眼的……”

古丽娅话音未落，瞅见小鹤眼里已涌起淡淡的雾气，犹如密密刺来的芒剑，本还笑惹春风的她愣了愣神，很快转身冲到大门边，一拉门把手，樱唇一噘，皓腕一扬，纤腰扭摆着，咔噔咔噔快步下楼，溜了。

天，不知何时暗了下来。一道蓝光闪过，劈天的焦雷便在耳边炸响。

孤苦无依的小鹤，痛苦地用双臂紧紧抱住自己的头，蜷缩在霂然父母家楼下那处黑暗的墙角里。她无力地靠着冷硬的石墙，恍惚的眼神中，装满了悲凉和凄惶。

古丽娅走后，小鹤强撑着的理智刹那间焚烧殆尽。她趴在床上哭啊、笑啊，仿佛把一生的泪水都流光了。只为了那个曾经在这张床上，甘愿为他献出少女童贞的自己，还有那令她心向唯一，无尽牵挂、无尽思念、无尽渴盼，到头来却让她心碎满地的负心男子……

跟霂然耳鬓厮磨的那些少年往事，还有缠绵悱恻的青年时光，像过电影般在脑际中闪回、重叠……小鹤猝然闭上双眼，心如万针齐刺，疼痛在四肢百骸中漫延开来，魂魄仿佛已不属己身。

此时的小鹤，已无法去质疑古丽娅那番话的真伪，她只知道一个规矩人家的女孩儿，是不可能拿自己万般珍贵的女孩家清白来开这种邪恶的玩笑，来甘愿谎称自己怀上了他人的孩子。

小鹤突然疯一般地爬起来，她要去霂然家，她要亲口问问霂然妈妈，难道她真的就不喜欢她，不认可她这个未来的儿媳妇？

一路跌跌撞撞的小鹤，无声地流淌着断线般的珠泪，引来晚饭后出门乘凉散步的人们怜惜探寻的目光。人们腹测着这个相貌清丽可人的小姑娘，不知遇到了什么悲伤难当的事情，会这样难以掩饰地痛哭流涕。

蜻蜓扑扇着翅膀，在湿漉漉的空气中低飞徘徊，远处天边传来阵阵沉闷的雷声，天，像是要下雨了。

浑江的夏天，雨水倒是丰足，只是打雷还很少见。

小鹤终于倚在了霂然家楼下的墙根儿底下。然而，来时的冲动现在已被消磨殆尽。小鹤知道，作为一个小辈人，她哪有资格去质问长辈为什么不喜欢她？！婚恋嫁娶虽说是年轻人的自由，可在八十年代的中国，年轻人多半还不太具有反叛精神。只要父母不同意,年轻人的婚约恋情基本上就算失败了一半儿。更别说现在的古丽娅,已经怀上霖家的孩子。

"古丽娅怀了霖然的孩子!"——这个不争的事实,再次击倒小鹤。她觉得自己胸中似有东西轰然破碎,她知道那是她悲伤的心。她想起世间一句哲理说,人生最大的痛苦,莫过于"想得到"和"怕失去"。现在她知道,本属于她的那份弥足珍贵的东西,已经完全失去了。既然古丽娅说霖然母亲希望她成为他们家的儿媳妇,那她还有什么必要再去印证,再去自取其辱呢?!是希望霖然毁掉声誉?还是漠然冷观古丽娅生下没有父亲的孩子?这两种结果都超出了小鹤做人的道德底线。

现在,小鹤觉得自己除了退出,已经没有他路。虽然霖然背叛她跟古丽娅有了孩子,可小鹤从心底里依然爱着她心中的霖然。深知法律相关规定的她,绝不愿看到他受世人的谴责讥笑和法律的严厉制裁。她相信曾威胁过她的古丽娅,为了腹中的孩子,是什么样的事情都做得出来的。

此时此刻,小鹤幡然醒悟,原来这么多年,古丽娅也一直在暗恋着霖然。这样一想,许多过去不解的往事,就一通百通、一目了然了。小鹤难过地想,也许霖然也爱着古丽娅,要不他不可能让她跟他同居一室,还有了那样的肌肤之亲。

小鹤惨笑着,落下一串悲哀的泪水。

现在自己倒成了夹在两人中间的多余之人,如果没有自己,霖然跟古丽娅不是更加郎才女貌、天仙般配吗?霖然妈妈喜欢古丽娅,小鹤相信古丽娅说的是实话。霖然喜欢自己,但霖然肯定也不反感古丽娅,这是小鹤此时用脚指头也能回答出的答案。

哀,莫大于心死。生,对此刻的小鹤来讲,突然变得没有了任何意义。

一丝孤傲的神情,浮现在小鹤清冷的脸颊上。

她终于挪了挪已经有些僵直的身体,开始慢慢往回挪动步子。路灯把她单薄纤削的身影拉得老长老长,有如踽踽独行的老妇,踉跄着,消失在黑暗小巷的尽头。

残宵犹得梦依稀。

大志、李健、张兵,还有夜来香,晚饭后聚在张兵夜总会的一间豪华 KTV 包房里。大家一边喝着茶,饮着啤酒,一边等着小鹤。

周四那天小鹤曾给张兵打来电话说,霖然周末要回单位去办调动,肯定来不了了,而她周末要先去霖然家,帮两位老人干点家务活儿,估计会晚到一会儿。

几个人坐着的沙发前茶几上,已经摆放上好几盘干果和新鲜水果拼盘,沙发对面的电视屏幕上,正播放着一群外国人蹦跳劲舞的画面,只是嘈杂的音响被醒事儿的夜来香关得很小。

大伙儿在商量等霖然回来,得好好为他跟小鹤庆贺一番,为了这对棒打不散的鸳鸯总算熬到有情人终成眷属的这一天。

张兵下意识扫了大志一眼,正好碰到大志的目光。张兵能读懂,那是一种掩藏在心底深处的无奈与孤独。张兵心中有些不是滋味,他回身拍了一把靠在自己身侧,穿着露脊裙装满身香气袭人的夜来香:"哎,夜来香,去给哥哥们找几个好人家的女孩儿来。"

大志和李健连忙伸手制止,但夜来香已经领命,一摇三晃地走了。不一会儿,包房门口便响起了莺莺燕燕的声音:

"哎哟,这不是张老板嘛。"

"张哥呀,是你叫我们呀。"

跟在夜来香身后拥进来的三个小姐,个个身材高挑、容颜秀丽,听她们招呼张兵的口吻便知,均是张兵夜总会的熟人。

对于大志和李健的职业,张兵不好介绍,其实也根本用不着他介绍,这几个看似单纯实则老到的小姐,早已经在夜来香眼神的暗示下,间隔坐到了大志和李健的身旁,又是殷勤递水果,又是周到地为大家添酒倒茶。

大志依然不习惯应付这种场面。虽然这些年,西方的蹦迪歌舞、自娱自乐的卡拉 OK 消费,包括暗地里滋生的一些色情陪伴,都开始被个别先富起来的人所追逐效仿。大志在渝城市委当秘书时,包括被借调到报社当记者后,这样的"被接待"场面也是三天两头遇到,但大志洁身自好,从不让一个小姐靠近他,总是不动声色地退避到一旁,找个角落独自喝茶或者矿泉水,静静看着别人跳,听着大伙儿唱,除非同事共同上台联欢,他才会跟着大伙儿起哄热闹。

李健更是如此。自打做了狙击手,他对女性尤其退避三舍,更别说这些常年出入于歌舞厅的小姐。只因张兵执意要绷这个面子,他只好把屁股往沙发后边挪挪,暂时忍耐着挤靠过来的小姐。

"小鹤怎么还不来啊?"问话的是李健,眼里起急的却是大志。

大志抬腕看看手表,指针已经指向晚上十一点三刻,他不明白从来不迟到的小鹤今天怎么还没有出现?

"估计是霖然走了,她心情不好?"李健猜测。

"不会的,霖然这次回去,就正式办调动回来了,她高兴还来不及呢。"大志是了解小鹤的,他都可以想象,小鹤脸上会有怎样欢欣的表情和憨傻可乐的笑模样儿。

几个小姐见帅哥们独自聊天,也不爱搭理她们,就有些兴趣索然,一个小姐拿起茶几上的话筒,点歌儿唱了起来:"我醉了,因为我寂寞,我寂寞有谁来安慰我……"

大志跟李健碰了一下酒杯,轻啄一口,认真地倾听着:"……往日的旧梦好像你的酒窝,酒窝里有你也有我……"

歌词渐渐吸引了大志的注意。他微眯双眼,专注看着电视屏幕。屏幕上一个身穿黑色拖地长裙的女人,正醉生梦死般仰头干掉手中的红酒。

"小鹤不会临时有什么事儿,来不了了吧?"李健被身旁小姐时不时有意无意用胳膊肘触碰他胸口弄得尴尬不尽,站起身来,"要不,你们继续玩着等小鹤,我先走一步?局里事儿太多,我真不敢离开太久。"

明知李健是托词,大志也乘机站起身:"是啊,张哥,要不今晚就算了,估计小鹤在霖然家有事,脱不开身。咱们改天再聚?"

张兵实在喝多了,他已经斜躺在夜来香腿上,醉得连话都说不太利落了:"那——小鹤不够,意思,看不起我,是不是?是不是?算了,改天咱哥俩,得好好,喝喝。唔,夜来香,给我倒酒,给我……"

鼾声响起,吞没了他后面的话。

大志开车出来,问李健是否把他先送回单位?李健一哂,说:"今天我休息,哪儿用得着上班啊。我知道你心里着急,不知道小鹤怎么样了,我陪你去找找她吧。霖然不在家,她别出什么事儿。"

李健一席话,说得大志心中甚是熨帖。他伸手拍拍李健的肩头,一踩油门,车子轰地一下,蹿了出去。

大志的确有些心神不定了。

与小鹤相处这么多年,大志太了解小鹤的脾气了,他从来没见小鹤有过失言或者失信于人的时候。现在霖然不在家,小鹤父母又在国外,小鹤家里根本就没人了。都这个时间点儿了,小鹤会上哪儿去了呢?要是有什么事儿,她也应该寻呼一下自己,告诉他们一声才是啊。大志的 BP 机号小鹤是知道的,而霖然父母家也有座机电话。

大志和李健决定，先去小鹤家看看。

寂静的夜晚，街面上车子很少。显然刚下过一场雷雨，车灯前照亮的地面，湿漉漉地反射着白光。远处天边，几声稀疏残雷隐隐传来。

大志把车开得飞快，不一会儿，就到了小鹤父母家院门外的巷口。大志把车停靠在巷口边锁好，两人便急匆匆往小鹤家院子走去。

漆黑的院子里静悄悄的，雨后的凉意，让多日不能踏实睡觉的人们，都早早熄灯上了床。

"小鹤家没有灯光。"李健抬头借着月光数了数窗户，然后肯定地告诉大志。

"小鹤该不会生病了吧？"一丝担忧爬上大志心头。他不由得加快步伐，一步三级台阶地往五楼上爬去。

笃笃笃，笃笃笃，大志轻轻敲响小鹤父母家的门。

门里静悄悄的，一点儿动静也没有。李健挤过来，稍加重一点力气再敲，敛声屏气地聆听，还是没有任何声响。

"她该不会还在霖然家吧？没准儿天下雨，霖然父母把她留下了？"李健半是猜测，半带安慰地问大志。

"应该不会吧？霖然家也住不下呀。"大志犹豫着，但还是决定跟李健开车过去瞧瞧。

于是，两人又一路小跑回到车上。大志启动车子，车子冲出巷口，蹿上马路。

霖然父母家，灯火通明。

大志站在霖然父母家客厅里，询问着霖然爸什么。只见霖然爸吃惊地摇摇头，扭头去看霖然妈，霖然妈脸上也是紧张不安的神情。最后，大志跟霖然父母挥手告别，快步下得楼来。

大志一屁股坐进副驾驶，对已换到驾驶座上的李健说："快走，小鹤今天没来过这里，我们再去她单位看看。"说完，在楼上阳台边霖然父母焦灼目光的注视下，两人驾车飞快离去。

路上，大志沉默不语。他不明白霖然家到底发生了什么事情，为何霖然妈说话一改小时候给他的那种痛快印象，变得吞吞吐吐，欲言又止？霖然爸说，一晚上他们都在等小鹤过来吃饭，但小鹤不知为何没来，倒是古丽娅来过了。大志看见霖然妈慌忙扯了一下霖然爸的衣袖，然后脸上挂着不自然的笑容对大志说，拜托他赶紧帮忙去小鹤单位看看，霖然不在家，他们也担心这么晚了，小鹤会出什么事。

既然担心,为何先前却不去找?大志觉得霖然妈好像有些言不由衷,显得心事重重的样子。

两人开车来到小鹤单位楼下。李健四下张望一下,便索性站在马路牙子边冲楼上高声大喊,因为他发现,法院大门是锁着的。

没想到,楼上还真有人答应。只见三楼一扇窗户被推开,紧接着探出一个头来。李健一瞧,却是小鹤同事黎敏姐。黎敏姐告诉他们,小鹤早搬回她妈家,已有相当一段时间没在这里住了。

两人一听,有些犯傻。两边家里都没有人,单位也没有,那小鹤能到哪儿去呢?

两人正犹豫间,大志腰上的 BP 机突然振动起来,把他吓了一大跳。他慌忙取下 BP 机,按亮机上自带的小灯一瞧,是一个陌生电话的留言,内容是:"你赶快去她父母家,撬门进去看看。"

这个莫名其妙的短信,一下子把大志的心提到了嗓子眼儿。他招呼着李健冲回汽车,李健人刚钻进副驾驶,屁股还没有坐稳,大志的车已经像离弦的箭一般,冲了出去。

从大志口中获知小鹤可能就在她父母家,李健感到了事态的严重,他迅速打开对讲机,要一个手下带上开门锁的工具包,五分钟内赶到巷口等待。

当大志的小车风驰电掣般到小鹤家巷口时,那位骑在摩托车上的年轻警察早已恭候在此。他从摩托车后备箱中取出一个工具包递给李健。李健接过,无声地拍拍他肩膀,摩托车便一声轰鸣,开走了。

大志和李健快速往小鹤家冲去。这次,两人用的都是百米冲刺的速度。上得楼来,李健把一个巨亮的手电筒递给大志,让他帮忙照着门锁,然后他把手上一个万能钥匙般的粗铁丝往锁眼里一插,反手一扭,门无声地开了。

2

黑洞洞的房门被推开的一刹那,两人都有一丝犹豫,特别是大志,双腿突然变得如铅般沉重。

他呼吸粗重地用手电光在小鹤家客厅白墙上晃闪着,李健看见了电灯开关绳索,敏捷地跨过去啪地拉亮,只见一溜细细的血水正从小鹤卧室门边蜿蜒流出,两人吓了一大跳。

大志疯一般冲过去，借着李健随后拉亮的卧室灯光，只见小鹤衣着整齐地躺在床上，乌黑凌乱的长发丝遮挡了她毫无血色的半个脸庞。一只耷拉在床边的手臂上，有一道深深的血口，还在向下滴淌着快要凝固住的鲜血，一把带血的水果刀掉落在床边地上。

"小鹤！"

大志早已被泪水模糊了双眼，他不顾一切冲过去，一把抓起小鹤垂吊在床边的手臂，紧紧压住破口上方的血管，一旁的李健默契地递上工具包中的消毒纱布，大志迅速包扎起来。包扎完，他抓起床上的棉被，弯腰小心包裹起小鹤的身体，把她抱了起来。他感到小鹤的身体是那样的轻，轻得他忍不住用脸颊去轻轻贴试了一下小鹤的口鼻处，好在还有一丝呼出的气息，大志心下稍许安慰。他心疼地柔声低语道："小鹤，小鹤，我是大志，对不起，我来晚了，我们马上就去医院，你要挺住，要挺住啊。"说着，抱起小鹤就往楼下急奔。

李健无声地在一旁搭手帮衬着，两人迅速来到巷口。李健小心地把大志和他怀中的小鹤让进车后座，关上门，然后冲过车头，跳进驾驶室，迅速发动了汽车。

大志的眼泪又重重地落了下来，簌簌滴落在毫无知觉的小鹤那美丽宁静的小脸上。大志感到自己心中有个地方在汩汩流血。他好悔啊，悔自己一忍再忍，没有好好保护小鹤，让她受了不知什么样的委屈和折磨，竟然选择了这条不归路。

"小鹤，小鹤，"摸着小鹤手臂和脸颊越来越凉的大志，声音几近绝望，"李健，再开快点！再快点！小鹤快不行了。"大志的喊声中夹杂着瑟瑟发抖的战栗声儿。李健再次掏出对讲机，冷静地要求部下快速通知市医院急诊室，做好抢救准备。

车子被李健开得几乎腾飞起来。好在夜深人静，一路上车辆稀少。很快，一个猛打方向盘的急转弯，车子带着尖利的急刹声儿，停在了市医院急诊室大门前。

医生、护士闻声冲出来，大志配合着帮他们快速把小鹤挪放到移动床上，大家一路小跑，小鹤被推进了手术室。

门，在大志面前关上。

坐在紧闭的手术室门外长条木椅上，大志双手抱着低垂的头，把自己恨得牙痒痒。他涕泪横流的狼狈神情，让身边的李健心里也特别不好受。

有一次在三人聚会时，张兵喝醉了酒，乘大志上洗手间之机，把大志多年来暗恋小鹤的秘密，悄悄告诉了李健。李健听得甚是动容，对大志更是心生敬意。现在见大志深陷绝望，李健把手放在了他背上。有时候哥们儿间的安慰，是可以通过掌心的热度来传递的。

他拍拍大志的后背说:"没事的,哥们儿,好在咱们发现得及时,小鹤肯定吉人天相,不会有事儿的。"

大志痛苦地咬着嘴唇点点头,急得充血的眼中,是无尽的担忧。

急诊手术室门外的走道上,静谧得连掉根针都能听见。

漫长地等待。

李健看着手术室玻璃门上的"正在手术"四个大红字,忍不住打破沉默:"你说,前两天小鹤不是还好好的吗? 怎么突然间就割腕了呢? 难道,小鹤和霖然感情上出了问题?"

李健的话正触动了大志的心事,他想起刚才BP机上那个短信留言,便对李健细说了。

"这个短信会是谁发的呢? 这个电话你认识吗?"

大志莫名其妙地摇摇头。

"要不这样,你把这个电话抄给我,我让人再去查查,看是哪儿的号码。"

大志忙到医务台前找来一张纸,摸出衣兜上的钢笔,快速抄下那个号码,交给李健。

手术室门开了,一位戴着口罩和眼镜的中年男大夫走了出来。大志和李健慌忙站起身迎上去:"大夫,她怎么样了?"

大夫看了看两人,一边摘口罩一边语气咄咄地问:"你们谁是她的家属?"

"这——"李健刚要解释,大志开口了,"大夫,我是她哥哥。"

男大夫上下打量大志一番,目光中分明有了指责的味道:"你这个哥哥是怎么当的! 你妹妹怎么耽误那么久才送来? 要是再晚几分钟,我看就是老天爷,只怕也没有回天之力了……"

"是,是,是,谢谢您啊,大夫,谢谢您的救命之恩。"大志感激地冲着严厉的大夫一个劲儿地躬腰道谢,那感激涕零的样子,令大夫不忍再加指责。

男大夫缓了缓语气,又说:"病人是抢救过来了,不过现在还没有醒来。你这个当哥哥的现在最要紧的,就是在妹妹醒来后,赶快解开她的心结,想办法让她回转心意,否则对于有自杀倾向的人,这种事我见得多了,光靠外人看守,早晚还会出事的!"

大志听得一头冷汗。是啊,到现在为止,他还不清楚小鹤到底是为了什么,要如此决绝地选择自杀。

"你能告诉我,这是为什么吗?"

在张兵独门小院的一间阳光能直射进来的房间里,大志坐在床边的凳子上,关切地看着躺在薄被下脸色煞白的小鹤,轻声地问。

小鹤大睁着双眸,一眨也不眨,仿佛没有听见。

小鹤出院已经三天了。这次把她安顿在张兵这里,是大志的主意。大志怕小鹤独自回家,再看见什么触景生情,引发她内心的再次伤痛。

昨天李健告诉他,他 BP 机上那个无名号码是浑江市东城区一个公用电话,寻呼台服务人员回忆说,当时呼这个 BP 机并留言的,是一位说普通话的女士。

说普通话? 女士? 大志绞尽脑汁也想不出"她"会是谁。

……

几天来,大志、李健和张兵,轮番守候在小鹤身旁,生怕她再有个闪失。特别是痛彻心扉的大志,几乎寸步不离地守候在小鹤床前。

差点与心爱的女孩儿阴阳两隔的大志,胆战心惊地感到丝丝后怕。他现在急迫想弄明白的,是前一阵儿小鹤到底受了什么刺激,会让生性不爱计较的她如此哀伤绝望?

然而三天下来,不吃不喝的小鹤,不哭也不闹,完全像个没有生气的木偶,就这么静静地蜷缩在床上,一双幽幽的大眼睛里,视线空蒙,找不到焦点。

"小鹤!"

心底里硬生生划过一阵痛楚,大志的声音有些颤抖。他不愿被她看见自己眼里的情愫,垂目停顿半晌,这才伸手轻轻为小鹤拂去散落在她脸颊上柔滑清香的发丝:"小鹤,还记得那年,我们一起双双跪在你们学校凉亭上,对着上天发誓的情景吗?"

大志注意到,小鹤微闭的长睫轻轻颤动了一下。大志深不见底的眼瞳里,立马浮起温柔怜爱的神情:"当时我向老天爷发誓,如果给我一次机会,只要一次,我一定会好好珍惜心中那个女孩儿。无论我是贫穷,还是富贵,我一定要给她这世上最好最真的爱,让她永远微笑、永远快乐。如果上天不给我这样的机会,我,也会像对待亲妹妹一样,永生永世在心里守护着她,不让她受到半点儿委屈,不让她惊慌无措……"

一大滴泪珠顺着小鹤光洁的眼角,慢慢溢了出来,挂在她长长的眼睫上,颤动着,闪着晶莹的波光。

"小鹤,我是你哥哥呀,你应该告诉我,到底发生了什么事?"

小鹤忽地睁大眼睛,旋即,密密的睫毛又遮去了眼底的情绪。

大志眼中涌起忧郁,痛心的神色便溢在眉间。良久,他颓然仰头,把心底汹开的钝痛生生强压下去,怜爱地再次看向小鹤:"小鹤,告诉我吧,你是我今生唯一的妹妹,你相信我,我会永远保护你的。"

小鹤嘴唇抽动了一下,仍然没有一丝声息。

大志试探着问她:"小鹤,霖然今天给我打了个电话,说他明天回来……"

"不!我不要见他!"小鹤突然手臂一划,歇斯底里地大叫一声,紧接着,身体便痛楚地蜷缩成一团。

大志慌忙拍拍她的后背:"哦,好,好,我们不见他,不见他。"

小鹤唇青颊白、双目紧锁,神情像要再次昏厥。

大志从小鹤如此强烈的反应中,似乎悟到了什么。

此后数天,除了大志强灌小鹤喝一两口糖水、米汤外,小鹤依然拒绝进食。

小鹤一心向死的做法,令她身边的三个男人束手无策。

还是局外人张兵来了主意。观察多天的张兵经过深思熟虑,这天他让李健配合着,把几天没有好好合眼、早已乱了方寸的大志轰出了小鹤房间去休息,然后张兵关上房门,跟小鹤做了一次只有两人才知道具体内容的长谈。

之后,小鹤便开始慢慢进食,不再抗拒与人面对。渐渐地,脸上也有了一丝血色。

只是,大家在她的面前,不再提起霖然。

大志把霖然打了。打得霖然口吐鲜血,鼻梁也破了。不过,霖然始终没有还手。

事情发生在大志再次接到霖然的电话。霖然在电话那头说,他需要大志帮忙。

从小鹤过激的反应中大志察觉到,问题一定出在霖然。只是大志不明白,霖然不在浑江的这几天,小鹤和霖然之间到底发生了什么?

为了挽回小鹤对生活的希望,他真的需要从霖然嘴里弄明白小鹤三番五次想寻短见的症结所在。

这天晚上,大志应约来到望江公园旁一间小酒馆里,昏暗的灯光下,满脸愁丝密布的霖然,正缄默地坐在酒馆角落一张小方桌边,闷头喝着白酒。

霖然已经回来几天了。这几天，他快要被母亲和古丽娅给逼疯了。他左思右想，只能对发小哥们儿大志吐露心中的痛苦，他知道，唯独大志，不会看他笑话。

两人端起杯，无声地碰了碰，几杯酒下肚，霖然对大志讲起了他的烦心事儿。

那天，从北方办妥调动手续，高高兴兴回到浑江的他，准备放下东西就去找小鹤。然而，一进父母家门，迎面正撞上霖然妈沮丧的脸色和古丽娅稀里哗啦的泪水。

"古丽娅怀上了你的孩子。"霖然妈的话，把他像傻子般定格在了家门前。

他几欲张嘴辩解，可话到唇边，又一句也说不出来。

古丽娅在一旁咿咿呀呀地哭着，哭得那份委屈、那份凄凉，让霖然妈心中异常烦躁。

本来，霖然和小鹤的关系，已经得到了老两口的认可。看着两个儿子为他们找回的两个温婉能干的儿媳妇，霖然妈和霖然爸开始尝到了儿女双全的舒心滋味，特别是在得知霖然马上就能调回浑江，还能升任研究所二把手的消息，事业心强了一辈子的霖然妈，心中别提有多高兴了。这些年儿子和小鹤虽然两地分居，可懂事的小鹤时不时过来帮老两口收拾一下房间，打扫打扫卫生、买买菜、做做饭，让霖然妈直庆幸当初没有武断打散这对恩爱的小鸳鸯。然而，自打儿子在沙漠失踪开始，一切全乱了套。当初霖然音讯全无时，霖然妈觉得天都要塌下来了，她和霖然爸得到通知赶去新疆考古基地，从大伙儿嘴里听说小鹤为找霖然，在沙漠中吃尽苦头的经历，霖然妈从心底里感激和认可这个未过门的儿媳妇，并真心疼爱上了她。可没想到随着儿子的复归和古丽娅的出现，他们一家安宁的生活被彻底打乱了。

上个周末，古丽娅到医院找到她，说想请她帮忙检查一下身体。本来只是个妇产大夫的霖然妈，不解古丽娅为何不找全科医生检查，却独独找到她？检查的间隙，古丽娅悄声告诉她，说她怀上了霖然的孩子。

在那个以婚姻为前提，生儿育女必须放在结婚之后的年代，未婚怀孕，只要被女方告发，"捐精"的男方多半会触犯流氓罪或强奸罪，最终被判刑劳改。产科医生的霖然妈曾经在手术台上见过太多的年轻女性在把不负责任的男方告到公安机关，男的被法院判刑蹲大狱后，女的利索躺在霖然妈的手术台上，要求刮宫流产，去掉肚子中的孽障。现在，这个"孽障"变成了霖然妈的孙子，令她举棋不定，心中那个怕呀！儿子未来的好坏，全掌控在了古丽娅手上。

从长计议，霖然妈只得强打起笑脸，耐心安抚古丽娅，说自打她一出生，自己就特别喜欢她。古丽娅也一口一个保证说,除了霖然妈,再没有第二个人知道她怀孕的事儿,包括她父母。之后,古丽娅语气怯生地问霖然妈,她下一步该怎么办? 古丽娅说,她"不能让孩子生下来就没有父亲"。霖然妈当即明白,古丽娅并不想打掉身上的孩子! 也不想让孩子没有爸爸! 那么照此推理,唯一能保全儿子的最佳办法,就是让儿子舍弃小鹤,迎娶古丽娅。

刚从心底认可了小鹤,现在却要把她推出家门,霖然妈感到有些为难,下班回家,也不敢在霖然爸面前提起此事。

那天,大志跟李健来到家里来找小鹤,霖然妈心中咯噔一下,预感到事情有变,她暗想,一定跟古丽娅有关。情急之下,在大志走后,她不得不把事情的大致经过跟霖然爸说了,霖然爸一听就急了,瞪着眼说这可是人命关天的大事,小鹤要是没受什么刺激,怎么可能当晚不到家里来?! 见霖然爸也如此说,霖然妈更是不安。她悄悄给古丽娅打了一个电话,只是古丽娅在电话那端信誓旦旦地保证,她已经很长时间没有见到小鹤了,更不可能跟她说什么。古丽娅如此表白,霖然妈虽有些不信,但心还是稍稍放下一些。

接下来几天,霖然妈小心地把儿子与古丽娅之间发生的事情,掰开揉碎了告诉给霖然爸。霖然爸冷静下来一想,也觉得唯有儿子娶了古丽娅,才能保全整个家庭的名誉和儿子的前途。特别是当霖然妈提到古丽娅肚子里已经有了他们霖家的后代时,霖然爸心中一动,护犊的天秤就彻底倒向了古丽娅。

"你得马上和古丽娅结婚,只有这样,才能在别人不知道她未婚先孕的情况下,把你的孩子顺利生下来。"霖然妈连续几天向儿子不断施压。

"我——"霖然迷乱仓皇的结舌,让霖然妈更加笃信古丽娅的描述是真的。古丽娅说在沙漠中,她一直与霖然同居一室,患难与共。

"以前我和你爸爸什么都由着你,现在,你必须听我们的。如果你想保住名誉和地位,你必须马上迎娶古丽娅,不能再把这事儿拖下去了。你知道古丽娅可是吃软不吃硬的脾气。"

霖然妈断然决绝的话,让霖然一阵恐慌:"妈,你怎么能不顾人家小鹤呀?"气短的霖然嘶喊着、抗拒着。回到浑江的这些日子,他早已经方寸大乱,不知该如何去面对小鹤。

"我不顾小鹤?! 是我不顾还是你不顾!? 既然你想着小鹤,干吗又跟古丽娅在沙漠中同居?!"固守婚姻传统道德的霖然妈,自从调到浑江市妇产院,接触到越来越多的城里女孩,动不动就未婚先孕,然后跑到医院轻率地要求打胎,把个霖然妈郁闷得回家直跟霖然爸唠叨,世风日下,今不如昔。现在见儿子也整出这种事情,便以为儿子也在盲目学习西方,在性生活上过于开放,不由得气就上来了。

"我——"霖然实在开不了口去争辩那天连他自己都说不清楚的事情是如何发生的。霖然欲言又止的神情,更加令霖然妈不爽:"你都多大了? 还要我们为你操心。你既知今日,又何必当初呢?!"

"今日怎样? 当初又怎样? 我从来就没喜欢过古丽娅,你干吗非逼着我娶她?"霖然执拗的劲儿也上来了。

"你不喜欢? 你不喜欢干吗让她怀上你的孩子?! 她现在就可以去告你强奸,看你还要不要你的前途!"

"哼,她要告,就让她告去呗,我还真不在乎什么前途不前途的,我只要有小鹤就行。"

"你!"霖然妈气急,眉头也扬了起来,"你这孩子,好没良心,你不要前途,我和你爸爸还要面子呢。你只想着你自己,你想想人家古丽娅,你让人家挺着个肚子,怎么去面对人们的议论? 说你始乱终弃? 还是想逼她自杀?"

这时,古丽娅正好上得楼来。她穿着薄薄的衣衫,原本苗条的身形下,衣衫已经遮挡不住那隐隐凸显的肚子。霖然一看,心乱如麻,顿时泄了气……

桌上两瓶一斤装的白酒,早已经被两人喝干了一瓶半。

神情郁塞落拓的霖然,拿起桌上剩下的半瓶酒,把自己的空杯子倒满。一仰头,又干了。等再抬起头来,眼中便溢满了颓废和自嘲:"大志你说,我他妈现在该如何去面对小鹤啊? 我回来这么些天,都不敢去找她,我,真不知道,该怎么去跟她解释这些!"

在霖然讲述的时候,大志一直在一杯接一杯地干着手中的白酒。他脸色铁青,布满血丝的双眼里,瞳仁在急剧收缩。听到霖然问话,他放下酒杯站起身来,突然出手,一拳砸在霖然脸上:"我操你妈的霖然! 原来你这么不顾忌小鹤的感情……"失控的大志挥臂猛砸,猝不及防的霖然跌倒在地。大志冲上前,又是一通拳脚相加:"你知道吗,你这个王八蛋! 小鹤为了你割腕自杀了! 你竟这样对待她,你对得起谁呀,你!?"大志边打边号啕,霖然全然僵住在那里。他错愕地望向他,忘了用手去招架,大志砸来的铁拳,霎时让他满脸开花、鼻青脸肿。

小酒馆老板和服务员听到动静跑过来,赶紧把大志拉开。跌坐在凳子上的大志,双眸紧闭,仰头长舒着胸中积聚已久的郁气,复又把头无力地跌垂进两条长腿之间,剧烈抽动的肩膀令人不难猜测,他内心有多么痛苦。

满脸是血的霖然,跟跄着从地上爬起来。他冲过打翻在地上的凳子,一把拽住大志的衣襟,把他提溜起来:"大志,你告诉我,小鹤她怎么啦!?啊?你快说呀!小鹤她现在在哪儿!?"

惊恸的霖然,额头青筋暴绽,面目狰狞扭曲。

大志无力地摇摇沉重的头,他半闭醉蒙的双眼,唇角带着讥诮的味道,晃了晃手说:"我不能告诉你,小鹤,她恨你,她不想见你……"

几天来,又困又累、又惧又怕的大志,在高度酒精的作用下,已然昏沉沉趴在桌上,睡了过去。

几近疯狂的霖然,一趟又一趟奔走在小鹤家和小鹤单位,可得到的永远是紧闭的大门和"小鹤请了长假"的消息。

霖然又寻呼过大志几次。他知道大志必定知道小鹤的行踪,可寻呼台说,机主不在浑江。霖然不甘心,又往大志报社打电话,可报社人告诉他,大志临时接到采访任务,下县里去了。

无助失措的霖然,只剩下仰天长啸,躲在没人的地方,任心酸的泪水在心中潸然流淌。

那天凌晨,他和大志在小酒馆门前分手时,刚从酩酊大醉中暂缓过来的大志,吐词不清、断断续续地告诉他,小鹤不知道听到了什么,在他离家后割腕自杀了,幸亏抢救及时,已经脱离了危险。至于小鹤现在住在哪里,她是怎么想的,两眼猩红的霖然即使追问得紧,大志也坚决地摇摇头说,"除非你不想让她活了",吓得霖然只好噤声。

找不到小鹤的日子,霖然躲在家中,也不愿去新单位报到。然而,在家的日子,过得也不安宁。与父母同居一处,霖然妈天天催着他跟古丽娅好好商量,赶快把结婚日子定下来。霖然爸则在一旁暗自叹息,默不作声。

霖欣知道哥哥的事情很棘手,也想不出什么好办法来,只得成天拉着女朋友可可,在外面到处闲逛。夜晚,干脆就住到可可父母家,把哥儿俩的房间,尽可能留出来给哥哥独用。

古丽娅这段时间几乎天天下了班就过来泡着他。她在市医院已经办妥了围产保健。那天在医院妇产科,意外撞见邮雎县医院一位爱搅舌头的女大夫,古丽娅眼珠一转,便挺着肚子迎上去,大大方方地跟对方打招呼。果然不出两天,霖然妈的同事就先后知道了,霖然家与古丽娅家联上了姻缘,霖然妈快要当上奶奶了。这无形的压力迫得霖然妈只想尽快做通儿子的工作,把一切事情解决在昭然若揭之前。

这天,古丽娅又来了。见霖然无精打采,躺在小屋里的床上发呆,就眉开眼笑地靠过去,说她已经替他在院长那里请好了婚假。

"你!"气结的霖然,看着不急不躁的古丽娅,犹如一拳搌在了棉花上,力道霎时又消逝得无影无踪。他烦躁不安地推开古丽娅,跳将起身,在小房子里来回走着。他现在最不愿就是上客厅,因为那里坐着不是他爸,就是他妈。他没有地方可去,除了上街闲逛溜达,就只能到小酒馆去喝闷酒。偌大一个浑江城,竟然找不到一个可以倾吐烦心事儿的人。

是谁告诉了小鹤什么?——大志那天的话又涌上心头。这些天,这个疑问一直萦绕在霖然的脑际。霖然太了解小鹤了,她外表虽然孱弱,可内心的坚强却是一般女孩无法企及的。如果没有巨大的打击,她怎么可能会舍去生命,而选择自杀?!除非她以为,自己不爱她了?!

爱?! 不爱?!

难道又是古丽娅?!

"你找小鹤了?"咄咄逼人的质问中,带着一丝不太确定的语气。

"我?没有啊!我发誓,真的没有。"古丽娅一口咬定,坚决否定。大睁着一双清澈的眼睛,脑袋摇得像个拨浪鼓。

"你真没见过她?"紧逼的眼神,直视不放。

"我?见她干吗?我为什么要见她?!"狡黠地反问,以守为攻。

"那,她为什么要自杀?"霖然两眼一眨不眨地盯着眼前这张因怀孕而变得更加丰盈润泽的脸。

"自杀?!"一丝慌乱从古丽娅精致的脸上悄悄划过,继而脸色渐白,眼神有些发虚。

"啊,你见过她了?"

"我倒是想啊……"多日来奔走无果,始终不见小鹤踪影的霖然,胸中一抹剧痛,又自心底洇浸开来,刺得他绝望地闭上了眼睛,正好错过眼前那昭然若揭的表情。

3

重新开始进食的小鹤,似乎把一切都看开了。有时,她会跟大志、张兵淡淡地说上几句。虽然目清意寡,笑容苦涩,但毕竟不再僵颜。那天,张兵关起门来对她说的话,一直回响在她耳畔:

"我知道你很伤心很伤心,既然你已经看透未来不想再活,那为什么就不能先为大志做出一点儿牺牲,成全他当上记者的梦想你再走?!"

当张兵说这话时,小鹤躺在床上木然未动。张兵的话其实已经说到了她的心坎上。这些天她对生命早已经失去了原有的热情和希望。生命中没有了霖然,她的生命之光便已经熄灭。现在,在这个世界上,她唯一还不能放下的,只有大志。张兵给她讲了许多大志在大学毕业后的生活境况,许多内容她都是第一次听到……大志生活得越不顺心,她内心就愈加负疚。她虽然清楚地知道,挚爱一个人,是由心所择,而非用理智掂量,可霖然和大志,这两个她都爱的人,却有着本质的不同。一个是男女之爱,一个兄妹之情。她爱霖然,可以为他奉献一切,甚至生命,那是一种难以言表的刻骨铭心的两性之恋;而爱大志,那纯粹是妹妹对哥哥,有如血缘般的纯情真意。

"你知道吗?大志就因为没有未婚妻在浑江,所以报社一直要不来进人指标,他的档案关系,至今依然调不过来。你知道这意味着什么吗?意味着大志在浑江一辈子也分不到房,提拔不了当官,连他所喜爱的新闻记者工作也干不长。因为他不是正式职工,因为他爱不上除你以外的任何女人,所以,他注定了要打一辈子光棍儿。他那么爱你,对你好,你在沙漠生了病,他一听说,就掉泪了,连夜开车从渝城赶回浑江,又一分钟不停歇地拉着我一路狂奔,来到你身边。他几天几夜没有睡觉。霖然从沙漠回来的那天晚上,他拉着我喝闷酒,喝到后来他醉了,抱着我号啕说,他心疼呀,心疼他初恋的女人,偏偏爱上一个让他不能争、不能抢的发小哥们儿,他只能眼睁睁着她受尽情爱的磨难而无能为力……"

张兵的话让小鹤无声地落了泪。张兵察言观色,继续说:

"恕我直言,既然你已经打定主意不想活了,我知道旁人再怎么劝也没有用,可你能不能在结束生命之前,先为大志做点儿什么?比如跟他假结婚,等他把关系调过来,或者你帮他物色好个接替你的女朋友,等他接受了,爱上了,你再离开我们也不迟……"

　　张兵一番看似恶毒的"咒语"，还真被小鹤一字一句听了进去。在她眼中已经毫无价值的生命，如果还能为大志做点有用的事，小鹤心甘情愿。心中突然一阵宽慰，这辈子，她最最还不清情的人，就是大志了。为了大志，她决定再次挺住，苟且残喘地强撑一段日子。心灵仿佛受到洗礼的小鹤，神情渐渐变得云淡风轻。只是，原本清澈干净的眸子里，添了一丝淡远漠然的抑郁。

　　接下来的日子，小鹤去单位辞掉了工作，顺便从单位宿舍收拾回一大堆自己的私人物品。看着整个人都清简许多的小鹤，单位同事实在不能理解，一个干得好好的法院副庭长，怎么说不干，就把金饭碗给扔了？"你该不会是要和男朋友去国外发展吧？"黎姐瞪着万分不解的眼睛，直瞥小鹤的脸色。小鹤心中一痛，不待她答复，杨益抢过话头，调侃起来："那有什么不好？现在大家都在找机会出国留学工作。小鹤要是去国外当个律师，怎么着也得是个金牌名律师吧。"小鹤低着头，默默收拾着，只把一个僵直的背影，留给满脸羡慕的同事。她不敢抬头说话，她怕自己一张嘴，委屈的泪水就会狂倾而下。

　　工作上的事儿彻底解决完，小鹤便不再有后顾之忧。这天，大志因一个紧急采访任务，急匆匆开车去了距离浑江市几百公里外的一个偏远县城。

　　正蹲在房间地上整理日记本和影集的小鹤，突然感到肚子一阵刺疼，她跑进厕所，发现自己下身有些血迹。她这才记起，好像有一阵子没来例假了。这段时间，纷至沓来的各种变故令她猝不及防，难以招架，生理期完全搅紊乱了。

　　靠在床上抱着枕头歇息了好一会儿，仍不见疼痛减轻，小鹤只好咬牙起身，拿上钱包去了医院。她怀念在大学时，每个月都会去校医室打上一针安痛定的那种奇迹般的镇痛感觉，一针见效的轻松让她心瘾难消。

　　到了医院小鹤才发现，她无意识间又来到以前单位的合同医院。咨询台前一位老年女大夫告诉她，痛经吃药也好，打针也罢，都得先挂个妇产科的号。小鹤便在窗口交了钱，一看，是个忌讳的13号。无可奈何挪动脚步，忍着疼痛爬上三层楼梯，只见妇产科门前人挤嘈杂，大家都竖着耳朵在等护士叫号。小鹤怕在这儿碰到法院熟人，会问起她为何辞职，就远远挑了一处楼道拐角处，捂着小腹站在那里等候。

　　突然，看不见的拐弯另一边，一个声音传进她耳膜："霖然，我口渴了，你去给我买瓶水吧。"

　　"唉，你事儿真多，待一会儿，看完了再喝不行啊……"

熟悉得不能再熟悉的声音,夹带着些许小鹤很是陌生的不耐烦情绪,小声儿嘀咕着走远了。

恍惚中,叫号台护士的声音再次响起:"5号? 5号,去一诊室……6号? 哦,你是6号? 上三诊室吧。家属就别跟进去了,没看见里面人多吗? 7号? 7号? 古丽娅? 古丽娅在不在啊?"

"在呢,在呢。哎哟,你干吗呀你,没见我大着个肚子呀? 碰坏了你赔得起吗?!"古丽娅凶恶霸道的声音,在走道上响起。

"哎呀,对不起,对不起,她是孕妇,情绪不好,请您原谅。"又是那熟得不能再熟的声音跑过来,忙不迭地在向什么人道歉。

"霖然,你干吗跟他道歉呀,是他撞了我肚子,人家好疼哦。"

"好了,好了,人家又不是故意的。该你检查了,你快进去吧。"

小鹤的心,开始滴血。她使劲揉了揉早已被泪水模糊的双眼,悄悄回转身,忍住小腹的坠痛,快步向楼梯口冲去。

"小鹤?"熟悉的声音,在身后迟疑地叫了一声。

小鹤头也不回,加快步子,向楼下冲去。

"小鹤!"闪动的身影,跟着向楼梯口冲来。

小鹤飞快地跑向医院大门。

"霖然,霖然,你在哪儿啊? 医生叫你进来一下。"古丽娅焦急的呼喊声,从楼上传来。

霖然全然不顾。

小鹤已经冲到医院门口,正好一辆的士下完客人,小鹤冲过去,拉开车门,闪身坐进去,出租车便迅速消融在滚滚车流中,只把个满脸泪花的清丽侧影,留在了匆匆追赶来的霖然眼帘。

他张大了嘴呆在原地,却什么也喊不出来。

医院的偶遇,让悲恸的小鹤失魂落魄。双膝无力地跪在地板上的她,已经不知时光流逝了多久。在她面前一个搪瓷脸盆里,正摇曳着妖艳诡异的火苗,一会儿泛绿,一会儿发红,一会儿飘蓝。她无声地嚼着泪,抓起身边一封封信件、一沓沓照片、一本本日记,不停地撕扯着、扭绞着:

嘶啦——

哗啦——

噼里啪啦——

缤纷飘落的碎纸片,在火光中跳跃着,燃放着有形时光的最后辉煌……

从医院一路狂奔回家的小鹤,一头扎进房间,扑在床上翻江倒海地失声痛哭,她的眼前,全是古丽娅那已经滚圆隆起的刺目的腹部。小鹤怎么也想不明白,与她山盟海誓的霖然,怎么能在性爱上这么随便。

多年来,她为霖然贞守着自己。她相信,霖然同样也在为她保持着一份清高。然而,现实如此残酷地给了她当头一棒。虽然霖然从医院追出来,那急切的呼唤声,依然能让她感觉出他对她的爱意,可她实在无法接受霖然在把上半身给她的同时,却又把下半身赤裸呈现在古丽娅面前。霖然视性爱如儿戏的现实,深深刺伤了小鹤的心。想着霖然刚出沙漠那天,两人激情相拥的情景,小鹤五官都哭扭成了一团。那个曾让她用整个生命去爱恋的人,现如今,已经蜕变得令她陌生。小鹤心里突然涌起一股子强烈的委屈,一股想要发泄愤懑的憋屈,憋屈得她胸中似要爆炸开来。

她吃力地搭上凳子,从衣柜顶上搬下那个跟随了她多年的军绿色行李箱,箱子里全是她珍藏的高中和大学时期霖然给她的来信,还有霖然的照片、他们的合影以及她少女时期用真情写下的几十万字的日记。她呜呜咽咽地哭着,统统付之一炬……

看着躺在火苗中望着她青涩微笑的霖然,小鹤干涸的嘴唇哽咽出四个字:

"霖然,再见。"

噗,硕大的泪珠砸在燃烧的火苗上,火光哧地闪耀出五彩的碎影,就像此时她胸中那些记录着逝去时光的破碎心片。

大志开车下县里暗访前,先顺道去了趟表姨家。表姨在 BP 机上留言说,要他抽时间过去一趟,有要事跟他商量。

到了表姨家,看见表姨一脸愁容。表姨说,古丽娅父母已经向邮脽县医院所有的老同事、老朋友,包括她,发了大红请帖,邀请他们下周末去参加霖然和古丽娅的婚礼,婚礼宴席将摆在县城里最大的东方红餐厅。说着,表姨转身从抽屉里拿出一张印着大红喜字的帖子,递给大志。

大志瞧着喜帖上那两个熟悉的名字,心中一时感慨万千。按理说霖然娶了古丽娅,他该高兴才是,毕竟这些年他一直深爱着小鹤。可一想到小鹤伤心欲绝的神情,他又心痛得无以复加。他暗忖,这样也好,从此他便可以心无旁骛、无所顾忌地去爱他的小鹤了,把小鹤庇护在他坚强的羽翼下,他深信再也不会有人能伤害到她。

心中一宽，大志便笑着从背包里拿出刚在银行取来的一沓钱，跟表姨要了两个红信封装好，交给表姨说，麻烦她参加婚宴那天，送去给新郎新娘，也替他祝贺一声。

正在为拿不出像样贺礼发愁的表姨，舒心地接过信封，忍不住又感念说表姐命苦，享不到儿子的福，更夸大志懂事、重情谊。一听表姨长吁短叹，又提起母亲，生怕惹表姨掉泪的大志，赶紧告诉表姨他还要下基层采访，说着，慌忙开车走了。

这次到基层暗访，任务很重，也很隐蔽，大志连小鹤也没告诉，只在麻烦张兵照顾小鹤的同时，跟张兵聊了几句。

一周后，报社听了大志在长途电话中的简要汇报，觉得事关重大，赶紧让大志立即赶回报社，当面汇报，再作详细安排。

于是，归家心切的大志，也惦念着离别多日的小鹤，九个多小时的路程，他愣是一分钟没歇息，飞车奔回了浑江。

大志进院儿门的时候，张兵和小鹤已经吃过了晚饭。

张兵每天晚饭后，都要去夜总会查看一番，临出门前，他建议大志随他到夜总会，弄几个好菜吃吃，顺便泡个脚按摩按摩，大志笑着谢绝了。

小鹤站在一旁，噙了柔婉的淡笑说："张兵，你忙去吧，我给大志煮碗面条吃。"

大志顿时满眸生辉，眉角飞扬起来，旅途的疲劳也仿佛霎时消弭无踪。

张兵意味深长地看小鹤一眼，然后冲大志眨眨眼，打了个响指，神情轻快地说："那好吧，我先走了。"说着，出得院门，发动汽车，开走了。

此时此刻，小院夜空冰轮皓月，光影如水。繁开的桂花，散发出醉人的馥郁。立在院中的大志，目光灼灼地隔着落地玻璃窗看着厨房里桔灯下正在灶台前忙碌的小鹤，那袭白衣长裙飘动的身影，伴着锅里升腾起的蒸气，犹如月中嫦娥下凡，不由得他看得竟有些痴了。

"面条来了。"

小鹤端着一大碗香喷喷的热面出来，面条上，卧着两个黄白相间的水嫩大鸡蛋。大志这才感到，腹中早已饥肠辘辘。

小鹤把碗放在桂树下藤条桌上，又为大志挪好藤椅，然后招呼大志赶快坐下，乘热吃掉。

看着小鹤如此细心周到，大志眼眶有些湿润。他定了定起伏的心绪，连忙坐下埋头吃起来。可口的食物让他大快朵颐,一大碗面很快就见了底。

"大志,够吗?要不我再去做一碗?"小鹤温柔地望着他。

"不,不用了,我吃饱了。"大志说着站起身,小鹤过来要收拾碗筷,大志嘿嘿笑着,自行收起碗筷,灵活闪身进了厨房。

等大志再从厨房里忙完出来,见小鹤已经为他泡上了一杯香醇入鼻的绿茶。

"小鹤!"大志情不自禁地走过去,轻轻拉起小鹤的双手,惊觉掌中纤手冰凉,不由心中略紧,"呃,小鹤,这些天,晚上已经有些凉了,你要穿厚点啊。"

小鹤一双眸子清亮地看着他,听话地点点头,大志霎时有些心神不属:"小鹤,你知道吗?今天晚上的这碗面,是我妈走后,我吃得最香最可口的一次了。"

大志由衷的感言,令小鹤泫然欲泣。她心酸走神地想,这样的家常日子,过去在她和霖然间,不知有过多少。那时的他们,都理所当然地以为,一切来得天经地义,就如同永远挥霍不完的青春,小鹤从没有想到过,她和霖然之间会有彼此终了决绝的这一天……

身材伟岸的大志,胸中似有炽热的激情在燃烧。他侧目觑视一眼小鹤,只见她兀自发愣的脸上,挂着看似云淡风轻的神情。大志知道,不愿在他面前流露痛苦心事的小鹤,已不知经历了怎样无人知晓的痛苦挣扎,大志心中最柔软的地方紧了一下。他微眯了眼,想要保护小鹤的冲动令他不由自主伸出双臂,紧紧揽住了小鹤瘦削的肩头。

小鹤在他的臂膀下微微颤动了一下。

大志明白,小鹤还不习惯跟他这样亲近。今天的他,确实有些激动了。他努力克制着自己,默默地揽着她信步踱在小院的月辉下。大志想起出差前表姨告诉他的,霖然就要结婚了。算算时间,应该就是这个周末了。只是在这个秋凉生襟的夜晚,要不要告诉小鹤,他还没有想好,他不愿她再受到任何刺激。

冰肌雪颜的小鹤,今天显得格外温顺。她垂眸不语的神情,时不时酥酥撩在大志心口。在小鹤割腕疗伤的日子里,大志曾专程去了浑江一家非常知名的心理咨询诊疗所。心理医生告诉他,像小鹤这种用情专一的女孩子,在情感受到严重打击时,最容易产生强烈的抑郁情绪,必须要随时注意观察开导,让她意识到自身存在的价值和意义,让她感受到她在爱她的人心中不可或缺的重要性,才能帮助她逐步走出阴霾,恢复正常,否则抑郁严重时,轻者自残,重者自杀……大志听得满头冷汗。

"小鹤,你知道吗?"大志斟酌着语句,站住了。他轻轻掰过小鹤的身体面朝自己,深邃爱怜的目光盯紧了眼前这双晶莹剔透的双眸:"琼筵坐花,羽觞醉月,这些醉生梦死的生活对我来说,只要我想要,随时都能得到。可是小鹤,只有你,才是今生今世我唯一想要厮守一生的女孩儿!"

小鹤两眼渐起雾茫,似笼上一层烟霭。大志眉宇间不由得聚起愁容:"可是小鹤啊,这些年你让我时刻揪着心,我多么盼着你能开心快乐,无忧无虑地生活,还像过去那样,成天乐呵呵地傻笑……"大志的思绪,沉陷在大学那段美好的时光中,耳畔仿佛又听到小鹤那快乐的笑声。不过,这声音现在听来,却似惊雷一般,让他感觉像是在梦里:

"大志——"眼前的小鹤,眸中全是浮光碎影,"你愿意,娶我吗?"

大志的灵魂仿佛飞出了躯壳,翻腾狂喜的心猛烈叩击着他。他狠狠咬了咬下唇,以证实自己不是又在做梦……

繁星闪烁,如水的月光,透过头顶桂花树浓密的枝丫倾泻下来,横斜疏离地映照在小鹤一袭白衣裙上,大志看不清她眉宇间的悲喜。

"大志,你娶我吧。"怆然的目光,在月辉下闪了闪,随即合上了。

大志以为自己听岔了,他微眯起鹰隼般明亮的双眸,牢牢地凝视着那双眼睛。只见那浓密绢长的睫毛,罩出半弧淡淡的阴影。

"我想,嫁给你。"眼幕没有开启,语音仍是淡涩,寂寂的表情下,有一丝神殇划过。

"小鹤!"大志呼吸欲窒。

间歇无声。良久,那柔柔弱弱的声音,再次从眼前翕动的樱唇间吐出:"大志,你愿意娶我吗?"

大志眼中犀光闪动:"小鹤!"竟不觉察,硬朗的眼角处,已有珠泪淌下。

急促的喘息,惊喜的目光,月影下的大志,轩昂的身躯竟有些发僵。等待了多少年甘之如饴的话语,渴盼了日日夜夜的情景,今晚突然飞临,大志幸福得脑子发蒙,两耳仿佛瞬间失聪。

他双臂猛地将小鹤拦腰一圈,头上光影渐消,两道影子一同融入初降的黑夜里。

小鹤在大志陌生而温暖的怀抱里,瑟瑟发抖。大志并不知道,此时怀中的小鹤,早已心神空茫。霖然与挺腹叉腰的古丽娅成双成对出现在医院妇产科的情景,像烈焰毒火,烧尽了小鹤先前还曾抱有的一丝幻想。小鹤曾千思万盼,能有那么一天,霖然会亲口告诉她,这一切都是她的幻想,是根本不存在的事情,是古丽娅无中生有的谎言。然而,医院里的亲眼所见,彻底打碎了小鹤的幻想,无情地把她狠狠地推到了绝望的悬崖峭顶。现在小鹤只想早些完成张兵交给她的任务,早些报答完这么多年来一直真心待她的大志,一旦大志正式调回浑江,她就将毫不留恋地彻底结束自己的生命,永远告别这个令她痛不欲生的伤心红尘。

给点阳光就灿烂的大志,此时心情真是好到了极点。

那天晚上,他等在院中,直到夜归的张兵回来。他悄悄告诉张兵,等他再从县里采访回来,就准备跟小鹤结婚。说到"结婚"两字,大志灿然如星的眸子里,溢满了浓浓的欢欣和笑意。

张兵暗自乐了。看来他故意刺激小鹤的那番话,真的起了作用。张兵自信,小鹤只要能嫁给大志,哪怕心中依然放不下霖然,率性真诚的大志也一定能令情感上过于一根筋的小鹤彻底回转心意,和他好好生活的。想着大志跟小鹤即将到来的幸福,张兵开心得两眼挤成了一条缝。

4

第二天上午,习惯午后才起床的张兵,兴奋得破例起了个大早,出门儿去了。临近中午回到家,他从车后座上抱出两个样式一模一样、大小却不相同的手提电话,回身递给开门出来迎他的大志,说这是提前送给他和小鹤的订婚礼物。

大志呵呵乐了,一拍张兵肩头说:"行啊,哥们儿,还真够前卫的,我正需要一部移动电话呢。"说着就要回房间拿钱。张兵一把拉住,下巴微翘,两眼一瞪说:"兄弟,你这是干吗,你不是瞧不上哥哥这个小礼物吧?"

大志只好嘿嘿笑着,替小鹤也收了下来。

"喏,这是张兵送给咱俩的订婚礼物。"大志把那部小巧的女式黑色手机,递给小鹤。

在当时那个刚刚开放的年代,中国内地也开始时兴起使用手提,只是全是模拟的,还没有数字一说。那个女式手机,说是小巧,其实比小鹤巴掌还要长。大志手上那个男式的,更像一个黑色的大砖头。

大志说:"咱俩的号码是连着的,我的是90801233,你的是90801234。我已经替你把我的号码输在你那手机里了。"

小鹤安静地听着,表情不惊也不叹,不悲也不喜。暗地里万念俱灰的她,只希望能在自己屈指可数的有限时光里,对心地仁厚的大志好些,再好些,多留一些欢乐给他,哪怕只是假象,起码在她,只要大志高兴,她也就可以心安了……可此时,大志的眼神太热烈了,那迫人的目光,常常令她窒息;那难以抗拒的温情,逼得她蹙眉低头,不敢去迎奉。

这天早上,大志回报社汇报完工作。他到报社时,社长、副社长、总编、副总编,还有很快会移位给他的那位新闻采访部代理主任,都已经到齐。大志便汇报说,这次下去采访捕捉到的一些东西,可能会涉及这个县新中国成立以来,最大的一起高官贪腐涉黑案件。

报社领导听之,神情肃穆紧张起来。总编问要不要再多配备个助手? 大志摇摇头谢绝了,他说这次下去暗访,一路上都有人跟踪盯梢,说不清的危险存在,人自然越少越好。报社领导赶紧千叮咛万嘱咐,要大志再下去时,一定要多加小心,争取多采集一些一手的重要资料回来。大志连声答应下来,并适时递上了申请结婚报告和正式请调报告。社长打开一瞧,乐了,半带玩笑地说:"大志同志,你还真是家庭工作两不误啊! 好,好,我回头就让人事部门把你的请调报告打上去,这次咱们终于可以名正言顺地向市里要进人指标了。噢,对了,你准备什么时候结婚呀?"

"报告社长,我家不在浑江,在这儿没有住房,我想等租下……"不等大志说完,分管后勤的副社长插话说:"住房不成问题,你不用租了,安心下去采访吧,只要正式调动指标一下来,你就有资格享受报社分房。现在结婚,报社先从单身宿舍里给你调拨出一间来过渡。"

"那、那太感谢领导关怀了。"大志被大大感动了一把。他觉得报社一点儿不像政府机关,没有那么多政府部门的迂腐劲儿和衙门气,社长、总编,一个个都像兄长。

从报社回来的路上,大志又想到了霖然的婚事。这周五他要赶去县里采访,周日霖然结婚的事儿,他思前想后,还是不准备告诉小鹤,他怕自己不在家的这些日子,小鹤知道了会太过孤单伤心。大志一路上在心中发誓,从今往后,他要把心爱的小鹤永远浸泡在他为她营造的柔情蜜罐里,让她在他丰健的羽翼下,从此告别悲伤,不再流泪,直到最后,她能坦然笑对霖然。

霖然此时,正神情顾盼、情绪不安地伫立在一棵大杨树后面。在他视线所能清晰瞅见的地方,是一处青灰蓝瓦的安静小院。

小院门旁边，一前一后停着两辆小轿车。一辆是黑色的大奔，另一辆是银灰色的桑塔纳。

起风了，随着小路边瑟瑟作响的杨树叶声儿，小院儿门打开了。大志提着行李走出来，他身后跟着的，是在霖然眼里几乎瘦得脱形的素衣小鹤。

"小——"霖然差点没控制住自己，叫出声来。

他见大志扭头扫视过来，慌忙闪身，隐藏到树后。

霖然用牙死死咬住嘴唇，握紧的双拳上，已是青筋乍现。他能听到自己胸膛里的血液如泉水般突突奔涌。这个令他昼思夜想的女孩儿，此刻就在不远处站立着，可她身边，还站着那个曾因她而向自己挥拳打来的发小兄弟。

霖然的理智告诉自己，此刻他不能过去，因为他已是古丽娅的未婚夫。可情难自禁的他，看着小鹤心中不由得起伏跌宕，复杂的目光渐渐融软。他内心挣扎着，再次从树后探出头。

只见大志把行李放进汽车后备箱，然后转身轻轻拥住小鹤。

霖然脸色阴鸷起来，他努力告诫自己要冷静，要克制，可死死抠住树干、青筋突现的双手，还是暴露了他内心无比痛楚的感觉。

偎在大志怀里的小鹤，身体好像有些僵硬。她没有像过去搂抱霖然那样，回手去反抱大志的腰。

朗眉星目的大志，脸上挂着温存的微笑。他微躬下腰，轻轻拍着小鹤的后背，像哄小孩子般在她耳边小声叮咛着，小鹤温顺地点点头，只是脸上的寂寥落寞，让视力极好的霖然还是一览无余。

一股已经模糊的钝痛，再次从霖然那千疮百孔的心中漫延开来，同样寂寥的他，感到有东西模糊了视线。

大志的车启动了。车子经过大杨树时，霖然闪身掩在了树身后。等汽车消失在小道尽头，霖然回转头再探身去张望，青灰蓝瓦的小院门前，已不见了小鹤的踪影，只余下那辆安静停放的大奔车。

霖然是两天前从张兵嘴里，知道了小鹤和大志的情形。

一段时间以来，霖然被古丽娅一闹二吵三上吊，还有双方父母的内外夹攻，给彻底降服了。

古丽娅已经有了四五个月的身孕，她现在开始安静下来，忙着准备婚礼那天的嫁娘新衣。

霖然对婚礼只提了一个要求，就是坚决不在浑江举办。对这一点，古丽娅倒是没有意见。本来嘛，从小生长在邮腄县城的古丽娅，人脉关系、同学发小，还有她父母的交际圈儿，都离不开邮腄县，要能在县城里风光摆上几十席，在古丽娅看来，那才叫提气和显派。

婚礼定在这个星期天。古丽娅帮着霖然父母开出一大堆需要宴请的人员名单，古丽娅问霖然还需要再添加谁。霖然瞪她一眼，没吭气，出门走了。

添谁？添小鹤，她做新娘，你干吗？！霖然心中气恼着，烦古丽娅，也烦躁着自己。这才真叫稀里糊涂酿出个千古之恨。霖然现在特别想见小鹤。剩下不多相对自由的时光，他一定要找到小鹤，他想跟她好好聊聊，哪怕就是跪在她面前，向她忏悔，只要小鹤肯听，只要小鹤能原谅他，霖然便觉得其他一切都不重要了。

那天，霖然硬着头皮，找到张兵的夜总会，汗颜地坐在了张兵对面。

"小鹤的确住在我那儿。"

说这话时，张兵坐在夜总会顶层的那间豪华大套房里。他无厘头地左右旋转着屁股下的黑皮老板椅，只是偶尔转过身来面对对面长沙发上颓废坐着的霖然时，眯起的眼中才会闪现出纠结、复杂的神情。他语气淡淡地告诉霖然，小鹤为他死过，又被大志救了过来，现在还在疗伤期。

霖然听得心中阵阵撕裂般的疼痛。

张兵看着他，突然深叹一口气："你真的必须跟古丽娅结婚吗？"

霖然胸膛又急剧起伏起来："不结婚，又能怎么样？"一声喟然长叹，"她肚子里，已经有了孩子。"

"孩子？你的？"张兵有些错愕。

瞧张兵的神色，显然大志并没有把他的尴尬臭事传播开去，霖然心中微微一热："我只想能跟小鹤好好解释一下，出这事儿后，我至今都没见过她，也不知道她，是怎么想的。"

张兵神情若有所思。他脑海中出现前些天那个晚上，他因回家很晚，刚迈过庭院中门时，黑暗中无意看见，小鹤正端着满盆燃烧的灰烬，倾倒在梅花树下的一个小土坑里，灿灿如银的月光照在她瘦削的脸颊上，有细碎的光亮在闪动。他知道，那是没有色彩的血泪。从她抽动的肩头能猜出，她正在无声地哭泣……

现在，他终于明白了小鹤悲恸的缘由，心中不由得有些悲愤。此时霖然在他眼里，已然是个凉薄寡情之人。他看着他孤寂冷冽的面容，突然心生一计。他不动声色地要霖然再等等，等他打探仔细了，再带给他确切消息。

只过了一天,霖然便再次被约到了夜总会。

这次,张兵告诉霖然,小鹤对他显然已经死了心,因为他看见小鹤烧掉了霖然给她的所有物件,光是燃烧后的灰烬,就倒掉了好几脸盆。张兵在说这些话的时候,多少掺杂了一些虚虚实实的猜想,时间上也作了相应的颠倒调整。

霖然信了。他听得从头惊痛到脚,心中原本还残存着的一丝侥幸,此刻也消弭得无影无踪。他紧紧抿着双唇,冷峻的眉宇微微向上挑起,他在极力掩藏内心的恐慌和泄气。

张兵察言观色,又接着抛出第二颗"炸弹"——这是他昨天冥思苦想出的。他要帮兄弟大志多赢取一些俘获小鹤心的筹码,就得让霖然彻底绝望,真正放弃小鹤,这样才能斩断心软的小鹤的一切念想——当然,张兵说的前一句话是真的,是他利用了小鹤的报恩之心;而后一句话,则是他编造出来的,目的就是要使霖然死心:"小鹤已经准备嫁给大志,他们现在已经同居在一起了。"说完,张兵目光一瞬不瞬地盯着霖然,观察他表情的变化。

霖然感到自己又像站在了沙漠里那个铺天盖地迎面而来的黑风旋涡中,空气窒息得他透不过气来。他嗓子干涩地吞咽着,下意识扭头去看窗外的天空,深邃的眸子中那不愿被人察觉的神情,便如流星般消失在眼幕后面。待他转回头来,唇角勾起的,只剩下一抹凄惶的苦笑:

"这样,也好,她跟了大志,我也就,放心了。"

于是,张兵像是不经意间说起大志第二天要外出采访,张兵说,小鹤肯定会到院门外,为她的未婚夫大志送行。

"未婚夫?!"霖然心中惨然失笑。他感到世间变化,如此这般捉弄人,转瞬间,自己的心上人成了他人的未婚妻,而自己,竟又心不甘情不愿地变做了旁人的未婚夫……思绪飘浮的霖然,心下哽咽难言,回到家中,一宿无眠。

现在,在大杨树后的霖然,再次亲眼目睹了令他肝肠寸断的场面,他终于清醒地意识到,这次,是真正彻底地失去了小鹤。

疏疏一点的残月,从高高的杨树叶中,星星点点地坠落下来,有如寒天残雪,令暮色更加冷峭逼人。霖然伫立在树下,已经不知过了多久,那难以割舍的爱,依然死死地牵引着他,令他无力即刻割断情缘转身离去。眼前纵有一墙之隔,可毕竟,他在墙这边,心爱的小鹤,却在墙那边。

一阵低回哀怨的箫声,清清冷冷地从灰墙小院里袅袅升起,飘荡出来。霖然屏气凝神倾听,惊诧那幽幽咽咽的曲调,正是那天大漠夜晚,他躺在沙梁上,曾经幻听到过的音符。

"小鹤。"霖然的心再次生生刺痛起来,他潸然闭上潮润的双眼。

世事更迭,犹如月华易散。这才数日的光景,霖然深深感到他和小鹤之间,已经隔起了穿越不了的心墙……两人那些过往的温馨甜蜜,终于在古丽娅腹中那个日渐长大的鲜活生命面前,分崩离析了。

"新郎新娘亲一个……"在邮脽县城最好的东方红餐厅,霖然和古丽娅的婚礼正在如期举行。

喧嚣的恭祝声、道喜声、杯盘碰撞的咣当声,包括县城里人们婚宴酒席上那种必不可少的划拳、敲筷子喊"老虎、虫子、鸡"的猜叫声,此起彼伏,动静儿大得恨不得传出一条街去。

早已步履踉跄、醉眼蒙眬的霖然,脸上已经看不出悲喜。他一手提着白酒瓶,一手握着玻璃酒杯,任由一身猩红旗袍装束的古丽娅搀扶着,见人就碰,碰完仰头就干,大有不灌醉自己,决不罢休的架势……

此时此刻,群山环抱的安宁县霖然外婆家的山坳前,身背双肩背包的小鹤,正孑然孤身地独行在黄昏的乡间小道上。青山依旧跌宕,只可惜在她身后,霖然外婆家那个让她梦回千百次,能看见日升月落的带有小阁楼的木屋,已经被拆得没了踪影,光秃秃的高台地基上,堆着砖瓦、水泥、木头,正在翻建新房。物非人亦非的景象,令小鹤的心无所寄托。她站在高台上,看着夕阳的余晖把她孤寂的身影,拉成一条长长的灰色光影……

婚后的霖然和古丽娅,住进了考古研究院新分配给副院长霖然的宽大套房。房间楼上楼下,吊灯电话,宽敞明亮的二楼露台上,古丽娅挺着凸显的肚子,慵懒地坐在一张竹摇椅上晒太阳,一只白色的波斯猫,也慵懒地卧在她脚边。古丽娅有些发胖了,怀孕加上身体浮肿,她成天都蔫蔫的,懒得动弹。

霖然正斜靠在一楼客厅沙发上看报纸。只是那大开着的报纸,半天也不见翻动一下,人像是在走神儿发愣……

西部塔克拉玛干沙漠,正午时分,秋阳当顶,天空依然烈焰。谢峰开着一辆新进的沙漠车,带着小鹤驶上一处百米高的沙山,沙漠车伸出车身两旁的专用支架,稳稳架在了沙梁上。小鹤打开车门独自下去,她摸出一副深色墨镜戴上,眼中的情愫,便全隐藏在了镜子后面。

绵延起伏的沙丘,在她脚下绵延,举目所见,皆是大自然鬼斧神工雕刻的波浪沙线。

上次进沙漠寻找霖然，心急如焚的小鹤根本无暇顾及沙漠的自然景观，那时的她，看着这些包包块块的沙砾，只觉得是视线的障碍物，恨不得开进成千上万台推土机，瞬间把这高高低低的沙丘齐刷刷一抹推平，好把她的霖然一览无余地呈现在她面前。而现在，她再次站在大漠天际间，只觉得那一个个沙丘就像一个个死寂的坟包。她想，如果葬身在这沙丘下面，一年四季陪伴着日月风尘和满天星斗，也许就再不会害怕打雷闪电了。想到打雷，脑海中浮现出霖然学校寝室楼上，那个雷雨交加的夜晚，还有霖然那双曾给过她无比温暖的臂膊……

一大颗泪珠，从墨镜后面滚落到沙地上，噗地钻进干涸的沙砾，瞬间杳无踪影。

小鹤心中划过一袭悲凉的孤寂。

浑江妇产院走道上，大腹便便的古丽娅刚刚检查完，她拉过霖然的手臂依偎着，回头向身后的霖然妈挥手告别，然后有些费力地紧拉着面无表情的霖然，向医院大门外走去。

望着儿子无精打采的背影，霖然妈脸上的微笑慢慢变成了愁容……

渝城附近那座小县城的摩崖石刻旁，小鹤瘦削的身影，在如织的游人中若隐若现。还是那身简洁的装扮，只是穿在身上的衣服，更加显得宽松肥大。

"卖猪蹄了！有刚出锅的五香猪蹄卖啊！"摩崖山脚下，那个用炭炉熬卤猪蹄儿的农民，依旧在那里招呼着来来往往的游人。小鹤驻足在一旁，呆呆地看得出神，恍惚间，她突然弯下腰，双手捂着肚子，惨白的小脸儿已是冷汗淋漓。

……

祭奠般走完曾经与霖然双双走过的甜蜜旅程，小鹤最后来到了邮脽县城。这是她和霖然初识的地方。从十三岁那个蒸笼般湿热的早上开始，霖然就在这里走进了她情窦初开的少女之心。只是她与霖然相依而坐，仰望星星的那片田地，早已被钢筋水泥的街道楼房蚕食。小鹤在这里已找不到一丁点儿记忆中的印象。嘈杂纷乱的邮脽县城，空气中仿佛都弥漫着浮躁骚动的气息。

完全已不是小鹤记忆中的样子。陌生的环境，令小鹤心绪渐渐凝固起来。难道真的要为曾经与霖然有过的那段感情殉葬？原本只想完成对张兵的承诺后悄然自杀的小鹤，此时心境也在发生着微妙的变化。

在邮脽县城，小鹤住了两天。两天里她实在头痛得睡不了觉，就到街上找到一家药店，想买点什么能止痛的药。

"林法官!"柜台里一个梳着马尾小辫的女孩的惊呼,诧异得小鹤扭头去打量。这才认出,卖药的女孩原来是她曾经审理过的一起强奸案中那个受害人。女孩儿兴奋地告诉小鹤,她三年前顶替父母到药店工作,后来结婚嫁到了邮雎县,就换到县里的药店来上班了。

小鹤想起黎姐后来曾经告诉过她,这个女孩被强奸后,曾经寻死觅活想要自杀,害得全家人日夜守护着她。再看眼前的她,热情开朗,笑容热得都能把人融化了。很显然,她已经摆脱噩梦,过上了正常健康的生活。

女孩儿听小鹤说头痛,就自作主张,悄悄卖给她一瓶安眠药,还反复叮嘱小鹤说,这个药效果很好,平时只能凭处方才能限量供应,吃多了会死人的,千万别吃过量。

女孩的叮嘱让小鹤心生感激,她笑笑,真诚谢过女孩儿,走出药店。经此事一打岔,小鹤心情好了许多。是啊,女孩都能从悲怆绝望中解脱出来,她这个曾经的法官,难道还没有她坚强?!

在经过霖然读书的县一中大门时,小鹤站住了。望着那熟悉的学校大门,她在心中呼唤,哦,霖然! 那时我曾梦想,此生不奢望荣华、不祈求富贵,只愿与你走过的每一处地方,都是我们爱的足迹,和你一起在甜蜜中徜徉,在艰辛中跋涉,哪怕吃糠咽菜,哪怕生活平淡无奇,哪怕……小鹤本想说"哪怕永远缠绵在你的谎言里",可一想到现实中的霖然已然背叛了她,不由得咬碎牙齿般冷哼一声,生生掐断了脑海中卑微的思绪。这一刻她清楚地知道,心中曾经仰慕追随的霖然,已如黄鹤般一去不复返。她闭目告诫自己,从此放下与霖然的旧情,尘封与霖然的一切记忆……现在的她特别想回家,回到那个熟悉的人身边,把没有着落的心,轻轻安放在他温暖的掌中,与他一道重新开始新的生活。

这个熟悉的人,便是大志。

这天晚上,暂时抹平心中悲怆的小鹤,在暮色四起时分,回到了张兵那个秋花明月的小院儿。

第十一章

七寸之痛

1

丁零零,当走时忘在床头的手提电话再次突兀地响起来时,刚跨进房门的小鹤被吓得一激灵。她冲过去拿起一看,来电显示是大志。

"喂,大志……"还没调整好情绪的小鹤,刚一张口,立马被电话那端惊喜万分的声音打断了:

"小鹤?小鹤,是你吗?我总算找到你了!"大志的声音急切而充满牵挂,"我现在正……开车往回赶呢……盘山道上,电话信号不太好……我采访……结束了,估计最快……"

电话突然断掉了,听筒里传来嘟嘟嘟的忙音。小鹤呆呆地看着手上的电话,屏幕上显示有35个未接来电,全是大志和张兵两人打的。小鹤心中涌起一股浓浓的歉意。此时她已经打定主意,要等大志回来后亲口告诉他,她已经从心底里真正接受了他的求婚,现在,她只想让他知道,她正静候在家中,等着他的归来。

然而,手都拨酸了,电话就是打不通。

小鹤感到有一股莫名的心慌。

她茫然放下电话,走出房门来到院子。

小院儿里,明月清风,天空涤净。秋月笼罩下的小院儿,弥漫着金桂醉人的幽香,间或,还夹杂着香樟树散发出的清新药香。

小鹤微眯起双眼,举头去看那夜空中孤悬的皓月。今晚的圆月如盘大,仿佛一盏明灯悬挂在天上。她仔细辨别着圆月上的阴影,想寻找出传说中的嫦娥和白兔,突然,一颗明亮的流星从月辉旁快速滑落……

院门外传来汽车熄火的声音。"小鹤? 你回来了?!"张兵粗壮的身影随同他迟疑的问候,一起出现在小院儿门口。此时夜已很深,白衣素裙的小鹤正倚在屋檐下的木门旁,静静仰望着夜空出神。

张兵理解小鹤的心情,见她似没听见,便不忍再去打扰。朝自己房间快步走了两步,张兵又站住了。因为他发现,小鹤发呆的目光,是那样的忧郁而空蒙。

"小鹤,你这一走,可有好些天了,你可把大志急坏了。"张兵故作淡然地说。

小鹤闻言,回过神来,歉然地咧嘴笑了笑,那苦涩的神情让张兵认为,她还陷在过去的情感中不能自拔,心下不由得着急起来。他想,小鹤如果旧情难却,定然无法去做好大志的新娘。这些天他已经在私下里帮他们二人悄悄准备婚礼的事。张兵心下犹豫,要不要把霖然已经结婚的事情告诉小鹤。

丁零零,张兵怀里的手提响了。

"张哥,你在家啊? 小鹤也在吧?"大志的声音,从张兵耳旁的手提音筒中清晰传出来。张兵意味深长地看小鹤一眼,然后对着话筒说:"对,我们正在院里聊天。唔,好的,那太好了。多久? 那么赶? 好吧,不行就歇一晚上,好的,到时咱们在夜总会给你接风。路上注意安全啊。"

张兵挂掉手提电话,看见小鹤投来关切询问的目光,忙向她解释说,大志刚才在盘山道上给她打电话,可话没说完手提电话突然没了信号。大志让他转告她,他现在正开车往回赶,估计最快今天半夜,最迟明天早上,就能赶回家。

"为什么那么着急赶路? 山道上多危险啊。"能感觉出小鹤在努力掩饰心中的某种情绪,虽然表情依旧淡淡,可语气却很牵挂,"还是让他开慢点儿吧。"

见小鹤如此惦念大志,张兵心中大喜:"是啊,他马上就要当新郎官儿了,心里肯定急得恨不得立马飞回来,哈哈哈。"

张兵打趣儿的话,并没引起小鹤的注意。因为此刻,她又看见星空中一颗流星坠落,她紧张得心都收紧了。

小鹤心神不属的神情,再次让张兵误解。张兵思忖,霖然已经结婚,小鹤终究也是会知道的。与其长痛,不如先绝了她的念想才好。想及此,张兵硬起了心肠:

"哦,对了,小鹤,还忘了告诉你,在你外出这些天,霖然和古丽娅结婚了。"

眼前的小鹤目光惊恐,犹如一只毫无防备的小鹿,突然被长矛刺入胸膛,鲜血顿时汩汩流淌。她仰望星空的姿势霎时凝固,虽有夜幕掩映,可那唇青颊白,骤然失色的神态，丝毫没有逃过张兵观察的眼睛。

张兵心中一阵懊悔，觉得自己又当了一回恶人："唉，对不起，小鹤，过去了的事情就让它过去吧。霖然让我转告你，他很幸福，祝你和大志也能永远幸福快乐。"

僵然维持着笑容，一转身，脸色已如死灰般无光。小鹤身子发飘、脚下发软地挪回了房中。

依在门后的小鹤，大睁着两眼，脑子里只有一个声音：霖然结婚了？霖然结婚了！小鹤的心在一阵短暂的刺痛之后，逐渐变得冷硬起来，硬得就像一个石心之人，再也感觉不到疼痛。此刻的她，心中犹有骤然间突起的萧萧风尘，瞬间卷走记忆深处的所有流光岁月，包括那一堆原本还集留在心中，破碎带血的玻璃心。

世人常说，"福无双至，祸不单行"。过去小鹤就很迷信这个说法，现在，她更是在恐慌中战栗着这句世语。因为，外出采访归来的大志出事了。

在小鹤接到大志电话的那个晚上，大志没能赶回。小鹤一宿未眠地蜷靠在床头，那部手提电话也一直握在她手中，捂得机身都发了烫。

那天半夜，半梦半醒的小鹤被一阵大风刮翻东西的声音惊醒。听着窗外呼呼狂叫的啸风，她非常惦念大志。她把电话调拨到大志号码上，好几次手都按上去了，又想着大志正风驰电掣奔车在山道上，怕突然响起的电话铃声惊扰到他，影响行车安全。犹豫来犹豫去，手提电话上那个号码始终没敢按下去。

凌晨时分，伴随着飒飒作响的劲风，天空开始雷鸣电闪，很快，院子里响起噼噼啪啪的雨点声。过去跟霖然热恋时，小鹤特别害怕打雷。每当电光一闪，她总会一头扎进棉被，或者把霖然的大手紧紧按在自己的两耳上，惊恐地闭紧眼睛，在沉闷的轰鸣声中大汗淋漓地打着哆嗦。而现在，当她孤苦一人蜷伏在枕头上时，看着窗外白刺刺的蓝光划过，听着由远及近的轰隆雷响，因为惦记途中的大志，她竟全然不顾那心惊肉跳的惧怕。她全身毛孔紧张地支棱着，室外如注的大雨，夹杂着室内嘀嗒的钟声，令她心急如焚，好似一双铁手紧紧攥着她慌乱跳动的心，她煎熬至天亮，风雨雷电全停止时，大志的电话再次欢快地响起。电话那端，大志朗声笑道，顶多再有一个来小时，他就可以安全到家了。大志顺带在电话那端告诉小鹤，昨天晚上他特别特别想她，总想起她小时候穿花裙子满院飞的情形。大志说，好几次他忍不住想给她打电话，可又怕她睡着了，被电话铃声惊吓醒。小鹤听得心下酸楚和感动，她惊异在她与大志之间，竟也会产生这种心念相通的灵犀之感,一丝庆幸的笑意,在小鹤唇间,慢慢荡漾开来……

雨停后张兵去了夜总会。他正安排中午为大志接风的宴席,突然接到大志的电话:"嗨,哥儿们,刚才我给小鹤去了个电话,没敢告诉她,我正在路边修车呢。"

"修车? 怎么啦,车坏了?"张兵关切地皱起眉头。

"不是一般地坏。昨天我本想连夜开回来,没想到给你们打完电话后不久,车子的刹车突然失灵,差点就开下了悬崖……"

"什么?! 怎么回事儿?"张兵吓得头发都支棱起来。

"不知道,后来我在山道上拦了一辆拖拉机,那开拖拉机的农民说,天太黑,他也看不清道,不敢连夜帮我拖车。我就跟他挤在公路边一个小旅店住了一宿,今天早上他帮我把车拖到这个修理店来。"

"你那辆车不是才过了新车磨合期吗? 怎么好好的突然刹车失灵?"

"是啊,我也挺纳闷的,正帮我修车的那个小师傅说,我的刹车好像被人动过手脚……"大志的声音中,有一丝隐隐的不安。

"动了手脚? 刹车出事之前,你离开过自己的车子吗?"张兵感到事态有些严重。

"嗯,昨天下午,我在一家餐馆吃了一碗面条,可能有点不干净吧,傍晚时肚子突然疼起来,我就在山边一处茅房前停了车,上了个厕所……"

"呃,兄弟,你听好了,黑道上的事儿我比你清楚。你上次不是说,路上曾有人跟踪你吗? 从现在起,你必须多加小心! 我估计,你的暗访肯定被人察觉和跟踪了,有人要整你。这样,我马上开车过来迎你。快告诉我,你现在的位置。"

"好的,"大志的声音不由得也紧张起来,"我现在在离浑江市不到十公里的一个国道边,等等,我看一下,哦,这个修车铺的名字叫,啊……"

大志突然变调的惨叫声儿,从话筒里传了出来,惊得张兵差点没把手提电话丢到地上:

"大志? 大志! 大志……"

电话那端传来一声轰然巨响,紧接着,是金属碰撞发出的尖利摩擦声儿,还有人们惊呼奔跑的声音……

"大志!"小鹤痛呼着,不顾一切扑了过去,"大志,我是小鹤,你醒醒呀,大志……"

医院急诊室里,披头散发的小鹤哭喊着扑向手术台。大志静静地躺在手术台上,护士已经拔掉了他身上所有的管子,一个年纪稍大的护士轻轻把白布单子拉开来,蒙在了大志头上……

上午,张兵开着他的奔驰车,一路狂奔,赶到这里时,大志还吊着一口气。大志睁开眼认出他,嘴唇动了动。张兵忍住鼻端发酸,赶紧把耳朵凑到大志唇边,只听大志气若游丝地说:"替我……照顾……小鹤……"眼睛尚未闭合,心脏监护仪嘀的一声,已经拉成了一条直线。张兵难过得两眼露出阴森的凶光,他紧攥着的铁拳头,忍不住想要砸向隔壁那个早已咽气的混账肇事司机。

与大志同时身亡的,除了这个肇事司机,还有肇事司机身旁另一张急救床上躺着的修车小师傅。

李健是在接到张兵电话后,带着小鹤赶来医院的。张兵在电话里跟李健商量,觉得还是要让小鹤见上大志最后一面。当李健开车到张兵家小院接上小鹤时,他只是神情凝重地告诉她,大志出了车祸,正在抢救。小鹤将信将疑,一路忐忑不安地赶到医院时,大志刚刚闭上眼睛。

事情发生的经过,是李健事后告诉张兵和小鹤的。李健说,经公安机关调查和询问目击证人证实,事发当时,公路旁车来车往,替大志修车的那家小店紧挨着公路边。当时,修车的小师傅用千斤顶架起汽车底盘,正仰面钻在车子底下修理。大志斜靠在车尾,面向跟前儿一堵残垣断壁,正打着手提电话。突然,一辆没挂牌照的黑色轿车飞驰着,从公路上斜刺过来,咣当一下,狠狠撞在了大志的车头上。巨大的冲击力把正在修理的小轿车给撞下千斤顶,车轮下的小师傅当场毙命;车尾处的大志被身后车子巨大的冲力顶撞着,死死挤在了汽车与砖墙之间,当场口吐鲜血不省人事;而那个满身酒气的肇事司机,半个方向盘嵌进了他的胸口,流了大量的血,待送到医院,已经身亡……

"大志,对不起,对不起……"

静静的殡仪馆送别室里,一束束黄白鲜花和一幅幅挽联,里三层外三层矗立在房间四周。室内正中央,穿戴整齐的大志,面容宁静地躺在一床崭新的白布单下。乍一看,像是睡着了。

小鹤跪倚在大志身边,煞白的脸,紧贴在大志冰冷的手心上:"大志,你说过,永远都不会离开我的,"小鹤哽咽地抽泣着,"你怎么能说话不算话呀……"

神色凄凉的小鹤,眼底脆弱得不加任何遮掩。她断然想不到,这个对她呵护有加,不是亲哥哥却胜似亲哥哥的大志,会在突兀间,撒下她永远离去。悲恸的眼中,泪水已经流干……

小鹤抬起眩晕沉重的头,深情注视着那个曾经熠熠生辉,时而鹰隼般锐利,时而胞哥般慈祥的眼睛,已经永远闭合上,再也看不到那忧郁牵挂、怜惜温暖的熟悉目光。

"大志,我爱你。"小鹤轻轻抚摸着大志睡熟般的冰冷脸庞。

昨天,当她失魂落魄赶到医院时,大志的眼睛还大睁着不能闭合。小鹤失声痛呼"大志你醒醒,我是小鹤,你别这样扔下我……"时,分明看见,一滴晶亮的泪珠,顺着大志尚存余温的眼角,缓缓流淌了下来,挂在大志青春刚毅的脸颊上,晶莹剔透得像一颗无瑕的珍珠。小鹤感受到一种前所未有的痛彻心扉,一种被自己长期无意间忽略,此时想要弥补却再也寻不回来的懊悔悲伤。她轻轻俯下身,把自己温热的嘴唇,轻轻贴在大志渐渐冰凉的脸颊上。与大志相识多年,小鹤还是第一次与大志如此近身地肌肤相亲。只是,她从邮脽县一路祭奠回来,想赶着告诉大志的真情表白,大志永远也听不到了。小鹤的泪水再一次无声地滚落到大志脸上,带着大志眼角的珠泪,一起流淌进大志已经硬凉的脖颈。

万念俱灰的小鹤,手指无意间触碰到大志上衣口袋,感到里面有一硬物,小心掏出一看,再也无法抑制的号啕大哭,响彻在医院急诊室里。

这颗留有大志身体余温的核桃,外壳圆润光滑。小鹤认出,这是小时候邮脽县医院家属院儿里,霖然抢先捡起来送给她,又被她随手塞给大志的那颗核桃。小鹤俯身把脸深深埋在了大志胸前。许久许久,抬起头来的小鹤讶然发现,大志大睁的双眼已经无声地合上,脸上竟浮现出平时默默注视她时,那令人熟悉而心安的笃厚笑意。

小鹤赫然不已:"大志!"

……收回思绪的小鹤,已经在殡仪馆送别室里默默陪伴了大志一整天。望着眼前英俊安详的大志,小鹤痛楚的心,又一次撕裂开来……

2

黄昏时分,张兵家小院儿里,人影绰绰。

张小娜、小雯、李健和谢峰都聚集在张兵这里。他们个个儿神情肃穆,心情沉痛。在经过小鹤房间时,他们只是悄悄回望一眼那紧闭着的门窗,不知该用什么办法去安抚近日来连遭悲怆的小鹤。

张兵一整天都在和李健、谢峰分头通知大志的生前好友,告诉人们大志的葬礼时间。张小娜流着泪,和眼睛通红的小雯在一间屋里扎着花环。

入夜,惨白的月光投下凄冷的清辉,透过小鹤房里的玻璃窗,无声地笼罩在窗前木地板上那立放着的一帧大幅照片上。照片上,大志身着白衬衫灰长裤,微笑着站在渝城江边的沙滩上,望着镜头的双眼,憨厚中带着揶揄的神情。

这张照片,是小鹤当年给大志拍摄的。当时正值女排夺冠,同学们到江边游行回来的第二个周末。大志约小鹤到江边去捡鹅卵石。大志知道小鹤酷爱石头,便总是热心地帮她收集。那天大志有心,带了台120照相机。临照相前,两人聊到了女排,想到小鹤雄赳赳气昂昂,跟着大伙儿前往江边游行,返回时却狼狈不堪的神情,大志忍不住一个劲儿地乐,那揶揄不禁的神态,便被小鹤在不经意间留在了镜头里。

"大志,"跪在地板上的小鹤,轻轻打开箫盒取出长箫,擦拭一下看着照片说,"大志,我知你最爱听我吹箫,就让我再为你吹上几曲吧。"

小鹤长长的睫毛垂了下来,强压住心中的悲哀,盘腿儿坐在了地板上,身体往木墙上一靠,唇边哀婉缠绵的箫声,便回荡在静谧的房间里……

闭目吹奏的小鹤,思绪随着哀绵的箫声,飘回到儿时:

"大志——你屙不屙痢嘛?!"正玩得猴头土脸、满脸汗渍的大志,听到妈妈的呼喊声,躲着她的目光,像个霜打的茄子,悻悻地往家走……

"咦,小鹤? 你来了?"站在吴孃孃家门前,语气充满惊喜的大志,憨憨地摸着刚剃的青皮脑瓜,转身挥舞着胳膊欢快地跑走了……

邮脽县医院家属院儿前的桑树下,吭哧吭哧从家里搬来板凳的大志,失望地瞧见小鹤对面,已经坐下了霖然……

大志家门前核桃树下,一群小孩儿昂头用竹竿拍打核桃,啪,一个青色核桃落下,正好滚落到大志面前,大志刚要伸手去拾,霖然冲过来弯腰捡起……她瞥见大志眼中,闪过的一丝惆怅……

"小鹤,我给你逮的红蜻蜓,不用怕,我已经用长绳子帮你拴好了。"大志知道她怕虫,拴在红蜻蜓翅膀上的白线,又细又长,她握着白线,粉色花裙子与蜻蜓齐飞飘舞……

电影票发下来,大志凑过来看见,婷婷票号的一侧是他,另一侧正是她,开心满意地挥着票跑开了……

大学录取通知书发下来了,婷婷妈来到她家告诉她妈:"大志跟你们家小鹤考在了同一个地方……"她躲在房间门背后遗憾地想,要把大志换成霖然那该多好呀……

大学礼堂门前,她看见大志探头找寻,欣喜地跑过去,忘形中被人流一挤,差点扑倒,是大志慌忙中,伸出有力的双臂……

大一暑假回家的火车上,她从梦中惊醒,发现枕在大志刻意为她抬起的手臂上,他的衣袖上,还残留着她睡梦中的涎水……

她从霖然学校疗伤回来,大志拉她去了街上,那盆专门为她点的冒着腾腾热气的当归炖老母鸡汤……

游行的江边夜晚,掉队的她脚被扎破了,大志埋头为她缠上手绢……

大志妈出事后,返校归来的大志,胡子拉碴,满面憔悴,深沉忧郁的目光……

学校凉亭上,她和大志双双跪拜在地上,双手合十对天发誓,要永结兄妹……"我发誓,我将用我一生的心血,呵护这个得来不易的小鹤妹妹,除她之外,再无二人……"

此时再忆起大志当时的誓言,小鹤心绞疼痛得几乎窒息:"大志啊,你为什么要爱得这样傻……"小鹤脑中突然掺杂进霖然从大漠回来那天,抱着她号啕大哭的情景。只是那场景,很快被古丽娅隆起的腹部遮挡拉黑……

小鹤痛苦地放下长箫,合上双目。"唉,大志,"她痴痴地想,"那天,我答应嫁给你,做你的新娘……"小鹤睁开眼,凝视着片刻大志的照片,无声地抽泣了好一会儿,"你星目朗月地看着我,你的眼神让我无法直视……"小鹤再次把心室得失去节律,"你知道,我当时去意已定,可你依旧把我紧紧揽在怀里,你发誓要一辈子对我好。你说,为了我,你可以抛弃一切,从此以后,绝不让任何人再伤害到我……大志啊,你知道那天我躲在房间里哭了多久吗?苍天为什么让你,比霖然更加懂我?而却把霖然,做了我绝望的命门!我原本以为,我和霖然之间的爱情可以刀枪不入、百毒不侵,可终了,霖然只是我生命中的一段过往插曲……大志啊,你知道吗?我当时伤心不已的,不是因为他已经不爱我,而是当这一切都结束时,我对他的爱却依然清晰犹存。偎在你怀里的那一刻,虽然我已经幡然醒悟,在这个世上,真正疼我爱我的人,只有你,真真只有你,你温暖的怀抱让我觉得温馨安全。可大志啊,我为何没能赶在你生前,就把这一切真实的想法告诉你?!其实在我心底深处,我一直、一直深深依恋着你,这么多年来,我只是因为不愿承认,你比霖然更加懂我……大志,你是想先我一步,到另一个世界等我吗……"

再次猛睁双眼,小鹤分明看见,照片上大志那憨态可掬的笑容里,蕴含着无比深情的首肯。

"好吧，大志，"小鹤用一只战抖的手，轻轻抚摸着照片上大志轮廓分明的脸庞，仿佛大志迫人的气息，又萦绕在眼前，"大志，我要把你的葬礼，变成我们的婚礼。"黑漆漆的瞳仁被斜刺进来的月光，映得更加幽深。

小鹤突然想起什么，跳将起来，从桌子上抓过背包翻寻，终于，那个尚未开启的药瓶，被她牢牢抓在手间。她把它紧紧握在胸前："大志哥，等明天，就在明天，我们就将团聚，你可要等着我呀，让我再给你吹奏一曲你最爱的乐曲，这将是我们明天的婚礼进行曲。"

小鹤把瓶子放在身旁，轻轻按下身旁的单卡录音机，长箫送唇，一曲《崖山哀》的韵律，便幽幽咽咽响了起来：

　　亲爱的大志啊/请你不要走远/漫漫旅途/你将不再是孤雁/掠过如烟岁月/有我与你永相伴……

当小鹤呜咽缠绵的箫曲，再次从屋中响起时，院子里一干忙碌的人们，不由得停下了手中的活计。他们敛神屏气，默声聆听，心中都不由得咯噔一紧。

这是怎样的箫曲啊！哀切抑扬得令听闻者柔肠寸断。

桂树下，李健仰首伫立，眼眶有些发潮。

谢峰每每想起小鹤两次进沙漠，那凄苦绝望的神情，都不由得眉头紧蹙，心生感慨。

张兵是第二次听到小鹤这样的箫曲。只是他形容不出，为何这箫曲听起来是那样的哀婉催泪，令他这个自认为从小饱尝世间炎凉的铁石心肠之人，也会为之心下凄然，额有微汗。

小鹤房里的箫声停顿了好一会儿，在院里人感到极度压抑难解之时，箫声再次响起。只是这次的旋律，已经变得舒缓悠扬，犹如洁净的晨曦中，冉冉初升的红日。

此时房中的小鹤，完全沉浸在大学时光，她和大志间那浓浓的友情上：

大志弯腰躬身为她打着伞，把自个儿半个肩膀，淋在雨里全然不觉……

亭子间木椅上，大志目光温和、神色安宁地说："让我自己找我喜欢的人吧……我倒情愿多走点儿弯路，像飞蛾扑火般也在所不辞……"

大志站在小鹤学校一棵老树下，神秘地让她猜他这次实习，巧遇到她的哪个中学男同学……

小鹤论文导师张亮用论文要挟她,大志替她雪了恨,两人并肩坐在江边大石上,大志嘿嘿笑着,顺手摸起身边一块小石子儿,胳膊一扬,石子儿飞进不远处的江水里,江面上荡开一圈又一圈的涟漪……

大志悄悄告诉她,他已经在志愿表上直接填上了《浑江日报》,她听得笑靥如花……

校外街上的餐馆里,她和张小娜、大志三人的最后一餐。她得意地把大志对面的座位让给张小娜,招来大志桌下愤愤的一踹,大志瞪着两眼对她说:"馋猫,今天由你负责点菜。"她心花怒放、满脸得意地冲大志做着鬼脸……

在学校凉亭上,大志背对着她,难过地说:"我被分配在了渝城市委宣传部,回不去浑江了……"

云姐的婚礼上,长身玉立的大志,深邃的目光中隐约透着淡淡的抑郁气质……

霖然沙漠失踪,她高烧不退病倒在沙漠,两眼满布血丝的大志痛惜地呼唤着她……那时,她心中只有霖然。大志揽着她的肩头,轻轻拍着她的后背安抚着她……

浩瀚的大漠里,她和大志、谢峰三人乘坐的越野车,在沙海中颠簸,大志掏出伤湿止痛膏,小心贴在她纤细冰凉的手臂脉搏上……

寂静的大漠夜晚,一轮皓月高悬在苍穹。大志陪着她坐在沙山脊梁上。她执着地为霖然吹着箫曲,大志从身上脱下厚外套,默然地披在她肩头……

"小鹤! 张兵! 快看快看,他们找到了!"大志呼喊着,冲进午后温暖和煦的院子……

古丽娅的造访,令她方寸大乱。悲伤绝望的她,用水果刀刺向腕处清晰可见的血管,噗,一股鲜血喷出来,她呆呆地看着、看着……静谧中感到自己的灵魂在慢慢飞升,袅袅烟尘中传来一个熟悉的声音:"小鹤,小鹤……"

桂树下,月洁如霜。大志由衷感叹:"今天晚上的这碗面,是我妈走后,我吃得最香最可口的一次了……"她听得心中泪雨磅礴。

月影下,大志掰过她的身体面朝他说:"琼筵坐花,羽觞醉月,这些醉生梦死的生活对我来说,只要我想要,随时都能得到。可是小鹤,只有你……"

大志出差暗访,院门外,大志轻轻拥住她:"小鹤,我出去的这些天,你要好好照顾自己,等我回来,答应我,夜晚不再独自哭泣……"

"小鹤？小鹤！你终于回来了……"电话里,大志充满欢欣的声音……

几天前那个令她永生难忘的早晨,她接到大志最后一个电话。大志在电话里轻松开心地朗笑道:"顶多再有一两个小时,我就可以见到你了。昨天晚上我特别特别想你,想起了好多我们小时候的事情,还有上大学的时光,小鹤,我爱你,永生永世！我好感激苍天有眼,最终把你送还给我,我发誓,再不让你掉一滴伤心的眼泪。小鹤,乖乖在家等我啊……"

悲伤的心在胸中战抖,小鹤缓缓地放下长箫。这次她听了他的话,没离开小院半步。她通宵达旦地蜷缩在床上,睡不着也不敢吃安眠药,因为她怕在他回来时,她会因药劲儿未退而犯迷糊,无法在第一时间亲口告诉他,她已经彻底埋藏了过去,她要跟他永远厮守在一起。然而,命运却再次残酷地把她即将开始的爱,永远夺走……

她双手轻轻捧起大志的照片,深情凝视着。照片上大志微微上翘的唇角,仿佛一抹泯顽的痴情:"大志,你也要乖乖地等着我,明天,我要为你穿上洁白的婚纱,随你而去,真心真意地做你的新娘,随你步往天国……"小鹤心中打定主意,明天,她将毫无杂念地追随夫君大志,与他灵魂相携,在天堂蝶翼双飞,永结连理。

次日清晨,初升的太阳刚刚露出小半张脸,小鹤房间的门便无声地打开了。满院早起忙碌的人们,瞬间瞪大了眼睛:

只见小鹤从头到脚,一袭白衣长裙,清亮眸子里放射出圣洁凄美的光芒。

她留恋地目视着院中所有的人,目光最后停留在张兵的脸上:"我今天,要在大志墓前,与他完婚。"

小鹤柔柔的话语,包含了怎样的深情和似海的眷恋,震得院中男女,霎时目光如炬。

张兵被小鹤胸前挂着的那个用红丝线穿挂起来的油亮核桃吸引住了。他知道那是大志的信物,多年来一直珍藏在身边。以前,张兵见了很不理解,曾问大志留那么一个不起眼的核桃干吗？大志凝视着掌中油亮的核桃,神色无比遗憾地说,这是他(她)的心。张兵没明白,大志说的这个他(她),是人字旁的"他"？还是女字旁的"她"？反正觉得这核桃里一定蕴藏着浪漫的故事。现在,再次在小鹤胸前见到它,张兵心中便有些潸然。

"今天是我和大志结婚的大喜日子,他会在天空注视着我们。"小鹤嫁新娘般启齿嫣然,她把手中镶着大志照片的白色相框,双手递给张兵,"你是大志的好兄弟,请在婚礼上,替我抱着大志。"

张兵红着眼,避开小鹤的目光,默默伸手接了过来,然后把相框,紧紧抱在了怀里。

正在书写挽联的张小娜,闻声跑过来,猛地看见张兵怀抱中大志的相片,忍不住呜的一声,用手捂了嘴,哭着跑进屋子。

"小鹤——"李健悲怆地叹息一声,余下劝说的话语,便被他生生强咽了回去。

"小鹤,"小雯走上前,拉着小鹤的手,语调哽咽着在脸上挤出一丝笑容,"你是我见过的,最美最美的新娘了。"

小鹤眼中闪过一抹感激的光芒。她伸手扶住小雯的胳膊,因为她已经感到,有一股昏困的倦意正缓缓袭上头来。

"李健,"小鹤用意志强撑着自己不闭上眼睛,"我和大志举行婚礼时,请放这首曲子吧。"说着,把手上新录的一盘音带,递给李健。"我们,走吧。"朦胧中的小鹤低语喃喃,她无力地仰起头,遥望着天空温暖橘色的太阳,"大志,等等我,我来了。"

立在院门旁的谢峰,见状神情凄然,他悄悄一抹眼角,躬身弯腰,率先钻进院门外早已等候多时的轿车。

门外停放的两辆奔驰轿车,车头上已经扎起白色的绢花。随着大家鱼贯而入,两车启动,开走了。

身后的小院儿,很快恢复到往日的宁静。一抹朝阳顽皮地跳跃着,蹦进院子,从宽大的门窗玻璃,悄悄挤进小鹤居住的房间。房间地板上,一个被倒空了的药瓶,瓶身和盖子已经分身两处。

3

安葬大志的墓地,在浑江市郊一处山峦起伏的群山之中。这是当地占地面积最大、山势最气派、风水也最好的陵园。大志的墓,是张兵全权挑选并指挥陵园工人篆刻完成的。在小鹤他们车子到来之前,这里已是人头攒动,黄白相间的鲜花簇拥在墓地四周。

前来参加大志骨灰安葬仪式的人很多,有大志小学、中学和大学的同学,有大志原单位渝城市委宣传部的旧友同事,还有《浑江日报》的新同人以及大志表姨一家……大家都是在接到通知后,带着震惊悲伤的情绪赶来的。只是大家还不清楚,今天肃穆的葬礼,已经有了新的内容。

当大家看到小鹤一袭白衣裙,神情迷离地被小雯搀扶着走下车来时,都讶然地瞪大了双眼,猜测声、议论声四下悄然响起。

李健是今天婚礼和安葬仪式的主持司仪。按照事前大伙儿的临时设计,小鹤手捧鲜花,从大志墓碑右侧走过来,与抱着大志骨灰和遗像从左侧走来的张兵,汇合在大志墓碑前,然后双双叩拜。

这时,墓地上响起了缠绵悱恻的乐曲,正是小鹤吹奏的那曲《崖山哀》。清幽哀怨的箫曲声中,只见小鹤身披洁白的纱丽,手捧一束百合花,从一侧逶迤走来。其实与其说是逶迤,不如说是蹒跚,因为此时的小鹤,步态已经有些不稳。在她对面,一位神情极度悲怆的男子,痛惜地双手紧捧着大志的骨灰和遗像,像被一股无形的力量牵引着,向小鹤缓缓走去。

他,显然不是张兵。只是此刻,心中唯有大志的小鹤,已全然分辨不出他是谁了。纱丽掩映下的小鹤,感到自己的意识正在一点点地模糊。她努力平衡着身体,她要在夫君大志墓前,亲口告诉他,她爱他。

小鹤与大志的骨灰遗像,终于一同伫立在了大志墓碑前。洁白的大理石墓碑上,大志英气逼人的笑容,仿佛正促狭地看着小鹤。小鹤嘴唇战抖着,踉跄中,冲大志墓碑深深鞠了一躬。身旁捧着大志骨灰和遗像的人,也跟着弯腰鞠躬并轻轻放下大志的骨灰和遗像。就在他弯腰的一刹那,他听见小鹤唇齿间,吐出一句令他肝肠碎断的话语:"大志,我是你的新娘了,我爱你,请带我走……"话音未了,小鹤已一头栽倒在大志墓前,虽然他慌忙伸手去扶,可坚硬的碑角,已经把失重的小鹤磕得额头开花,昏死过去。

"小鹤!"撕心裂肺呼喊的他,不顾一切扑向小鹤。他,正是捧着大志骨灰和遗像的霖然。

婚礼开始前,张兵在人群的左侧尽头,被一身黑衣包裹的霖然悄然拦下。霖然说:"兄弟,请把大志的骨灰和遗像交给我吧,我想送他最后一程。"

张兵默视霖然片刻,无声地点点头,把手中大志的骨灰和遗像交给了他。

此时张兵眼前的霖然,早已不是那个曾经风流倜傥、言谈举止都潇洒优雅的霖然了,生活的磨砺和隐忍的痛苦,使他过早地颓废消沉下去。没有激情的生活日日夜夜折磨着他,令他终日沉醉在酒精的浸淫中,醉生梦死地度日如年,直到那天,他猛然听到大志逝去的噩耗。

　　大志死了？这怎么可能？霖然初闻大志辞世的消息，压根儿不敢相信，更不愿相信。大志，我的好兄弟！他在心中痛呼。

　　当初霖然在不得已与古丽娅结婚时，他还在心中暗自庆幸，好在小鹤身边还有个真心疼爱她的发小大志。有大志照顾小鹤，霖然心中虽然羡慕嫉妒，外加无奈，可终归小鹤处在大志的庇护下，总令他多少有些放心。从小到大，大志对小鹤的单相思，最敏感和看得最清楚的人，恐怕就只有他霖然了。然而谁也料想不到，世态急转，大志突然离世，又把孤苦伶仃的小鹤，硬生生抛在了一边。霖然愁得寝食难安，白发横生。他不知道这接二连三的打击，小鹤如何能扛得过去……

　　这天，他和古丽娅早早就来到了陵园。送别大志，古丽娅也是珠泪不断。古丽娅的肚子已经相当突显了，她执意要来送大志一程。霖然则早已是心急如焚，恨不得立马飞到小鹤身边。

　　他俩躲在参加葬礼的人群后面，一直无颜与眼前熟识的面孔打招呼。当霖然在人群中看到小鹤一袭白衣出现时，他从她眉宇间，突然读到一种信号，一种令他张皇不安的恐惧。

　　古丽娅在一旁察言观色，见他身不由已往前靠，就想阻拦他。霖然勃然变色，眉间焦灼地低叱道：“躲开！”索性硬生生挤过人群，挡在了张兵面前。这是他唯一靠近小鹤的机会了，他告诉自己，必须抓住。接过张兵手上大志的骨灰和遗像，他感到心沉似铅。他不想让小鹤认出他，他怕刺伤正恨他入骨的小鹤。

　　他把大志的遗像高高举在胸前，相框顶部正好抵在眼眉下。他从相框上方死死盯着远处飘逸而来的那个美丽新娘，那个本该属于他，令他日夜魂牵梦萦的柔弱女子。她仿佛是女娲用她的肋骨捏造出的夏娃，他对她是那样的熟悉，那样的依恋，那样的不舍与牵挂。在凄风苦雨、雷电交加的日子里，他总是仰望着窗外的天空，痴痴地想着胆小的她，会不会又惊吓出一身冷汗；在一个个催人肠断的寂寥星空下，他躺在阳台竹椅上，辗转反侧，心灰意懒，哀怨中只能在心中一遍遍悄悄呼唤着她的名字。他后悔自己当初的懦弱，后悔大漠中饮酒过量的那个失忆夜晚，令他从此苦不堪言，迷失了人生方向。现如今，他只能在酒精的作用下，才能忘掉那噬人的痛苦，每日一醉的暂时忘却，才可以令他远离度日如年的无望……

　　现在，霖然只想在大志的葬礼上，离小鹤近点，再近点，让他重拾那熟悉的气息，再敛那令人内心安宁的软侬细语。只是，他千算万想，就是没有料到，小鹤的绝望是那样的深、那样的烈，小鹤对大志的爱，竟到了舍身忘我的地步，令他猝不及防，眼看着她就这样果断地了结了自己……

"小鹤……"霖然悲号着,抱起额头上血流如注早没了声息的小鹤,在小雯的慌忙引导下,发疯般冲向张兵的奔驰车。鲜红的血滴在小鹤洁白的衣裙上,绽放出一朵朵美丽的血花,犹如盛开的红梅。四周悲肃吊唁的人们,迅速为他们闪开一条通道……

躲藏在人群后面的古丽娅,惊愕悲愤地瞪大了双眼。她注视着落魂失态的霖然,抱着小鹤一头钻进轿车,车子一溜烟消失在山道的拐弯处。

陵园上空继续回响着小鹤吹奏的乐曲,司仪李健痛楚的致哀词,声声传来:"……大志因公牺牲。小鹤深爱着她的夫君,她执意要在大志墓前,与大志举行他们的婚礼……"

"哦——"人们由最初的猜测,突发变故的震惊,直至听到这儿,女士们已是潸然泪下,男士们则更多扼腕唏嘘,大家对这对恩爱夫妻充满了无限的爱怜和敬佩。

"谁是林小鹤的家属?"急诊室门开了,坐在走道长椅上焦急等候的霖然、张兵和小雯一起跳将起身。

"我。"霖然脱口答道。

"我。"张兵坚定地说。

"不,林小鹤没有亲属,我俩是她的同学、好朋友。"小雯白了霖然一眼,挤上前来把张兵从霖然身后拉过来,站在女医生跟前儿。

"我,我是——"霖然一下子变得结巴起来,他顾不得跟小雯争辩,只是满眼惊恐地紧盯着女大夫的脸。

"哦,病人昏迷不醒,急需输血。"女大夫说。

"那抽我的吧。"霖然赶忙伸出强壮的胳膊。

"你知道小鹤是什么血型吗?"张兵急切地转头问两人。

小雯道:"我知道,她是 A 型血。我是 B 型。"

"小雯,你的不行,抽我的吧!"张兵边说边解开衣袖扣子,"我跟小鹤一样,也是 A 型血。"

"不行,还是抽我的吧! 我是 O 型血。"霖然断然扒拉开张兵的手,快速卷起衣袖。

此刻霖然心中,闪过一丝窃喜,甚至还有些激动。他眼前浮现出当年跟小鹤在大学操场散步时,两人的对话情景。

那天小鹤告诉他,她入学验血,医生一会儿说,她是 B 型血,一会儿又说,她是

A型血。霂然便刮着她的鼻子笑话说，她一定是妖精变的，要不血型怎么会变："哈哈哈，不管你变什么血型，我的血，都能输给你，因为我是——万能O型血！"

那时候，霂然特别希望小鹤能有点什么事，比如像日本电视连续剧《血疑》中的大岛幸子，病倒在床上需要输血。要真是那样，他的血就可以欢快地钻进小鹤的血管，在她的全身流淌，亲吻着她每一寸的肌肤。霂然只要一冒出这个幻想，就会令自己激动不已，热血贲张。因为他深深爱恋着小鹤，爱得特别想跟她融为一体，成为一个她中有我，我中有她，难分彼此的混合体。

记得小鹤当时，还着实难过了好一阵。她对霂然说："霂然，我也想把自己的血输给你。"霂然便笑得更加自豪得意："我输给你，符合科学规律，你输给我，就违背了科学，那要害死我的。"小鹤噘着嘴想了半天，便说："那我愿意为你去死。如果在战争年代，敌人抓住我，要我供出你的下落，我一定会打死都不说。"那会儿的小鹤，满脑子的假设、幻想。

看着小鹤很认真的神情，霂然狡诈地捏起嗓子，学着影视剧中日本鬼子的腔调，恶狠狠地说："把这个女共党的衣服，给我全拔光了，然后扔进大青虫堆儿里，看她交代不交代！"

"啊——不要！不带这样的！"小鹤被吓得跳将起来，惊恐地回头左右看看，这才省悟过来，是霂然在拿她短处逗她玩儿，便抡起粉拳砸在霂然身上，"不带这样的，敌人又不知道我怕虫，才不会这样哩。哼，除非你是叛徒，出卖我，告诉了敌人。"

"哈哈哈，"霂然双臂护头，开心地躲避着她的拳头，大笑告饶说，"好好好，我是叛徒，我是叛徒。啊，别呀，我干吗要当叛徒?！我这人，永远不可能成为叛徒的。"霂然说完，猛地伸直腰，摆了一个响当当革命人的顶天立地的造型，把小鹤给逗得捂着肚子在一旁喊疼，霂然就势把她搂进了怀里。

虽说不是"叛徒的料"，可那天晚上，小鹤还是不依不饶没放过他，两人嬉笑着从操场闲遛过来，小鹤罚霂然背她爬了一百多级台阶。

幸福的回忆令霂然暗自神伤。好在真能把自己的血送入小鹤体内，霂然心中又升腾起无比的幸福、满足。

女医生让护士试抽了霂然和张兵的血液，去做化验。

"谁是张兵？你是不是喝酒了？"女大夫再次出来，手中拿着刚刚做出来的化验结果，"你的血液不符合要求，不能输给患者。"

张兵一脸懊恼。的确，昨天他跟李健和谢峰，因为心中悲伤，哥儿仨喝了一大瓶白酒。

霖然听得头皮发紧，因他以前也曾醉酒不断，只是最近听到大志的噩耗，难过得日日反省深思，才滴酒未沾："大夫，我的血行吗？"霖然眼中充满忐忑的企盼。

"你叫霖然？"

"是，是。"

"你的血，可以。"

一句"可以"，让霖然差点流下热泪来。也正是这句"可以"，让霖然从此戒掉了酗酒恶习。

霖然的鲜血，顺着针管，一滴一滴流进了小鹤体内。霖然忍着阵阵眩晕，因他已经一整天滴水未沾。

张兵见状，把脸色发青的霖然安顿在抢救室外长条椅上，吩咐小雯帮忙照看，他自己连忙开车出去，给他们买吃的去了。

小雯瞪着霖然，冷面如霜。

自霖然抛弃小鹤，娶了古丽娅以后，小雯便一直耿耿于怀。现在，她觑着霖然那备受煎熬的样子，心中竟涌起丝丝解恨的快意。

这些年，小雯亲眼目睹了闺密小鹤对霖然的忘我付出，没想到到头来，换回的却是如此悲惨的结局，小雯恨死霖然了，她才不愿跟霖然同坐在一条板凳上呢。

小雯在走道上来回踱着步子。身影就这样晃过来晃过去，就是不正眼看霖然一眼。

霖然无奈地苦笑一下，他不怪她，他深知小雯对小鹤的姐妹情深。霖然把头颓废地靠在椅背上，兀自掂着凄凉的心，昏沉沉闭目沉浸在往事中。

现在，回忆往事，是他的家常便饭。焦头烂额的心，只有在回忆中才能舒展。

猛地，急诊室的门再一次被打开。这次女大夫出来，只叫进了小雯，把霖然留在了走道上。

"病人已经苏醒过来，"女医生的话像一剂宽心的大补丸，令小雯心下大慰，"不过，有一个情况得告诉你。"女医生看小雯神色有些紧张，便轻轻拍了拍她的手，算是安慰，"林小鹤这次受伤，已经动了胎气，不知胎儿还能不能保住。"

"胎儿？林小鹤怀孕啦？"小雯表情错愕。

"是啊。她已经怀孕两个多月了。"医生指着化验单对瞠目结舌的小雯说，"如果要想保住这个孩子，就一定要让病人配合，起码得卧床两个月。"

　　小雯机械地点着头。她没有怀孕经验,对怀孕知识茫然不懂。现在,她最心急火燎的,就是快点见到林小鹤。

　　醒后的小鹤不愿再说一句话,也不愿再见除闺密小雯以外的任何人,包括张兵。

　　这天,已是暮色黄昏。医院重症监护室靠窗的病床前,有一个用绿色帷幔合圈出来的相对静谧的空间。小雯在低声劝慰着躺在床上,对生命已然无欲无望的小鹤:

　　"……小鹤,你应该想开些,人都会有生老病死的那一天,只不过是时间早晚而已。你不是唯物主义者嘛,要客观看待生死才对呀。我知道你心里很难受,可有些事情,是不随咱们主观意志转移的,咱们要学会接受现实……"

　　小雯的话音在安静的病房里缓缓回荡。小鹤睁着一双毫无生气的大眼睛,一动不动地望着窗外昏暗的天空,整个人弱得连呼吸声都听不到,像具没有知觉的僵尸。

　　小雯看着被单下瘦弱的小鹤,脑中在思量,小鹤知道自己怀孕吗? 怎么把这件事儿告诉她呢? 说真的,小雯觉得像小鹤这样一个大姑娘,虽说墓地前跟大志举行了婚礼,可毕竟小鹤还很年轻,要让她今后独自一人带着个没爹的孩子,那日子真是太艰辛了。所以,她内心里想的,是如何劝小鹤打掉这个孩子。

　　"小鹤,能不能告诉我,你到底怎么打算的呀?"第八天早上,朝阳初升,光线透进张兵为小鹤用钱运筹来的单人病房。长吁短叹的小雯实在受不了小鹤的沉默不语:"你知道这么多天来,大伙儿有多着急吗? 你总得说句话呀,我的姑奶奶……"

　　"小雯,你别劝我了,"终于,小鹤幽幽开了口,语气却是寡淡,"你了解我的,你说我现在活着还有什么意义。"小鹤眼中已没有了丝毫波澜,她声冷如冰,令小雯不由得生生打了个寒战。

　　"你这是干吗呀?"小雯的情绪有些激动,"你知不知道,你这是在谋杀你肚子里的孩子呀!"见小鹤颓废到如此地步,小雯顾不得语气,冲口喊了出来。

　　小鹤霎时抬眼,望定了她,愕然中,眼里已是几多春秋闪过……

　　这一段时间,各种纷乱的事情令小鹤应接不暇。她只是偶尔会奇怪地想起,自己的例假怎么还不来。时不时地肚子疼,让她误以为是例假前的痛经。她脑子闪过霖然从沙漠回来后,他们分分秒秒在一起的情形。那天,他们相依相拥,恨不得把对方永远搂护在自己怀中。她为了温暖霖然孤荡已久的心,当他进入她时,她什么措施都没有采取……现在,小鹤突然感到肚子有些异样,仿佛有一双小脚,正在娇憨地踹踢着她。她看着自己的肚子,心中一片惊异划过,一丝柔情便涌了上来。哦,我的孩子! 小鹤双手轻轻抚摸着腹部,眼眸中,已有了温暖的光芒:"放心,我会好好活着的。"短暂的时光,小鹤已从惊涛骇浪中平息下来,她镇定从容的神情,令小雯诧异和惊喜。

小雯原以为,小鹤要是知道自己怀孕,还不得失声痛哭、不知所措,没想到结果竟完全相反。眼前的小鹤,安静恬淡,铅云低垂,长长的睫毛垂下来,仿佛如蝶翼般轻颤,那轻抚肚子的神情,好像在感谢老天爷开眼,让她怀上了孩子。小雯心中感叹,这个素来就有主见的闺蜜,从小就是这样让她费解,又令她满怀钦佩:"这孩子是大志的?"小雯终于忍不住好奇,试探问了一句。

小鹤苦涩地摇摇头:"我倒希望是。可我和大志之间,什么事儿也没有发生过。"

"那,是霖然的?"

小鹤咬着唇,无声地望定天花板,没有回答。

"那怎么办? 要不要告诉他? 还是打掉算了?"

"不!"小鹤坚决地摇摇头。

小雯茫然了,她不知道这个为了爱情付出一切的闺蜜,为什么还要为那个负心的霖然再留下这个孩子。

小鹤轻轻抓住小雯的手,要她答应,绝不把她怀孕的事儿告诉任何人,包括霖然。

小雯恨恨地咬着腮帮子,憋了半天,在心里问候了多遍霖然的祖宗十八代,后来一想,这祖宗十八代不也是小鹤肚里小宝贝的祖宗嘛,这才慌忙压住腹诽的念头,勉强答应了。

第九天早上,霖然被张兵劝回了家,因为霖然即使守在走道上,小鹤也断然拒绝见他。而家中的古丽娅,三天两头又是寻呼 BP 机,又是打电话,可着劲儿地催霖然回去。无可奈何的霖然,只得萧然失色地走了。

在霖然离开后,小鹤很快出院回了家。她回的家,依然是张兵那个小院儿,那个曾有着大志身影和气息的幽静院落。只是这次,只有小雯同往。为了方便照顾小鹤,张兵邀请小雯一同住了过来。

小鹤自打知道自己怀孕后,心情渐渐平静下来。她用卧床休养的时机,整整思考了数日。之后她拜托小雯到街上邮局给在澳大利亚工作的同学刘嘉发了封加急长信。两周后，澳大利亚那边回了信，还附带着寄来一张墨尔本大学的访问学者邀请函。

接下来的日子，小鹤在小雯的陪同下，开始跑公安出入境管理处，跑小鹤原单位开相关证明材料。等一切手续、护照全办齐下来，小鹤购买了一张飞往澳大利亚墨尔本的机票。

走前的那天晚上，小鹤跟张兵单独进行了一次长谈。谈话内容小雯没有听到，但事后她看见，张兵眼里写满了诧异和感叹。

张兵告诉小雯，小鹤请他多关照大志表姨一家，替她这个不称职的外甥媳妇，多尽一些晚辈的孝道。

离别的日子终于到了。

这天，张兵和李健一同去机场送别小雯和小鹤。小雯要飞回北方她老公身边，小鹤则转道北京，飞往大学同窗好友刘嘉夫妇生活的那个城市——澳大利亚墨尔本。

两架国航飞机，先后划破浑江的长空，没入了云端。

4

五年半的时光，一晃就过去了。

又是一个中国农历新年的前夕。

墨尔本第七街区，一幢两层高的小洋楼前，鲜花盛开，绿色葱茏。一辆黑色奔驰轿车从林荫道上开过来，一拐弯儿，停在了小楼门前。

驾车人按了两声喇叭，小洋楼门随即打开，一个粉雕玉琢、活泼乖巧的华裔小男孩儿跑了出来："妈咪，是张兵舅舅来了。张兵舅舅，我好想你呀。"男孩儿欢叫着，向驾车人扑来。驾车人慌忙钻出轿车，张开粗壮的臂膀，一下子把跳跃过来的小男孩儿，搂抱进宽大的怀抱。

"张兵，你来啦。"

楼门里走出来的，正是小鹤。浅蓝色小西服裙装，显得干练飒利。几年不见，小鹤更加美盈丰润："怀志，快下来，别累着你张兵舅舅。"

叫怀志的小男孩儿偎在张兵怀里，抓起挂在胸前小核桃坠儿摆弄着，回头冲妈妈嚷嚷道："不嘛，妈妈，我就要张兵舅舅抱，张兵舅舅好久没抱我了。"

"好,好,让张兵舅舅多抱抱,多抱抱。"张兵宠溺地应和着。小男孩儿那羞煞女孩子的长睫毛忽闪着,一个粲然的笑容一甜甜地挂在脸上。

望着儿子那似曾相识的容颜笑貌,小鹤愣了一下神,随即恢复正常。她歉然地对张兵说:"咱们飞浑江的飞机,是下午一点半的,这才十点不到,孩子他干妈还说要过来送我们去机场。"

"哈哈哈,不着急,我就是先过来看看我们小怀志。怀志,张兵舅舅也想你了。来,看看张兵舅舅给你带了什么。"说着,已经有些大腹便便的张兵,转着发福的身子,从车后座上抓出一个金色的茸毛玩具。

"哈哈,我知道,这是——中国龙。"孩子开心地叫着,从张兵手上抢过玩具抱在怀里,"谢谢张兵舅舅。"

"怀志,我的乖儿子,也不叫干妈呀!"又一辆红色法拉利轿车开过来,停在黑色奔驰车后面。从车里相继钻出来的,正是刘嘉和林粤生。

"干爹! 干妈!"抱着玩具的怀志,转身又扑进刘嘉怀抱。

"呵呵,我这个干儿子,还真够沉的,干妈都快抱不动了。"刘嘉弯下腰,吃力地想抱起怀志,林粤生赶紧过来,伸手把怀志捞了过去:"嘉嘉,你还是省省力吧,小心动了胎气。"

"有孩子了?"小鹤闻言,惊喜地望向刘嘉。

刘嘉笑盈盈地点点头,幸福的神情溢在脸上:"都快四个月了,大夫说可能是个女儿。"

"那真太好了,我们怀志天天嚷着,就想要个小妹妹,这下可如他愿了。"

小鹤欣喜地挽起刘嘉的手臂,心中划过几多感慨。

回想起五年半前那个春寒料峭的难产之夜,她紧拽着产床,痛得浑身大汗淋漓,只有刘嘉守护在她床前。饱受折磨的小鹤真是命悬一线,才艰难地生下这个重达六斤八两的儿子。望着刚出生的儿子那一头干净浓密的黑发,那细眼红唇安详睡眠的小样儿,小鹤足足痛哭了一整宿。

小鹤给这个粉啄肉嫩、眉眼如画的儿子,起名叫林怀志。她出院后,抱着儿子在丈夫大志的照片前,伫立了许久。

大志……

霖然……

过往的岁月,在她眼前重叠,交织闪现……

随着儿子一天天长大,这个几经磨难,在小鹤苦涩泪水中生根发芽、开花结果的儿子,竟然是个天生的乐活性子。他不说话,你看到的是他沉静淡然的模样,那一双会说话的大眼睛,让人一见便心生怜爱;可一当他开口,保准是未语先笑,那晶亮璀璨的瞳仁,那阳光粲然的笑容,令小鹤不忍拒绝他的任何要求。

第一个看到林怀志降生的刘嘉,认下了怀志做她的干儿子。怀志快满月时,张兵来到澳大利亚谈生意,一见怀志,便喜欢上了他。张兵说,他跟大志是兄弟,小鹤就是他的亲妹子,他就是孩子的亲舅舅,小鹤眼圈儿霎时又红了。

小鹤在怀志满月后把张兵领到她居住的地方,张兵惊诧地看到,小鹤家的阁楼上,大志的照片灵位前,供奉着缭绕的长香。小鹤卧室里整面墙壁,装帧着大志与小鹤亲密相依的合影照片。

见张兵神情不解,小鹤解释说,这是她请当地电脑专家用 PS 技术,把她和大志上大学时站在同一背景下的两张单人全身照拼接在了一起,才有了这张可以乱真的夫妻合影。

张兵被小鹤对大志的痴情深深打动。他劝说小鹤,有合适的人选,还是应当为怀志找个爸爸,小鹤婉言谢绝了。

时间一晃五年多过去了。努力打拼的小鹤在墨尔本华人圈儿里,已经有了不菲的声誉。她和刘嘉合开了一家律师楼,主办经济类官司,慕名前来的当事人,让她俩的业务蒸蒸日上。

这些年小鹤也经常跟父母通信。小鹤父母在悉尼帮小鹤姐姐小云带了一年多孩子,实在是生活不习惯,便带着大外孙回到了浑江。回到浑江的小鹤父母这才知道,小鹤已经孑然一身出了国。

小鹤父母从亲戚婷婷妈口中获知,霖然后来娶了县医院古大夫的女儿,小鹤妈气得脖子都涨红了。她没想到过去那个成天把她这个准丈母娘哄得心花怒放的霖然,竟然是个嘴甜情浅的负心家伙,对女儿如此不负责任。听婷婷妈说,小鹤后来嫁了大志,小鹤妈细细想想,觉得大志这孩子,也是从小看着长大的,性子忠厚沉稳,相比霖然还要可靠些。只是欣慰的表情还没来得及展现,就听婷婷妈口风一转,说:“只可惜,大志出车祸死了。”把个小鹤妈给悲恸得大病一场。

接下来的日子,舍不得儿子的小云夫妻,从澳大利亚回到了浑江,开起了连锁餐厅。小鹤妈从大女儿嘴里知道了一些有关小鹤的近况。当然小云只是拣好听的说。当小鹤妈听说小鹤已经有了孩子时,先还以为是大志的遗腹子,心中痛楚连连,闹着要去墨尔本看小鹤母子。可再听小云解释说,这孩子是霖然的,两个老人立马缄默不语了。

从那天起,小鹤妈不再提前往墨尔本的事。她不愿千里迢迢,去为一个辜负了女儿一生情感的负心人带儿子。她不能理解,小鹤为什么要为那个绝情的霖然,独自艰难地带大这个孩子?!

这一僵持,又是数年。

这些年,小鹤爸没少劝小鹤妈。小鹤爸要小鹤妈多替小鹤想想,小鹤经历了这么多情感打击和挫折,生活该有多么艰难不易,再说了,外孙总归没有错吧!

一提起未曾见面的小外孙,小鹤妈心就软了。毕竟,她内心深处一直疼爱着小女儿小鹤。她不知道从小庇护在她羽翼下的小女儿,是如何经受住这一连串命运打击的。

小外孙怀志的照片,是去年小鹤同学张兵带过来给他们看的。当小鹤妈看到怀志那粉嘟嘟的可爱样儿,一切怒气、怨恨瞬时消弭无影。小鹤妈说,怀志活脱脱就是小鹤小时候的翻版,小鹤爸则在一旁呵呵笑着,频频点头称是。

现在,两个老人只想早些见到这个令人怜爱的小外孙。

墨尔本机场晴空万里,一架大型豪华客机直冲云天。

机舱里,张兵和小鹤并排坐着。他们中间的位置上,坐着手抱金灿灿中国龙的小怀志。

这是怀志第一次坐飞机。他大睁着两只星眸,好奇地追逐着客舱里忙来忙去的空姐身影。

一个空姐款款走来,微笑着用镊子夹起一块雪白的擦手热毛巾,递给怀志。怀志眨着剪水双眸,回头看着妈妈。小鹤微笑着点点头,怀志立即把手中的中国龙往张兵舅舅怀里一塞,开心地伸手接过毛巾,同时仰起肤若凝脂的粉嘟嘟小脸,对空姐绽放出一个迷人的笑颜:“Thanks。”

听着儿子稚气的声音,看着那酷似霖然的眉眼儿,小鹤魔怔般僵了僵。片刻,她才努力回转神来,伸手揉揉儿子满头的乌发,柔声低问怀志:“告诉妈妈,想外公、外婆了吗?”

怀志就势钻进妈妈怀里,仰起透亮如玉的脸庞,一双清亮亮的大眼睛写满了好奇:“妈妈,外公外婆长得什么样儿呀?”

古丽娅番外（上）

　　林小鹤是我的克星。

　　上中学后我突然发现，霖然已经心有所属。我多次看见霖然急匆匆跑去学校收发室翻信，然后躲到操场没人处悄悄阅读。看他读完信后仰天发呆，发完呆又打开信重看，那挂在脸上的微笑和陶醉表情，让我莫名地好奇。

　　一天，正好看到邮递员又来学校送信。我赶紧跑过去，装着找信的样子，果然又看见了霖然的信。虽然信封寄件地址写着"内详"，但一看浑江市的邮戳，还有那娟秀的字体，我就知道，这准是吴嬢嬢家那个林小鹤写的。过去我们一块儿在院子里玩扑克牌，我见过林小鹤的字体，就是这种清丽流畅的样子。

　　说真的，一想到林小鹤，我心中就有气。她没出现的时候，我还没觉得霖然怎么样，因为我们从小一块儿长大，只是爱扎堆儿在一起玩儿罢了。可自打这个林小鹤出现在院子里，我猛然发觉，自己变得那样在意起霖然游动的目光。显然霖然的心，已经被林小鹤牵走，因为他对我，再也没了那些讲不完的废话。

　　记得那天，院子里的小孩儿吵着要去看电影，大伙儿等着霖然分票。说真的，以前院子里的小孩儿，也经常一起外出看露天电影，从来都是霖然一路扛板凳，到了露天放映场，他总是拉我一起站在他叠搭起来的高板凳上。我习惯了站在他身边，受他照顾，认为这一切都是理所当然、天经地义的事情，可没想到，那天看电影《小兵张嘎》，他居然紧挨着林小鹤坐，把我撂在了霖欣身旁。当时我气得差点没哭出来，一场电影，什么也没看进去。

　　上大学前，母亲跟我做了一夜长谈。母亲早就看出我喜欢霖然。母亲说，她和爸爸也喜欢霖然，希望霖然能做我们家的女婿。母亲用她的人生经验启发我说:"什么是丈夫? 一丈之内就是你夫,一丈之外,他是谁的,就很难说了。"妈妈用她当年追求爸爸的成功经验告诉我,只要工夫深,铁杵也能磨成针。妈妈说,爸爸当年在新疆,也有一个相好的,那女的爱爸爸爱得很深。妈妈下去锻炼时,正好跟爸爸在同一家医院工作,妈妈看上了英俊潇洒的爸爸,成天有事没事就往爸爸身边凑。妈妈说,天下男人都是女人生的,男人天生心软,迷恋母性,与男人相处,要懂得收放服软,天长日久,自然就会处出感情。

我那时还不太自信。我彷徨地告诉妈妈,霖然喜欢的,其实是林小鹤。母亲断然打断了我的话:"喜欢怎么样? 不喜欢又怎么样? 是你跟他一个学校,还是那个林小鹤跟他一个学校? 你不会利用四年大学的时光来影响他、感化他、软化他,让他难以忘掉你呀? 傻闺女,相信你老妈我说的话吧,只要你处处留心,用心机加柔情去影响、打动他,他终究会是你的。俗话说,生活不易,全靠演技。你要把角色定位在你就是霖然的女朋友。妈妈从小看着他长大,知道他是最心软不过的男孩子。天会黑,人会变,三分情,七分'骗'。妈妈倒不是教你去骗他的感情,而是你要让霖然知道你对他的真情实意,这种感觉多了,自然就会让他爱上你。这一点,你爸爸体会得最深。"说到这儿,妈妈好像觉得自己说得有些过了,连忙止住话头,意味深长地看了我一眼,然后拍拍我的肩,走出了我的小卧室。

母亲的话给了我力量。我发誓,要利用上大学的时光,把霖然从小鹤手中夺回来,他本来就应该是我的。对自己在这方面的能力,我还是很有自信的。再说了,输给林小鹤,我本就于心不甘。

大一下半学期,一开学我发现霖然居然换去了二班。他说这是老师调剂的。的确,他刚去二班,就当了班长。我知道他人缘好,可私底下我还是觉得,他其实就是想躲避我,虽然他打死也不承认。哼,真是气煞我也。自打那以后,除了年级大课,我几乎再也见不到他的踪影。

大一放暑假前,我苦苦寻思一周,终于筹办了一场年级聚餐和舞会。依偎在霖然怀里的那种感觉,令我终生难忘。他那温暖的大手搂着我的腰,那有力强健的身板,还有那唇齿间呼出的逼人灼气,令我神魂颠倒。只可惜从舞厅回校的路上,他完全醉了。即使他亲吻着我的额头,我也悲凉地知道,他一定以为这是在亲那个该死的林小鹤,因为他一路上,闭眼呼唤的都是她。后来,无论我怎样回吻他,跟他说些什么,他全然没了反应。我一生气,干脆把自己手上的粉红手绢,塞进了他的上衣口袋里。哼,粉色手绢,咱们考古系男女生都见我用过,谁都知道那是我的东西。我就是要让大家看到,他身上有我的私人用品,这会说明我俩关系非同一般。到时候他即便醒了，还不是我说什么便是什么。他一定记不清这天晚上，我们一路上都发生过什么。虽然什么也没有发生，可我要的就是让他百口莫辩。

第二天，我把霖然堵在了男生寝室外的小道上。果然，经过的很多同学都暧昧地看着我们笑。刚开始霖然还神情大方地跟我说笑，可当我让他把手绢还给我，并神秘地告诉他"昨天说的和做的事情，你可不许赖账"时，他竟然吓傻了。看来，他真是一点儿也记不起头一天晚上发生的情形。无计可施的我，只好假装沉默，对他的无情，心中也泛着酸涩，还是没忍住掉下泪来。没想到霖然竟一脸懵懂地飞跑回寝室，把我的手绢像扔烫手的山芋般飞快塞还给我，还假模假式地让我"快擦擦眼泪"。

大二一开学，听班上男生说，霖然漂亮的女朋友来了。我急得跑到学校招待所去打听。服务员说，根本没有一个姓林的女生住在这里。不知林小鹤住在哪里的我，乘着霖然上课之机，去了霖然的寝室楼。如果能见到林小鹤，我一定要跟她好好聊聊，我要告诉她，霖然是我的，霖然曾经亲过我、抱过我，我深信，这些话一定会刺激林小鹤愤然放弃霖然。可恨的是，又是那个守门老头，瞅见我，坚决不让我进霖然宿舍。

第二天是大课，我看见霖然急匆匆跑进教室，下了第一节课，我冲过去问他林小鹤住在哪里。他居然缄默地看着我，只说林小鹤病了，请我不要去打扰她。哼，他这么呵护林小鹤，真让我受刺激。第二节课后，便不见了他的踪影儿。身旁男生一脸艳羡地当我面夸赞林小鹤漂亮，我气极了，冷冷哼道："漂亮？你们有没有搞错啊，那林小鹤是霖然的表妹，这都什么年代了，谁还表哥娶表妹的？想近亲繁殖呀？！"

我的话让那个同学将信将疑。有个二班的四眼儿男生挤过来，悄声问我，能否把霖然的那个"表妹"介绍给他，我气极反乐地咯咯直笑。哼，也就嘴上瞎说说，真要叫我去碰霖然这个霉头，捅他的马蜂窝，我哪儿有那个胆儿啊。

自打林小鹤离校走后，霖然对我，简直比冰窖还冷。最令我愤愤不平的是，他再也不理会我的任何请求，包括以前到图书馆帮我占座位，去水房帮我打开水，再也没有过。我游荡在图书馆的各个犄角旮旯儿，不见了他的踪影。

哼，一定是那个林小鹤在霖然跟前儿说了我的坏话，要不然，霖然也不会对我这么冷淡。我心中更加憎恶林小鹤，视她为仇敌。

有一天，乘守门老头儿不注意，我混进了霖然寝室。霖然不在，我坐在他床头等他。突然，我发现他枕头下露出一本蓝色的笔记本，顺手抽出来翻开一瞧，是他的日记。那上面写满了"鹤长鹤短"的话语，看得人脸红肉麻。在本子中，还折叠有一张皱巴巴的白纸，拆开一看，纸上画着一枝繁茂的梅花枝，那一朵朵梅花，像用血染红的。真不明白，霖然为何要用血迹作画？正疑惑间，霖然回来了，我吓得赶紧把本子塞回了原处。

大学四年，想来最快乐的还是在大四的那三个月实习期。出发头一天，我只稍稍在班主任杜老师跟前儿嗲吟笑言几句，他就兴奋得当我面更改了小组成员名单，把我顺利划到他带的那个组，本来他顺手还想换掉霖然，见我沉下了脸，就赶忙用笔画在了另一个男生名下。哼，要不是因为想跟霖然在一起，我才不愿时刻面对这个满脸青春疙瘩痘的面孔哩。

在陕西县城郊外的那个古墓里，大家跟着讲解员挤着往外走，我故意落在了最后。那天，我不知怎么搞的，心中老是发酸想掉泪。虽然古墓阴森漆黑，可越是恐怖的地方，越令我怀念霖然那温暖的胸膛。大一末那唯一一次与醉酒的霖然相扶依偎的情景，这两年时常出现在我梦里。我多么希望能在这伸手不见五指的黑暗处，被霖然紧紧拥在怀里啊。浑身发软、心中凄凉的我，躲在一个角落，孤独无助的心境，已经让我泪流满面，不愿示人。

也不知过了多久，墓穴里真的响起霖然急切牵挂的呼喊，我不顾一直冲上去，飞身扑进他怀里……遗憾在他身后，还跟着一个尾巴似的孟夏，令人扫兴至极。

被霖然牵着手往外走，我颤得心都要飞起来。哦，多么渴望霖然就这么一辈子牵着我，哪怕走遍天涯海角……

至此后，在与霖然朝夕相处的日子，我又明显感受到了他搜寻关注我的目光。随着时间的推移，这种关注的注视多了起来，我真要多快活，有多快活。

三个月的实习期，大家一路上吃在一起，住在一个招待所里。行车路上，霖然身旁的位置，大家总是自觉空出来留给我。

大学毕业前，我本想劝说霖然跟我一起去上海工作，这也是我最大的希望。老师说了，照以后的发展情形，上海肯定会成为中国的国际大都市，经济发展一定会走在中国前列。可霖然就是一根筋，非要回浑江去将就林小鹤。我听到林小鹤的名字，就气不打一处来。我嫉妒那个让他时刻放在心尖儿上的女孩。我思前想后，还是放不下霖然，心浮气躁地一咬牙，干脆放弃了自己的理想。哼，别以为我就这样算了。我利用班主任杜老师对我依然充满幻想的癞蛤蟆之念，舌灿莲花般对他说，我是独生女，父母希望我毕业后，能回到他们身边工作。看着杜老师借机放在我肩头的那只粗短胳膊,我强忍住恶心,耸耸肩,一个妩媚的表情,就抖掉了他的烂手。我含含糊糊哽咽着递话给他,这些年我迷恋上了他的才学,希望以后能有机会得到他进一步的指教。满脸青春疙瘩痘的他,竟轻易相信了我的话语。他神情亲昵地当着我的面,拿出抽屉里那张待公布的名额分配表,把本来已经安在霖然名头上的浑江名额,顺利移到了我名下。哼,谁叫霖然那天告诉我,林小鹤学校没有北方名额,她来不了北方。这不明摆着暗示我,不要跟他争抢那唯一一个浑江名额嘛。你既然不答应我一同去上海,我就偏不让你回浑江。咯咯咯,在回寝室的路上,望着天空闪烁的繁星,我暗中吹了声长长的口哨,心中是痛快报复后压抑不住的欢笑。我古丽娅可不是好惹的,就算让我放弃上海,我也不要林小鹤得到霖然。即便远离霖然,单相思让我不好受,可想想同一座城市里,还有那个被我拉来垫背的林小鹤,我就眉开眼笑,心中有说不出的快意。

古丽娅番外(下)

在霖然母亲的医院产房里,霖然守在我身边。

快生女儿的那几天,他对我和颜悦色,渐渐温柔起来。

生产女儿时,我痛得大汗淋漓,呻吟不止。我看见霖然心疼得眼泪都快下来了。他使劲握着我的手,不停安慰着我不要怕,说有他在身边。

孩子生下来,爷爷奶奶给取了个小名儿,叫沙沙。沙漠怀上的孩子,当然很有纪念意义。唉,只是,孩子怎么是个小眯缝眼儿?!

霖然父母,我的公公婆婆,对孩子喜欢得不得了。霖然妈欢喜地抱起沙沙说,小孙女长得三庭五眼很周正,断定长大了会是个漂亮的小姑娘。呵呵,只要他们喜欢就成,我还真怕生不出儿子,让老辈人不高兴。

为了这个孩子,我受够了十月怀胎。这期间,霖然一次也没碰过我,他口口声声说,为了我腹中的孩子好。但我知道,他心里还装着那个林小鹤。

沙沙满周岁那天,爷爷奶奶为孩子办了一个热热闹闹的生日晚宴。宴席上霖然少有的高兴,席间,他一直抱着沙沙,不停地亲吻着女儿粉嫩的小脸蛋儿。沙沙很黏他,几次我伸手想把她接过来,她都会咧着嘴,摆出要哭的架势,那双小手委屈地搂着霖然的脖子,就是不肯撒开。后来霖然喝多了,我赶紧把睡着的沙沙抱过来,交给霖然父母。

那天晚上,已经断奶的沙沙跟爷爷奶奶回家住去了,我和霖然回到了自己的小家。躺在宽大舒适的床上,霖然第一次搂紧我,我心下窃喜地感到了他的生理需求。自打沙漠出来,为了这孩子,我与他还从来没有过如此的肌肤之亲。想着要与他亲热,我比新婚之夜还要激动。我兴奋得全身发僵,紧紧贴在他怀里,紧张地期待着。

　　然而,好半天过去,也不见他有所动作。探手触摸到的,是那面条般耷拉的玩意儿,我憋屈的眼泪一下子滚落下来。我愤然推开他,他却回手把我按在怀里。他搂着我的头嘟噜着酒气说,对不起,喝多了,心有余,力不足,下次吧。

　　再后来,无数次的下次、下次,便没了下文。

　　有一天,我凌晨醒来,惊喜地发现,睡梦中的他正雄性勃发,立马志忑欢喜地钻进他怀里,他就醒了,那玩意儿随即泄气皮球般急速软塌。我扫兴愤怒得热血直往头上涌,耳听他一声声心虚地"抱歉"声儿,恶心得直想吐。

　　这个虚伪混账的家伙,活生生剥夺了我以为会很幸福的生活。

　　没有夫妻生活的日子,对我,对他,都像个牢笼。我们时常大眼儿对小眼儿,针尖对麦芒。稍有不顺心,任谁也不会让着谁,争吵,便成了我们的家常便饭。虽然我们躲避着,尽量不在沙沙面前吵架,可敏感的孩子还是从她那不安的小眼睛里,折射出内心的惊恐。我愧疚不已,我想霖然也是。

　　随着沙沙一天天长大,人们看她时疑惑的眼神带给我无形的压力。沙沙是个单眼皮,而我和霖然,都是大大的双眼皮。我曾经查阅过相关资料。资料上说,双眼皮是显性遗传,也就是说,双眼皮的父母不可能生出单眼皮的孩子。

　　那沙沙是谁的?!

　　母亲安慰我说,沙沙还小,小孩子因为水肿,双眼皮看起来像单眼皮也是常有的,只是一种暂时现象,等孩子长大了,双眼皮自然就显现出来。

　　母亲的话,我从来笃信不疑。因为母亲的预言,每次都很准。

　　然而这次,母亲的预言失败了。沙沙已经四岁半了,小眼睛,四方脸,黑黑的皮肤,那样子,除了神态与我有些挂相,别的一点儿也不像霖然。

　　最先拉下脸来的,是孩子的奶奶。霖然妈主动带孩子出去玩耍的次数越来越少,后来干脆说身体不好,再也不愿帮我们带孩子。倒是母亲心疼我,主动辞了职,成了沙沙的全职姥姥。

　　好在霖然对沙沙还是一如既往的好,沙沙也常常嚷着要跟爸爸玩儿。

　　一次整理箱子,我又发现了霖然那个蓝色的笔记本。再次看到笔记本中那画有梅花图案的白纸,我突然明白过来,那斑斑点点的花瓣意味着什么。霖然珍藏的东西,纪念的人,只会是她,林小鹤!

　　怒从心起的我,愤然拿起打火机,只啪的一下,那摇曳的火苗,瞬间便把霖然的记忆燃烧成灰烬。

有形的东西好消灭,无形的思想,却阻止不了它的繁殖……

我和霖然终于分床而居。家在我心里,不再温暖。

又一年夏末的一天,我上母亲家看沙沙。沙沙正跟姥姥学唱歌。瞧着沙沙那激情专注的模样,还有那天生的好嗓子,我脑子里突然冒出一个人来——托乎提江!啊,一大一小两个人,多么相似的神情呀。我吓得一哆嗦,心中泛起无知的恐慌。

沙沙?托乎提江?这怎么可能?

越看女儿,我越怀疑自己的眼睛。

利用一次单位派遣到新疆出差的机会,我专程去了当年跟霖然走出沙漠的那个西部小镇。我徘徊在沙漠边缘,思前想后,还是没有胆量跨出下一步。我要干吗?找托乎提江?就那多年前从内地监狱越狱出去的汉族犯人?我又能印证到什么呢?沙漠中的那一夜,成了我永远也解不开的谜。

我感到一种说不清的胆怯。

从新疆回来的我,再也没有勇气去跟霖然争吵。我开始莫名地恐惧,恐惧面对霖然。

我下意识躲避起霖然来。

披着副院长夫人光鲜的外衣,我上不上班,不会有人过问。一个女朋友招呼我周末去她家搓麻将,我从此便沉迷在牌桌上。开始三天两头夜不归宿。霖然从不开口问我的去向,就像家中根本没有我这个人一样。我感到心冷。我们名誉上还是夫妻,可实际上,我们已经形同路人。

这时,一个有形有范儿的年轻麻友,成了我精神上的伴侣。仅此而已,我并没有想要跟霖然离婚,因为,我还是爱恋着这个家,我爱沙沙,更爱霖然……

霖然番外

从北方办完调动手续回来,意外看见出现在父母家中的古丽娅,我就知道,麻烦来了。只是没料到,这个麻烦来得如此之大,大得足以击垮我自以为跟小鹤间那经年累月积淀起来的牢不可破的爱情……

发小大志的意外辞世和小鹤伤心的愤然出国,令我的整个世界摇摇欲坠。我忘不了我的好兄弟大志。那天晚上,他用痛苦不堪的醉态告诉我,他是多么真心地疼爱小鹤;他用拳头砸醒了我,使我无颜以对为我一直强咽苦恋无果的大志。

一切皆因自己的酒后迷乱,彻底毁掉了小鹤,我已不配再去跟大志争夺他心爱的女孩儿,虽然那女孩也是我整个的生命。我神情灰暗地答应父母,跟古丽娅结婚,我必须要把自己尽快彻底地排除出局,只有这样,才能留给大志迎娶小鹤的希望。我深信,大志爱恋小鹤,情感浓度一点儿也不亚于我。

只是没料到,一场意外的车祸,再次把小鹤推向了孤苦绝望的深渊。

陵园里,我捧着大志的遗像,迎着眼前走来的小鹤,当真心如刀割,悔不当初。泪眼蒙眬的小鹤,神情是那样的凄惶和迷蒙,我痛得恨不能立刻把她搂进胸膛,吻干她无助的苦泪。

没料想到,小鹤为了追随大志,竟吞服下那么多的安眠药。抱着小鹤轻薄身体冲进医院的那一刹,我发誓,只要小鹤肯原谅我,我将毫不犹豫抛下一切,与她永远在一起。

可,小鹤,终了,没把机会给我。她走了,就这样从此消失得无影无踪,没了音讯。

小鹤走后半年,女儿沙沙诞生了,是个粉嘟嘟招人疼爱的小姑娘。在母亲医院,亲眼见证着沙沙降临的那一刻,我心中充满玫瑰花般的芬芳和玫瑰刺扎般的疼痛。我忍不住躲出产房,逃进洗手间,让说不清情绪的眼泪,大雨滂沱了个痛快。那时我暗自思忖,已身为人父的我,纵有再多的失意和彷徨,也该收收心了。为了女儿沙沙,也为了痛苦生产沙沙的古丽娅。

女儿周岁后,父母别有用心地接走了沙沙。那天晚上,我想应该好好跟古丽娅谈谈,彼此好好沟通沟通,重新开始新的生活。然而,当赤条条搂着怀中的古丽娅时,我突然泄气语室,因为小鹤凄惶的眼神,瞬时挤满了我的脑海。哦,小鹤,我的爱,原本以为终于可以忘掉你,却不料,你竟顽固地从我骨子里钻出来,令我揪心思恋。

古丽娅气急败坏地骂我是银样镴枪头,我无言以对。从那天起,我患上了阳痿。虽然睡梦中都是好好的,可只要一睁眼,只要看见身旁的古丽娅,我的下半截儿立马就委靡不振、蔫头耷脑。

无性的生活倒是省去了许多烦恼和尴尬。只是古丽娅从此便开始没事找事地与我吵架。依着古丽娅那刁钻的性子,我只有甘拜下风的分。唉,自古好男不和女斗,看在她是沙沙妈妈的分上,我让着她就是了。

我开始一心一意养育着女儿沙沙。

沙沙是个敏感而脆弱的小姑娘。她常常在妈妈无理的打闹中,惊恐地用手臂搂着我的脖子,小眼睛睁得圆圆的。看着她令人心碎的神情,我心疼得无以复加。我气愤地告诫古丽娅,不要像泼妇骂街似的撒泼,如果想要女儿健康成长,就别在孩子面前吵闹。

毕竟沙沙也是她的心头肉。看着沙沙被吓哭的可怜样儿,古丽娅从此收敛了许多。后来,她不再在我面前耍泼发狠。再后来,她迷上了麻将,家,便成了她想回才回的旅店。

这样也好,从此我得以安宁,可以任由思念自由飞翔……

只是,随着沙沙长大,人们看我的眼神,变得越来越古怪。

一天,撞见一个久不见面的中学同学。那天我正领着沙沙从动物园游玩出来,同学跑过来拍拍我的肩膀。我得意地大笑着拉过沙沙,要她叫叔叔。沙沙还没开口,这个同学倒抢先吃惊地说:"这是你的孩子?怎么长得一点儿也不像你呢?"同学的话语提醒了我。回来后,我抱着沙沙站在家中的大镜子前,左照右看,我们父女俩还真是一点儿也不像。这时我才依稀领悟到,平时人们看我和沙沙时,那复杂的眼神意味着什么。

　　沙沙怎么会长得不像我呢？人们不是常说，女儿都长得像爸爸，女儿是爸爸的小棉袄吗？对于这个问题，我专门咨询过母亲。毕竟母亲长年接生各种各样的婴孩儿，这方面见识很广。但没料到，母亲像是早就等着我这句问话似的，气哼哼地说："这你问我？这话你应该问古丽娅去！"母亲话中有话，却不明说。

　　问古丽娅？我把女儿放在腿上仔细打量，小而有神的眼睛，脸盘方而精致，那鼻子，倒依稀能看出古丽娅的影子。

　　女儿的身世像谜团一样困扰着我。我心中冲动，想去找人验 DNA 一查究竟。可听着女儿在我怀里咯咯咯开心地乐，我又犹豫不决，终究下不了这个决心。

　　有一天，古丽娅从新疆出差回来，把沙沙接了去，说是上姥姥家。第二天，古丽娅自个儿回来了，我奇怪沙沙怎么没回来？古丽娅淡淡地说，姥姥想念外孙女，沙沙就放在姥姥家了。

　　一晃，沙沙在姥姥家的日子已经快一年了。孩子跟姥姥有了很深的感情，再也不愿回到我身边。

　　这年春节快要到了。这天，刚下班的我被小鹤同学张兵给拦在了单位门口。

　　自打小鹤出国后，我还是第一次见到她的同学张兵。那些年因为我对不起小鹤，小鹤的这些同学也都疏远了我，我当然更不好意思再去约见他们。

　　那天晚上，张兵客气地把我请到了他的夜总会。在一个精致而温暖的小包房里，我们相对而坐。喝酒叙旧，畅聊着许多如烟的往事。其实我内心深处，早有一道防洪闸门被突然打开，情感的洪水一泻千里，我心情激动地想问小鹤近况如何？她现在居住在哪里？过得好不好？张兵虽然喝多了，可显然他对我的心情了然于胸。

　　他慢腾腾地拉开手边一个小黑皮包的拉链，从里面掏出一张照片给我看。我一下子被牢牢吸引住了。

　　那是一张黑白两寸小照片，照片上的小男孩，分明就是我自己。

　　"你怎么有我小时候的照片？"我醉醺醺地笑着问。

　　"你的？你肯定那是你自己？"张兵先是诧异地一挑眉，继而咧嘴大笑说，"你再看看，那是你吗？"

　　"当然啦，这还用问。"我自嘲着，看都不看地把手中的照片往张兵眼皮下一杵。

　　张兵一哂，笑得更欢实了。他从皮包里小心再掏出一张彩色照片，递到我眼前："你再瞧瞧，你那小时候，有这彩色照片吗？"

还真是奇怪了,我小时候的照片怎么会是彩色的呢?!

电光火石的瞬间,我心中灵犀一闪,小鹤!

"这是小鹤的儿子?"我两眼,只怕瞪得有铜铃般大。

"就冲着你这心有灵犀,我便告诉你得了。这的确是小鹤的儿子,我的外侄林怀志,已经五岁了。"

"林怀志? 小鹤的儿子? 五岁了? 他长得怎么像——"我话音未落,眼泪下来了。我明白,这是我的儿子,这一定是我和小鹤的儿子。哦,林怀志,林小鹤,不忘大志的小鹤,你用我们儿子的名字,无声祭奠着我们共同的发小兄弟大志。小鹤啊,你真懂我心。

全身的血仿佛都流入了脑中,当着张兵的面,我激动得完全失了态。好在张兵很善解人意。他感叹着站起身,摇晃着不稳的身体,拍拍我的肩膀,一言不发拉我坐到一旁沙发上。接着,心绪难平的我,听到了这些年,小鹤在国外度过的那些艰辛时光……

我听得扼腕心痛,不能自已。

岁月蹉跎,情深更浓。我心如油锅煎熬般企盼着,能赶快见上小鹤,见上我们的儿子。

只是,张兵冷水般兜头盖脸泼来一席话:"小鹤是否愿意见你,我就不知道了。不过今年春节,小鹤要带儿子回家。我本不该告诉你的,只是我不希望你继续生活在糊里糊涂中。你要先处理好你现在的家庭。其实你这些年怎么过的,我都一清二楚。我建议你,可以去找找李健试试,他应该可以私下帮你找人做 DNA 鉴定,这样对你,对古丽娅,对沙沙,都是一个交代……"

张兵的话浇醒了我,我眼前顿时亮堂起来。这次,我决定勇敢地面对自己真实的心,不再逃避。我知道,未来给我的机会,也许只有这一次了,我要牢牢地抓住它。

爆竹声中一岁除,春风送暖入屠苏。伴随着噼噼啪啪的春晚鞭炮声,浑江市城中心的钟楼,敲响了新年的钟声。

小鹤父母家,弥漫着热闹的团聚气氛。突然,传来一阵轻扣的敲门声。

门外,一个俊气疏朗的伟岸男子正神情紧张地等待着。

看着儿子跟姥姥猜谜的小鹤,突然惊觉地瞪大了眼睛……